Georg Markus

Das heitere Lexikon der Österreicher

Für Daniela, Mathias und Moritz
in Liebe

GEORG
MARKUS

Das heitere Lexikon der Österreicher

DIE BESTEN ANEKDOTEN VON
ALTENBERG BIS ZILK

Mit 92 Abbildungen

AMALTHEA

Bildnachweis

Leon Amar, Rudolf Angerer (RANG), Willy von Beckerath, W. Bitthorn, Georg Dance, Dolbin, Max von Esterle, Gedö, Alfred Gerstenbrand, Hugo Gottschlich, Franz Grillparzer, Eduard Grützner, Bruno Haberzettl, Hafenrichter, Stephan Hlawa, Arthur Hollitzer, Gustav Peichl (IRONIMUS), Winnie Jakob (WIN), Karikaturbanek, Kóra, Kraft, Le Rüther, G. Lion, Lyser, Emil Orlik, Fritz Schönpflug, Moritz von Schwind, C. Sichulski, Lisl Weil, F. Weisgerber, Franz Xaver Winterhalter, Theo Zasche

Rechteinhaber von Zeichnungen und Karikaturen, die nicht geltend gemacht werden konnten, werden gebeten, sich wegen eventueller Ansprüche an den Amalthea Verlag Wien zu wenden.

Besuchen Sie uns im Internet unter:
http://www.amalthea.at

Umschlaggestaltung: Wolfgang Heinzel, München
Umschlagillustration: Rudolf Angerer (RANG)
Herstellung und Satz: VerlagsService Dr. Helmut Neuberger
& Karl Schaumann GmbH, Heimstetten
Gesetzt aus der 12,5/17 Punkt Goudy
Druck und Binden: Bercker, Kevelaer
Printed in Germany
ISBN 3-85002-504-7

Inhalt

Ein lachender Brockhaus

Vorwort

Ein heiteres Lexikon.
Wie sollen denn diese beiden Begriffe zusammenpassen?
Unter einem Lexikon verstehen wir laut *Brockhaus* (der es ja wissen muss), ein »alphabetisch geordnetes Nachschlagewerk«, dem vom Schweizer Kanton »Aargau« bis zur mikroskopischen Untersuchungsmethode »Zytodiagnostik« alles Wissenswerte zu entnehmen ist. Ein Lexikon bietet mehr Information als irgendein anderes Buch – dafür aber unter Garantie auch weniger Unterhaltung.
Warum dann ein heiteres Lexikon?
In Österreich, dem Land der Widersprüche, ist selbst das möglich. Ich wage zu bezweifeln, ob sich ein heiteres Lexikon der Deutschen oder gar der Schweizer schreiben ließe. »Von Altenberg bis Zilk« jedoch wurde und wird uns genügend Stoff geboten, zumal dieses Land im Lauf der Jahrhunderte von einer Unzahl origineller Persönlichkeiten bevölkert wurde, die uns auf eine ganz bestimmte – eben »typisch österreichische« – Weise mit pointierten Geschichten versorgte.
Eine Anekdote, die in dieses Buch aufgenommen werden wollte, hatte zwei Kriterien zu erfüllen: Sie muss den Leser
a) zum Lachen oder Lächeln bringen und sie muss
b) die Persönlichkeiten treffend charakterisieren, die im Mittelpunkt dieser Geschichten stehen. Wenn es, wie Egon Friedell sagte, möglich ist, »aus drei Anekdoten das Bild eines Menschen zu geben«, dann ist es auch möglich, aus den Anekdoten eines ganzen Buches die Lebensbilder vieler, in diesem Fall meist prominenter, Personen darzustellen.
Dem Leser bleibt es dann überlassen, daraus die Charakteristika eines ganzen Volkes, der Österreicher eben, abzuleiten.
Sie finden die Geschichten auf den folgenden 440 Seiten, lexikalisch geordnet, von Aslan über Beethoven, Figl, Girardi, Kreisky, Prawy und Schnitzler bis Wessely und Stefan Zweig – insgesamt sind es mehr als

dreihundert Personen, deren Anekdoten für dieses Buch zusammengetragen wurden.
Eine solche Sammlung kommt nicht in einem halben Jahr zustande, sondern in einem halben Leben. Und so lange sammle ich auch schon.
Wenn Sie unter den fast neunhundert Episoden dieses Buches den einen oder anderen »alten Bekannten« treffen, dann ist dies durchaus beabsichtigt. Denn ein lexikalisches Werk soll, selbst wenn es sich dem Humor verschrieben hat, umfassend informieren. Also finden Sie auch Anekdoten aus »Klassikern« wie Friedrich Torbergs *Tante Jolesch* und deren *Erben* oder aus den Erinnerungen Leo Slezaks und den gesammelten Werken Helmut Qualtingers. Hinzu kommen Tausend weitere Quellen – persönliche Gespräche mit Schauspielern, Schriftstellern, Journalisten, Malern, Politikern, Sportlern usw., von denen ich annehmen durfte, dass sie ein G'spür für gute Pointen haben.
Dieses Buch ist nicht als bloße Auflistung von Anekdoten gedacht, es soll über seinen Unterhaltungswert hinaus die wichtigsten biografischen Stationen der darin vorkommenden Personen aufzeigen.
Und das ist schon wieder etwas, das es mit dem *Brockhaus* verbindet. Mit dem *Kleinen* allerdings.

GEORG MARKUS
Wien, im Juli 2003

Mein Dank für die redaktionelle Mitarbeit geht an Angelika Feigl und Barbara Sinic.

A

»War gestern die kälteste Nacht des Jahres?«

Von Paul Abraham bis Raoul Aslan

Paul Abraham
Komponist

** 2. 11. 1892 Apatin/Ungarn † 6. 5. 1960 Hamburg. Versuchte sich zunächst als Komponist ernster Musik, ehe er im Alter von 35 Jahren sein Talent für die leichte Muse erkannte. Seine größten Operettenerfolge: »Viktoria und ihr Husar« (1930), »Die Blume von Hawaii« (1931), »Ball im Savoy« (1932). Emigrierte 1933, nach Hitlers Machtergreifung in Berlin, über Paris in die Vereinigten Staaten von Amerika.*

Als Paul Abraham 1933 die österreichische Erstaufführung seiner Operette *Ball im Savoy* vorbereitete, erhielt er während der Proben im Wiener Scala-Theater den Besuch des ungarischen Komödienautors Ladislaus Bus-Fekete. Obwohl dieser nur Gast war und mit der bevorstehenden Premiere absolut nichts zu tun hatte, redete er dem Regisseur und den Sängern ununterbrochen drein. Schließlich lachte der Dichter auch noch mehrmals an völlig falschen Stellen lauthals auf. Abraham, am Dirigentenpult, klopfte mit dem Taktstock ab und rief dem ungezogenen Besucher zu: »Ich muss schon bitten, Herr Bus-Fekete! Ich habe ja bei Ihren Lustspielen auch nicht gelacht!«

Abraham a Sancta Clara
Prediger

** 2. 7. 1644 Kreenheinstetten/heute Baden-Württemberg † 1. 12. 1709 Wien. Eigentlich Johann Ulrich Megerle. Mit 18 Jahren Eintritt in den Wiener Augustiner-Barfüßer-Orden, dessen Prior er später wurde. Ab 1677 kaiserlicher Hofprediger in Wien, berühmt für seine Kanzelreden (»Mercks Wienn!«, 1680, und »Auff, auff, ihr Christen«, 1683). Prangerte wortgewaltig die Laster der Wiener an.*

Kaiser Leopold I. besuchte eines Tages eine Messe bei den Augustinern und ließ sich dann die Räume des Klosters zeigen. Als man das prachtvolle Altargemälde der Augustinerkirche bewunderte, auf dem Engel die Jakobsleiter vom Himmel heruntersteigen, fragte der Kaiser: »Wie kommt es eigentlich, dass die Engel auf eine Leiter klettern, wenn sie doch ohnehin Flügel haben?«

Während die übrigen Patres ratlos dastanden, trat der für seinen deftigen Witz damals schon gefürchtete Novize Abraham vor und sagte: »Halten zu gnaden, Majestät, die Flügel waren gerade in der Reinigung, als das Bild gemalt wurde.«

Der Kaiser lachte und machte den schlagfertigen Mönch zu seinem Hofprediger, dessen volkstümliche Reden bald in ganz Wien zitiert wurden.
Längst berühmt, wetterte Abraham einmal gegen die tief dekolletierten Kleider des Barock: »Weiber, die sich so entblößen, sind es nicht wert, dass man sie anspuckt!«
Da die Frau des Kaisers selbst gerne tiefe Einblicke gewährte, ließ sie dem Mönch ausrichten, er werde sein Amt verlieren, wenn er nicht widerrufe. Worauf Abraham a Sancta Clara feierlich erklärte: »Sie sind es wert!«

Ein andermal betonte er in einer Predigt, dass er in der Lage sei, alle Jungfrauen, die es in Wien gibt, auf einem einzigen Schubkarren aus der Stadt hinauszufahren. Wieder hagelte es Proteste, vor allem aus den Kreisen junger Aristokratinnen, die seine Worte als Angriff auf ihr tugendhaftes Dasein empfanden.
»Also, widerrufen kann ich das Gesagte nicht«, erklärte er am darauf folgenden Sonntag. »Aber ich habe ja nicht gesagt, wie oft ich fahren würde.«

Abraham a Sancta Clara schloss mit dem Grafen Trauttmansdorff eine Wette ab, dass er ihn in aller Öffentlichkeit einen Esel nennen werde, ohne von diesem der Ehrenbeleidigung bezichtigt werden zu können. Am Sonntag beginnt die Predigt Pater Abrahams mit der Parabel vom einfältigen Bauern, über dessen Bestellung zum Bürgermeister sich die Bauern mokierten: »Und dem Esel traut man's Dorf an!«

Alfred Adler

Psychologe und Nervenarzt

** 7. 2. 1870 Wien † 28. 5. 1937 Aberdeen/Schottland. Als junger Arzt vorerst Schüler und Mitarbeiter, später prominenter Gegenspieler Sigmund Freuds. Begründer der Individualpsychologie, die seelische Störungen – im Gegensatz zu Freud – nicht auf die Verdrängung der Sexualität, sondern auf einen übersteigerten Geltungstrieb bzw. auf Minderwertigkeitskomplexe zurückführt.*

Der Individualpsychologe erklärte im Hörsaal die von ihm entwickelte Organkompensation auf folgende Weise: »Es gibt viele Beispiele dafür, dass Leute mit schlechten Augen Maler werden wollen, dass Kurzatmige Leichtathletik betreiben, dass Menschen mit einem Sprachfehler sich als Redner ausbilden lassen. Auf diese Weise kompensieren sie die Minderwertigkeit des jeweiligen Organs.«
Zwischenruf aus dem Auditorium: »Heißt das auch, dass Schwachsinnige dazu neigen, Psychiater zu werden?«

Wie in jedem anderen Fach kann bekanntlich auch in der Psychiatrie nicht jeder Fall als geheilt abgeschlossen werden. So verhielt es sich auch bei einem Patienten, der Adler mitteilte, seine Frau habe ihm kurz vor der Hochzeit gestanden, dass sie nicht jungfräulich in die Ehe gegangen sei. Adler versuchte den aufgebrachten Mann mit allen möglichen Argumenten davon zu überzeugen, dass das Ganze nicht so schlimm sei, doch der Patient war durch nichts zu beruhigen. Bis der Arzt ihm nach Dutzenden Sitzungen resignierend erklärte: »'s Maderl hätt Ihnen das halt net sagen sollen!«

Victor Adler
Arzt und Politiker

** 24. 6. 1852 Prag † 11. 11. 1918 Wien. Einiger und erster Führer der österreichischen Sozialdemokratie. Ordinierte als praktischer Arzt im Haus Berggasse Nr. 19, in den späteren Ordinationsräumen Sigmund Freuds. 1905 Reichsratsabgeordneter, 1918 Mitbegründer der Ersten Republik und Staatssekretär des Äußeren in der Provisorischen Regierung Karl Renners.*

Als Victor Adler sich nach dem Gründungsparteitag der Sozialdemokratischen Partei Österreichs wegen Aufwiegelung zu verantworten hatte, verglich ihn der öffentliche Ankläger mit einem Mann, der mit einer brennenden Fackel in einem Magazin voller Pulverfässer umhergehe. Darauf Adler: »Wenn Sie die Explosion nicht haben wollen, Herr Staatsanwalt, dann räumen Sie die Pulverfässer weg.«
Auch andere Aussprüche, die Adler in den zahlreichen, gegen ihn geführten Prozessen von sich gab, sind legendär. So sagte er einmal zu seinem Richter: »Es sind mir schon so viele Verbrechen, Vergehen und Übertretungen zur Last gelegt worden, als man überhaupt anständigerweise begehen kann.«

Als Lenin bei Ausbruch des Ersten Weltkriegs von der österreichisch-ungarischen Polizei in Galizien festgenommen wurde, bat er den Chef der Sozialdemokratischen Partei telegrafisch um Hilfe. Victor Adler ersuchte im Wiener Innenministerium um Lenins Freilassung.
»Können Sie garantieren«, fragte der Minister, »dass dieser Lenin auch wirklich ein Gegner des Zaren ist?«
»Exzellenz«, antwortete Adler, »Lenin war bereits ein Feind des Zaren, als Eure Exzellenz noch dessen Freund waren. Er ist jetzt ein Feind des Zaren, da auch Eure Exzellenz sein Feind sind. Und er wird ein Feind des Zaren sein, wenn Eure Exzellenz vielleicht schon wieder sein Freund sein werden.«

Josef Afritsch
Politiker

** 13. 3. 1901 Graz † 25. 8. 1964 Wien. Der Sozialdemokrat trat als Gartentechniker in den Dienst des Wiener Stadtgartenamts ein. Verhaftung 1942, nach dem Ende des Zweiten Weltkriegs Wiener Gemeinderat und Amtsführender Stadtrat für Verwaltungsangelegenheiten. 1959 bis 1963 Innenminister, danach Regierungskommissär der Wiener Internationalen Gartenschau.*

Kremlchef Nikita Chruschtschow wurde von der Bevölkerung sehr herzlich aufgenommen, als er Österreich 1960 einen offiziellen Staatsbesuch abstattete«, erinnerte sich der für die Sicherheit des Ministerpräsidenten verantwortliche Wiener Polizeipräsident Josef Holaubek. Der Grund dafür: Chruschtschow hatte die Reduktion der österreichischen Erdöllieferungen an die UdSSR genehmigt. »Davon profitierte nun Innenminister Josef Afritsch, der dem sowjetischen Politiker sehr ähnlich sah. Afritsch fuhr im offenen Wagen durch die Stadt, und die Wiener jubelten ihm zu, denn alle glaubten, er sei Nikita Chruschtschow. Der aber schlief auf dem Rücksitz, um sich von den Strapazen des Staatsbesuchs zu erholen.«

Rosa Albach-Retty
Schauspielerin

** 26. 12. 1874 Hanau/Deutschland † 26. 8. 1980 Baden bei Wien. Nach ihrem Debüt in Berlin ab 1895 am Deutschen Volkstheater in Wien und ab 1903 am Burgtheater, Hofschauspielerin (Aase in »Peer Gynt«, Mrs. Edna Savage in »Eine sonderbare Dame« u. v. a.). Mutter des Filmschauspielers Wolf Albach-Retty, Großmutter von Romy Schneider. Langjährige Doyenne des Burgtheaters.*

Ein besonderes Fest im Wiener Burgtheater. Rosa Albach-Retty, die letzte noch lebende k. u. k. Hofschauspielerin, beging 1974 in außergewöhnlicher Frische ihren 100. Geburtstag. Bundespräsident, Kanzler und das gesamte Ensemble waren anwesend, als Burgtheaterdirektor Ger-

hard Klingenberg die Jubilarin unter tosendem Applaus auf die Bühne bat – nicht ohne vorher anzukündigen, dass ihre zwei Kollegen, die Kammerschauspieler Attila Hörbiger und Richard Eybner, jeweils 78 Jahre alt, ihr dabei behilflich sein würden.
Kaum stand die Hofschauspielerin auf der Bühne, wies der Direktor darauf hin, wie leichtfüßig sie, Arm in Arm mit den beiden Herren, die Stiegen erklommen hätte. Worauf Rosa Albach-Retty lachend erwiderte: »Ich wär ja noch schneller da gewesen, wenn ich nicht den Hörbiger und den Eybner hätt raufschleppen müssen.«

Ein Jahrhundert Theatergeschichte: Rosa Albach-Retty.
ZEITGENÖSSISCHE DARSTELLUNG, 1907

Die Hundertjährige wurde gefragt, wie sie sich in ihrem Altersdomizil der Vereinigung Künstler helfen Künstlern in Baden bei Wien fühle. »Na ja«, antwortete sie, »es ist ja ganz nett, aber es sind halt lauter alte Leute dort.«

Eduard Albert
Arzt und Schriftsteller

** 20. 1. 1841 Senftenberg bei Königgrätz/Tschechoslowakei † 25. 9. 1900 ebd. Vorstand der I. Chirurgischen Klinik in Wien, Pionier der Orthopädie. 1876 gelang ihm die erste Nerventransplantation am Menschen, später führte er die antiseptische Behandlung in Österreich ein. Gründete eine Heilstätte in Istrien. Ab 1895 Mitglied des Herrenhauses. Auch als Dichter und Übersetzer überaus begabt.*

In die Ordination des berühmten Chirurgen Eduard Albert kam ein eleganter alter Herr, vom Typus Reiteroffizier. »Herr Professor«, sagte der Patient, »ich möchte Sie wieder konsultieren.«
»Wieder? Ich kann mich gar nicht erinnern, dass wir uns schon einmal ...«
»Sie haben mich doch an den Hämorrhoiden operiert, Herr Professor!«
»Tatsächlich? Darf ich bitten?« Professor Albert wies den Herrn an, sich auf den Behandlungstisch zu legen.
Der Arzt beugte sich nun über ihn und fuhr zurück, frohes Wiedererkennen in der Stimme: »Oh, meine Verehrung, Herr Graf!«

Peter Alexander
Schauspieler und Entertainer

** 30. 6. 1926 Wien. Eigentlich Peter Alexander Neumayer. Nach Medizinstudium und Reinhardtseminar Engagements am Bürgertheater, am Kabarett Simpl und im Theater in der Josefstadt. Zahlreiche Musikfilme wie »Die süßesten Früchte« (1952), »Die Abenteuer des Grafen Bobby« (1961), »Die Fledermaus« (1962). Langjährige TV-Show: »Peter Alexander präsentiert Spezialitäten«.*

Der erste Film, den der spätere Publikumsliebling Peter Alexander drehte, hieß *Verliebte Leute*, und er handelte von drei jungen Männern, die mit einem Wohnwagen in den Süden ziehen. Peter Pasetti und Rudolf Platte waren bereits fix engagiert, ehe Franz Antel für die Rolle des Dritten den noch unbekannten Peter Alexander auswählte, den er kurz vorher in einem Theaterstück gesehen hatte.

Doch der machte damals, im Sommer 1954, mit Ehefrau Hilde gerade Urlaub. »Irgendwo in Italien«, mehr wusste man nicht.
Antel setzte alle Hebel in Bewegung, konnte Alexander aber nicht ausfindig machen. In seiner Verzweiflung wandte sich der Regisseur wenige Tage vor Drehbeginn mit der ungewöhnlichen Bitte, Peter Alexander aufzutreiben, an die Wiener Polizei.
»Was hat er denn ausg'fressen?«, fragte ein gemütlicher Bezirksinspektor.
»Gar nix«, beruhigte Antel und erklärte die Situation.
Der »Fall« wurde an Interpol weitergeleitet, die Alexander tatsächlich mit Hilfe der italienischen Behörden aufspürte. Stunden später hatte der Schauspieler ein Telegramm Antels, und am nächsten Tag saß er im Studio der Wien-Film.
Als Bürgermeister Helmut Zilk Peter Alexander viele Jahre später den Ehrenring der Stadt Wien verlieh, sagte er in seiner Laudatio: »Sie sind der erste Schauspieler der Welt, der durch die Interpol zum Film gekommen ist.«

Der Regisseur Géza von Cziffra war der Nächste, der Peter Alexanders Zugkraft erkannte. Freilich gerieten die beiden einander schon in ihrem ersten gemeinsamen Film *Musikparade* in die Haare. Der Perfektionist Alexander ertrug nicht, dass Cziffra alles möglichst schnell drehen wollte. Als Alexander von der Qualität einer dreimal gedrehten Szene noch immer nicht überzeugt war, wandte er sich an den Regisseur: »Herr von Cziffra, ich hätte einen Wunsch, wenn ich den äußern dürfte!«
»Bitte was, Herr Alexander?«, fragte Cziffra mit einem Blick in Richtung Studiouhr.
»Herr von Cziffra, könnt ma die Szene net noch amal drehen?«
»Wozu? Können Sie es besser?«
»Ich will's probieren, einmal noch, wenn's möglich ist.«
»Bitte schön, also auf Wunsch von Herrn Alexander alles noch einmal. Licht ab, spielen Sie!«
Und ehe die Kamera lief, sagte er: »Aber bitte, Herr Alexander, machen Sie es nicht zu gut, sonst passt's nicht zu dem anderen, was Sie bis jetzt gedreht haben.«

»Herr Alexander muss mit der Besetzung einverstanden sein«: Peter Alexander, jahrzehntelang die unumstrittene Nummer eins des deutschsprachigen Hauptabendprogramms.
KARIKATURBANEK

Alexanders Managergattin Hilde war von Anfang an darauf bedacht, den Marktwert ihres immer populärer werdenden Mannes auszubauen. Besonders wichtig war ihr, dass in seinen Filmen möglichst keine zweitklassigen Schauspieler mitwirkten, weshalb in den Verträgen stand:
»Herr Alexander muss mit der Besetzung des Films einverstanden sein.«
Als »Peter der Große« dann tatsächlich bei einem Film mit der Auswahl seiner Kollegen ganz und gar nicht zufrieden war, wandte er sich – auf den diesbezüglichen Vertragspunkt pochend – an Cziffra. Der aber zuckte nur die Achseln und meinte:
»Sie lesen das falsch. Hier steht: Herr Alexander *muss* mit der Besetzung einverstanden sein!«

Rudolf von Alt
Maler und Aquarellist

** 28. 8. 1812 Wien † 12. 3. 1905 ebd. Er lernte bei seinem Vater Jakob Alt und an der Wiener Kunstakademie und entwickelte in der Folge das Aquarell zur hohen Kunst. Berühmt für seine Darstellungen zahlreicher Wiener Straßen, Gassen und Plätze, die auch großen historisch-topografischen Wert besitzen. Vorstand des Wiener Künstlerhauses und Gründungsmitglied der Secession.*

Als die Wiener Secession im Jahre 1897 als Opposition zum konservativen Künstlerhaus und zu den überladenen Formen des Historismus gegründet wurde, wählten »Secessionisten« wie Gustav Klimt, Otto Wagner und Adolf Loos den bereits 85-jährigen Rudolf von Alt zu ihrem Ehrenpräsidenten. Bei der Eröffnungsfeier wurde dieser vom Kaiser gefragt, ob er sich nicht schon ein wenig zu alt für die neue Funktion fühlte. Da antwortete Alt: »Majestät, Alt war ich schon bei meiner Geburt. Ich bin immer noch jung genug, um in jeder Stunde neu zu beginnen.«

Peter Altenberg
Kaffeehausliterat

** 9. 3. 1859 Wien † 8. 1. 1919 ebd. Eigentlich Richard Engländer. Der Schriftsteller und Bohemien »bewohnte« die Literatencafés Central und Herrenhof. Durch seine Schilderungen von Alltagssituationen wichtiger Zeitzeuge des Fin-de-Siècle. Werke u. a.: »Wie ich es sehe« (1896), »Was der Tag mir zuträgt« (1901), »Märchen des Lebens« (1908), »Neues Altes« (1911), »Mein Lebensabend« (1919).*

Das Central war von Anfang an *das* Stammcafé Peter Altenbergs – schon deshalb, weil der stets in Geldnöten befindliche Bohemien hier »anschreiben« lassen konnte oder andere Möglichkeiten fand, seine Zeche zu begleichen. So bat er eines Tages einen am Nebentisch sitzenden Herrn um zwei Kronen, um auf diese Weise zu einer Portion Reisfleisch zu kommen. Der Fremde gab ihm das Geld, Altenberg setzte sich zu ihm und bestellte das Reisfleisch. Als der Dichter gegessen und bezahlt hatte, warf ihm der Spender vor: »Warum verlangen Sie zwei Kronen von mir, Herr Altenberg, wenn Sie doch dem Ober nur 1,20 Kronen bezahlen müssen?« »Na hören Sie«, erwiderte Altenberg, »haben Sie hier Extrapreise oder ich?«

»Haben Sie hier Extrapreise oder ich«: Stammgast Peter Altenberg.
ZEICHNUNG: FRITZ SCHÖNPFLUG

Als Altenberg ein andermal einen etwas zweifelhaften Gast im Central anpumpte, wurde er gefragt, ob er denn als Schnorrer vor niemandem Halt machte. Da antwortete er: »Die Zeiten sind heutzutage schon so schlecht, dass man gezwungen ist, vor Leuten die Hand aufzuhalten, denen man sie im Normalfall nicht einmal reichen würde.«

Es gab das Gerücht, Altenberg wäre gar nicht so arm wie er stets behauptete. In der Tat schnorrte er einmal Karl Kraus um zehn Kronen an. Als dieser bedauerte, nicht so viel bei sich zu haben, ließ Altenberg nicht locker: »Gib mir zehn Kronen!«

»Schau, Peter, ich würde sie dir gerne geben, aber ich hab's wirklich nicht.«
Darauf Altenberg, ganz selbstverständlich: »Weißt was, ich borg's dir!«

Altenberg, der zeitlebens in Hotels wohnte, war auch Wiens erster »Gesundheitsapostel«. Tatsächlich lebte er nach strengen Diätvorschriften und behauptete von sich, »sogar in der kältesten Nacht des Jahres bei offenem Fenster zu schlafen«.
Ein Freund stellte ihn einmal zur Rede: »Peter, ich bin gestern Nacht am Grabenhotel vorbeigegangen, aber dein Zimmerfenster war fest verschlossen.«
»Na und«, erwiderte Altenberg, »war gestern die kälteste Nacht des Jahres?«

Der Arzt fragt Altenberg während der Untersuchung: »Trinken Sie?«
»Ja.«
»Rauchen Sie?«
»Ja.«
»Von jetzt an dürfen Sie weder trinken noch rauchen.«
Altenberg zieht sein Hemd an und geht zur Türe.
»Halt!«, ruft der Doktor, »ich bekomme drei Gulden für meinen Rat.«
»Ich nehme ihn nicht an«, sagt Altenberg und ward nicht mehr gesehen.

Altenberg, Egon Friedell und Alfred Polgar sind zum Tarock verabredet. Ehe Polgar die Karten verteilt, fragt er den »Schnorrer« Altenberg: »Spielen wir um zehn Groschen oder um die Ehre?«
»Spielen wir um die Ehre«, sagt Altenberg. »Die ist entschieden billiger.«

Axel von Ambesser
Schauspieler, Schriftsteller und Regisseur

** 22. 6. 1910 Hamburg † 6. 9. 1988 München. Eigentlich Alexander Eugen von Oesterreich. Gelangte nach seinem ersten Engagement an den Hamburger Kammerspielen nach Augsburg und München. 1936 bis 1945 in Berlin und Wien als Schauspieler tätig, ab 1946 in München. Schrieb Komödien wie »Das Abtrünnige in Herrn Gerstenberg«, inszenierte Nestroy u. v. a.*

Als Ambesser einmal im Theater in der Josefstadt gastierte, wurde er von einem Garderobier ständig als »Herr Professor« angesprochen, wogegen er sich immer wieder zur Wehr zu setzen versuchte.
»Lieber Pokorny«, sagte Ambesser, »ich bin kein Professor!«
Es vergingen keine zehn Minuten, da sprach der Garderobier Ambesser neuerlich als »Herr Professor« an.
»Nein!«, insistierte der Schauspieler. »Ich bin Ambesser, aber kein Professor!«
Als der Garderobier nach der Pause einmal mehr »Herr Professor, bitte umziehen« rief, wollte der Künstler der Sache auf den Grund gehen: »Hören Sie, Pokorny«, fragte er, »warum sagen Sie denn immer Professor zu mir?«
Da gab der Garderobier möglicherweise den wahren Hintergrund jeglicher Titelsucht in Österreich bekannt: »Schaun S' Herr Professor, mir können sich ja nicht einen jeden Namen merken.«

Raoul Aslan
Schauspieler

** 16. 10. 1886 Saloniki/Griechenland † 17. 6. 1958 Litzlberg am Attersee. Kammerschauspieler armenischer Herkunft. Seit 1897 in Wien, ab 1917 am Deutschen Volkstheater, 1920 bis zu seinem Tod als Darsteller klassischer Heldenrollen am Wiener Burgtheater (Hamlet, Mephisto, Torquato Tasso, Nathan der Weise u. a.). 1945 bis 1948 Direktor des Burgtheaters.*

Nach dem Krieg war Aslan drei Jahre lang Direktor des Burgtheaters, das infolge der schweren Bombenschäden im Ronacher untergebracht werden musste. Ein alter Schauspieler, der es als Zumutung empfand, in einem ehemaligen Varieté zu spielen, protestierte: »Ich soll im Ronacher auftreten, wie einst dressierte Hunde, Ringer und halbnackte Nummerngirls?«
»Ach was«, sagte Aslan, »die Burg ist dort, wo wir spielen. Nicht das Haus, die Schauspieler sind die Institution!«

»Die Burg ist dort, wo wir spielen«: Raoul Aslan gehörte dem Burgtheater von 1920 bis zu seinem Tod im Jahre 1958 an.
ZEICHNUNG: HAFENRICHTER

Während Aslan im Rahmen einer Burgtheatertournee als *Nathan der Weise* durch die Niederlande unterwegs war, reiste auch Hans Moser durch Holland. Bei dieser Gelegenheit musste Aslan, der als einer der bedeutendsten Schauspieler seiner Zeit galt und der »Burg« schon seit Jahrzehnten angehörte, vom gewaltigen Unterschied zwischen Film- und

Theaterpopularität erfahren. Als Aslan bei der Ankunft am Bahnhof in Amsterdam von keinem einzigen Menschen erkannt oder gar angesprochen wurde, Moser jedoch sofort von einer großen Menschenmenge umringt war, da stieß der Mime verzweifelt aus:
»Iiiich bin das Burgtheater, nicht der Herr Moser!«

Seine »Texthänger« waren fast so berühmt wie sein faszinierender Vortrag. Bei der Premiere von Beaumarchais' *Der tolle Tag* am 19. Jänner 1938 erlebte man Aslan in der Rolle des Grafen Almaviva. Da er in dieser Inszenierung immer wieder quer über die Bühne schreiten musste und so den mitunter weit entfernten Souffleur nicht hören konnte, wurden in den Kulissen mehrere Studenten postiert, die mit Taschenlampen im Dunkel der Hinterbühne den Text mitlasen und ihn, wenn nötig, Aslan zuflüsterten.
Als eines Abends die Batterie einer Taschenlampe ausfiel, kam der Student nach dem Akt verzweifelt zu Aslan, um sich dafür zu entschuldigen, dass er seine Stelle im Dunkeln nicht habe lesen können.
»Junger Mann!«, protestierte der Mime wütend. »Jetzt spielen wir dieses Stück schon 15-mal, und Sie können es noch immer nicht auswendig!«

Einmal sollte er in einem Stück den Satz »Ihr seid schlechtweg ein Meister!« sprechen, doch das Wort »schlechtweg« wollte ihm nicht einfallen. Die Souffleuse rief es ihm zu, der Mime lauschte andächtig, wusste aber nicht recht, wo es einzuordnen sei. Da schrie er zurück in den Souffleurkasten: »Ihr seid schlecht! Weg!«

Ein von ihm infolge fortschreitender Texthänger konsultierter Arzt verschrieb Aslan Pulver, die das Gedächtnis unterstützen sollten. Beim zweiten Besuch in der Ordination fragte der Mediziner, ob das Medikament geholfen hätte.
»Es geht mir sehr gut, Herr Doktor«, antwortete Aslan. »Ich hänge zwar mehr denn je, aber ich habe jegliches Schuldgefühl verloren.«

Aslan führt Regie in einer Hörfunkbearbeitung von Hofmannsthals *Der Tor und der Tod.* Während der Proben ärgert er sich über die Sprechweise des Schauspielers, der in der Rolle des Claudio zu hören ist. »Das muss weicher gesprochen werden«, erklärte er dem unerfahrenen Kollegen und singt ihm die Worte vor: »Die leeetzten Beeerge liiiegen nun iiim Glaaanz.« Als dies der junge Mime nach etlichen Versuchen noch immer nicht schafft, fragt Aslan: »Wie viel zahlt dir der Rundfunk für dieses Hörspiel?«
»100 Schilling.«
»Ja dann«, meint Aslan, »dann ist es sehr gut. Bitte mach weiter.«

B

»Um 20 000 Schilling jünger geworden«

Von Hermann Bahr bis Anton Bruckner

Hermann Bahr
Schriftsteller und Kritiker

** 19. 7. 1863 Linz † 15. 1. 1934 München. Erlangte als Vermittler neuer künstlerischer Strömungen großes Ansehen. Schrieb seine ersten Dramen als Literaturstudent in Berlin. Hielt sich 1891 bis 1912 in Wien auf, wo er die Wochenschrift »Die Zeit« mitbegründete und Wortführer des »Jung-Wien« wurde. Lebte auch in Salzburg und München. Verheiratet mit der Sängerin Anna Bahr-Mildenburg.*

Der Wiener Kritikerpapst Hermann Bahr traf Franz Molnár vor Beginn der Premiere eines neuen Molnár-Stücks in den Kammerspielen. Die beiden Herren verabredeten sich für nachher: Ist das Stück ein Erfolg, den es zu feiern gibt, werde man sich im Sacher treffen. Wird das Stück aber ein Misserfolg, wolle man im Café Herrenhof zusammenkommen.
Es kam, wie es kommen musste, beide Herren verbrachten den Abend in großer Einsamkeit. Der Kritiker im Herrenhof, der Autor im Sacher.

Ein Abend, zwei Lokalitäten, der Kritiker saß im Herrenhof, der Autor im Sacher: Hermann Bahr.
Skizze: Emil Orlik, 1905

Die einheitliche, vor allem unter Künstlern beliebte Barttracht führte zur Jahrhundertwende immer wieder zu Verwechslungen. So wurde Hermann Bahr einmal auf der Straße von einer jungen Dame angesprochen und gefragt, ob er nicht der Schriftsteller Däubler sei.

»Lassen Sie sich nicht durch meinen Bart verwirren«, lachte Bahr und flüsterte ihr ins Ohr: »Ich bin nämlich Johannes Brahms!«
»Ach ja«, entschuldigte sich das Fräulein, »Sie haben doch dieses Buch geschrieben ... dieses äh ... ich hab's zu Hause.«
»Sie haben vollkommen Recht«, sagte der sich für Brahms ausgebende Bahr, »von mir stammt Brahms' Tierleben.«

Albert Bassermann

Schauspieler

** 7. 9. 1867 Mannheim † 15. 5. 1952 Zürich. Zunächst Chemiker, ab 1895 an den Reinhardt-Bühnen Berlin, galt er bald als einer der bedeutendsten Darsteller. 1912 Filmdebüt, 1933 Emigration mit seiner jüdischen Frau in die Schweiz. 1939 in die USA, wo er seine Filmkarriere fortsetzte, u. a. in Hitchcocks »Foreign Correspondent«. Nach dem Krieg mehrere Österreich-Gastspiele. Ifflandring-Träger.*

Als junger Schauspieler trat Bassermann in einem kleinen Theater als Freiherr von Attinghausen in Schillers *Wilhelm Tell* auf. Nach dem Ende der Vorstellung stürzte der Direktor wütend auf Bassermann zu: »Wie können Sie es sich nur erlauben, in der Sterbeszene so impertinent zu lachen?«
»Aber, Herr Direktor«, antwortete Bassermann, »bei der Gage, die Sie zahlen, ist doch der Tod eine wahre Erlösung.«

Bassermann besuchte ein Bauerntheater, dessen Hauptdarsteller ein nicht untalentierter Schuster war. Nach der Aufführung ging der berühmte Mime hinter die Bühne, um dem Star der Aufführung zu gratulieren: »Das haben Sie wunderbar gemacht, Herr Kollege.«
»Ah so«, erwiderte der Hobbykünstler, »san Sie a a Schuster?«

Otto Bauer

Politiker

** 5. 9. 1881 Wien † 4. 7. 1938 Paris. Bedeutender Theoretiker der Sozialdemokratie, Redakteur der »Arbeiter Zeitung«, nach dem Tod Victor Adlers kurze Zeit Staatssekretär des Äußeren; Führer der Sozialdemokratie in der Ersten Republik und Begründer des »Austromarxismus«. Floh nach dem Februaraufstand im Jahr 1934 nach Brünn und nach Hitlers Einmarsch nach Paris.*

Nach dem Bürgerkrieg des Jahres 1934 erschien im *Prager Tagblatt* ein Leitartikel, der den sozialdemokratischen Führern Otto Bauer und Julius Deutsch vorwarf, sich in die Tschechoslowakei abgesetzt zu haben, während die von ihnen verlassenen Schutzbündler in aussichtslosem Kampf in Wien auf den Barrikaden gestanden und fast zweihundert von ihnen ums Leben gekommen sind.

Daraufhin sprach eine Abordnung der Sozialdemokratischen Partei bei Rudolf Keller, dem Herausgeber des *Prager Tagblatts*, vor, um sich über den Kommentar zu beschweren. Keller lauschte den Vorwürfen des Delegationsleiters ohne zu widersprechen, holte tief Luft und brachte dann seine Entschuldigung hervor: »Meine Herren, Sie wissen doch, wie es zugeht in einer Redaktion – besonders an einem so aufregenden und hektischen Tag wie dem gestrigen. Da herrscht ein entsetzliches Durcheinander, die Meldungen überstürzen sich, man weiß gar nicht, wo man zuerst hinhören soll. Tja, meine Herren: Da kann es dann schon passieren, dass man einmal die Wahrheit schreibt!«

VICKY BAUM
Schriftstellerin

** 24. 1. 1888 Wien † 29. 8. 1960 Hollywood. War nach dem Musikstudium am Wiener Konservatorium als Harfenistin tätig, ehe sie 1926 als Journalistin in Berlin zu schreiben begann. Wanderte 1931 in die USA aus. Ihre erfolgreichsten Romane: »Menschen im Hotel« (1929), »Hotel Shanghai« (1953). Viele ihrer Bücher wurden übersetzt und verfilmt.*

Ein Wiener, der die durch ihren Roman *Menschen im Hotel* weltberühmt gewordene Schriftstellerin Vicky Baum bei einer Premierenfeier in Hollywood kennen lernte, war überrascht von ihrer blendenden Erscheinung und ihrer jugendlichen Ausstrahlung. »Sie sind ja blond und so jung«, wunderte sich der Partygast, »ich dachte, Sie seien grauhaarig und wesentlich älter.«
Vicky Baum sagte darauf nur ein Wort: »Stimmt!«

LUDWIG VAN BEETHOVEN
Komponist

** 16. 12. 1770 Bonn † 26. 3. 1827 Wien. Schuf u. a. neun Symphonien, die Oper »Fidelio«, Messen, Ouvertüren, Klavierkonzerte und Bühnenmusik (»Leonoren«, »Coriolan«, »Die Weihe des Hauses«, »Egmont«). Mit 17 Jahren erstmals in Wien, ehe er 1792 für immer blieb. Verkündete 1802 mit dem »Heiligenstädter Testament« seine zunehmende Schwerhörigkeit, die 1818 zu vollständiger Taubheit führte.*

Der als zerstreut und zerfahren beschriebene Beethoven betrat eines Tages die Stube seines Wiener Stammgasthauses *Zum Schwan*. Er setzte sich an einen Tisch und begann wie immer sofort zu komponieren, wobei er sich so sehr in seine Noten vertiefte, dass er seine Umwelt vollkommen vergaß. Als ihn der Ober nach seinem Wunsch fragte, reagierte Beethoven (der damals noch keineswegs schwerhörig war) nicht. Nach mehreren Stunden stand er, ohne irgendetwas konsumiert zu haben, von seiner Arbeit auf und rief: »Zahlen!«

Tief in Gedanken versunken, so sahen Zeitgenossen Beethoven durch die Straßen Wiens stapfen.
ZEICHNUNG: LYSER

Auch in Gesellschaft wirkte Ludwig van Beethoven oft »abwesend«, weil er in Gedanken immer ganz bei seiner Musik war. Das ging so weit, dass er bei einem Diner in der Wiener Hofburg dem neben ihm sitzenden Kaiser Josef II. den Takt auf den Rücken schlug. So sehr der Meister von eifrigen Hofbeamten mit Blicken gemaßregelt wurde – der gütige Monarch lächelte nur und sagte: »Ein Untertan hat mich geschlagen, und ich habe ihn nicht bestraft.«

Als er bereits weltberühmt war, pilgerte die Jugend zu Beethoven, wie einst er als junger Musiker zu Mozart gepilgert war. Auch ein Nachwuchskünstler wollte ihm sein Können zeigen. Beethoven hörte sich das Geklimper des Talentlosen an und zog sich mit den Worten aus der Affäre: »Sie müssen noch lange spielen, ehe Sie einsehen werden, dass Sie nichts können!«
Sprach's und verabschiedete den jungen Mann.

Selbst Beethoven war nicht davor gefeit, das Talent eines Großen zu übersehen. Ein zwölfjähriger Knabe stellte sich dem Meister vor und gab ihm am Klavier Beweise einer für sein Alter wahrhaft erstaunlichen Fertigkeit. Der junge Mann improvisierte und spielte ein Beethoven-Konzert mit großer Sicherheit. Da der Meister jedoch nicht an Wunderkinder glaubte, schickte er ihn wieder fort.
Schließlich konnten ihn Freunde dazu bewegen, ein öffentliches Konzert des jungen Mannes zu besuchen, und jetzt erst erkannte Beethoven, wie sehr er sich geirrt hatte. Er stürzte auf das Podium und umarmte den genialen Knaben. Das Wunderkind war Franz Liszt.

Als Beethoven zum ersten Mal die *Neunte Symphonie* dirigierte, reagierten die Zuhörer mit heller Begeisterung. Dass er dem Publikum trotz lautstarker Ovationen den Rücken zuwandte, wurde vorerst als Zeichen von Arroganz ausgelegt. Die Sängerin Caroline Unger war es, die begriff, dass der taube Komponist den Jubel des Publikums nicht hören konnte. Sie ging auf ihn zu, nahm ihn an den Schultern und zwang ihn, sich mit dem Gesicht den Menschen im Konzertsaal zuzuwenden. Erst jetzt merkte Beethoven, welch einen Triumph er errungen hatte, und war tief bewegt.

In Karlsbad trafen einmal die beiden größten Genies ihrer Zeit zusammen. Beethoven und Goethe beschlossen, gemeinsam eine Spazierfahrt zu unternehmen. Die Leute, die den Wagen mit den beiden Männern vorbeifahren sahen, blieben stehen und grüßten ehrfürchtig.
»Es langweilt mich, so berühmt zu sein«, sagte Goethe. »Schon deshalb, weil mich alle Leute grüßen.«
»Eure Exzellenz brauchen sich nichts daraus zu machen«, erwiderte Beethoven, »Vielleicht bin ich es, den die Leute grüßen.«

Imre Békessy
Zeitungsherausgeber

** 13. 11. 1887 Budapest † 17. 3. 1951 ebd. Herausgeber und Chefredakteur der Wiener Boulevardblätter »Der Tag« und »Die Stunde«, denen er mit äußerst dubiosen Methoden zu Anzeigen verhalf. Weltberühmt wurde der in den 20er Jahren bei ihm beschäftigte Reporter und spätere Hollywoodregisseur Billy Wilder. Békessy war Vater des bekannten Schriftstellers Hans Habe.*

Karl Kraus nannte ihn »einen Mann von durchaus gesunder Prostitution« und wollte ihn mit den Worten »Hinaus aus Wien mit dem Schuft!« der Stadt verweisen. Auf Imre Békessy und sein auf Korruption aufgebautes Verlagshaus war wohl jener von Fritz Grünbaum stammender Schüttelreim gemünzt, der die Békessy-Journalisten so definierte: »Man kann, wenn sie Bericht erstatten, genau wer sie bestricht erraten!«

Ralph Benatzky
Komponist

** 5. 6. 1884 Mährisch-Budwitz/Tschechoslowakei † 16. 10. 1957 Zürich. Komponist populärer Lieder wie »Ich muss wieder einmal in Grinzing sein«, »Ich weiß auf der Wieden ein kleines Hotel«. Weltberühmt durch das Singspiel »Im weißen Rössl« (1930). Weitere Erfolge: »Bezauberndes Fräulein«, »Axel an der Himmelstür«, »Adieu, Mimi«. Verheiratet mit der Sängerin Josma Selim.*

Benatzky wurde vorgeworfen, im *Weißen Rössl* manch musikalische Anleihe genommen zu haben. Was Anton Kuh zu folgender Rezension animierte: »Einige Melodien kommen mir sehr bekannt vor. Der Komponist *Benatzky* sollte seinen Namen in *Benutzky* umändern.«

Als Toscanini 1926 an der Mailänder Scala Puccinis unvollendet gebliebene Oper *Turandot* zur Uraufführung brachte, fiel der Vorhang mitten im dritten Akt, worauf sich der Dirigent dem Publikum

zuwandte und die mittlerweile legendären Worte sprach: »Hier endet das Werk des Meisters!«
Darauf nahm der Wiener Musikkritiker Josef Reitler Bezug, als er wenige Jahre später im Theater an der Wien saß, um für die *Neue Freie Presse* Benatzkys Operette *Adieu, Mimi* zu rezensieren.
Die Ouvertüre setzte mit einem gewaltigen Trommelwirbel ein. Als dieser jäh abbrach, nützte Reitler die so entstandene Pause, um laut und deutlich ins Publikum zu rufen: »Hier endet das Werk des Meisters.«

Der Komponist trat mit seiner singenden Ehefrau Josma Selim in diversen Kabaretts auf, wobei die Künstlerin ihren Vortrag stets stereotyp einleitete: »Text und Musik von Dr. Ralph Benatzky. Am Flügel der Komponist!« Diese Worte waren ihr derart in Fleisch und Blut übergegangen, dass sie sich sogar am Telefon meldete: »Hier Josma Selim. Am Flügel der Komponist!«

»Am Flügel der Komponist«: Ralph Benatzky begleitet seine Frau Josma Selim.
ZEITGENÖSSISCHE KARIKATUR

Armin Berg

Kabarettist

** 9. 5. 1883 Gussowitz bei Brünn † 23. 11. 1956 Wien. Eigentlich Hermann Weinberger. Trat als Komiker in fast allen Wiener Kabaretts auf, ehe er durch das Chanson »Der Überzieher« populär wurde. 1938 Emigration in die USA, wo er sich durch den Verkauf von Bleistiften und Büromaterial über Wasser hielt. Nach der Rückkehr Auftritte bei Karl Farkas am Kabarett Simpl in Wien.*

Armin Berg schlendert Mitte der dreißiger Jahre gemeinsam mit Hugo Wiener durch die Wiener Herrengasse. Beim neu errichteten Hochhaus angelangt, erkennen sie eine Tänzerin, die mit ihnen in der Femina-Kabarettbar engagiert war, und die hier aus dem Fenster ihrer ebenerdig gelegenen Wohnung blickt. Armin Berg bleibt kurz stehen, schaut die junge Kollegin verwundert an und sagt: »Und *dazu* wohnt man im Hochhaus?«

Es gelang dem berühmten Interpreten des »Überziehers« mit seiner Frau nach New York zu emigrieren, wo die beiden in einem großen Miethaus eine Wohnung fanden. Im selben Block lebte eine dralle Amerikanerin, in die sich der Wiener Komiker verliebte. Das Pikante an der Verbindung war, dass die Fenster seiner Wohnung ausgerechnet zum Appartement seiner Angebeteten ausgerichtet waren. Immer wenn Armin Berg die Freundin besuchte, mussten also deren Fenster und Vorhänge hermetisch verschlossen sein, um zu vermeiden, dass das Liebesgeplänkel von der Gemahlin beobachtet würde.
Prompt vergaß er eines Tages auf diese Vorsichtsmaßnahme. Die Vorhänge blieben geöffnet, und ausgerechnet in dem Augenblick, da Herr Berg von der mit stürmischen Küssen bedeckten Geliebten aufblickte, sah er seiner mehr als erstaunten Gattin ins Antlitz.
Armin Berg fand in dieser schier unlösbaren Situation den folgenden Ausweg. Er rief seiner Frau, mitten in New York, durchs geöffnete Fenster im deutsch-jiddischen Jargon mit unverkennbar mährischem Einschlag zu: »Ich bin nicht der Armin Berg!«

Friedrich Torberg trifft am Broadway zufällig seinen Wiener Freund Armin Berg. Der Schriftsteller fragt den Komiker, wie es ihm in New York gefalle. »Hör zu«, sagt Berg, »warum *wir* da sind, weiß ich. Aber warum sind die Amerikaner da?«

»Aber warum sind die Amerikaner da?«: Wiens Starkomiker Armin Berg verbrachte die Emigrationsjahre in den USA.
ZEICHNUNG: GEDÖ

Nach Wien zurückgekehrt, trat er wieder bei Karl Farkas im Simpl auf. Eines Tages wurde er zur Erledigung einiger Formalitäten aufs amerikanische Konsulat gebeten. Noch ehe Armin Berg dorthin aufbrach, empfahl man ihm – da bekannt war, dass er in der Emigration kaum ein Wort Englisch gelernt hatte – einen Dolmetscher mitzunehmen. Empört erwiderte der Komödiant: »Was brauch ich an Dolmetsch, ich hab acht Jahre in Amerika gelebt, ich kann perfekt Englisch.«
Erst als man ihm entgegenhielt, es könnten juridische Spitzfindigkeiten erörtert werden, die sich aus seiner Rückkehr ergäben hätten, erklärte er sich bereit, einen Übersetzer mitzunehmen.
Armin Berg betrat die US-Behörde in der Wiener Schmidtgasse, wo er vom amerikanischen Konsul mit den Worten begrüßt wurde: »How do you do, Mr. Berg?«
Worauf Armin Berg sich dem Dolmetscher zuwandte und fragte: »Was sagt er?«

Senta Berger
Schauspielerin

** 13. 5. 1941 Wien. Erste Filmrolle 1957 in Willi Forsts »Die unentschuldigte Stunde«. Musste das Reinhardtseminar wegen einer Filmrolle verlassen. Mit 17 Jahren am Theater in der Josefstadt, aber immer stärkeres Interesse am Film. 1962 Beginn ihrer Hollywood-Karriere. In den 70ern als ernsthafte Schauspielerin wieder entdeckt, spielte sie in Filmen von Wim Wenders und Volker Schlöndorff.*

Nachdem Senta Berger bereits in Hollywood gedreht hatte, kehrte sie nach Berlin zurück, um in einem Film des Produzenten Arthur »Atze« Brauner eine Rolle zu übernehmen. Im Mittelpunkt einer Szene stand ein Weinkrampf, dessen Darstellung ihr ohne Zuhilfenahme von Zwiebeln oder sonstiger Hilfsmittel vorzüglich gelang. Brauner war begeistert: »Großartig, Senta, wie machen Sie das?«
»Das ist ganz einfach«, entgegnete die Berger. »Ich brauche nur an meine Gage in Hollywood zu denken und dann fällt mir ein, was Sie mir zahlen. Das ersetzt jede Zwiebel.«

Elisabeth Bergner
Schauspielerin

** 22. 8. 1897 Drohobycz/Galizien † 12. 5. 1986 London. Eigentlich Elisabeth Ettel. Schauspielschule in Wien, erste Engagements in Innsbruck, Wien, Berlin und München. Gefeierte Bühnen- und Filmschauspielerin, besonders in Shakespeare-Rollen. Emigrierte 1933 nach London, 1940 in die USA. Verheiratet mit dem Regisseur Paul Czinner.*

Elisabeth Bergner absolvierte 1915 die Akademie für Musik und darstellende Kunst in Wien, an der Maria Eis, Fritz Kortner, Alma Seidler und Adrienne Gessner ihre Studienkollegen waren. Der Bergner sollte die größte Karriere unter den weiblichen Schülern der Akademie gelingen – obwohl dort eine ganz andere als hoffnungsvollstes Talent galt. Ihr Name war Grete Jacobson.

Bergners Klassenkameradin Adrienne Gessner erzählte die folgende Geschichte: Eines Tages wurde Fräulein Jacobson krank. Die Bergner besuchte sie regelmäßig im Spital und fragte immer wieder, wie sie diese und jene Rolle anlegen würde. Grete zeigte es ihr und spielte der Freundin am Krankenbett jede einzelne Szene detailliert vor.
Grete Jacobson erholte sich von ihrer Krankheit und ging nach einiger Zeit in eine Vorstellung der Neuen Wiener Bühne in der Wasagasse, wohin die junge Bergner mittlerweile engagiert worden war. Und Grete Jacobson glaubte ihren Augen und Ohren nicht trauen zu können. Denn Elisabeth Bergner spielte die Rolle nicht, wie Elisabeth Bergner sie gespielt hätte – sondern wie Grete Jacobson der Bergner vorgespielt hatte, dass sie sie spielen würde.
Und dies änderte sich nie mehr. Die Bergner blieb ihr Leben lang immer die Jacobson – und wurde weltberühmt.

Der Film- und Theaterstar tanzte auf den Herzen zahlreicher Verehrer herum, die Bergner ließ keinen Flirt aus, schien selbst aber gegen jede Form von Liebeskummer immun zu sein. »Der einzige Mann, der mir je Schmerzen zugefügt hat«, sagte sie, »war mein Zahnarzt.«

Schließlich heiratete sie den Regisseur Paul Czinner, dessen Filme *Fräulein Else* und *Ariane* ihr den internationalen Durchbruch brachten. Als Czinner von der europaweiten Verehrung seiner Frau in der Zeitung las, seufzte er: »Kunststück! Europa lebt ja auch nicht mit ihr zusammen.«

Edmund Bernatzik
Staats- und Völkerrechtler

** 28. 9. 1854 Mistelbach/Niederösterreich † 30. 3. 1919 Wien. Wurde nach dem in Wien absolvierten Jusstudium und einer akademischen Karriere Universitätsprofessor in Basel, Graz und in Wien. Später auch Rektor der Universität Wien und Mitgestalter der neuen österreichischen Verfassung und des modernen Rechtsstaates. 1919 Mitglied des deutsch-österreichischen Verfassungsgerichtshofs.*

Professor Edmund Bernatzik, einer der bedeutendsten Rechtsgelehrten im alten Österreich, war ein bei den Studenten der Universität Wien gefürchteter Prüfer. Als einmal ein Kandidat aus höchstem Adel zum Rigorosum antrat, erkannte Bernatzik schnell, dass dieser die Karriere eher auf Beziehungen als auf profundes Wissen aufzubauen gedachte. Quälend schleppten sich Lehrer und Student von einer Frage zur anderen. Endlich platzte Bernatzik der Kragen und er sagte: »Herr Kandidat, dass Sie einmal Minister werden, kann ich nicht verhindern – aber ich kann's verzögern.«
Er stand auf, nahm seinen Hut und ging. Der fürstliche Kandidat war durchgefallen.

Thomas Bernhard
Schriftsteller

** 9. 2. 1931 Kloster Heeerlen/Niederlande † 12. 2. 1989 Gmunden. Eine schwere Lungenkrankheit in der Kindheit prägte das Leben des Dichters. Werke u. a. »Der Theatermacher«, »Heldenplatz«, »Holzfällen«. Viele seiner Stücke wurden in der Ära Peymann am Burgtheater aufgeführt. Lebte in Ohlsdorf/Oberösterreich und in Wien. Ließ Aufführungen seiner Werke in Österreich testamentarisch verbieten.*

Sein *Heldenplatz* erregte die Gemüter, zumal Thomas Bernhard noch vor der Uraufführung des Stücks am Burgtheater erklärte, in Wien gebe es »mehr Nazis als Achtunddreißig und in Österreich sechseinhalb

Millionen Debile und Tobsüchtige«. Während Bruno Kreisky nach einem der Hassausbrüche des seit seiner Kindheit lungenkranken Dichters beschwichtigte »Na, wenn's ihm gesundheitlich nützt!«, schlug Thomas-Bernhard-Kritiker Werner Schneyder eine etwas konkretere Therapiemöglichkeit vor: »Ich habe nicht gesagt, man sollte Thomas Bernhard die öffentlichen Subventionen entziehen. Ich habe lediglich gemeint, man sollte ihm so viele Subventionen geben, dass er aufhört zu schreiben.«

»Na, wenn's ihm gesundheitlich nützt«: Thomas Bernhards »Heldenplatz« erregte die Gemüter. KARIKATUR: IRONIMUS, 1988

THEODOR BILLROTH

Arzt

** 26. 4. 1829 Insel Rügen † 6. 2. 1894 Abbazia. Gilt als der bedeutendste Chirurg der Wiener Medizinischen Schule. Medizinstudium und Arztpraxis in Berlin, ab 1867 Universitätsprofessor für Chirurgie in Wien. Pionier der Operationstechniken u. a. am Kehlkopf und im Magen. Förderte den Bau des Wiener Rudolfinerhauses. Anerkannter Musiker, Freund von Johannes Brahms.*

Ein Patient des Chirurgen Theodor Billroth litt unter einer einzigen Krankheit: Er war Hypochonder. Wegen jeder Kleinigkeit ließ er den Arzt kommen, auf alle medizinischen Zeitschriften war er abonniert, und mit seiner populärmedizinischen Bibliothek hätte er eine ganze Buchhandlung füllen können.

Wieder einmal wegen nichts und wieder nichts zu ihm gerufen, fand Billroth den Patienten Puls und Herz fühlend, die Zunge im Spiegel betrachtend und aufgeregt in seinen Schmökern blätternd und nachlesend.

»Geben Sie Acht, mein Lieber«, warnte Billroth, »Sie werden noch an einem Druckfehler sterben!«

»Sie werden noch an einem Druckfehler sterben«: Der berühmte Chirurg Theodor Billroth.

ZEITGENÖSSISCHE DARSTELLUNG

Sir Rudolf Bing
Operndirektor

** 9. 1. 1902 Wien † 2. 9. 1997 New York. Der Sohn eines österreichischen Stahlmagnaten startete seine Karriere als Opernmanager in den 20er Jahren. 1935 bis 1949 wirkte er an der Glyndebourne Opera in Sussex, 1947 war er Mitbegründer des Musikfestivals in Edinburgh. 1950 bis 1972 Direktor der Metropolitan Opera in New York. 1971 wurde er von Queen Elizabeth II in den Adelsstand erhoben.*

Als in New York eine Grippewelle herrschte, von der auch zahlreiche Sänger der »Met« betroffen waren, ließ Direktor Bing hinter der Bühne die folgende Verhaltensmaßregel anbringen: »Die Mitglieder des Ensembles werden ersucht, das Küssen auf das unbedingt notwendige Mindestmaß zu reduzieren.«

Karl Blasel
Volksschauspieler

** 16. 10. 1831 Wien † 16. 6. 1922 ebd. Wurde nach seiner Ausbildung als Sängerknabe an der Hofoper als Held und Liebhaber in die Provinz engagiert. Feierte seine größten Erfolge am Theater an der Wien und im Carltheater als Komiker in der Lokalposse und in der Operette. Er war auch Direktor des Theaters in der Josefstadt, des Kolosseum, des Carl- und des Wiedner Theaters.*

Als Blasel an die neunzig war, ließ sein Gedächtnis schon etwas nach, weshalb er sich während einer Vorstellung entschloss, statt des Couplettextes eine ganze Strophe lang »Tralala« zu singen.
Regisseur, Inspizient und mehrere Schauspieler standen entsetzt in den Kulissen, um den von der Bühne abgehenden Publikumsliebling zu trösten. Doch der sagte, als er die bestürzten Gesichter der Kollegen sah, nur stolz: »Das nenn ich geistesgegenwärtig. Stellt's euch vor, mir wär das Tralala net eing'fallen!«

Stand bis zu seinem neunzigsten Geburtstag auf der Bühne: der beliebte Wiener Volksschauspieler Karl Blasel.

KARIKATUR: LEON AMAR

HEDWIG BLEIBTREU

Schauspielerin

** 23. 12. 1868 Linz † 24. 1. 1958 Wien. Wurde als Tochter eines Schauspielerehepaares nach mehreren Provinzengagements im Alter von 25 Jahren an das Hofburgtheater in Wien geholt. Debütierte hier als Klärchen in »Egmont«. Künstlerischer Durchbruch als Johanna von Orléans, später Mütter- und Greisinnenrollen. Verheiratet mit dem Burgtheaterdirektor Max Paulsen.*

Otto Tressler und Hedwig Bleibtreu spielten in Arthur Millers *Hexenjagd* ein sehr betagtes Ehepaar. Beide bemühten sich, auf Stöcke gestützt, möglichst alt und gebrechlich zu wirken. Bis sie der Regisseur Josef Gielen während einer Probe unterbrach und zu ihnen sagte: »Was spielen Sie denn auf alt? Das ist völlig überflüssig. Sie sind es ja wirklich!«

Die Bleibtreu gehörte dem Ensemble des Burgtheaters 65 Jahre lang an. Als man sie aus Anlass der Wiedereröffnung des Burgtheaters nach dem Krieg interviewte, erzählte sie aus ihrem Bühnenleben: »Meine erste Rolle war die Maria Stuart, und in der war ich gar nicht gut. Dann habe ich die Medea gespielt, da war ich auch schlecht. Meine dritte Rolle war die Iphigenie, und da war ich überhaupt miserabel.«
»Ja, wie sind Sie denn dann die berühmte Bleibtreu geworden?«, fragte der Reporter.
»Mein Gott«, sagte die große Schauspielerin, »die Leute gewöhnen sich halt an einen.«

Oscar Blumenthal

Schriftsteller

** 13. 3. 1852 Berlin † 24. 4. 1917 ebd. Als junger Theaterkritiker wegen seiner Schärfe auch »der blutige Oscar« genannt, gab er 1887 den Journalismus auf und gründete in Berlin das Lessing-Theater, das er bis 1897 leitete. Nach einem Urlaub im Salzkammergut schrieb er 1896 mit Gustav Kadelburg das romantische Lustspiel »Im Weißen Rössl«, das später von Ralph Benatzky vertont wurde.*

Ein mittelmäßig begabter Schauspieler hatte die Aufgabe, auf der Bühne einen Koffer zu packen. Oscar Blumenthal beobachtete die Szene während einer Probe und kommentierte sie mit den Worten: »So packend habe ich den Mann noch nie gesehen!«

Alfred Böhm
Schauspieler

** 23. 3. 1920 Wien † 22. 9. 1995 Wieselburg/Niederösterreich. Kam nach Engagements in Innsbruck und Linz ans Theater in der Josefstadt, trat aber auch am Wiener Volkstheater und im Kabarett Simpl auf. Sein Schwerpunkt lag bei Film und Fernsehen, wo er durch Serien wie »Die Familie Leitner«, »Der Leihopa« und als Ober Alfred im »Seniorenclub« populär wurde.*

Der für seinen trockenen Humor bekannte Alfred Böhm spielte in jüngeren Jahren in Franz Antels Film *Kleiner Schwindel am Wolfgangsee* einen Oberkellner. In einer Szene, beim Fünf-Uhr-Tee, sollte Böhm einem Gast einen Brief überreichen. Als er sich diskret zwischen den Tanzpaaren durchschlängelte, brach Antel ab: »Haalt! Stopp! Böhm, was machen Sie denn da? Sie können doch nicht mitten durch die Leut rennen. Waren Sie denn noch nie bei einem Fünf-Uhr-Tee?«
»Oh ja, schon«, erwiderte Alfred Böhm. »Aber noch nie als Ober!«

Später ein Profi als Ober: Publikumsliebling Alfred Böhm, der langjährige Kellner des Fernseh-»Seniorenclubs«.
KARIKATURBANEK

Karl Böhm
Dirigent

** 28. 8. 1894 Graz † 14. 8. 1981 Salzburg. Nach absolviertem Jus- und Musikstudium Kapellmeister am Grazer Stadttheater, danach Dirigent an den Opernhäusern München, Darmstadt, Hamburg, Dresden. Dirigierte bei den Salzburger Festspielen, Generalmusikdirektor und Direktor der Wiener Staatsoper. Gastierte an allen großen Opern und Konzertsälen der Welt.*

Als Böhm während eines Japan-Gastspiels zu einem offiziellen Essen geladen war, zeigte er sich – aus Höflichkeit den Gastgebern gegenüber – einverstanden, mit Stäbchen zu essen. Nachdem er sich eine Zeit lang erfolglos mit dem für ihn ungewohnten Besteck um Nahrungsaufnahme bemüht hatte, raunte er einem neben ihm sitzenden Philharmoniker zu: »Also, mit an Staberl kann i mir mei Geld ganz gut verdienen. Aber mit zwaa müssert i glatt verhungern.«

Böhm war Generalmusikdirektor, hatte sich aber auch die Titel Professor und Doktor juris erworben. Und er war stolz auf jeden einzelnen. Bei einer Probe von Mozarts *Idomeneo* unterbrach ihn ein junger Philharmoniker immer wieder mit eher langweiligen Fragen. Als dieser zum vierten oder fünften Mal »Herr Böhm, wie meinen Sie das?« wissen wollte, machte ihm der Dirigent den Vorschlag: »Wissen S' was, sagen S' gleich Karl zu mir!«

Als während der Aufführung einer Mozart-Symphonie im Konzertsaal ein Kurzschluss auftrat, spielten die Musiker trotz vollkommener Finsternis bravourös weiter, wodurch sie wohl eine Panik verhindern konnten.
Ausgerechnet nach dem Schlussakkord ging das Licht – wie von Zauberhand gelenkt – wieder an, worauf das Orchester vom Publikum mit stürmischem Beifall belohnt wurde.
»Ja, ja«, meinte Böhm, »i hab ja auch im Finstern weiterdirigiert.«

Bei internationalen Auftritten litt der bedingungslose Perfektionist Karl Böhm unter seinen mangelnden Englischkenntnissen. Als er von den New Yorker Philharmonikern bei einer Probe einfordern wollte, sie mögen eine bestimmte Stelle »prägnanter« spielen, kramte er sein bestes Schulenglisch hervor und rief in den Orchestergraben: »Be a little bit more pregnant!*«

Als er zum Ehrenmitglied der Wiener Staatsoper ernannt wurde, hielt Böhm eine Dankesrede, in der er dem Ensemble zurief: »Liebt eure Oper wie bisher – aber intrigiert's ein bisserl weniger!«

»Intrigiert's ein bisserl weniger«: der weltberühmte Dirigent Karl Böhm.

KARIKATUR: WINNIE JAKOB

* Wörtliche Übersetzung: »Seien Sie ein kleines bißchen mehr schwanger!«

Karlheinz Böhm

Schauspieler

** 16. 3. 1928 Darmstadt. Dem Sohn des Dirigenten Karl Böhm gelang 1955 der Durchbruch als Darsteller Kaiser Franz Josephs in den »Sissi«-Filmen. Drehte in Hollywood und unter Werner Fassbinder. 1981 gründete er in der Fernsehshow »Wetten, dass ...?« die Hilfsorganisation »Menschen für Menschen«, mit der er für eine Verbesserung der Lage in Äthiopien kämpft.*

Karlheinz Böhm drehte 1961 für die Walt Disney Productions die zweiteilige Fernsehserie *Schicksalssymphonie*, in der man ihn in der Rolle des Ludwig van Beethoven sehen konnte. Sein Vater, der Dirigent Karl Böhm, kam damals während einer *Don-Giovanni*-Probe an der Wiener Staatsoper auf diesen Film seines Sohnes zu sprechen. Ein Chorsänger wollte wissen, wie der junge Schauspieler mit der schwierigen Rolle des Musikgenies fertig würde.
»Sehr gut«, erwiderte Karl Böhm, »der Bub lebt sich so hinein in die Rolle, dass er sogar schon schlecht hört. Hoffentlich gibt sich das wieder!«

Maxi Böhm

Schauspieler und Kabarettist

** 23. 8. 1916 Wien † 26. 12. 1982 ebd. Gründete 1945 nach Engagements in der böhmischen Provinz gemeinsam mit Peter Hey die Linzer Kleinkunstbühne »Eulenspiegel«. Sendereihen im Hörfunk (»Die Große Chance«), ab 1954 bei Karl Farkas im Kabarett Simpl, danach Volkstheater, ab 1976 bis zu seinem Tod Mitglied des Theaters in der Josefstadt.*

Der Kabarettist erhielt 1972 einen Brief von Harry Kraut, dem New Yorker Manager des Dirigenten Leonard Bernstein. »Dear Mr. Böhm! Mr. Bernstein wurde darauf aufmerksam gemacht, dass Sie eine großartige Parodie auf ihn gespielt haben. Er freut sich sehr darüber und hofft, dass es davon ein Video gibt. Wäre dem so, könnte er es sehen?«
Als der Maestro Monate später in Wien war, kam es zum Treffen Böhm-Bernstein. Der Dirigent sah sich im ORF-Zentrum auf dem Küniglberg das

Band an, lachte Tränen, sagte dann aber einschränkend: »Mr. Böhm, ich springe doch nicht beim Dirigieren!«
Im Anschluss an die Vorführung wurde die Aufzeichnung eines Strawinsky-Konzerts gezeigt, das Bernstein in der Londoner Royal Albert Hall dirigiert hatte. Nach einiger Zeit wandte er sich dem immer noch neben ihm sitzenden Böhm zu und flüsterte ihm ins Ohr: »Mr. Böhm, Sie haben Recht, ich springe wirklich!«

Nach seinem Abgang vom Kabarett wurde Maxi Böhm – jetzt freilich als Max – Mitglied des Theaters in der Josefstadt. Dies veranlasste Ossy Kolmann, dem früheren Simpl-Kollegen auf die Schulter zu klopfen und liebevoll zu sagen: »Das ist der Niedergang der Josefstadt – von Max Reinhardt zu Max Böhm!«

Maxi Böhm zog sich ins Kaiserbad in Deutsch Altenburg zurück. Nach Absolvierung einer mehrtägigen Kur schrieb der Komödiant ins Gästebuch des Hotels: »Bin in der vergangenen Woche um 20 000 Schilling jünger geworden.«

»In der vergangenen Woche um 20 000 Schilling jünger geworden«: Für den Karikaturisten »RANG« Angerer wischte sich Maxi Böhm schon im Kinderwagen mit der für ihn typischen Handbewegung die Haare aus der Stirn …
KARIKATUR: RUDOLF ANGERER

Ludwig Boltzmann
Physiker

** 20. 2. 1844 Wien † 5. 9. 1906 Duino bei Triest. Wurde mit seinen Arbeiten zur Thermodynamik zum Wegbereiter der Quantentheorie Max Plancks und der Relativitätstheorie Albert Einsteins. Lehrte in mehreren Ländern, ehe er 1894 Professor der Theoretischen Physik in Wien wurde. Er zählt zu den größten Naturforschern aller Zeiten. Selbstmord nach Ausbruch einer schweren Krankheit.*

Boltzmann war, was man einen »zerstreuten Professor« nennt. So wurde er von seiner Frau des Öfteren in den seiner Wohnung nahe gelegenen Stadtpark geschickt, um eines der Kinder spazieren zu führen. Dort angekommen, vertiefte er sich sogleich in seine Schriften und vergaß alles, was rund um ihn passierte. Gegen Mittag sah er auf die Uhr, packte seine Papiere zusammen und ging nach Hause. Es kam immer wieder vor, dass Passanten ein Baby samt herrenlosem Kinderwagen im zuständigen Kommissariat Wien-Landstraße abgaben. Die Polizisten wussten bereits, zu wem das Kind gehörte und brachten es jedes Mal in die Wohnung der Familie Boltzmann. Als der Beamte dort einmal sogar noch vor dem Professor ankam, sagte Henriette Boltzmann: »Sollte bei Ihnen auch noch ein Mann abgegeben werden, so bringen Sie ihn bitte bald nach Hause. Das Essen wird sonst kalt.«

Heinrich Graf Bombelles

Kaiserlicher Erzieher

** 26. 6. 1789 Versailles † 31. 3. 1850 Burg Savenstein/damals Kärnten. Trat als Franzose 1805 in den österreichischen Kriegsdienst ein und wurde Adjutant von Erzherzog Ferdinand. Ab 1836 Erzieher der Söhne von Erzherzog Franz Karl (Franz Joseph I., Maximilian, Carl Ludwig, Ludwig Victor). Sein Bruder Ludwig Bombelles vertrat Österreich bei den Karlsbader Beschlüssen 1819.*

Heinrich Graf Bombelles, der Erzieher des kleinen Erzherzogs und späteren Kaisers Franz Joseph, hatte eine interessante Familiengeschichte. Sein Vater, der Marquis Marc Bombelles, war ein französischer General und Diplomat, der sich im Jahre 1789 den Revolutionären angeschlossen hatte. Da er deren blutrünstiges Vorgehen nicht billigen konnte, sagte er sich von den neuen Machthabern bald wieder los, worauf er seines Postens als französischer Gesandter in der Republik Venedig enthoben wurde und dadurch von einem Tag zum anderen vor dem Nichts stand. Zudem hatte der verarmte Marquis nach dem Tod seiner Frau sechs kleine Kinder allein zu versorgen – eines davon war Heinrich, der spätere Erzieher Kaiser Franz Josephs.

Marc Bombelles ging mit seinen Kindern nach Österreich, wo er eine neue, zu seinem bisherigen Berufsweg völlig konträre Karriere einschlug: der Marquis studierte Theologie, wurde Priester und nahm damit eine Berufung an, die ihm als Witwer laut katholischem Kirchenrecht durchaus erlaubt war. Bombelles brachte es sogar bis zum Bischof!

Eines Tages erschien Bischof Bombelles in Begleitung seiner Söhne bei einem großen Empfang in der Hofburg. Eine Tatsache, die dem Zeremonienmeister nicht nur ungewohnt, sondern auch höchst peinlich war: Ein Priester, noch dazu höchster Würdenträger, der seine eigenen Kinder mitbrachte!

Da der Hofbeamte die Meldung »Bischof Bombelles mit seinen Söhnen« nicht über die Lippen brachte, kündigte er die Ankunft des Kirchenfürsten einfach so an: »Seine Eminenz, Erzbischof Marc Bombelles – mit den Neffen seines Bruders!«

Katholischer Erzbischof mit sechs kleinen Kindern: der Marquis Bombelles.
KARIKATUR: BRUNO HABERZETTL

Johannes Brahms

Komponist

** 7. 5. 1833 Hamburg † 3. 4. 1897 Wien. Der Komponist entschied sich im Alter von 29 Jahren für Wien als Wahlheimat. Ein Großteil seines Werks wurde in Wien uraufgeführt, darunter vier Symphonien, vier Konzerte, zwei Serenaden, Orgelmusik, Chorwerke, Lieder und Kammermusik. Er leitete die Konzerte der Gesellschaft der Musikfreunde und war mit Clara und Robert Schumann befreundet.*

Der aus kleinen Verhältnissen stammende Brahms hatte es zu großem Wohlstand gebracht. Immer wenn er seinen Vater in Hamburg besuchte, versuchte er ihm etwas Geld zuzustecken, dessen Annahme der alte Mann jedoch verwehrte. Als er sich wieder einmal von seinem Vater verabschiedete, sagte er: »Glaub mir, Vater, der größte Trost, wenn es einem schlecht geht, ist immer noch die Musik. Wenn du einmal vor Schwierigkeiten nicht mehr weiter weißt, dann nimm diese alte Partitur von Händel und blättere ein wenig darin. Du wirst sehen, du findest, was du brauchst.«
Als Brahms Vater dies einige Wochen später wirklich tat, fand er zwischen jeder Seite eine Banknote.

Nachwuchskünstler ersuchten den großen Brahms immer wieder, ihnen seine Meinung über ihr Werk mitzuteilen. Einmal wurde ihm von einem jungen Wiener eine Komposition gesandt, wobei der Begleitbrief mit der Bitte um Begutachtung folgendermaßen endete: »Wenn Sie etwas an meiner Partitur auszusetzen haben, dann dürfen Sie mir ruhig die Wahrheit sagen, Meister Brahms. Denn selbst wenn Ihr Urteil noch so vernichtend ausfällt, nichts würde mich mehr adeln als die Kritik von Johannes Brahms.«
Brahms schickte die Partitur mit der charmant verpackten Bemerkung zurück: »Mein lieber junger Kollege, ich möchte Sie am liebsten zum Erzherzog ernennen …«

Ein Mädchen wiederum wandte sich an Brahms, um ihn zu fragen, ob es eine Gesangskarriere wagen solle. Nachdem sie ihm vorgesungen hatte, erklärte die junge Frau: »Neues Kleid und Handschuhe habe ich schon gekauft.«
»Schade«, meinte Brahms, »sonst hätte ich geraten: Lieber nicht!«

Wer so oft und so hart urteilte wie Brahms, konnte natürlich auch irren. Als ihm der junge Hugo Wolf eines seiner frühen Lieder mit der Bitte schickte, »an den Stellen ein Kreuz zu machen, die Ihnen nicht gelungen erscheinen«, antwortete Brahms: »Ich kann Ihnen doch keinen Friedhof einrichten.«

Kein Wunder, dass Hugo Wolf später nicht besonders gut auf Brahms zu sprechen war. Das wurde insofern unangenehm, als Wolf viele Jahre als Kritiker im *Wiener Salonblatt* schrieb, in dem Brahms fortan immer nur schlecht weg kam. Als Wolf einmal überraschenderweise eine außerordentlich lobende Kritik über eines seiner Werke schrieb, meinte Brahms: »Heute kann man sich auf keinen Menschen mehr verlassen. Jetzt fängt der auch schon an, mich zu loben!«

Brahms ließ einen Schüler ein Stück von Schubert spielen. »Zu dieser Komposition«, sagte der Meister, »wurde Schubert durch den Gedanken an eine geliebte Frau inspiriert. Fühlen Sie sich also entsprechend in die Musik ein.« Kaum hatte der Schüler ein paar Takte gespielt, wurde er auch schon von Brahms unterbrochen: »Sie haben mich falsch verstanden. Das Stück richtet sich an eine Geliebte. Nicht an eine Schwiegermutter.«

Eine wenig begabte Sängerin versuchte Brahms ein Kompliment zu machen, indem sie ihn fragte, welche seiner Lieder er ihr zu singen empfehle. Brahms knappe Antwort lautete: »Meine posthumen.«

»Das Stück richtet sich an eine Geliebte, nicht an eine Schwiegermutter«: Johannes Brahms.

KARIKATUR: WILLY VON BECKERATH

Der starke Raucher paffte so ziemlich alles, was ihm zwischen die Finger kam – sowohl die teuren ausländischen, als auch die billigen österreichischen *Sport*-Zigaretten. Eines Tages spielte ihm ein junger Musiker namens Erich J. Wolff vor. Brahms lobte ihn und fragte, ob er rauche.

Als Wolff ja sagte, lächelte Brahms: »Dann sollen Sie was Gutes bekommen«, worauf er ihm eine teure ägyptische Zigarette mit Goldmundstück reichte. Wolff bedankte sich und steckte die Zigarette in seine Brieftasche.

»Wollen Sie sie nicht gleich hier rauchen?«, fragte Brahms.

»Oh, nein«, antwortete Wolff. »Die rauche ich nicht. Die hebe ich mir zur Erinnerung auf. Man bekommt nicht jeden Tag eine Zigarette von Brahms!«

»Dann geben Sie sie nur wieder her«, brummte Brahms. »Als Erinnerung genügt auch eine *Sport*.«

Als Hans von Bülow, der zu den großen Förderern von Brahms zählte, einmal dessen *Erste Symphonie* dirigierte, regte sich keine Hand. Bülow wandte sich daraufhin dem Publikum zu und sagte: »Meine Damen und Herren, ich habe diese Symphonie auch nicht beim ersten Hören verstanden, ich musste sie zweimal spielen, um sie zu genießen, und nun erlauben Sie mir, dass ich sie Ihnen auch noch einmal vorspiele.«
Nachdem die ganze Symphonie wiederholt wurde, gab es großen Applaus. Ein Zuhörer meinte freilich: »Die Leute klatschten nur, damit er sie ihnen am Ende nicht noch ein drittes Mal vorspielt.«

Seine große Verbeugung vor Wien und der Wiener Musik machte Johannes Brahms durch ein paar schnell hingekritzelte Noten des Donauwalzers, denen er die Worte beifügte: »Leider nicht von mir. J. Brahms.«

Eine Aristokratin war von dem Wunsch beseelt, Brahms zu einem musikalischen Abend in ihrem Palais überreden zu können. Als er nach einigen Gesprächen fast schon zugesagt hatte, schickte sie ihm eine Gästeliste mit 200 Namen. Darunter stand die Bemerkung, er möge ungeniert jeden Namen streichen, dessen Träger ihm bei seinem Konzert nicht genehm sei. Brahms schickte die Liste schon am nächsten Tag zurück. Nur ein einziger Name war gestrichen: Johannes Brahms.

Wie stellen Sie es nur an«, wurde Brahms von einer Tischnachbarin gefragt, »dass Sie immer so zu Herzen gehende Musik schreiben?«
»Sehr einfach«, antwortete Brahms. »Die Verleger wollen sie so haben.«

Wenn es hier irgendjemanden geben sollte, den ich noch nicht beleidigt habe«, verabschiedete sich der Zyniker Brahms einmal bei einem großen Empfang, »dann bitte ich um Entschuldigung.«

Brahms kam jeden Sonntag zum Mittagessen in den bürgerlichen Salon der Wiener Familie Eibenschütz – nicht nur der vielen Künstler wegen, die er dort traf, sondern auch, weil hier ein Gulasch von unerreichter Qualität serviert wurde.
Als man den großen Komponisten dort eines Tages fragte, warum er gar so deprimiert wirkte, erzählte er von der eben erst erfolgten Mitteilung seines Arztes, dass er an einem unheilbaren Leberleiden laborierte. Die Anwesenden bedauerten ihn, und als man zum traditionellen Mittagstisch schritt, meinte Frau Eibenschütz: »Aber nach dieser Diagnose dürfen Sie unser Gulasch nicht mehr nehmen, Meister, das wäre zu schwer für Sie!«
»Ach was«, wehrte Johannes Brahms ab, »stellen wir uns vor, ich wäre erst nächste Woche zur Untersuchung gegangen.«
Sprach's und ließ sich sein Gulasch einmal noch schmecken.

Gegen Ende seines Lebens sagte Brahms zu einem Bekannten: »Vor einiger Zeit begann ich mit einem neuen Werk, aber es wollte mir nicht und nicht gelingen. Da erkannte ich, dass ich jetzt wohl zu alt sei, und beschloss, mit dem Komponieren aufzuhören. Ich fand, ich hätte doch genug geleistet, jetzt könnte ich mir ein sorgenfreies Alter machen und es in Frieden genießen. Und das machte mich so glücklich und zufrieden, dass das Komponieren mit einem Mal wieder wunderbar ging.«

Befragt, was er von der Unsterblichkeit halte, antwortete Johannes Brahms, skeptisch in die Zukunft blickend: »Ach Gott, wenn sie heutzutage dreißig Jahre dauert, dann ist das schon sehr viel.«

Klaus Maria Brandauer
Schauspieler und Regisseur

** 22. 6. 1944 Bad Aussee/Steiermark. Eigentlich Klaus Georg Steng. Schauspieler am Theater in der Josefstadt und seit 1971 am Burgtheater. Internationaler Durchbruch 1981 in der Verfilmung des »Mephisto« nach Klaus Mann, die mit dem Oscar für den besten ausländischen Film ausgezeichnet wurde. 1983 bis 1989 »Jedermann« bei den Salzburger Festspielen. Lehrer am Reinhardtseminar.*

Dem Film *Mephisto* wird in Hollywood ein Oscar verliehen. Als Hauptdarsteller Klaus Maria Brandauer von der Auszeichnung erfährt, schleift er seinen Regisseur István Szabó vor 300 Millionen Fernsehzuschauern in aller Welt zum Freudentanz auf die Bühne, was der Fernsehmoderator Johnny Carson so kommentiert: »Nach der Sendung geben die beiden ihre Verlobung bekannt.«

Brandauer nimmt an einem Festessen teil, bei dem er neben einer älteren Dame sitzt, die ihn nicht erkennt. Sie sieht ihn bewundernd an und meint: »Mit Ihrem Aussehen könnten Sie auch beim Film Karriere machen!«
Brandauer will ihr helfen: »Pardon, gnädige Frau, aber ich heiße Klaus Maria Brandauer.«
»Das macht ja nichts, junger Mann, den Namen kann man ja ändern.«

Schon in jungen Jahren als aufstrebendes Talent des Theaters in der Josefstadt gefeiert, war man in seiner Heimatgemeinde Altaussee unendlich stolz auf den großen Sohn, über dessen Erfolge die Zeitungen immer wieder zu berichten hatten.
Als dann auch noch das Burgtheater rief, war im Ausseerland buchstäblich der Teufel los. Man feierte »Klausi« und ließ keine Gelegenheit aus, auf den nunmehr noch größeren Ruhm des ohnehin schon prominenten Bürgers anzustoßen.
Dem Oberförster von Altaussee freilich blieb es vorbehalten, die Freude der Bevölkerung in Worte zu fassen, als er dem in seinen Theaterferien

persönlich anwesenden neuen Mitglied der ersten Bühne des deutschen Sprachraums im Gasthaus zuprostete: »Servas Klaus, jetzt hast es aber wirklich g'schafft. Und wennst so weitermachst, kommst a no an die Staatsoper!«

»Wennst so weitermachst, kommst a no an die Staatsoper«: der Film- und Theaterstar Klaus Maria Brandauer.
KARIKATUR: WINNIE JAKOB

SIEGFRIED BREUER
Schauspieler

** 24. 4. 1906 Wien † 1. 2. 1954 Weende/Deutschland. Erhielt 1925 sein erstes Engagement am Deutschen Volkstheater in Wien, spielte dann in Aussig, Prag und Berlin. Stellte vor allem elegante Herren und Bonvivants dar. Ab 1939 trat er in mehreren Filmen auf, wobei er als Rumäne Popescu in »Der dritte Mann« (1948) unvergessen bleibt. Zuletzt am Theater in Göttingen engagiert.*

Siegfried Breuer besuchte gemeinsam mit einem Freund die Vorstellung einer kleinen Privatbühne. Sie war nicht nur schlecht besucht, sondern auch von miserabler Qualität. Als Breuer in der Pause dem Ausgang zustrebte, fragte ihn sein Begleiter, ob er schon gehen wollte. »Noch nicht«, antwortete der Schauspieler, »aber ich will vorsorglich unsere Garderobe holen, damit sie nicht in die Konkursmasse kommt.«

Gerhard Bronner

Kabarettist und Musiker

** 23. 10. 1922 Wien. Gründete nach der Rückkehr aus der Emigration in Palästina das Kärntnertortheater, in dem er mit Helmut Qualtinger, Carl Merz, Louise Martini und Georg Kreisler in Programmen wie »Blattl vorm Mund« und »Hackl im Kreuz« auftrat. Autor legendärer Chansons wie »Der g'schupfte Ferdl«, »Der Papa wird's scho richten« oder »Der Bundesbahnblues«.*

Eines Abends kam Bronner mit einem amerikanischen Besucher der von ihm betriebenen Marietta-Bar ins Gespräch. Als ihn der Fremde auf einen Drink einladen wollte, lehnte der Hausherr, mit dem Hinweis, dass er strikter Antialkoholiker sei, ab. Der Amerikaner wiederholte sein Angebot schon nach wenigen Minuten: »Darf ich Sie nicht doch auf einen Drink einladen?«
Obwohl Bronner wieder nein sagte, spielte sich die gleiche Szene im Laufe des Abends noch mehrere Male ab.
Nach der vielleicht zwölften Einladung war's Bronner zu blöd, und er ließ sich doch überreden.
Der Ober brachte einen Brandy Soda. Als der Kabarettist das Glas zu seinen Lippen führen wollte, hielt ihn der Amerikaner am Arm fest und sprach: »Junger Mann, darf ich Ihnen eines sagen: Wenn Sie in dem Beruf was werden wollen, dann lassen Sie das Trinken sein!«

Robert Neumann brachte mehrere Bücher heraus, die in den Jahren davor schon unter anderen Titeln erschienen waren. Gerade als Bronner den Freund in Locarno besuchte, wurden von seinem Verlag die Belegexemplare des jüngsten Neumann-Buches zugestellt. Ein gutes Dutzend des frisch gedruckten Werks lag auf dem Tisch des Hauses. Bronner schaute auf den Buchstapel und sagte: »Jö, a neues Buch. Wie hat das früher geheißen?«

Während einer Israel-Tournee wurde Bronner von einem Zeitungsreporter interviewt, dem nur bekannt war, dass der Wiener Kabarettist Autor und Komponist des berühmten Chansons *Der g'schupfte Ferdl* sei. Mangels einschlägiger Sprachkenntnisse hatte der Journalist selbstverständlich keine Ahnung, was der Liedtitel bedeutete. Nur ein Wort glaubte er erkennen zu können, das Wort »Ferdl«.
Also fragte er Bronner während des Interviews: »Was heißt ›Der G'schupfte‹?«
Bronner erklärte: »›G'schupft‹ bedeutet in Wien so viel wie verrückt.«
Und musste anderntags in der Zeitung lesen: »Gerhard Bronner in Israel. Er ist der Komponist des berühmten Liedes *Das verrückte Pferd.*«

»Der Komponist des berühmten Liedes ›Das verrückte Pferd‹«: Gerhard Bronner.
KARIKATUR: IRONIMUS

Anton Bruckner
Komponist

** 4. 9. 1824 Ansfelden/Oberösterreich † 11. 10. 1896 Wien. Als Komponist und Organist einer der bedeutendsten Symphoniker Österreichs. Vorerst Stiftsorganist in St. Florian, später Hofkapellorganist in Wien, wo er auch Harmonielehre und Kontrapunkt unterrichtete. Etliche seiner stark von der katholischen Kirchenmusik geprägten Werke galten zu seinen Lebzeiten als unaufführbar.*

Ein großer deutscher Musikverleger, der ein Konzert Bruckners besuchte, sagte beim anschließenden Abendessen: »Sehr schön, mein lieber Bruckner, aber die Form, das Organische – ich habe nichts davon verstanden.«
»Ja wissen S', lieber Herr«, entgegnete Bruckner, »des kommt scho vor. Ich will mi ja net mit'n Beethoven vergleichen, aber den haben's oft a net verstanden, de Ochsen!«

Bruckner litt sein Leben lang unter den Verrissen des gefürchteten Kritikers Eduard Hanslick, der über seine *Achte Symphonie* schrieb, dass sie dem »Katzenjammerstil« angehörte. Als Bruckner 1886 zur Audienz bei Kaiser Franz Joseph geladen war, um sich für die Verleihung des Franz-Joseph-Ordens zu bedanken, fragte der Monarch, ob er noch einen Wunsch hätte.
Bruckner antwortete treuherzig: »Majestät, wenn's halt dem Hanslick verbieten täten, dass er immer so schlecht schreibt über mich.«
Ein Wunsch, den selbst der Kaiser nicht erfüllen konnte.

Anton Bruckner befand sich insofern in bester Gesellschaft, als Hanslick nicht nur sein Schaffen, sondern auch das Richard Wagners heftig bekämpfte. Mit dem leidigen Thema konfrontiert, meinte Bruckner: »Wenn's nach dem Hanslick ginge, dürft i ja überhaupt nimmer komponieren. Aber i derwisch mi halt immer wieder dabei.«

Nach der Aufführung seiner *Siebenten Sinfonie* saß man gemütlich bei einem Glas Wein beisammen. »Was mich besonders beeindruckt«, sagte der Dirigent Carl Mück zu Bruckner, »ist das kraftvolle Naturmotiv der Trompete im Scherzo. In ihm erkennt man Ihre Verbeugung vor dem Schöpfer.«
»Und grad des is net von mir«, entgegnete Bruckner.
»Nicht von Ihnen?«, wunderte sich der Dirigent. »Von wem denn sonst?«
»Schaun S'«, antwortete der Meister, »so hat immer der Hahn 'kräht, der z'Haus beim Nachbarn in der Fruah auf'm Misthaufen g'hockt is.«

C

»Empfehle Vatermord!«

Von Ignaz Castelli
bis Géza von Cziffra

Ignaz Castelli

Schriftsteller und Tierschützer

** 6. 3. 1781 Wien † 5. 2. 1862 ebd. Der im Biedermeier populäre Dichter verfasste rund 200 Stücke für das Kärtnertortheater sowie Gedichte und Erzählungen. Gab ab 1808 die Zeitschrift »Der Sammler« heraus und gründete 1815 die »Wiener Modezeitung« und 1819 die »Ludlamshöhle«. Er war der erste Präsident des 1847 von ihm initiierten Wiener Tierschutzvereins.*

Castelli bat einen Freund, ihm von einer größeren Reise regelmäßig über dessen Befinden Mitteilung zu machen. Tatsächlich brachte ein Eilbote schon nach wenigen Tagen die erste Nachricht, auf dessen Kuvert »Postgebühr beim Empfänger einzuheben« stand. »Lieber Castelli«, war auf einer beiliegenden Karte zu lesen, »ich befinde mich wohl, Dein Freund Christoph.«

Castelli bezahlte die Zuschrift und dachte sich seinen Teil. Etwas später freilich erhielt der Freund eine schwere Kiste nachgesandt, ebenfalls mit dem Hinweis »Postgebühr beim Empfänger einzuheben«. Als dieser die hohe Postgebühr entrichtet hatte, fand er darin einen großen Stein und diesen Brief: »Lieber Christoph! Bei der erbetenen Nachricht über Dein Wohlbefinden ist mir der beiliegende Stein vom Herzen gefallen. Es grüßt Dich, Dein Castelli!«

Er litt wie alle Dichter des Biedermeier unter der allmächtigen Zensurbehörde, deren oberster Chef Graf Sedlnitzky in der Bevölkerung verhasst war. Castellis Rache: Er nannte seine beiden Hunde Sedl und Nitzky, und rief sie, sehr zur Freude seiner Gäste, stets in dieser Reihenfolge zu sich.

Camillo Castiglioni

Industrieller und Spekulant

** 22. 10. 1879 Triest † 18. 12. 1957 Rom. Kaufte 1921 die Aktienmehrheit der Alpine Montan, gründete die österreichische Luftfahrtgesellschaft und kontrollierte die österreichischen Daimler Motoren. Der Finanzhai und Lebemann legte mit dem Reichtum, den er während der Inflationszeit angehäuft hatte, eine große Kunstsammlung an und finanzierte 1924 Max Reinhardts Theater in der Josefstadt.*

Castiglioni spazierte einmal mit dem Bankier Siegmund Bosel über die Wiener Ringstraße. In der Nähe der Staatsoper packte ein junger Mann Bosels Aktenkoffer und eilte mit schnellem Schritt davon. Bosel wollte ihm nachlaufen, doch Castiglioni hielt ihn zurück: »Was wollen Sie?«, sagte er. »Wir haben doch alle einmal klein angefangen.«

Heinz Conrads

Schauspieler, Radio- und Fernsehmoderator

** 21. 12. 1913 Wien † 9. 4. 1986 ebd. Organisierte und conférierte während des Zweiten Weltkriegs »Bunte-Kompanie-Abende«. Danach Engagements bei Karl Farkas am Simpl und im Theater in der Josefstadt. Unvergleichliche Popularität durch die Hörfunksendung »Was gibt es Neues?« und die Fernsehsendung »Guten Abend am Samstag«. Bedeutender Interpret des Wienerliedes.*

Conrads wird in Anwesenheit zahlreicher Ehrengäste im Wiener Funkhaus für seine 25-jährige Tätigkeit im Rundfunk geehrt. Unter tosendem Applaus streift ihm Generalintendant Gerd Bacher einen Lorbeerkranz übers Haupt. Heinz Conrads bedankt sich mit einer kleinen Rede und steigt dann die Stufen der Bühne hinunter. Er legt den Kranz ab, geht in die erste Reihe und stülpt ihn dem anwesenden Bundeskanzler Kreisky über. Auf der Schleife des Kranzes stehen nämlich die Worte: »Österreichs größtem Showmaster.«

Einer der großen österreichischen Publikumslieblinge des 20. Jahrhunderts: Heinz Conrads.
KARIKATUR: IRONIMUS

Der Publikumsliebling betritt den Speisewagen. Da hört er, wie eine Dame ihrem Mann zuflüstert: »Hast g'sehn? Der schaut aus wie der Conrads!«
Heinz Conrads dreht sich um und lächelt. Da meint die Dame: »Er hat sich sichtlich geschmeichelt gefühlt.«

Radiomoderator Kurt Votava warb in der Sendung *Autofahrer unterwegs* mit folgenden Worten für eine Veranstaltung: »Morgen, Sonntag, bittet Radio Wien zu einem Benefizfest mit Professor Heinz Conrads, Professor Rosemarie Isopp, den Professoren Gustav Zelibor und Norbert Pawlicki, den Professoren Karl Grell und Franz Bauer-Theussl. Karten dafür bekommen Sie beim Portier im Funkhaus – der ist sicher auch schon Professor!«

Martin Costa

Schauspieler, Schriftsteller und Regisseur

** 12. 10. 1895 Wien † 17. 1. 1974 ebd. Eigentlich Martin Kostia. Spielte und inszenierte u. a. am Theater in der Josefstadt, verfasste überaus erfolgreiche Volksstücke wie »Der Hofrat Geiger«, »Die Fiakermilli« und »Der alte Sünder«. In den Verfilmungen seiner Stücke brillierten Volksschauspieler wie Hans Moser, Paul Hörbiger und Maria Andergast.*

Der Schauspieler Martin Costa erhielt während des Krieges Auftrittsverbot, weil er sich in den Augen der Nazis »frech« verhalten hatte und wurde von der Bühne weg in die Buchhaltung der Wiener Kammerspiele strafversetzt. Da er in dieser neuen Tätigkeit keinerlei künstlerische Befriedigung fand, machte er sich daran, ein Stück zu schreiben. So entstand das populäre Lustspiel *Der Hofrat Geiger*.
Da er als Schriftsteller ebenso verboten war wie als Schauspieler, musste Costa nun einen Strohmann suchen, der sich als Autor des Stücks ausgeben würde. Er fand einen Pfarrer namens Franz Füssel, der bereit war, bei dem Schwindel mitzumachen.
Das Stück hatte 1943 im Theater in der Josefstadt Premiere. Martin Costa saß mit Tränen in den Augen im Zuschauerraum, erinnerte er sich später, »während sich Hochwürden Füssel auf der Bühne minutenlang im Applaus sonnte und weiß Gott wie oft verbeugte«.

Nikolaus Graf Coudenhove-Kalergi

Europapolitiker

** 16. 11. 1894 Tokio † 27. 7. 1972 Schruns/Vorarlberg. Der Sohn eines flämisch-griechischen Aristokraten und einer Japanerin gründete 1923 die Paneuropa-Union, mit dem Ziel einen europäischen Staatenbund zu schaffen. Bemühte sich im amerikanischen Exil vergeblich um eine österreichische Exilregierung. 1947 Gründung der Europäischen Parlamentarischen Union.*

Nach dem Ersten Weltkrieg interessierten sich Millionen Menschen in aller Welt für das pazifistische Gedankengut. Freilich verhielten sich die Proponenten dieser Bewegung oft recht ungeschickt. Als Coudenhove-Kalergi 1924 den Pazifistenkongress in Berlin besucht hatte, schrieb er seine Eindrücke nieder: »Das große Übel des Pazifismus sind die Pazifisten.«

Der in Tokio geborene Coudenhove-Kalergi musste in der Zeit, als er im amerikanischen Exil lebte, auf einer Reise ein Formular ausfüllen, in dem auch die Frage gestellt wurde: »Welche feindlichen Länder haben Sie besucht und zu welchem Zweck?«
Er schrieb: »Land: Japan. Zweck: Geburt.«

Franz Theodor Csokor

Schriftsteller

** 6. 9. 1885 Wien † 5. 1. 1969 ebd. Bedeutender Vertreter des expressionistischen Dramas, verfasste auch Lyrik und Romane. Trat als Humanist für die Wahrung der Menschenrechte ein. Während der Nazizeit Emigration nach Italien. 1947 Präsident des österreichischen P.E.N.-Clubs. Sein erfolgreichstes Stück »3. November 1918« wurde zum Requiem der österreichisch-ungarischen Monarchie.*

Franz Theodor Csokor wurde in den zwanziger Jahren von der Direktion des Burgtheaters als »Spion« nach Berlin geschickt, um dort Stücke zu erkunden, die auch für Wien geeignet wären. Csokor entschied sich für den Einakter *Vatermord* von Arnolt Bronnen und drahtete nach Wien: »Empfehle Vatermord!«
Auf der Rückfahrt wurde Csokor an der Grenze verhaftet und in polizeilichen Gewahrsam genommen. Erst als er nachweisen konnte, dass er in dem abgefangenen Telegramm ein Theaterstück und keineswegs ein Kriminaldelikt vorgeschlagen hatte, durfte er die Heimreise fortsetzen.

Da er in großer materieller Anspruchslosigkeit lebte, liebte es Csokor umso mehr, eingeladen zu werden. Ein für seine üppigen Gastmähler bekannter Freund wollte ihn für den nächsten Tag zum Mittagessen bitten. »Das geht leider nicht«, bedauerte Csokor. »Morgen nicht, aber übermorgen, wenn's recht ist.«

»Gut, dann übermorgen. Und wer, wenn ich fragen darf, hat dich für morgen eingeladen?«
»Morgen«, strahlte Csokor, »hat mich deine Frau eingeladen.«

Csokors Wohnung war chronisch unaufgeräumt. Als Alfred Polgar ihm einen Besuch abstattete, bot sich dem Freund ein wüstes Durcheinander von Büchern, Zeitungen, Manuskripten und Schreibbehelfen dar. Nichts befand sich dort, wo es hingehörte. Auf dem Schreibtisch lagerte allerlei Esszeug, das Fensterbrett beherbergte Gläser unterschiedlichen Formats, die Schnapsflasche kam aus dem Nachtkasten zum Vorschein, und was sich als Decke über das Sofa breitete, war zweifelsfrei einer der Fenstervorhänge.
Polgar zündete sich eine Zigarette an und sah sich um. »Würde es Sie stören, Csokor«, fragte er, »wenn ich die Asche in den Aschenbecher gebe?«

»Würde es Sie stören, wenn ich die Asche in den Aschenbecher gebe«: Franz Theodor Csokor an der Schreibmaschine in seiner chronisch unaufgeräumten Wohnung.
ZEICHNUNG: LE RÜTHER

Oskar Czerwenka
Opernsänger

** 5. 7. 1924 Vöcklabruck/Oberösterreich † 1. 6. 2000 ebd. Überaus populärer Sänger (Bass), ab 1951 Mitglied der Wiener Staatsoper. Auftritte bei den Salzburger und den Bregenzer Festspielen sowie auf internationalen Opernbühnen. Als legendär gilt seine Interpretation des Ochs von Lerchenau im »Rosenkavalier«. In seinen späteren Jahren auch als Maler anerkannt.*

Der junge Oskar Czerwenka erhielt trotz der großen Rollen, die er an der Volksoper interpretierte, eine geradezu lächerlich geringe Gage. Eines Tages kam es deshalb zur Aussprache zwischen ihm und dem als Original wie als Sparmeister gleichermaßen bekannten Direktor Franz Salmhofer.

Kaum hatte Czerwenka die Direktionskanzlei betreten, erklärte Salmhofer schon, dass er den Fall sofort erledigen wollte. Just in diesem Moment läutete sein Telefon.

»Servus Ernstl«, eröffnete der Direktor das Gespräch und informierte Czerwenka leise, dass Ministerialrat Marboe, der für finanzielle Belange zuständige Chef der Bundestheaterverwaltung, am anderen Ende der Leitung sei. »Jetzt wirst du sehen, Oskar, wie ich mich für dich einsetze«, flüsterte Salmhofer seinem Ensemblemitglied jovial zu, ehe er sich wieder dem Anrufer zuwandte.

»Also, pass auf Ernstl«, schnaubte der Direktor, »auch wenn du mich aus Paris anrufst und das Gespräch sehr teuer wird: Ich habe eine wichtige Sache mit dir zu besprechen. Neben mir sitzt der Oskar Czerwenka, eine der Säulen unseres Hauses. Ohne ihn könnten wir den Betrieb gar nicht aufrecht halten, bei ihm ist eine Gagenerhöhung längst fällig, und zwar eine saftige. Ich verlange von dir, sagen wir ...«

Offensichtlich wurde Salmhofer ausgerechnet jetzt von seinem Gesprächspartner unterbrochen.

»Was heißt denn das, den Gürtel enger schnallen?«, nahm der Direktor das Gespräch wieder auf. »Der Staat soll woanders sparen und nicht bei seinen Künstlern ... Absoluter Gehaltstopp, kommt von ganz oben? ... Der Minister?«

Salmhofer legte auf und teilte Czerwenka mit: »Tut mir leid, Oskar, du hast ja gesehen, ich hab gekämpft für dich wie ein Löwe, sogar in Paris hab ich's dem Marboe gesagt.«
Ausgerechnet in diesem Moment ging die Tür auf, der Direktionsdiener trat ein und meldete Salmhofer: »Entschuldigen, Herr Direktor, aber der Ministerialrat Marboe ist draußen und möchte mit Ihnen sprechen!«
Es stellte sich heraus, dass der Direktor unterm Schreibtisch einen Knopf installiert hatte, mit dessen Hilfe er in Notfällen fingierte Telefongespräche einzuläuten pflegte.

Herr Kammersänger«, rief der Staatsoperndirigent bei einer Probe seinem Ochs von Lerchenau im *Rosenkavalier* zu, »Herr Kammersänger, Sie haben das Fis nicht genau getroffen und das Hohe E vorhin war auch nicht ganz einwandfrei.« Da erwiderte Czerwenka mit seinem beeindruckenden Organ: »Aber was, die Noten san eh nur Vorschläge vom Komponisten – die kann ma befolgen oder a net!«

Géza von Cziffra

Filmregisseur

** 19. 12. 1900 Arad/Ungarn † 28. 4. 1989 Dießen/Deutschland. Journalist, Drehbuchautor. Studierte ab 1918 Regie in Wien, arbeitete bei verschiedenen Filmgesellschaften, ehe er 1945 in Wien die Cziffra-Film GmbH gründete. Drehte »Frauen sind keine Engel«, »Kriminaltango«, »Die Abenteuer des Grafen Bobby«, »Charleys Tante« sowie »Die Fledermaus« mit Peter Alexander und Hans Moser.*

Géza von Cziffra hatte die Zeit des Stummfilms noch mitbekommen. Er erinnerte sich daran: »Die ersten Klavierspieler und Geiger dienten eigentlich dazu, die Zuschauer wach zu halten. Die Kinomusiker waren selten große Virtuosen. Als die Schauspielerin Asta Nielsen, wie so oft, am Ende des Stummfilms, da sie den Liebsten nicht bekommen konnte, durch einen kühnen Sprung ins Wasser ihrem Leben ein Ende setzte, rief ein Zuschauer in den Kinosaal: ›Asta, nimm den Geiger mit!‹«

Als Cziffra im Berlin der zwanziger Jahre als junger Drehbuchautor gefragt wurde, wie er sich mit seinem mangelhaften Deutsch durchzusetzen vermochte, antwortete der gebürtige Ungar: »Aber bittaschän, is doch gonz einfoch. Ich hob Idee, und für ›der, die, das‹ und ›mir, mich, Ihnen‹ hob ich Sekretärin.«

Viele Ungarn trafen sich 1933, nach Hitlers Machtübernahme, in Budapest. Cziffra setzte sich im Speisesaal des Hotel Royal an den Tisch des Komponisten Paul Abraham und der Sängerin Gitta Alpar. »Wie lange wollt ihr hier bleiben?«, fragte Abraham die beiden Freunde. »Nicht sehr lange«, antwortete Cziffra. »Hier sind mir einfach zu viele Ungarn.«

In den fünfziger Jahren hatte Cziffra einen einarmigen Produktionsleiter namens Mohr, mit dem er immer wieder im Streit um finanzielle Belange stand. Schon am dritten Drehtag eines Films kam es zum Krach, in dessen Verlauf der Regisseur den Produktionschef des Studios verwies: »Raus Mohr, ich will Sie bis Endä von Dräharbeitän nicht mähr sehän!«
Herr Mohr ließ sich nicht mehr blicken und wagte sich erst wieder, als der Film fertig war, in die Nähe des Meisters. »Herr von Cziffra«, sagte Mohr, »ich wollte mich von Ihnen verabschieden.«
»Also, Wiedersähn, Härr Mohr!«
»Herr von Cziffra, ich weiß nicht, wie ich's Ihnen sagen soll, aber es ist ein kleines Wunder passiert. Ich schleppe seit Jahren ein Magenleiden mit mir herum.«
»Na, und Härr Mohr?«
»Ich war diese Woche bei meinem Arzt, und hab mich durchuntersuchen lassen, und stellen Sie sich vor: Ich bin vollkommen gesund! Der Magen ist in Ordnung, meine Schmerzen sind wie weggeblasen! Und das nach diesem Film, Herr von Cziffra, bei dem es so viel Streit gab!«
»Also, mein liebär Mohr, hören Sie zu«, erwiderte Cziffra. »Ich glaube, wenn Sie noch ein, zwei Filme mit mir drehän, wächst Ihnen där Arm auch noch nach!«

Cziffra war selten gut aufgelegt, er saß oft mit einem mieselsüchtigen Gesicht im Regiesessel. Einmal kam ein Assistent vorbei und fragte:
»Sag, Géza, warum bist du immer so schlecht aufgelegt?«
»Das ist komisch, die Leute glauben immer, ich bin schlecht aufgelegt, dabei denke ich nur nach.«
»Worüber denkst du nach?«
»Warum ich so schlecht aufgelegt bin.«

D

»Bei uns lernt niemand eine Rolle«

Von Theodor Danegger bis Felix Dvorak

Theodor Danegger

Schauspieler

** 31. 8. 1891 Lienz/Osttirol † 11. 10. 1959 Wien. Kam schon als Kind an das Wiener Burgtheater, spielte auch am Volkstheater, an der Neuen Wiener Bühne, in Frankfurt und München. Ab 1939 für den Film tätig, wurde er 1943 während der Dreharbeiten zu »Der weiße Traum« verhaftet, wobei die mit ihm gedrehten Szenen aus dem Film entfernt wurden. Stand ab 1946 wieder vor der Kamera.*

Die Mitglieder des Burgtheaters schienen in früheren Zeiten auf Programmzetteln ohne Vornamen auf. Da stand einfach »Frau Schratt«, »Herr Kainz« oder »Herr Mayer«. Und Schauspieler, die in Kinderrollen auftraten, wurden schlicht als »Klein-Müller« vorgestellt. Auch Theodor Danegger trat schon als Kind an der »Burg« auf und wurde, der Tradition entsprechend, am Theaterzettel »Klein-Danegger« genannt. Bis eines Tages der Inspizient ins Büro des Burgtheaterdirektors Paul Schlenther stürmte, um diesem aufgeregt zu melden, er hätte soeben Klein-Danegger hinter der Bühne in eindeutiger Pose mit einer hübschen Statistin überrascht.

Den Direktor konnte das freilich nicht erschüttern. Er sagte nur: »Dann müssen wir halt in Zukunft statt ›Klein-Danegger‹ ›Herr Danegger‹ ins Programmheft drucken.«

Als Danegger in seinen späten Jahren am Burgtheater mit Textproblemen zu kämpfen hatte, »wohnte« er zuweilen in unmittelbarer Nähe des Souffleurkastens, auf den er eines Abends, gleich nach Beginn der Vorstellung, zustürmte. Die Souffleuse flüsterte ihm seine Auftrittsworte zu: »Hoffentlich haben Euer Ehren gut geruht ...«

Darauf der Schauspieler: »Keine Details – welches Stück?«

Vilma Degischer

Schauspielerin

17. 11. 1911 Wien † 3. 5. 1992 Baden bei Wien. Erste Engagements nach der Ausbildung am Wiener Reinhardtseminar an den Reinhardt-Bühnen in Berlin, Wien und bei den Salzburger Festspielen. Verheiratet mit Hermann Thimig, ab 1939 bis zu ihrem Tod Mitglied des Theaters in der Josefstadt, deren Grande Dame sie in den letzten Jahren war. Zahlreiche Film- und Fernsehrollen.

Im Herbst des Jahres 1945 war selbst in der k. u. k. Hofzuckerbäckerei Demel das Angebot an Süßspeisen entsprechend dürftig. Als Vilma Degischer in diesen Tagen nach langer Zeit wieder die Konditorei am Wiener Kohlmarkt betrat, wurde sie von einer »Demelinerin« mit den Worten »Schön, dass uns nicht vergessen haben« begrüßt. Die Degischer gustierte sogleich: »Liebe Frau Grete, bringen Sie mir bitte eine Schale Gold und einen Indianer mit Schlag – nein, bitte lieber eine Orangencremetorte, halt, doch nicht, also – eine Schale Gold, Schlagobers extra und eine Triester Torte!«
Frau Grete hatte ruhig zugehört. Dann beugte sie sich diskret vor, sah Vilma Degischer an und fragte: »Leben am Mond?«

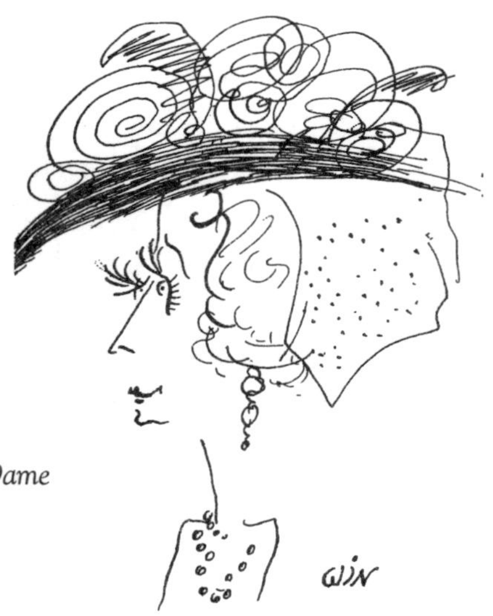

»Leben am Mond«: Vilma Degischer, die Grande Dame des Theaters in der Josefstadt.
Karikatur: Winnie Jakob

Ernst Deutsch
Schauspieler

** 16. 9. 1890 Prag † 22. 3. 1969 Berlin. Kam nach seinem Debüt an der Wiener Volksbühne über Dresden nach Berlin, wo er von Max Reinhardt entdeckt wurde. 1931/32 Burgtheater und Josefstadt. 1933 Emigration in die USA, wo er mehrere Filme drehte. Spielte nach seiner Rückkehr nach Europa die großen Charakterrollen (Nathan, Shylock, Professor Bernhardi) u. a. am Wiener Burgtheater.*

Fritz Kortner und Ernst Deutsch, beide Juden, besuchten eine Theateraufführung, in der ein ebenfalls jüdischer Kollege die Hauptrolle spielte. Deutschs Urteil lautete: »Jude sein ist auch nicht abendfüllend.«

In einer Berliner Inszenierung des *Kaufmanns von Venedig* – hinterließ uns Friedrich Torberg – spielte Albert Bassermann den Shylock und Ernst Deutsch den »königlichen Kaufmann« Antonio (der Shylock wurde erst Jahrzehnte später zu einer seiner großen Altersrollen). Als nun bei der öffentlichen Generalprobe die als Anwalt verkleidete Porzia mit der Frage »Wer ist der Kaufmann hier, und wer der Jude?« die Gerichtsverhandlung im letzten Akt einleitete, wandte sich Deutsch, seine einmalige Extempore-Chance nützend, in keineswegs Shakespearescher Diktion zum Richtertisch: »Sie werden lachen, Herr Doge – ich bin der Kaufmann.«

Ludwig Devrient
Schauspieler

** 15. 12. 1784 Berlin † 30. 12. 1832 ebd. Ältester der legendären Schauspielerdynastie. Iffland erkannte sein Talent als Charakterschauspieler und ebnete seinen Weg zum Königlichen Schauspielhaus Berlin. Enge Freundschaft mit E.T.A. Hoffmann. Ab 1828 Gastspielauftritte am Wiener Hofburgtheater u. a. als Harpagon in »Der Geizige« und als Lionel in »Die Jungfrau von Orléans«.*

Devrient kam angeheitert zur Aufführung von Schillers *Räubern*. Als er als Franz Moor auf der Bühne seinem Vater einen Brief vorlesen sollte, schwankte er dermaßen, dass er sich nicht mehr auf den Beinen halten konnte und hinfiel. Immerhin war Devrient so schlagfertig, seinen Monolog mit den Worten zu beenden: »Mein Vater, Ihr seht ja selber, wie sehr mich diese Nachricht zu Boden schmettert.«

Seine alkoholischen Exzesse ließen Devrient früh altern, was ihm auf der Bühne weniger anzumerken war als im privaten Umgang. Am Tag nach einer Premiere klingelte eine bezaubernde junge Frau an seiner Tür, um den von ihr verehrten Schauspieler mit einem Blumenstrauß zu überraschen. Devrient öffnete persönlich, worauf die Besucherin erbarmungslos fragte: »Kann ich bitte den Herrn Hofschauspieler sprechen?«
»Ich bedaure außerordentlich«, antwortete der Verkannte schlagfertig, »aber der junge Herr ist leider fortgegangen.«

Franz Freiherr von Dingelstedt

Hofopern- und Hofburgtheaterdirektor

** 30. 6. 1814 Halsdorf/Deutschland † 15. 5. 1881 Wien. Gymnasiallehrer, Dramaturg, Schriftsteller. Sein Gedichtzyklus »Lieder eines kosmopolitischen Nachtwächters« wurde wegen aufrührerischer Tendenz verboten. Erstmals als Korrespondent 1842 in Wien, dann Theater- und Operndirektor in Stuttgart. Ab 1867 Hofoperndirektor, ab 1870 Hofburgtheaterdirektor in Wien. 1876 vom Kaiser geadelt.*

Bei seinem Antritt als Direktor des Hauses begrüßte Dingelstedt sämtliche Burgtheatermitglieder, die er natürlich alle von der Bühne her kannte, beim Namen. Nur eine ältere Dame musste ihm aus der Verlegenheit helfen. »Ich bin die Souffleuse«, stellte sie sich vor.
Der Direktor schüttelte ihr daraufhin besonders herzlich die Hand. »Aber natürlich, von Ihnen habe ich auch schon sehr viel gehört.«
»Ich bin gerührt. Darf ich fragen, wo Sie von mir gehört haben?«
»Gestern Abend in der Vorstellung. Ich saß in der zweiten Reihe.«

Dingelstedt war als unverlässlich verschrien. Als eines Tages in einer Wiener Zeitung eine kritische Notiz über mehrere Mitglieder seines Ensembles erschien, regte er sich furchtbar auf und stellte den Redakteur des Blattes zur Rede. »Was mich am meisten trifft«, brüllte der Direktor, »ist die Tatsache, dass die Leute glauben werden, ich hätte die Meldung in die Welt gesetzt!«

»Aber Herr Baron, das ist vollkommen unmöglich«, beruhigte der Journalist, »in meinem Artikel steht doch ausdrücklich: ›Wie wir aus sicherer Quelle erfahren.‹ Wer kommt denn da auf den Gedanken, dass Sie gemeint sein könnten?«

Wer hat denn diesen Unsinn angeordnet?«, fragte Dingelstedt während einer Probe seinen Assistenten.

»Aber Herr Direktor, das haben Sie doch selbst getan!«

»So?«, meinte Dingelstedt. »Das sieht mir wieder ähnlich.«

Heimito von Doderer

Schriftsteller

** 5. 9. 1896 Hadersdorf-Weidlingau bei Wien † 23. 12. 1966 Wien. Vorerst Mitglied der NSDAP, wandte er sich bald vom Nationalsozialismus ab. Feierte 1951 seinen größten Erfolg mit dem Roman »Die Strudlhofstiege«, dem Texte wie »Die Dämonen«, »Die Posaunen von Jericho« oder »Die Wasserfälle von Slunj« folgten. Seine Werke schildern das Alltagsleben.*

Doderer wurde von einem jungen Schriftsteller belagert, der mit ebenso viel Ausdauer wie Talentlosigkeit an sich arbeitete. Eines Abends saß er bleich, mit rot geränderten Augen, an Doderers Stammtisch. »Was ist los?«, fragte der berühmte Romancier. »Sind Sie krank?«

»Ich habe in den letzten Wochen bis in die Nacht hinein geschrieben«, sagte der Möchtegern-Schriftsteller, »und konnte nachher nicht einschlafen.«

»Ja, aber warum«, fragte Doderer spitz, »warum haben Sie das Geschriebene nicht noch einmal durchgelesen?«

ENGELBERT DOLLFUSS

Politiker

** 4. 10. 1892 Texing/Niederösterreich † 25. 7. 1934 Wien. Bundeskanzler von 1932 bis 1934. Schaltete im März 1933 das Parlament aus und verbot die NSDAP, die Kommunistische Partei, den republikanischen Schutzbund und 1934 auch die Sozialdemokratische Partei. Errichtete den autoritären Ständestaat. Beim Juliputsch des Jahres 1934 vom Nationalsozialisten Otto Planetta ermordet.*

Bundeskanzler Engelbert Dollfuß – ganz allein im Parlament.

ZEITGENÖSSISCHE KARIKATUR

Viele Scherze ranken sich um den ob seiner geringen Körpergröße »Millimetternich« genannten Bundeskanzler Engelbert Dollfuß. So gab es Leute, die im Kaffeehaus »einen Dollfuß« bestellten, wenn sie einen kleinen Schwarzen trinken wollten. Und als ein Postwertzeichen mit einem Bildnis des Regierungschefs herauskam, spöttelte man: »Die neue Briefmarke zeigt ihn in voller Lebensgröße.«

Es kam immer wieder vor, dass sich vor Dollfuß' Wohnhaus in der Wiener Stallburggasse 2 spätabends Hunderte Menschen versammelten, die laut »Hoch!« schrien. Der Kanzler pflegte in solchen Fällen ans Fenster seiner Wohnung zu treten und den Fans zuzuwinken. »Es war uns peinlich, ihm dann immer durch Zeichen bedeuten zu müssen«, erzählte Marcel Prawy, »dass nicht er gemeint war, sondern die im selben Haus wohnende und von uns verehrte Maria Jeritza, der wir Stehplatzbesucher nach einer Vorstellung zujubelten.«

Heinrich Drimmel

Politiker

** 16. 1. 1912 Wien † 2. 11. 1991 ebd. Studierte Jus an der Universität Wien, nach dem Krieg als Beamter im Unterrichtsministerium Sekretär des Ministers Felix Hurdes. 1954 bis 1964 Bundesminister für Unterricht, danach bis 1969 Vizebürgermeister der Stadt Wien. Autor zeitgeschichtlicher Bücher wie »Gott erhalte«, »Vom Kanzlermord zum Anschluss«, »Die Antipoden«.*

1954, bei der Eröffnung der ersten Festspiele im burgenländischen Mörbisch kreierte Unterrichtsminister Heinrich Drimmel eine bis heute oft gebrauchte Wortdefinition: »Einen Namen hätte ich auch schon für die neue Seebühne: die Gelsenreitschule.«

Milan Dubrović
Journalist, Schriftsteller und Diplomat

** 26. 11. 1903 Wien † 11. 9. 1994 ebd. Schrieb als junger Journalist für die »Wiener Allgemeine Zeitung«, das »Neue Wiener Tagblatt«, den »Mittag« und versuchte sich als Auslandskorrespondent v. a. für deutsche Blätter. Später Leitender Redakteur und 1953 bis 1961 Chefredakteur der »Presse«. Danach Presse- und Kulturattaché in Bonn und ab 1970 Herausgeber der »Wochenpresse«.*

Dubrović, als junger Journalist finanziell auf jede nur irgend mögliche Veröffentlichung angewiesen, verlangte eines Tages in seinem Stammcafé, dem Herrenhof, nach dem *Hamburger Fremdenblatt*, das zwar als führende Auslandszeitung im Herrenhof auflag, aber kaum jemals verlangt wurde. »Was der Kellner herbeibrachte«, erzählte Friedrich Torberg, »war eine Zeitung von ungewöhnlich großem Format, größer noch als die Londoner und die New Yorker *Times*.« Dubrović begann jedoch nicht etwa zu lesen, sondern hielt das Riesending zur allgemeinen Besichtigung hoch. »Also bitte«, sagte er. »Und *die* schicken mir etwas wegen Raummangel zurück!«

Willi Dungl
Gesundheitsexperte

** 17. 7. 1937 Wien † 1. 5. 2002 Horn/Niederösterreich. Der gelernte Masseur leitete ab 1970 Berufsausbildungskurse für Masseure. 1973 Gründung eines Gesundheitszentrums für Spitzensportler in Bad Vöslau und 1986 eines Bio-Trainingszentrums in Gars am Kamp. Seine Philosophie lag im Zusammenwirken von gesunder Ernährung, richtiger Bewegung und geistiger Fitness.*

Willi Dungl wurde vom Bundespräsidenten mit dem Titel Professor ausgezeichnet. Eines Tages war in seinem Gesundheitszentrum in Gars am Kamp ein unter Rückenschmerzen leidender Patient angesagt. Sein Name war Dr. Koller, und er war Arzt von Beruf. Primarius Dr. Koller begab sich nun ins Vorzimmer von Dungls Behandlungsraum und wurde von der Assistentin des Fitnesspapstes aufgerufen. Und zwar mit den Worten: »Herr Koller bitte eintreten, der Herr Professor lässt bitten!«

Felix Dvorak

Schauspieler, Regisseur und Theaterintendant

** 4. 11. 1936 Wien. Mitbegründer des Kabaretts »Der Würfel«; Auftritte im Theater in der Josefstadt; Autor und Interpret zahlreicher TV-Sendungen, ausgezeichnet mit der »Goldenen Rose« von Montreux. Trat mit seinen Sprachparodien u. a. im Pariser Crazy Horse und in Las Vegas auf. Seit 1989 Intendant des Stadttheaters Berndorf und seit 1993 der Komödienspiele Mödling.*

Der junge Felix Dvorak tingelte mit Lehárs *Land des Lächelns* durch ganz Österreich, wobei er sich in der Rolle des Dragonerleutnants Gustl in die zarte Chinesin Mi – die Schwester des Prinzen Sou-Chong – zu verlieben hatte. Unglücklicherweise hatte man dem damals noch schlanken Jüngling eine Partnerin zur Seite gestellt, die mit 1,85 Meter ebenso groß war wie er. Die »zierliche Chinesin« wog mehr als hundert Kilo, stammte – deutlich vernehmbar – aus Ottakring und hätte zumindest seine Mutter sein können. Verzweifelt wandte sich Dvorak in dieser Situation an den Tourneemanager: »Kein Mensch wird mir glauben, dass ich mich in diese Frau verliebe!«

»Junger Mann«, entgegnete der erfahrene Theatermann, »Leute, die sich Operetten anschauen, glauben alles!«

»Leute, die sich Operetten anschauen, glauben alles«: Felix Dvorak.

KARIKATUR: BRUNO HABERZETTL

E

»Heut nacht hat mich die Muse geküsst!«

Von Fritz Eckhardt bis Edmund Eysler

FRITZ ECKHARDT
Schauspieler, Schriftsteller und Regisseur

** 30. 11. 1907 Linz † 31. 12. 1995 Klosterneuburg. Ab 1935 Schauspieler und Autor des Kabaretts Lieber Augustin. Lebte in der Nazizeit als U-Boot in Wien. Ab 1955 ein viel beschäftigter Fernsehautor, schrieb er sich die Rollen auf den Leib, darunter Inspektor Marek im »Tatort«; weitere Erfolgsserien: »Familie Leitner«, »Wenn der Vater mit dem Sohne«, »Hallo, Hotel Sacher ... Portier«.*

In Deutschland und Österreich einer der populärsten Fernsehstars seiner Zeit: »Hallo, Hotel Sacher«-Portier Fritz Eckhardt.
KARIKATURBANEK

Fritz Eckhardt war als Anfänger am Wiener Volkstheater engagiert, als alle Welt wie gebannt auf die Leistungen der deutschen Luftpioniere Hermann Köhl und Ehrenfried Günther Freiherr von Hünefeld blickte. Versuchten sie doch ein Jahr nach Charles Lindbergh den Atlantischen Ozean auf der noch schwierigeren Ost-West-Route zu überfliegen.
Als das Stück, mit Eckhardt in einer Nebenrolle, am Abend des 11. April 1928 in die Pause ging, wirbelte der aufgeregte Volkstheaterdirektor Rudolf Beer durch die Künstlergarderoben und schrie: »Meine Herrschaften, die Sensation ist eingetreten, Köhl und Hünefeld sind in Amerika gelandet! Das muss man dem Publikum mitteilen!«
Und dann beauftragte er Fritz Eckhardt: »Du trittst vor Beginn des zweiten Akts vor den Vorhang und teilst dem Publikum mit, dass Köhl und Hünefeld in Amerika gelandet sind.«

»Aber Herr Direktor, das kann ich nicht, ich bin Schauspieler und brauche einen Text«, protestierte Eckhardt.
»Also gut, da hast du deinen Text. Du gehst vor den Vorhang und sagst: Im Auftrag der Direktion des Deutschen Volkstheaters teile ich Ihnen mit, dass Köhl und Hünefeld in Amerika gelandet sind.«
Eckhardt trat vor den Vorhang, holte tief Luft und sagte: »Meine Damen und Herren, ich teile Ihnen mit, dass Köhl und Hünefeld im Auftrag der Direktion des Deutschen Volkstheaters in Amerika gelandet sind.«

Eckhardt war noch sehr jung, als er bei einem preußischen Direktor namens Falkhausen im *Walzertraum* von Oscar Straus eine kleine Rolle spielte. Der Inszenierung fehlte jeglicher Charme, und man war auch musikalisch weit davon entfernt, die Leichtigkeit des Dreivierteltakts wiederzugeben. Als dies sogar vom Regie führenden Direktor Falkhausen erkannt wurde, stellte der sich während einer Probe an die Bühnenrampe, um seinen Sängern und Orchestermusikern zuzurufen: »Herrschaften! Det is Käse! Det soll'n Wiener Walzer sein? Wo bleibt der Scharm? Wo bleibt der Schwung, Mensch? Wiener Walzer! Also bitte noch mal: Eins zwei, eins zwei, eins zwei!«

Als Eckhardt 1957 für eine Fernsehproduktion der *Verkauften Braut* den Heiratsvermittler Kezal spielte, musste die Partie von dem unsichtbar bleibenden Oskar Czerwenka synchronisiert werden. Eckhardt bewegte seine Lippen im Takt der fertig aufgezeichneten Czerwenka-Bänder, blieb selbst aber stumm. Als die komische Oper im Fernsehen gelaufen war, meldete sich eine Bekannte: »Herr Eckhardt, ich wusste gar nicht, was Sie für eine wunderbare Stimme haben. Dagegen kann sich sogar dieser Czerwenka verstecken!«

Von einem im tunesischen Badeparadies Djerba verbrachten Urlaubsaufenthalt zurückgekehrt, berichtete Fritz Eckhardt: »Das Publikum wird jedes Jahr schlechter. Heuer müssen überhaupt schon die vom nächsten Jahr dort gewesen sein!«

Der Publikumsliebling ist im Auto von Hamburg nach Wien unterwegs und wird am Grenzposten Braunau Opfer einer Verwechslung. »Schön, dass Sie zu uns kommen, Herr Knuth«, sagt der Zollbeamte.
»Aber der Gustav Knuth ist doch schon tot!«, erwidert Eckhardt.
Daraufhin der Zollbeamte verlegen: »I hab mir eh denkt, dass Sie sich sehr verändert haben!«

Als Eckhardt 1972 vom Bundespräsidenten der Titel Professor verliehen wurde, gratulierte Hans Weigel mit folgendem Telegramm: »Hiermit lege ich meinen Professorentitel zurück, Albert Einstein.«

Anton Edthofer

Schauspieler

** 18. 9. 1883 Wien † 25. 2. 1971 ebd. Begann am Wiener Volkstheater. Ab 1921 an den Reinhardt-Bühnen Berlin. 1923 Rückkehr nach Wien, Zusammenarbeit mit Rudolf Beer. 1929 bis 1971 Mitglied des Theaters in der Josefstadt, an dem er zuletzt in den Rollen der Grandseigneurs auftrat. Erhielt als erster männlicher Schauspieler den Max-Reinhardt-Ring. Verheiratet mit Helene Thimig.*

Edthofer wollte seine späten Jahre zurückgezogen, fernab vom Beruf des Schauspielers, genießen. Eines Tages kam jedoch ein deutscher Produzent, der ein Lustspiel mit ihm und anderen Wiener Stars drehen wollte. »Mensch, Edthofer«, sagte der Produzent, »stell'n sich vor, wir plan 'ne Riesenkiste aus dem ollen Wien und woll'n damit groß 'rauskomm. Und Sie, Edthofer, sind mit dabei!«
»Na, i will nimmer mehr.«
»Edthofer, Sie *müssen!* Wissen Sie, wer mit dabei ist? Hans Jaray, Vilma Degischer, Hilde Krahl, Hans Holt ... und wie sie alle heißen, da darf Edthofer nich fehlen.«
»Gehen S', hören S' ma auf.«
»Es ist 'ne Superstory, Edthofer, und 'ne herrliche Rolle für Sie!«
»Des is ma wurscht, lassen S' mi in Ruah.«
»Edthofer, wir zahlen in D-Mark!«

»Danke, i brauch's net. I hab genug zum Leben.«
»Edthofer! Wir zahlen 20 000 Piepen.«
Der alte Schauspieler, der den Produzenten bisher keines Blickes gewürdigt hatte, wandte sich jetzt seinem Gast zu und sagte lakonisch:
»Wissen S' was, mach ma an Kompromiss. Lecken S' mich in Arsch!«

Der Schauspieler war berühmt dafür, mit den einfachsten Mitteln die stärkste Wirkung zu erzielen. Und wie so viele Komödianten schreckte auch Edthofer nicht davor zurück, selbst dann »Kasperl« zu sein, wenn das Thema einer Blödelei kaum würdig schien. Als Helene Thimig eines Tages nach Hause kam, lag ihr Mann reglos und mit verzerrtem Gesicht auf dem Boden des gemeinsamen Hauses. Die Thimig brach schreiend über ihm zusammen: »Toni, um Gottes Willen, Toni, was ist los?«
Da richtete sich der »Tote« auf und sprach: »Generalprobe!«

MARIA EIS
Schauspielerin

22. 2. 1896 Prag † 18. 12. 1954 Wien. Ab 1918 in Wien, zunächst an der Neuen Wiener Bühne, an der Renaissancebühne und an den Kammerspielen. Gastspielreisen nach Holland und Deutschland. 1926 bis 1932 Engagement in Hamburg, wo sie zur großen Charakterdarstellerin reifte. Danach bis zu ihrem Tod Mitglied des Burgtheaters, wo sie u. a. als Lady Macbeth, Medea und Elisabeth auftrat.

Am 30. April 1945 nimmt das Burgtheater mit Grillparzers *Sappho* im Ausweichquartier Ronacher seinen Spielbetrieb nach mehrmonatiger, kriegsbedingter Unterbrechung wieder auf. Maria Eis ist in der Titelrolle zu sehen. Zehn Minuten nach Beginn der mit Spannung erwarteten Vorstellung erhält sie die Anweisung, augenblicklich die Bühne zu verlassen. Der Grund für den Abbruch der Vorstellung: Marschall Blagodatow, der Kommandant der sowjetischen Besatzungsmacht, hat sich verspätet. Als er in seiner Loge Platz nimmt, beginnt das Trauerspiel – zum zweiten Mal an diesem Abend.

ELISABETH

Kaiserin von Österreich und Königin von Ungarn

** 24. 12. 1837 München † 10. 9. 1898 Genf. Die Tochter von Herzog Max in Bayern heiratete 1854 Kaiser Franz Joseph. Setzte sich für den Ausgleich mit Ungarn ein. Da sie am Wiener Hof nie glücklich wurde, intensivierte sie ihre Reisen, besonders nach dem Tod ihres Sohnes Kronprinz Rudolf. Ermordung durch den Anarchisten Luigi Luccheni in Genf.*

»Die Leute werden sagen, es sei wegen des Papstes«: Kaiserin Elisabeth – Skizze zu dem berühmten Winterhalter-Bild mit den Diamantsternen im Haar.

ZEICHNUNG:
FRANZ XAVER WINTERHALTER

Kaiserin Elisabeth versuchte, wie man weiß, die höfische Etikette in möglichst vielen Fällen zu umgehen. Als Papst Pius IX. am 7. Februar 1878 in Rom stirbt, ist die Kaiserin – wie so oft – gesundheitlich nicht auf der Höhe. Weshalb sie es eine Woche lang vermeidet, ihre geliebten Ausritte zu unternehmen. Verschmitzt schreibt sie an den Kaiser: »Da ich nun einige Tage nicht reite, werden die Leute sagen, es sei wegen des Papstes. Das macht sich sehr gut.«

Prinz Eugen von Savoyen

Feldherr

** 18. 10. 1663 Paris † 21. 4. 1736 Wien. Bot Österreich 1683 seine Dienste an, nachdem er von der französischen Armee abgelehnt worden war. Ab 1697 Oberbefehlshaber des kaiserlichen Heeres. Große Siege gegen die Türken und im Spanischen Erbfolgekrieg. Wichtiger Ratgeber für Leopold I., Joseph I. und Karl VI. Erbaute Schloss Belvedere und das Winterpalais in der Wiener Himmelpfortgasse.*

Als Prinz Eugen das prunkvolle Schloss Belvedere, ein Meisterwerk Lukas von Hildebrandts, 1723 mit einem gigantischen Fest eröffnete, erregten zwei Gäste Aufsehen mit einer Wette, in der es darum ging, wer von den beiden in der wertvolleren Robe erscheinen würde. Der Erste kam in einem mit Brillanten übersäten Kostüm. Als sich der andere, ein Graf, in schlichtem, grauen Tuch zeigte, und man ihn spöttisch nach den besonderen Vorzügen seiner Kleidung fragte, öffnete er den Mantel. Nun wurde sichtbar, dass dieser mit einem unschätzbar wertvollen Gemälde des Malers Antonio Correggio gefüttert war.
Der Graf hatte die Wette gewonnen. Prinz Eugen aber hat die beiden Snobs nie wieder eingeladen.

Am Liebreiz der Frauen in keiner Weise Gefallen findend, gestand der in Paris »Madame Simon« genannte Prinz ganz offen, er »incommodiere sich nicht mit Damen, ein paar schöne Pagen wären besser meine Sache«.

Im Belvedere unterhielt Eugen eine Menagerie, in der Affen, Hirsche, Gazellen, Antilopen und viele andere Tiere untergebracht waren, darunter auch ein Steinadler, den der Prinz über alles liebte. Der Vogel überlebte seinen Herrn und wurde, als Napoleon 1809 in Wien einzog, dem Korsen als besondere Attraktion gezeigt. Kurz nach dem hohen Besuch ging das fast hundert Jahre alte Tier plötzlich ein. Die Wiener munkelten, der Steinadler habe es nicht ertragen, dass ein anderer Feldherr seinen eigenen an Pracht und Herrlichkeit überstrahlt hätte.

Richard Eybner
Schauspieler

** 17. 3. 1896 St. Pölten † 20. 6. 1986 Wien. Begann als Kabarettist, absolvierte anschließend das Reinhardtseminar. 1931 bis 1972 Engagement am Burgtheater, auch danach noch Gastauftritte. Populär geworden durch seine Darstellung komischer Nestroy-Rollen sowie durch Film und Fernsehen. Vortragskünstler, besonders mit Texten von Josef Weinheber.*

Eybner spielte Anfang der dreißiger Jahre im Burgtheater in *Wallensteins Tod* den Bürgermeister von Eger. Es war eine winzige Rolle, die aus nur vier Worten bestand. Auf Wallensteins Frage »Wie war doch euer Name, Herr Bürgermeister?«, hatte Eybner zu antworten: »Bachhelbel, mein erlauchter Fürst.«
Womit der Auftritt auch schon wieder vorüber war.
Dem großen Werner Krauß, der die Titelrolle spielte, tat Eybner dermaßen Leid, dass er ihn in jeder Vorstellung dreimal um seinen Namen fragte. Und der junge Eybner antwortete jedesmal: »Bachhelbel, mein erlauchter Fürst!«
Womit die Rolle auf immerhin zwölf Worte angewachsen war.

Mit den legendären Worten »I bin's, dei Präsident!« nahm der Wiener Polizeichef Josef »Joschi« Holaubek im Herbst 1971 einen Gangster fest, der aus der Strafanstalt Stein ausgebrochen war. Der überaus populär gewordene Satz veranlasste Eybner – in seiner Freizeit Präsident der *Katzenfreunde* – Jahre danach zu einer eigenen Auslegung des Zitats. Bei einer Prämierung wurde ihm ein schwarzes Kätzchen gereicht, das ihn sofort, wie wild geworden, zu kratzen und zu beißen begann. Eine Zeit lang versuchte der Kammerschauspieler das Tier zu beruhigen, dann gab er ihm einen Klaps und sagte in strengem Tonfall: »Jetzt hörst aber auf! I bin's, dei Präsident!«

Edmund Eysler
Operettenkomponist

** 12. 3. 1874 Wien † 4. 10. 1949 Wien. Eigentlich Edmund Eisler. Begann seine Laufbahn als Klavierbegleiter der musikalisch-literarischen Abende im Salon Bertha von Suttners, der er auch sein erstes gedrucktes Werk, »Friedensklänge«, widmete. Seine bekanntesten Operetten: »Bruder Straubinger« (1903), »Schützenliesl« (1905), »Der lachende Ehemann« (1912), »Die goldne Meisterin« (1927).*

Edmund Eysler dürfte den Text seines berühmtesten Schlagers, *Küssen ist keine Sünd*, relativ ernst genommen haben, jedenfalls war er ein großer Frauenfreund, was seine Gemahlin verständlicherweise wenig erfreute. Als er wieder einmal erst frühmorgens nach Hause kam, wurde der Komponist von seiner Frau sofort mit der Frage konfrontiert, woher die Lippenstiftspuren in seinem Gesicht stammten.
Eysler musste nicht lange nachdenken, er gestand schlagfertig: »Heut Nacht hat mich die Muse geküsst!«

F

»So wie Sie hat noch keiner geschwitzt«

Von Karl Farkas
bis Wilhelm Furtwängler

Karl Farkas
Kabarettist

** 28. 10. 1893 Wien † 16. 5. 1971 ebd. Begann 1922 als »Blitzdichter« im Simpl, in dem er an der Seite von Fritz Grünbaum auch die Doppelconférence etablierte. Nach der Rückkehr aus der US-Emigration künstlerischer Leiter des Kabaretts, in dem jetzt Ernst Waldbrunn und Maxi Böhm seine wichtigsten Partner waren. Große Popularität durch die TV-Sendungen »Bilanz der Saison«.*

Der junge, noch unbekannte Schauspieler Karl Farkas war in den wirtschaftlich so schwierigen zwanziger Jahren Stammgast im Café Central: »Gleich nach dem Mittagessen«, erzählte er später, »kamen wir hin, haben unzählige Gläser Wasser und Zeitungen konsumiert, um vier Uhr Nachmittag sagten wir dann zum Ober: ›Jean, reservieren Sie meinen Sessel, ich geh nur rasch nach Hause einen Kaffee trinken.‹«

In diesen Tagen trat Marlene Dietrich in der Operette *Wenn man zu dritt* an den Wiener Kammerspielen auf. Ihr Partner war Peter Lorre, und die Liedertexte stammten von Karl Farkas. Der sich vierzig Jahre später an die Zusammenarbeit mit der inzwischen weltberühmten Diva – über die in diversen Filmlexika die verschiedensten Geburtsdaten zu finden sind – erinnern sollte: »Ich habe die Marlene 1927 in den Kammerspielen kennen gelernt«, sagte er. »Damals war ich noch um acht Jahre älter als sie. Heut bin ich schon um zwanzig Jahre älter als sie!«

In der Zeit der »Silbernen Operette« hatten Emmerich Kálmán, Oscar Straus und Franz Lehár ihre Villen an der eleganten Ischler Esplanade, in denen sie gemeinsam mit ihren Librettisten tätig waren. Man konnte sie aber auch während ausgedehnter Spaziergänge in der näheren Umgebung der Kurstadt bei der Arbeit beobachten. Karl Farkas würdigte diesen Umstand mit dem Zweizeiler: »Ischl, Ischl, Ischl – Ein Klavier in jedem Gebüschl!«

Als Farkas im Jahre 1928 seine Führerscheinprüfung ablegte, nahm ihn der Prüfer beiseite und sagte: »Herr Farkas, Sie kriegen Ihren Führerschein. Aber jetzt lernen S' bitte Auto fahren!«

Am Höhepunkt der Wirtschaftskrise in den dreißiger Jahren stand mit der Creditanstalt Österreichs größtes Bankinstitut am Rande des Ruins. Karl Farkas, der damals im *Weißen Rössl* als Schöner Sigismund auftrat, extemporierte auf der Bühne: »Leute mit Plattfüß sind jetzt die glücklichsten. Sie sind die einzigen, die ihre Einlagen herausnehmen können.«

Mit welchen Problemen Emigranten zu kämpfen hatten, die sich beruflich neu etablieren mussten, zeigt diese Episode. Farkas erhielt 1942 den Auftrag für den Broadway, zur Musik von Fritz Kreisler eine Operette über das Drama von Mayerling zu schreiben. Farkas arbeitete Monate an dem Libretto und lieferte es dann beim Theaterproducer ab. Als dieser die Geschichte vom Doppelselbstmord des Kronprinzen Rudolf und der Baronesse Mary Vetsera gelesen hatte, bekam Farkas das Buch mit dem schriftlichen Vermerk zurück: »Für Tote zahl ich kein Geld. Ein Happyend muss her!«

Wieder in Wien, war Farkas wie immer auf der Suche nach jemandem, der ihn nach der Vorstellung, zu später Stunde also, mit dem Auto nach Hause führte. Einmal bot sich dafür Walter Stern, der Schwiegersohn des Simpl-Besitzers Baruch Picker, an. Herr Stern fragte: »Wie fahren wir?«, worauf Farkas antwortete: »Geben Sie Gas, ich sag's Ihnen schon. Da vorne fahren Sie rechts ... jetzt geradeaus über die Kreuzung drüber ... hier biegen Sie nach links ein ...«
Bei der Spinnerin am Kreuz, weit draußen am Stadtrand, fragte Herr Stern schüchtern: »Entschuldigen Sie, Herr Farkas, ich dachte, Sie wohnen in der Neustiftgasse.«
»Ja, ja«, war Farkas nicht aus der Fassung zu bringen, »aber am Samstag fahr ich immer nach Edlach an der Rax.«
Sprach's, ließ sich genüsslich zurückfallen und zu seinem Wochenendhaus,

hundert Kilometer von Wien entfernt, chauffieren. Dort pflegte er seinen spielfreien Sonntag zu verbringen.

»Aber am Samstag fahr ich immer nach Edlach an der Rax«: der große Karl Farkas vor dem Vorhang des Kabarett Simpl.

KARIKATUR: RUDOLF ANGERER

Der junge Maler Ernst Fuchs bestieg am Wiener Südbahnhof den Zug, der ihn ins Semmeringgebiet führen sollte, und glaubte seinen Augen nicht trauen zu können, als in einem der Coupés sein Idol Karl Farkas saß. Er setzte sich dem sofort in intensive Arbeit vertieften Kabarettisten gegenüber und dachte lange nach, wie er mit diesem Kontakt aufnehmen könnte. Endlich kam ihm die Idee, um ein Gespräch zu beginnen. »Herr Farkas«, fragte er schüchtern, »fahren Sie auch nach Reichenau?«
Farkas blickte kurz von seinen Unterlagen auf. »Ja«, sagte er schnippisch. »Aber nicht mit Ihnen!«

Als Ossy Kolmann einmal in der Simpl-Garderobe zum Erstaunen aller Anwesenden verkündete, dass dem Kleindarsteller Josef Menschik das »Ehrenkreuz für Wissenschaft und Kunst Erster Klasse« verliehen wurde, murrte Farkas: »Vielleicht is er a Wissenschaftler – Künstler is er jedenfalls kaner!«

Farkas hat seinen Abgang von dieser Welt auf seine Art angekündigt – mit einer Pointe im Kabarett: »Um Österreichs Literatur ist es schlecht bestellt«, sagte er, »Grillparzer ist tot, Nestroy ist tot – no, und ich bin auch nicht mehr der Jüngste.«

KARL FELLINGER

Arzt

** 19. 6. 1904 Linz † 8. 11. 2000 Wien. International anerkannter Internist, zu dessen Patienten der Schah von Persien, König Ibn Saud und andere Potentaten zählten. 1946 bis 1975 Vorstand der Zweiten Medizinischen Universitätsklinik, 1964/65 auch Rektor der Universität Wien. Popularisierte medizinische Themen durch seine TV-Sendung »Der gläserne Mensch«.*

Saudi-Arabiens herzkranker König Ibn Saud kam immer wieder nach Wien, um sich hier vom berühmten Internisten Karl Fellinger behandeln zu lassen. Der »Arzt der Könige«, wie er oft genannt wurde, hatte dem prominenten Patienten eine strenge, aus salzloser und fettarmer Kost bestehende Diät verordnet und in der Klinik auf deren strikte Einhaltung geachtet.

Eines Abends jedoch lud der Professor den Monarchen samt dem aus mehreren Gattinnen und Söhnen bestehenden Gefolge in seine Privatvilla in Döbling ein, wo dem hohen Gast Unmengen arabischer Köstlichkeiten aufgetischt wurden, die Fellingers Oberarzt Dr. Hamid zubereitet hatte.

Erstaunt sagte der König angesichts der allen Diätvorschriften widersprechenden Mahlzeit zu Fellinger: »Aber Herr Professor, das darf ich doch alles nicht essen.«

Worauf dieser erwiderte: »Majestät! Im Hause eines Arztes dürfen Sie alles essen!«

Auch sonst wusste Fellinger mit ebenso effizienten wie eigenwilligen Ratschlägen aufzuwarten. Auf die ihm oft gestellte Frage, wie man leben müsse, um alt zu werden und dabei gesund zu bleiben, pflegte der Professor zu sagen: »Kirchen von innen, Gasthäuser von außen, Berge von unten.«

Ferdinand I.

Kaiser von Österreich

** 19. 4. 1793 Wien † 29. 6. 1875 Prag. Regierte Österreich 1835 bis 1848. Da er an Epilepsie litt, wurde eine geheime Staatskonferenz, der Clemens Fürst Metternich angehörte, mit der Führung der Regierungsgeschäfte betraut. Entließ Metternich bei Ausbruch der Revolution, konnte seine Ablöse durch Kaiser Franz Joseph aber nicht mehr verhindern. 1848 Rückzug auf den Prager Hradschin.*

Wohlmeinende gaben ihm den charmanten Beinamen »der Gütige«, tatsächlich konnte er seinen Aufgaben als Herrscher nur bedingt nachkommen. Dementsprechend viele Anekdoten wurden über ihn verbreitet. So nahm der Kaiser eines Tages an einer Adlerjagd in Bosnien teil. Endlich gelang es ihm, ein Tier zu treffen, es flatterte zu Boden, worauf sich der Kaiser über den leblosen Körper beugte. »Aber das ist doch kein Adler«, zeigte sich Ferdinand enttäuscht, »der hat ja nur einen Kopf!«

Bei einem Hauskonzert in der Hofburg zeigte der damals berühmte Pianist Thalberg in einem Konzert Kostproben seiner Meisterschaft. Der Kaiser war hingerissen, Thalberg wurde zu unzähligen Draufgaben animiert, bis er schwitzend und ermattet abbrechen musste. »Mein lieber Thalberg«, bedankte sich Ferdinand, »bei mir haben schon viele Künstler gespielt, aber so wie Sie …«
»Majestät«, neigte der Meister beschämt sein Haupt, ehe der Kaiser weitersprach:
»… aber so wie Sie hat noch keiner geschwitzt.«

Als die Wiener 1848 auf die Barrikaden stiegen und mit der Revolution ein Ende der Metternichschen Polizeidiktatur forderten, fragte der »gütige« Kaiser Ferdinand: »Ja, derfen's denn des überhaupt?«

Ferdinand lebte nach seiner erzwungenen Abdankung in Prag. Als man ihn dort von den österreichischen Niederlagen in der Lombardei und in Königgrätz informierte, brummte er: »Also, des hätt i a no z'sammbracht!«

Leopold Figl
Politiker

** 2. 10. 1902 Rust/Niederösterreich † 9. 5. 1965 Wien. Als christlichsozialer Politiker 1938 bis 1945 in KZ-Haft, wurde er nach Ende der Naziherrschaft Mitbegründer und erster Obmann der ÖVP. 1945 bis 1953 Bundeskanzler, danach Außenminister, als der er 1955 den österreichischen Staatsvertrag unterzeichnete. 1959 bis 1962 Nationalratspräsident, danach Landeshauptmann von Niederösterreich.*

Leopold Figl, der erste Bundeskanzler der Zweiten Republik.
Karikatur: Ironimus

Als Österreich 1956 dem Europarat beitrat, ließ es sich Außenminister Leopold Figl nicht nehmen, möglichst oft höchstpersönlich zu den Sitzungen nach Straßburg zu fliegen. Da spöttelte der sozialistische

Abgeordnete (und spätere Vizekanzler) Bruno Pittermann: »Österreich könnte eine neue Nationalhymne haben: ›Kommt ein Figerl geflogen ...‹«

Beim Verlassen des renommierten Wiener Restaurants Zu den drei Husaren schrieb Außenminister Leopold Figl nach einem fulminanten Abendessen ins Gästebuch: »Wie immer gut, Figl.«
»Aber Herr Minister«, sagte Restaurantchef Egon Fodermayer, »Sie sind doch das erste Mal bei mir, wie können Sie wissen, dass es immer gut ist?«
»Sie werden doch nicht behaupten«, replizierte Figl, »dass Sie manchmal schlecht sind.«

Edi Finger sen.

Sportreporter

** 29. 1. 1924 Klagenfurt † 12. 4. 1989 Maria Enzersdorf/Niederösterreich. Der gelernte Elektrotechniker war ab 1946 als Journalist tätig. Wurde 1957 als erster Sportreporter des österreichischen Fernsehens eingesetzt. Bis 1987 Sportchef des Hörfunks. Unvergessen durch seinen Ausruf »I wer narrisch!«, als Hans Krankl beim WM-Spiel Österreich-Deutschland 1978 in Argentinien das Siegestor schoss.*

Kaum ein Satz wurde im österreichischen Rundfunk so oft wiederholt wie Edi Fingers bei der Fußball-WM '78 in den Äther gerufenes »I wer narrisch!«. Dabei hat der Radioreporter auch in anderen Sportarten Eloquenz bewiesen. So etwa während eines Formel-I-Rennens, bei dem Edi Finger seine Hörer informierte: »Niki Lauda hat sich die Rippen gebrochen, es ist aber Gott sei Dank nix passiert!«

Auch sonst immer sehr patriotisch, wird Finger bei der Übertragung eines Skirennens vorgehalten, dass er zwar die Fehler der ausländischen Fahrer, nie aber die der Österreicher wahrnehme. Darauf Edi: »Ich bin Reporter und kein Schiedsrichter. Nur ein Schiedsrichter muss alles sehen können.«

Erlangte durch seinen Ruf »I wer narrisch!« bei der Fußball-WM '78 unglaubliche Popularität: der Sportreporter Edi Finger.
KARIKATURBANEK

HEINZ FISCHER-KARWIN

Radio- und Fernsehmoderator

** 23. 4. 1915 Linz † 27. 10. 1987 Wien. Nach Abschluss der Schauspielakademie in Wien zunächst als Nachrichtensprecher bei den Besatzungssendern der Engländer und Franzosen tätig. Ab 1955 Leiter des Aktuellen Dienstes im Österreichischen Rundfunk. Gestalter und Sprecher bei zahlreichen Fernsehproduktionen. Starmoderator der Theatersendung »Ihr Auftritt, bitte!«.*

Der spätere Kulturberichterstatter wollte als junger Mann selbst zum Theater. Heinz Fischer-Karwin – später unter dem Kürzel HFK zur Legende geworden – stellte sich nach Kriegsende, versehen mit einem Empfehlungsschreiben, beim damaligen Burgtheaterdirektor Raoul Aslan vor, der ihn jedoch mit den Worten abwies: »Da Sie mir empfohlen wurden, besteht der begründete Verdacht, dass Sie begabt sind. Sollte sich dieser Verdacht durch ein Vorsprechen erhärten, müsste ich Sie engagieren. Leider habe ich dafür kein Geld, und daher möchte ich Sie erst gar nicht kennen lernen. Adieu!«

Fischer-Karwin ging daher auf Berufssuche und wurde Journalist. Als er 1948 als freiberuflicher Korrespondent in Paris arbeitete, besuchte er die Uraufführung der französischen Version des Films *Der dritte Mann*, bei der auch Anton Karas, der Zitherspieler und Komponist des erfolgreichen *Harry Lime Themas*, anwesend war. Aus aller Welt kamen Berichterstatter an die Seine, um mit dem »neuen Schubert« (so eine englische Zeitung über Karas) zu sprechen. Fischer-Karwin interviewte den bisherigen Heurigenmusiker für die BBC und bot das Gespräch natürlich auch dem Österreichischen Rundfunk an. Und erhielt aus der RAVAG-Zentrale in der Argentinierstraße die lapidare Mitteilung: »Zitherspieler haben wir in Wien mehr als genug. Finden Sie nichts Besseres?«

Der Kulturreporter bleibt durch seine Kompetenz und sein Fachwissen ebenso in Erinnerung wie durch die maßlose Arroganz, mit der er seinen Interviewpartnern im Studio gegenüber saß. Heinz Fischer-Karwin würdigte Dirigenten, Sänger und Schauspieler, die in seinen Sendungen *Aus Burg und Oper* und *Ihr Auftritt, bitte!* zu Gast waren, kaum eines Blickes, wusste aber so viel über sie, dass ihm keiner wirklich böse sein konnte. Otto Schenk fand durchaus Positives aus der Sicht der Künstler: »Heinz Fischer-Karwin versteht es, den Schein der Arroganz auf sich zu ziehen, wodurch sein Gesprächspartner automatisch in ein sympathisches Licht gesetzt wird.«

Willi Forst

Schauspieler und Regisseur

** 7. 4. 1903 Wien † 11. 8. 1980 ebd. Eigentlich Wilhelm Anton Frohs. Zunächst Theater- und Operettendarsteller, war er ab 1920 in Wiener Filmen zu sehen, so in »Atlantic« (1929) und »Zwei Herzen im Dreivierteltakt« (1930). Ab 1933 auch als Regisseur tätig, erlangte er durch »Maskerade« (1934) mit Paula Wessely Weltgeltung. Weitere Filmerfolge »Wiener Blut« (1942), »Die Sünderin« (1950).*

Als Willi Forst 1919 beim blinden Wiener Theateragenten Lippa vorsprach, hörte der Impresario dem erst sechzehnjährigen Eleven aufmerksam zu und vermittelte ihn dann ans Stadttheater von Teschen – als »erfolgversprechende junge Sängerin«.

Das erste Engagement als »erfolgversprechende junge Sängerin«: Filmstar Willi Forst.
KARIKATUR:
KÓRA, 1946

Ein späteres Engagement führte Forst zu Max Reinhardt ans Deutsche Theater in Berlin. »Reinhardt bekam ich anfangs nur einmal zu Gesicht«, erzählte Forst. »Es war nach einer Pause zu Shaws *Kaiser von Amerika*. Wir standen auf dem Korridor. Eine Kollegin sagte: ›Jetzt wären ein Paar Würstchen herrlich. Aber wer soll sie holen?‹«
Forst erwiderte spitzbübisch: »Wo ist Reinhardt?«
Hinter Forst eine Stimme: »Haben Sie Geld? Geben Sie's her!«
So lernte er Max Reinhardt kennen.

RUDOLF FORSTER
Schauspieler

** 30. 10. 1884 Gröbming/Steiermark † 25. 10. 1968 Bad Aussee/Steiermark. Begann seine Schauspielkarriere an Wiener Bühnen, ehe er zum Filmstar wurde. Erregte 1931 als Mackie Messer Aufsehen in der »Dreigroschenoper«. 1937 Emigration in die USA, Rückkehr 1940 ins Deutsche Reich. 1947 bis 1950 Mitglied des Burgtheaters. Filme: »... nur ein Komödiant« (1935), »Die ganz großen Torheiten« (1937).*

Rudolf Forster emigrierte nach Hitlers Machtergreifung freiwillig in die USA, kehrte aber bei Nacht und Nebel ins Deutsche Reich zurück – er hatte erkannt, dass er in Hollywood nicht Fuß fassen konnte. Ernst

Haeusserman, der selbst in den USA lebte, war Zeuge einer kleinen Szene geworden, die für Forsters Entschluss zur Rückkehr bestimmend war:
Der spätere Burgtheaterdirektor hatte eine Besprechung bei dem bekannten Filmagenten Paul Kohner in Los Angeles, der ihn bei dieser Gelegenheit bat, einen Brief an Forster mitzunehmen.
Kohner diktierte ihn in Haeussermans Anwesenheit: »Lieber Herr Forster, leider ist aus der Rolle nichts geworden. Man will niemanden mit ausländischem Akzent dafür. Gruß, Kohner.«
Haeusserman übergab Forster das Schreiben, der es sofort öffnete, genau durchlas und dann – nicht wissend, dass dieser den Inhalt kannte – zu Ernst Haeusserman sagte: »Und wenn sie *noch* mehr zahlen: Ich mach es nicht!«

FRANZ FERDINAND
Thronfolger

** 18. 12. 1863 Graz † 28. 6. 1914 Sarajevo. Nach dem Tod Kronprinz Rudolfs und seines Vaters Erzherzog Carl Ludwig Thronfolger der k. u. k. Monarchie, musste er infolge der Heirat mit der »nicht ebenbürtigen« Gräfin Sophie Chotek auf die Thronrechte seiner Kinder verzichten. Seine Ermordung durch den Gymnasiasten Gavrilo Princip löste den Ausbruch des Ersten Weltkriegs aus.*

Kaiser Franz Josephs Bruder Carl Ludwig hatte seinen vier Kindern den folgenden Rat mit auf den Weg gegeben: »Lernen braucht's nix, weil mehr als wie Erzherzöge könnt's eh net werden!«
Sein ältester Sohn Franz Ferdinand nahm den väterlichen Rat nicht ernst. Er absolvierte neben seiner Offizierslaufbahn die Studien der Rechts- und der Staatswissenschaften.

Unter den Wiener Journalisten, die in den zwanziger Jahren zu den Stammgästen im Romanischen Café in Berlin zählten, wurde ein Preiskampf ausgeschrieben, in dem »der sensationellste Blattaufmacher« gekürt werden sollte. Preisgekrönt wurde, wie uns Friedrich Torberg hinterließ, die Schlagzeile: »Franz Ferdinand lebt – Weltkrieg überflüssig!«

O. W. Fischer
Schauspieler

** 1. 4. 1915 Klosterneuburg/Niederösterreich. 1946 bis 1952 Mitglied des Burgtheaters. Populärster männlicher Star des deutschen Nachkriegsfilms. Konnte sich in Hollywood nicht durchsetzen. Filmerfolge: »Erzherzog Johanns große Liebe« (1950), »Solange du da bist« (1953), »Ludwig II.« (1955), »Axel Munthe, der Arzt von San Michele« (1962). Lebt zurückgezogen in der Schweiz.*

In einer Szene des Films *Axel Munthe, der Arzt von San Michele* war O. W. Fischer Ziel eines Messerwerfers. Während des Rollenstudiums meldete er bei Regisseur Giorgio Capitani Bedenken an: »Die Szene mit dem Messerwerfer ist keineswegs gefahrlos. Sollte der Kerl daneben werfen, bin ich ein toter Mann.«
»Du hast Recht«, erschrak Capitani, »wenn dir was passiert, können wir den Film nicht fertig machen. Weißt du was? Wir drehen die Szene erst am letzten Tag.«

O. W. Fischer hat viele Stärken, die Bescheidenheit ist aber keine seiner Tugenden. Als ihn ein Vertreter des Hauses Wittelsbach nach der Premiere seines Films über König Ludwig II. fragte, wie es ihm gelungen sei, sich so intensiv in die Gefühlswelt seines Vorfahren einzuleben, antwortete der Schauspieler: »Das kann ich Ihnen genauso wenig erklären wie Michelangelo erklären konnte, warum er die Kuppel von Sankt Peter so und nicht anders gebaut hat.«

Franz II. (I.)
Kaiser

** 12. 2. 1768 Florenz † 2. 3. 1835 Wien. Als Franz II. ab 1792 letzter Kaiser des Heiligen Römischen Reiches, legte er 1806 die Kaiserkrone nieder. Ab 1804 als Franz I. erster Kaiser von Österreich. In seine Regierungszeit fielen die Napoleonischen Kriege, der Tiroler Freiheitskampf und der Wiener Kongress. Durch Metternichs Einfluss restriktive Politik.*

Während eines Gesprächs, das Kaiser Franz mit seinem Staatskanzler Clemens Fürst Metternich führte, diskutierte man über Probleme der Monarchie, als plötzlich die heilige Ruhe des inneren Burghofs von einem gewaltigen Wirbel durchbrochen wurde. Bäuerliches Schreien war zu hören und lautes Peitschenknallen. Monarch und Kanzler begaben sich zu einem Fenster der kaiserlichen Gemächer und beobachteten, wie ein wildgewordener Ochs, der sich eben vom Wagen seines Besitzers losgerissen hatte, über den sonst so friedlichen Burghof stürmte.
Der Kaiser verzog sein Gesicht zu einem spöttischen Lächeln und sagte zu Metternich: »Das ist das erste Rindviech, das ohne Protektion zu uns hereingekommen ist!«

Ein Mann, der bei Franz bereits viermal in Audienz erschienen und jedes Mal mit seinem Anliegen abschlägig beschieden worden war, zog mit dem fünften »Nein« ab. Der Kaiser blickte ihm nach und sagte zu seinem Adjutanten: »Sie werden sehen, der Trottel setzt's noch durch!«

Unter den Delegierten des neun Monate dauernden Wiener Kongresses kursierte ein Spruch, der die Monarchen und ihre Aufgaben beschreiben sollte: »Der Kaiser von Russland liebt für alle, der König von Preußen denkt für alle, der König von Dänemark spricht für alle, der König von Bayern trinkt für alle, der König von Württemberg frisst für alle und der Kaiser von Österreich zahlt für alle.«

Gegen Metternichs allmächtige Zensur war selbst der Kaiser machtlos. Als sich der Burgschauspieler Nikolaus Heurteur mit der Bitte an Franz I. wandte, der Zensor möge Kotzebues verbotenes Schauspiel *Die Kreuzfahrer* freigeben, antwortete der Monarch: »Ich will's lesen, aber Sie werden sehen: Wir richten nichts aus!«

In der von Kaiser Franz und Metternich geprägten Zeit wurden alle nationalen und liberalen Bestrebungen bekämpft, die strenge Zensur verhinderte die freie Meinungsäußerung und damit auch die Möglichkeit der Bürger, sich politisch zu betätigen. Die einengenden Zustände führten dazu, dass Österreich im Jahre 1835 einer Rebellion zusteuerte. Als der Kaiser im selben Jahr starb, stand die Volksmenge weinend auf dem Wiener Burgplatz. Schließlich wurde ein Staatsrat auf die Straße geschickt, um die Menschen zu trösten: »Weint nicht, Kinder!«, rief er, »es bleibt ja alles beim Alten!«
Da schrie einer aus der Menge zurück: »Deswegen weinen wir ja!«

Franz Joseph I.

Kaiser von Österreich, König von Ungarn

** 18. 8. 1830 Wien † 21. 11. 1916 ebd. In seine Regentschaft fällt die Rückkehr zum Absolutismus, 1867 Ausgleich mit Ungarn. Von persönlichen Schicksalsschlägen geprägt: Erschießung seines Bruders Kaiser Maximilian in Mexiko, Selbstmord seines Sohnes Kronprinz Rudolf in Mayerling, Ermordung seiner Gattin Elisabeth in Genf. Unterschrieb 1914 die Kriegserklärung an Serbien.*

1910 traf der Friedensnobelpreisträger und frühere amerikanische Präsident Theodore Roosevelt zu einem privaten Besuch in Wien ein, in dessen Verlauf er auch von Kaiser Franz Joseph empfangen wurde. Während der Audienz sagte der Kaiser zu Roosevelt: »Der Sinn meines Amtes ist es, meine Völker vor ihren Politikern zu schützen.«

Franz Joseph lebte in der Hofburg und in Schönbrunn wie in einem goldenen Käfig – dies war auch einer der Gründe, warum er sich alljährlich so sehr in seine Sommerresidenz in Bad Ischl sehnte, denn dort war das Leben ein wenig ungezwungener und freier für ihn. Dem Journalisten Emanuel »Mendel« Singer gegenüber äußerte sich der Kaiser im Verlauf einer Audienz: »Sie haben's gut, Sie können ins Kaffeehaus gehen!«

In Ischl kreierte des Kaisers Leibkoch jene Süßspeise, die heute noch als »Kaiserschmarrn« zu den beliebtesten des Landes zählt. Die Mehlspeis war entstanden, da Kaiserin Elisabeth in ihren späten Jahren schlechte Zähne hatte. Also trug man dem kaiserlichen Küchenchef auf, eine für »Sisis« Gaumen geeignete, ebenso schmackhafte wie flaumige Teigware zu »erfinden«. Doch der Erfolg blieb aus, der Kaiserin wollte der aus Eiern, Mehl, Milch, Obers und Zucker gemischte Schmarrn nicht munden.
Etwas später wurde die Mehlspeis freilich dem Kaiser serviert, der davon überaus angetan war. Nach Verkostung einer mit Rosinen und Zwetschkenröster angereicherten Portion fragte der Kaiser den untertänigst herbeigeeilten Leibkoch, wie denn das köstliche Gericht hieße.
Und dieser antwortete korrekt: »Kaserschmarrn!«
»Das ist aber sehr nett«, bedankte sich die schon etwas schwerhörige Majestät, »dass Sie diese Mehlspeise nach mir benannt haben.«
Der Koch freilich wagte nicht, seinem Herrn zu widersprechen. Denn der von ihm in der Küche der Kaiservilla erdachte Name hatte nicht Kaiserschmarrn gelautet. Sondern Kaserschmarrn. Kaser wie Kas, Käse – wie ein in der Kaserei hergestelltes Molkereiprodukt eben.
Zumal nun der Kaiser Kaiserschmarrn verstanden hatte, konnte der von ihm mit Befriedigung aufgenommene Ausdruck auch nicht mehr geändert werden. Und so heißt der Kaserschmarrn bis heute Kaiserschmarrn.

Der Fürst zu Thurn und Taxis erschien in Audienz beim Kaiser. Der aber saß über seinen Akten und sah kaum auf, als der Aristokrat den Raum betrat. Da räusperte sich dieser, um auf sich aufmerksam zu machen.

»Sie haben's gut, Sie können ins Kaffeehaus gehen«: Kaiser Franz Joseph auf dem Seil, dessen Knoten Österreich-Ungarn (gerade noch) zusammenhält.

KARIKATUR: G. LION, FRANKREICH 1913

Worauf ihn Franz Joseph, nach wie vor ohne ihn eines Blickes zu würdigen, aufforderte: »Nehmen Sie doch einen Sessel.«
Betroffen über die geringe Beachtung, betonte der Besucher laut und deutlich: »Ich bin der Fürst Thurn *und* Taxis!«
»Ja dann«, so der Kaiser, »dann nehmen Sie halt *zwei* Sessel.«

Kaiser Franz Joseph lud den in Wien weilenden König von Siam zu einer Vorstellung in die Hofoper ein, in der man Wagners *Lohengrin* gab. Nach mehr als vierstündigem Kunstgenuss auf höchstem Niveau wurde der orientalische Potentat gefragt, welcher Moment des Abends für ihn der faszinierendste gewesen sei. Da antwortete der König: »Am besten hat mir gefallen, wie die Musiker, noch ehe der Vorhang in die Höhe ging, ihre Instrumente stimmten.«

Als Finanzminister Graf O'Donell starb, war Kaiser Franz Joseph gerade in Prag, wo er sich sofort auf die Suche nach einem Nachfolger für dieses schwierige Amt begab. Er befahl den Verwalter des Hradschin, Josef Graf Wallis, der den Titel Oberstburggraf trug, zu sich und sagte ihm: »Ich will Sie, lieber Graf, für Ihre treuen Dienste belohnen. O'Donell ist tot, Sie sollen sein Nachfolger werden.«
»Ich bitte Eure Majestät«, meinte der Verwalter, »allergnädigst bedenken zu wollen, dass ich vom Finanzwesen nichts verstehe und mich auch darum nie gekümmert habe.«
»Das macht gar nichts«, entgegnete der Kaiser, »genau solche Leute brauche ich. Sie waren ein treuer Burggraf und werden ein nicht minder treuer Finanzminister sein.«
Es folgte, was zu erwarten war: der Staatsbankrott.

Der ungarische Ministerpräsident Alexander Wekerle hatte den Ruf, in den kleinen Dingen des Alltags ein geradezu pathologischer Lügner zu sein. Bei Hof erzählte man sich, dass ihn der Kaiser einmal in Schönbrunn gefragt habe: »Sagen Sie, Wekerle, regnet es draußen?«
Worauf dieser antwortete: »Ja, Majestät, es regnet stark!«

Da sagte Franz Joseph nach einem Blick durch das Fenster: »Sie irren Wekerle, es regnet wirklich!«

Ein andermal fuhr der Ministerpräsident mit dem Kaiser durch Ungarn. In einem kleinen Ort zeigte Wekerle dem Monarchen die Stelle, an der angeblich das Grab des Hunnenkönigs Attila entdeckt worden sei. Franz Joseph wunderte sich: »Aber Sie haben mir doch seinerzeit in einem ganz anderen Komitat die Fundstelle Attilas gezeigt. Welches ist denn jetzt das richtige Attilagrab?«
Darauf Wekerle: »Ganz wie Euer Majestät befehlen!«

Verzweifelt fragte der Leibbarbier einmal den Kaiser während der Rasur, ob er ihm helfen könnte, damit sein Sohn – den er so dringend im Geschäft brauchte – nicht zur kaiserlichen Armee eingezogen würde. »Da kann i nix tun«, bedauerte Franz Joseph. »Haben S' denn keinen Bekannten, der an Feldwebel kennt?«

Kaiser Franz Joseph ließ sich von seinem Leibkammerdiener Ketterl morgens um vier Uhr wecken, ging dafür aber bereits meist um neun Uhr abends zu Bett. Sein Außenminister Graf Goluchowsky war hingegen Nachtmensch, der abendliche Gesellschaften liebte und morgens möglichst spät aufstand. »Mein lieber Goluchowsky«, sagte Franz Joseph, nachdem er ihn als Minister angelobt hatte. »Ich weiß, dass Sie morgens gern schlafen. Sie müssen mir also nicht um fünf Uhr Bericht erstatten, sondern erst um sechs.«

Während der Malerei – wenn auch nicht der modernen – sein ganzes Interesse galt, hatte Kaiser Franz Joseph zur Musik überhaupt keine Beziehung – er war vollkommen unmusikalisch, was er selbst einmal mit den Worten ausdrückte: »Die Kaiserhymne erkenne ich nur daran, dass sich alles von den Sitzen erhebt.«

Franz Joseph erhielt täglich Besuch von seinem Leibarzt Dr. Kerzl, während dessen sich die beiden Herren stets in angeregter Atmosphäre unterhielten. Meist über ganz harmlose Themen, denn der Kaiser erfreute sich in den 86 Jahren seines Lebens fast immer glänzender Gesundheit. Nebenbei und pro forma fragte der Mediziner bei seinen Visiten irgendwann nach dem Allerhöchsten Befinden Seiner Majestät. Als Dr. Kerzl eines Vormittags aber wie immer zum Kaiser wollte, wurde er von Kammerdiener Eugen Ketterl mit den Worten zurückgehalten: »Majestät bedauern lebhaft, den Herrn Doktor heute nicht empfangen zu können. Majestät fühlen sich nicht ganz wohl und bitten erst morgen wieder zu ihm zu kommen.«

Auf seinen Namen anspielend, sagte Dr. Kerzl einmal: »Für die Gesundheit anderer Monarchen sorgen die *Leuchten* der Wissenschaft – nur unser Kaiser begnügt sich mit einem *Kerzl*.«

Franz Karl

Erzherzog

** 7. 12. 1802 Wien † 8. 3. 1878 ebd. Eigentlich Franz Karl Josef. Stand im Schatten seines Vaters, seines Bruders, seiner Söhne und auch seiner Frau Sophie von Bayern. Der Erzherzog betätigte sich nicht politisch und trat in der Öffentlichkeit kaum auf. Er verzichtete 1848 unter dem Einfluss seiner Frau auf die Thronfolge und gab sie an seinen achtzehnjährigen Sohn Franz Joseph weiter.*

Er war der Vater Kaiser Franz Josephs und Kaiser Maximilians von Mexiko. Er war aber auch der Sohn Kaiser Franz' I. und der Bruder Kaiser Ferdinands I. Er selbst, der also vier Monarchen in der allernächsten Verwandtschaft vorzuweisen hatte, verzichtete 1848 – zugunsten seines ältesten Sohnes Franz Joseph – auf den Thron.
Franz Karl war ein leutseliger Herr, der vom höfischen Zeremoniell wenig hielt. Einmal wurde er von einem betagten Spaziergänger, der ihn nicht erkannte, auf der Straße in ein Gespräch verwickelt. Nach einiger Zeit fragte der Fremde: »Was is denn Ihna Ältester?«

Franz Karl antwortete: »Kaiser!«
Der Spaziergänger stutzte: »Und was is der Zweite?«
»Auch Kaiser!«
»Was war denn nachher Ihna Vater?«
»Kaiser!«
»Und haben S' auch an Bruada?«
»Ja, der war auch Kaiser!«
»Und Sie«, fragte der alte Mann, der das Gespräch längst nicht mehr ernst nahm, »Sie san vielleicht auch a Kaiser?«
»Nein«, erwiderte Erzherzog Franz Karl lächelnd, »aber ich wär fast einer worden.«

Sigmund Freud

Begründer der Psychoanalyse

** 6. 5. 1856 Freiberg/Mähren † 23. 9. 1939 London. Erkannte die Triebstruktur des Menschen, entwickelte Therapien zur Heilung von Neurosen und seelischen Störungen. Seine Thesen beeinflussten die wissenschaftliche Entwicklung des 20. Jahrhunderts. 1938 Emigration nach England. Wichtige Werke u. a.: »Die Traumdeutung« (1899), »Das Unbehagen in der Kultur« (1930).*

Als Freud 1899 *Die Traumdeutung* veröffentlicht, die seine berühmteste Lehre begründen wird, kommentiert diese Karl Kraus mit den Worten: »Psychoanalyse ist jene Geisteskrankheit, für deren Therapie sie sich hält.«

In den zwanziger und dreißiger Jahren des 20. Jahrhunderts erfreuten sich die Vorlesungen des Vaters der Psychoanalyse großer Beliebtheit. Als er eines Tages an der Universität Wien zum Thema »Moral« referierte, überraschte der Professor seine Hörer mit einer Hypothese: »Stellen Sie sich vor, meine Herren, Sie gehen über die Kärntner Straße und finden zehntausend Schilling. Ich garantiere Ihnen, dass Sie niemand beobachtet. Aber wenn Sie das Geld abgeben, erhalten Sie keinen Finderlohn. Wie

entscheiden Sie sich?«, fragte Freud und blickte dabei jedem einzelnen seiner Studenten ins Auge. »Gehen Sie mit dem Geld zur Polizei – oder behalten Sie's?«
Elf der im Hörsaal anwesenden Studenten fassten den Entschluss, den namhaften Geldbetrag zu behalten. Nur ein Einziger wollte damit zur Polizei gehen. Freud schaute verschmitzt über seine Brillenränder hinweg und sagte dann zu dem ehrlichen Finder: »Ich gratuliere zu Ihrer Moral – Sie Trottel!«

»Ich gratuliere zu Ihrer Moral – Sie Trottel!«: Sigmund Freud, einer der bedeutendsten Wissenschafter des 20. Jahrhunderts.
KARIKATUR: IRONIMUS

Am 3. Juni 1938 wird Freud aufgefordert, Österreich zu verlassen, nachdem eine Abordnung der Gestapo seine Wohnung und seine Ordination in der Wiener Berggasse 19 inspizierte. Nach der Hausdurchsuchung muss der weltberühmte Arzt folgende Erklärung unterzeichnen: »Ich, Professor Freud, bestätige hiermit, dass ich nach dem Anschluss Österreichs an das Deutsche Reich von den deutschen

Behörden und im besonderen von der Gestapo mit der meinem wissenschaftlichen Ruf gebührenden Achtung und Rücksicht behandelt wurde, dass ich meiner Tätigkeit ganz meinen Wünschen entsprechend frei nachgehen konnte und nicht den geringsten Grund zu einer Beschwerde habe.«
Freud hat in der bitteren Stunde seinen Witz nicht verloren. Er liest das Papier in Ruhe durch, unterschreibt es und fragt dann: »Darf ich den Satz anfügen: ›Ich kann die Gestapo jedermann wärmstens empfehlen‹?«

Kurze Zeit später wird er in England mit all den Ehren, die ihm als Großen des Jahrhunderts zustehen, aufgenommen. Endlich in Freiheit, sagt Freud: »Mir geht es in der Emigration so gut, dass ich versucht bin, ›Heil Hitler!‹ zu rufen.«

Der österreichische Bankier Felix Somary war einer der letzten Besucher, die Freud in seinem Londoner Heim empfing. Der Freund aus der Heimat versuchte den Todkranken damit aufzumuntern, dass er »bald wieder ganz gesund sein« würde. Doch Freud winkte ab und sagte: »Lassen Sie nur, mein lieber Somary. Man soll nicht versuchen, seine Organe überleben zu wollen.«

Am 1. September 1939, dem Tag des Kriegsausbruchs, erhält Freud in seinem Haus im Londoner Stadtteil Hampstead den Besuch seines Arztes Max Schur. »Können Sie glauben«, fragt der Mediziner den Psychiater, »dass dies nun der letzte Krieg sein wird?«
Der todkranke Freud erhebt sich mühsam und antwortet: »*Mein* letzter Krieg!«
Er stirbt drei Wochen später im Alter von 83 Jahren an den Folgen seiner Krebserkrankung.

Egon Friedell

Schriftsteller, Schauspieler und Bohemien

** 21. 1. 1878 Wien † 16. 3. 1938 ebd. Eigentlich Egon Friedmann. Durch den Sketch »Goethe« 1908 von der Wiener Theater- und Kaffeehausszene entdeckt. Leitete das Kabarett Die Fledermaus und spielte ab 1913 bei Max Reinhardt in Berlin, Wien und Salzburg. Hauptwerk: »Kulturgeschichte der Neuzeit«. Beging Selbstmord, als die Gestapo vor seiner Tür stand.*

Als man Friedell im Herbst 1918 nach dem Thronverzicht Kaiser Karls mitteilte, dass der Adel abgeschafft sei, entgegnete der große Spötter: »Unsinn! Solange der Hofschauspieler Max Devrient durch die Straßen Wiens schreitet, ist der Adel nicht abgeschafft!«

In den zwanziger Jahren wurde beim Heurigen allzu viel »gepantschter« Wein serviert, auch der sonst so beliebte Veltliner war sauer und leicht. »Ja, früher, das war halt noch ein Wein«, erinnerte sich Friedell beim Besuch einer Buschenschank. »Heutzutage muss man schon froh sein, wenn man nach einem Heurigenbesuch nach Haus kommt und sein Schlüsselloch nicht findet.«

Als ihm von einem Kaffeehausbesucher erklärt wurde, dass sich der Halleysche Komet in dramatischer Geschwindigkeit der Erde näherte und es so gut wie fest stünde, dass die Menschheit die bevorstehende Kollision nicht überleben würde, sagte Friedell seelenruhig: »Da wird man eben in die Schweiz reisen müssen.«

Während Friedell im Wiener Simpl wahre Triumphe feierte, erntete er für seine kabarettistischen Ausflüge in Berlin nur Verrisse. Auf einen dieser Verrisse, in dem man ihn einen »versoffenen Münchner Dilettanten« genannt hatte, reagierte Friedell mit einem offenen Brief: »Es stört mich nicht, als Dilettant bezeichnet zu werden. Dilettantismus und ehrliche Kunstbemühung schließen einander nicht aus. Auch leugne ich keineswegs, dass ich dem Alkoholgenuss zugetan bin, und wenn man mir daraus einen Strick drehen will, muss ich's hinnehmen. Aber das Wort ›Münchner‹ wird ein gerichtliches Nachspiel haben!«

Friedell ist eingeladen. »Was darf ich Ihnen anbieten?«, fragt der Hausherr. »Bier, Wein, Kognak?«
»Jawohl«, antwortet Friedell, »und zwar in dieser Reihenfolge.«

Wie die meisten Kaffeehausliteraten war auch Anton Kuh immer in Geldnöten. Als er in so einer Situation wieder einmal keine Idee hatte, die sich in einen schnell zu verkaufenden Zeitungsartikel umsetzen ließe, tippte er ein bereits erschienenes Feuilleton Egon Friedells ab, das er, versehen mit seinem eigenen Namen, an die Redaktion einer Wiener Zeitung schickte. Kuh, dem schon mehrmals ein Vorschuss ausbezahlt wurde, ohne dass die Geschichte je erschienen war, hoffte, dass dies auch diesmal der Fall sein würde. Und musste zu seiner großen Verblüffung feststellen, dass ausgerechnet diese Glosse in Druck ging.
Tage nach Erscheinen des Artikels erhielt er einen Brief Friedells: »Sehr geehrter Herr«, stand da, »überrascht stelle ich fest, dass Sie meine bescheidene Erzählung *Kaiser Josef und die Prostituierte* unverändert, nur unter Hinzufügung der Worte ›Von Anton Kuh‹, veröffentlicht haben. Es ehrt mich selbstverständlich, dass Ihre Wahl auf meine kleine, launige Geschichte gefallen ist, da Ihnen doch die gesamte Weltliteratur seit Homer zur Verfügung stand. Ich hätte mich deshalb gerne revanchiert, aber nach Durchsicht Ihres Gesamtwerkes fand ich nichts, worunter ich meinen Namen hätte setzen mögen.«
An der Freundschaft Kuh-Friedell änderte der Vorfall nichts.

»Nach Durchsicht Ihres Gesamtwerkes fand ich nichts, worunter ich meinen Namen hätte setzen mögen«: Egon Friedell.
KARIKATUR: ARTHUR HOLITZER, 1912

Der Schöngeist Friedell wurde von einer Verehrerin gefragt, welche Wörter für ihn die schönsten in der deutschen Sprache seien. Der Dichter dachte kurz nach, zog eine Augenbraue hoch und sagte: »Die schönsten Wörter in der deutschen Spache sind für mich: ›Mit gleicher Post überweisen wir Ihnen den Betrag von …‹«

Als Friedell seiner Freundin Lina Loos vom Plan, eine *Kulturgeschichte der Neuzeit* zu schreiben, erzählte, sagte sie zu ihm: »Ich kann mir vorstellen, dass deine Kulturgeschichte all das enthält, was mich nicht interessiert.«
»Ich bedaure«, erwiderte Friedell, »so umfassend ist sie wieder nicht.«

Friedell war von der englischen Übersetzung seiner *Kulturgeschichte* dermaßen angetan, dass er euphorisch feststellte: »Die ist so gut, dass ich sie am liebsten ins Deutsche übertragen würde.«

Max Reinhardt lud alljährlich zur Zeit der Salzburger Festspiele zu einem pompösen Empfang in sein Barockschloss Leopoldskron. Max Pallenberg fragte Friedell auf so einem Fest: »Findest du es notwendig, dass Reinhardt ein Schloss mit Kerzenbeleuchtung, livrierten Dienern, ja sogar einen eigenen Teich mit zwanzig weißen und schwarzen Schwänen hat?«
»Tja also, ich hab den Reinhardt schon gekannt«, erwiderte Friedell, »als er noch in Wien wohnte, völlig mittellos war und nichts anderes hatte als ein möbliertes Zimmer, einen alten Tisch, einen wackeligen Sessel – und höchstens zwei bis drei Schwäne!«

Im Jahr darauf steigerte Reinhardt den Pomp seines Festspielempfangs dadurch, dass schon die Zufahrt des Schlosses mit zahllosen Lakaien gesäumt war, die brennende Fackeln in den Händen hielten.
»Was is los?«, fragte Friedell. »Kurzschluss?«

Ein Gast behauptete in einer größeren Gesellschaft, er wüsste ganz genau, dass er bereits zum dritten Mal auf der Welt sei, und dass er sich sehr gut an seine beiden früheren Leben erinnern könne. »Das erste Mal«, hob er an, »lebte ich zur Zeit Neros. Damals wurde ich erdolcht. Tausend Jahre später hat man mich auf dem Scheiterhaufen verbrannt.«
»Lachen tät ich«, sagte Friedell, »wenn Sie diesmal erschossen würden!«

Friedell gerät mit dem Schauspieler Kurt Gerron auf einer Probe in Streit. »Sie Dilettant«, ruft Gerron, worauf Friedell »Sie Schauspieler!« entgegnet.
Anderntags will Gerron Frieden stiften. »Vergessen wir, was gestern war«, sagt er. »Selbstverständlich nehme ich das Wort Dilettant zurück.«
»In Ordnung«, meint Friedell, »dann behaupte ich auch nicht länger, dass Sie Schauspieler sind.«

Wie kein anderer verstand es Friedell, mehrere Tätigkeiten miteinander zu verbinden. Es kam sogar vor, dass der Kritiker Friedell (unter einem Pseudonym) glänzend über den Schauspieler Friedell schrieb. Nach einer vom Kritiker Friedell hoch gelobten schauspielerischen Leistung Friedells, sagte er zu seinem Freund Willi Forst: »Du wirst es nicht glauben, kaum war die Zeitung erschienen, war ich bereits arrogant, weil ich so eine gute Kritik hatte.«

Ein befreundeter Arzt hat Friedell kurz vor einem Blinddarmdurchbruch operiert. »Wie soll ich dir danken?«, fragt Friedell, als alles glücklich überstanden ist. »Du hast mir das Leben gerettet. Ich müsste deine Frau heiraten, die dir das Leben sauer macht. Aber wozu hättest du mir dann das Leben gerettet? Also sind wir quitt!«

Nach seiner Rückkehr von einem Berliner Gastspiel wird Friedell über seine Eindrücke befragt. Er weist beziehungsvoll auf seinen Hund Schnack und meint vertraulich: »Was soll ich Ihnen sagen? Schnack halten Sie dort für einen Hund und mich für einen Schauspieler!«

Max Reinhardt kommandiert auf der Probe mit Friedell umher. Als es diesem endlich zu dumm wird, erklärt er dem Meisterregisseur: »Sie werden es noch so lange mit mir treiben, bis ich in dieser Rolle gut bin. Aber dann ist mein ganzes Renommee beim Teufel!«

Ein befreundeter Redakteur, der Friedells Feuilletons für die *Vossische Zeitung* redigieren sollte, erklärte sich außerstande, diese Tätigkeit aufzunehmen, da er dessen Handschrift nicht lesen könne.
»Siehst du«, erwiderte Friedell, »mir geht es genau umgekehrt. Ich kann deine Beiträge nicht lesen, sobald sie gedruckt sind.«

Ein junger Autor bittet Friedell um eine Empfehlung für sein erstes Drama. »Schauen Sie«, meint Friedell, »wozu soll das gut sein. Ist das Stück gut, braucht es meine Empfehlung nicht, ist es schlecht, macht es auch so seinen Weg.«

Friedell und Hofmannsthal spazierten durch den Wiener Volksgarten. Neben einer Schatten spendenden Baumgruppe hielt Friedell inne: »Hier wird eines Tages Ihr Denkmal stehen!«
Hofmannsthal lächelte geschmeichelt.
»Und die Leute werden stehen bleiben«, setzte Friedell fort, »und fragen: Wer war denn der Kerl?«

Friedells jüdisches Aussehen und Gehabe war nicht zu verleugnen. Als man im Theater in der Josefstadt die Tragödie *Armut* von Anton Wildgans mit Friedell in der Rolle eines jüdischen Hausierers vorbereitete, wurde er vom Journalisten Friedrich Funder angesprochen: »Was höre ich, Doktor Friedell – Sie spielen einen Juden?«
»Ein Schauspieler«, belehrte ihn Friedell, »muss alles können.«

Wilhelm Furtwängler
Dirigent

** 25. 1. 1886 Berlin † 30. 11. 1954 Baden-Baden. Konzertdirektor der Gesellschaft der Musikfreunde in Wien, ab 1927 Chefdirigent der Wiener Philharmoniker. Arrangierte sich mit dem NS-Regime und wurde 1938 Musikbevollmächtigter in Wien, half aber vielen verfolgten Künstlern. Nach 1947 wieder als Dirigent in Wien und Salzburg tätig, ab 1952 künstlerischer Leiter der Salzburger Festspiele.*

Furtwänglers Taktschläge waren bei allen Orchestern gefürchtet. Er soll fünfzehn Kreise gezogen haben, ehe er endlich den Einsatz gab. Niemand wusste genau, wie dieser Einsatz zustande kam, aber er war dann einfach da.

Als einmal ein Wiener und ein Berliner Philharmoniker zusammentrafen, fragte der Wiener: »Wann setzt ihr bei Furtwängler eigentlich ein?«

»Wir haben das genau berechnet«, sagte der Berliner. »Wir warten so lange, bis sein Taktstock mit dem Pultrand einen rechten Winkel bildet – und dann zack! Und wann setzt ihr in Wien ein?«

Darauf der Wiener: »Wann's uns z'blöd wird!«

G

»Simma lieber gleich bös«

Von Hans Gabor
bis Fritz Grünbaum

Hans Gabor

Theaterdirektor

** 5. 7. 1924 Budapest † 4. 9. 1994 Biarritz/Frankreich. Musikstudium an der Liszt-Akademie in Budapest, wo Béla Bártok zu seinen Lehrern zählte. Kam 1946 nach Österreich, wo er 1948 das »Wiener Opernstudio« und 1953 die Wiener Kammeroper gründete, die er bis zu seinem Tod leitete. War der Initiator des internationalen Belvedere-Gesangswettbewerbs für junge Talente.*

Als Heinz Marecek 1979 an der Wiener Volksoper My *Fair Lady* inszenierte, hatte er seine liebe Not mit den Mitgliedern des Chors, die bei jeder Probe in einer anderen Besetzung zur Verfügung standen. Jene Sänger, mit denen er bestimmte Passagen des Musicals einstudiert hatte, sangen am nächsten Vormittag auf irgendeinem Begräbnis statt in der Volksoper, so dass sämtliche Songs immer wieder neu erarbeitet werden mussten. Marecek schwor, nie wieder ein Musikstück inszenieren zu wollen.

Als er wenige Monate später von Hans Gabor, dem Direktor der Wiener Kammeroper, eingeladen wurde, die Regie in Wenzel Müllers Singspiel *Die Schwester aus Prag* zu übernehmen, hatte er alle heiligen Eide vergessen – nicht jedoch ohne den Direktor vorher noch zu fragen: »Sagen Sie, Herr Professor Gabor, wie ist das bei Ihnen, treten auch Ihre Chorleute auf Friedhöfen auf, statt zur Probe zu kommen?«

»Ja, aber«, antwortete der Direktor, »dass sie bei Begräbnissen singen, ist nicht das Hauptproblem.«

»Was denn sonst?«

»Das Malheur ist, dass sie wieder zurückkommen!«

Anton Galgótzy
Offizier

** 1. 2. 1837 Sepsi-Szent-György/Siebenbürgen † 5. 11. 1929 Wien. General der Infanterie. 1887 bis 1891 stellvertretender Generalstabschef, anschließend Korpskommandant in Przemyšl, 1905 bis 1908 Generaltruppeninspektor. Wurde mit seiner kritischen Haltung zur Bürokratie populär und lieferte durch sein eigenwilliges Verhalten Stoff für viele Anekdoten.*

General Galgótzy war ein Original unter den Offizieren der k. u. k. Armee. Von Kleidervorschriften hielt er nichts. Während andere hohe Offiziere Rock und Hosen von Wiens Nobelschneider Kniže anmessen ließen, telegrafierte er aus dem fernen Galizien in die Wiener Heeres-Monturanstalt: »Schicket Uniform für mittelgroßen Generalfeldmarschall!«

Als der Verächter jeglicher Form von Bürokratie vom Kriegsministerium beauftragt wurde, die Kosten für den Aufbau der Festung Przemyšl – die dann im Ersten Weltkrieg eine wichtige Rolle spielen sollte – detailliert anzugeben, sandte er nur eine pauschale Geldforderung ohne nähere Aufschlüsselung mit dem knappen Vermerk nach Wien: »Wer das nicht glauben will, ist ein Esel!«
Betreten erschien der Kriegsminister mit dem Schreiben vor Kaiser Franz Joseph. Der lächelte nur und sagte: »Ich glaub's!«

Ein Leben ohne Militär war für Galgótzy unvorstellbar. Er hatte daher die Siebzig schon überschritten, als im Kriegsministerium endlich beschlossen wurde, Galgótzy in den wohlverdienten Ruhestand zu schicken. Doch da keiner seiner Vorgesetzten den Mut aufbrachte, ihm das beizubringen, ließ ihn der Kaiser nach Schönbrunn kommen. Auch dem Monarchen fiel es nicht leicht, Galgótzy von der bevorstehenden Pensionierung zu informieren. So rauchte er mit seinem Gast vorerst eine Zigarre. Um ihm die Schreckensnachricht möglichst schonend beizubringen, eröffnete Franz Joseph das Gespräch mit den Worten: »Also, mein lieber General, alt sind wir geworden.«
Darauf Galgótzy: »Ja, Majestät. Und blöd!«

Josephine Gallmeyer
Volksschauspielerin

** 27. 2. 1838 Leipzig † 3. 2. 1884 Wien. Eigentlich Josephine Tomaselli. Trat als Kind in Brünn am Theater auf und wurde 1857 von Nestroy an das Wiener Carltheater geholt; später auch am Theater an der Wien. Als sie sich 1872 an einer Bühne beteiligte, büßte sie den Großteil ihres Vermögens ein. Feierte auch in Deutschland und Amerika Triumphe als Schauspielerin, Tänzerin und Soubrette.*

Die populäre Schauspielerin Josephine »Pepi« Gallmeyer wird – in einem Prozess als Zeugin einvernommen – vom Richter gefragt: »Wie alt?«
Worauf sie mit verschämtem Augenaufschlag antwortet: »In Brünn!«

Und auf die Frage »Warum spielen Sie Theater?« gab die Gallmeyer die entwaffnende Antwort: »Weil i net Strümpf stopfen kann.«

Die Gallmeyer war für ihr loses Mundwerk berühmt. Bei einem Stück, das sie langweilte, drehte sie sich gähnend zum Publikum, dem sie aus dem Mundwinkel zuflüsterte: »Wenn der Schmarrn nur schon aus wär!« Als das Theater etwas später nur noch halbleer war, verfiel ihr Partner in seine alte Angewohnheit, immer leiser zu sprechen. Da rempelte sie ihn auf offener Bühne und sagte: »Sie können ruhig lauter reden, es hört uns eh keiner.«

Die Volksschauspielerin hatte das Herz, wie man in Wien sagt, am rechten Fleck, doch ihre Umgangsformen waren alles andere als nobel. Sie verfügte aber auch über eine gehörige Portion Selbstironie, die ihr dazu verhalf, sich über diese Schwäche lustig zu machen. »Alles Übel kommt von der schlechten Erziehung«, sagte sie einmal in einer Stegreifeinlage auf der Bühne. »Aber mir kann so was net passieren, denn i hab gar kane g'habt.«

Marie Geistinger
Schauspielerin

** 26. 7. 1833 Graz † 29. 9. 1903 Klagenfurt. Debütierte, nachdem sie in Graz schon in Kinderrollen aufgetreten war, 19-jährig im Theater in der Josefstadt. Von Friedrich Strampfer ans Theater an der Wien geholt, feierte sie 1865 einen legendären Erfolg als Schöne Helena und galt bald als »Königin der Operette«. Daneben trat sie auch in klassischen Rollen (Maria Stuart, Medea, Iphigenie) auf.*

Die Geistinger war das Frauenideal ihrer Zeit, viele ihrer weiblichen Anhänger richteten sich in Modefragen nach den Roben der Volksschauspielerin, die als bestgekleidete Frau Wiens galt. Im Wiener *Extrablatt* stand 1873 zu lesen: »Fräulein Geistinger soll aus Paris eine prachtvolle Toilette erhalten haben und beabsichtigt, sich dazu ein Stück schreiben zu lassen.«

Adrienne Gessner
Schauspielerin

** 23. 7. 1896 Maria Schutz/Niederösterreich † 23. 6. 1987 Wien. Eigentlich Adrienne Geiringer. Anfänge am Wiener Stadt- und am Raimundtheater, dann Theater in der Josefstadt und Burgtheater, deren Doyenne sie zuletzt war. Ging während der Nazizeit mit ihrem Ehemann, dem Regisseur Ernst Lothar, in die amerikanische Emigration. Feierte Erfolge am Broadway.*

Adrienne Gessners Neigung zur Boshaftigkeit wird durch einen Ausspruch deutlich, der eine Elevin des Burgtheaters ins Herz treffen sollte. Sagte die alte Dame doch nach einer Premiere über die gerade noch so hoffnungsfrohe Nachwuchsdarstellerin: »Sie ist *noch* schlechter als ich sie find.«

Auch Goethes *Urfaust*, 1962 im Theater an der Josefstadt, bot der Gessner Gelegenheit zu zitierenswerter Häme. Gottfried Reinhardt, der Sohn Max Reinhardts, führte Regie, über deren Qualität die Gessner

sofort nach der ersten Vorstellung von Ernst Haeusserman telefonisch informiert wurde: »Also, der Presse wird es nicht gefallen«, vermutete er. »Aber trotz allem – es wird ein Riesenerfolg. Die Leute haben irrsinnig applaudiert, und es gab viele Bravos.«
»Das ist ja entsetzlich«, rief die Gessner ins Telefon. »Jetzt wird der Gottfried glauben, er ist der Reinhardt!«

»Jetzt wird der Gottfried glauben, er ist der Reinhardt«: Adrienne Gessner (rechts), gemeinsam mit Alma Seidler.

KARIKATUR: WINNIE JAKOB

Ein paar Tage nach der Premiere von Peter Handkes *Der Ritt über den Bodensee* wird Adrienne Gessner gefragt, wie ihr die Aufführung gefallen hat.
»Bin in der Pause weggegangen.«
»Adrienne, in dem Stück war doch gar keine Pause.«
»Ach so, ich hab gedacht, das war die Pause.«

Alexander Girardi

Volksschauspieler

** 5. 12. 1850 Graz † 20. 4. 1918 Wien. Gelernter Schlosser; trat auf Provinzbühnen auf, ehe er 1874 ans Theater an der Wien geholt wurde, wo er seine größten Erfolge feierte. Wurde in den Komikerrollen der Strauß-, Millöcker-, Eysler- und Lehár-Operetten sowie als Charakterdarsteller in Raimund-Stücken populär. Zuletzt auch am Burgtheater, Träger des Iffland-Rings.*

Kaiser Franz Joseph hatte die Schratt mehrmals gebeten, ihm Alexander Girardi vorzustellen, da er den großen Volksschauspieler persönlich kennen lernen wollte. Eines Tages kam es tatsächlich zum ersten Treffen, das bei Kaffee und Kuchen in der Hietzinger Villa der Schauspielerin stattfand. Der Kaiser erzählte, die Schratt erzählte – nur Girardi sprach kein Wort.
»Was ist denn los mit Ihnen, Girardi?«, wollte Franz Joseph wissen, »Sie sollen doch der amüsanteste Mann von Wien sein!«
Worauf der Liebling des Publikums seufzte: »Schon, schon, Majestät. Aber jausnen Sie einmal mit an Kaiser!«

Ein junger Schauspieler, der von seinem Talent ziemlich überzeugt war, stellte sich Girardi vor und fügte, als er seinen Namen genannt hatte, hinzu: »Sie haben sicher schon gehört, wie gut ich spiele?«
»Gewiss, gewiss«, sagte Girardi, »erst vorgestern beim Tarock sollen Sie zehn Gulden gewonnen haben.«

Girardi wurde, mithilfe modischer Accessoires wie Girardihut und Girardistock, nicht nur vom Publikum imitiert, sondern auch von professionellen Nachahmern. Besonders schamlos tat dies Adolf Rauch, ein Schauspieler des Theaters in der Josefstadt, der es dem Liebling der Wiener sowohl im Tonfall als auch in der Bewegung gleichzumachen suchte. Nachdem er einmal eine Vorstellung mit seinem Parodisten besucht hatte, sagte Girardi: »Wie i reinkomm, siech i und hör i, dass i eh scho drin bin – bin i glei wieder aussegangen.«

Als ihn ein Freund aufforderte, er möge gegen die billige Kopie durch Rauch protestieren, reagierte Girardi milde: »Schau, der is eh g'straft gnua. Jetzt kopiert er mi scho seit drei Jahr. Erst aus Verehrung, dann wegen dem Geld und jetzt tuat er sich nix wie giften, weil i genauso red wi er!«

Mehr als zwanzig Jahre war Girardi der Star des Theaters an der Wien, an das ihn die Prinzipalin Alexandrine von Schönerer geholt hatte. Da er mit ihr verfeindet war, schloss er wohl einen der kuriosesten Bühnenverträge aller Zeiten ab. Ein Passus seines Kontrakts lautete: »Wenn Herr Girardi in einer Probe die Bühne betritt, hat Fräulein von Schönerer dieselbe augenblicklich zu verlassen.«

Allem Anschein nach hatte der einstige Schlosserlehrling seinen unvergleichlichen Aufstieg zum populärsten Schauspieler der Donaumonarchie nur schwer verkraftet. Jedenfalls soll er – so mancher Überlieferung zufolge – kein besonders angenehmer Zeitgenosse gewesen sein.
Als ihm einmal Elevinnen des Theaters an der Wien bei einem Spaziergang im Volksgarten begegneten und ihn freundlich mit den Worten »Guten Morgen, Herr Kollege!« begrüßten, drehte sich Girardi um und erwiderte: »Bin ich a Hur, dass Sie Kollege zu mir sagen?«

Girardi kommt nicht zur Probe. Das Orchester ist unruhig, der Dirigent wütend. Endlich, nach mehr als einstündiger Verspätung, betritt der Publikumsliebling die Bühne. »Ich an Ihrer Stelle wäre überhaupt nicht gekommen«, sagt der Dirigent.
»Sie haben eben kein Pflichtgefühl«, erwidert Girardi trocken, »aber ich bin viel zu gewissenhaft für solche Sachen.«

In der Girardizeit war es üblich, Theatergagen unmittelbar vor Beginn der jeweiligen Vorstellung auszuzahlen. Girardi war berühmt dafür, dass er mit verschränkten Armen vor dem großen Wandspiegel seiner Künstlergarderobe saß, bis der Kassier den Gagenzettel in den Spiegelrahmen geklemmt und das vertraglich fixierte Spitzenhonorar von vierhundert Kronen auf den Schminktisch gelegt hatte. Dann erst durfte der Garderobier eintreten und Girardi für den Auftritt herrichten.

Als er einmal von einem Kollegen gebeten wurde, ihm zehn Gulden zu leihen, sagte Girardi: »Wissen S' was, lieber Herr, simma lieber gleich bös!«

Helene Odilon, selbst gefeierte Schauspielerin am Deutschen Volkstheater in Wien, wollte im Jahre 1895 ihren Mann Alexander Girardi »loswerden«. Und so heckte sie, um die Scheidung zu erreichen, einen teuflischen Plan aus, der Girardi ins Irrenhaus bringen sollte. Sie bestellte beim berühmten Psychiater Professor Julius Wagner-Jauregg eine Expertise, der zufolge ihr Mann »vom Kokainwahn befallen, irrsinnig und gemeingefährlich« sei und ließ ihn daraufhin von Irrenwärtern abholen. Der Coup wäre – obwohl Wagner-Jauregg Girardi nie persönlich gesehen oder gar untersucht hatte – beinahe aufgegangen, hätte Girardi nicht eine eigene Moderichtung geprägt.
Ganz Wien trug damals den durch ihn populär gewordenen Girardihut. Also auch ein hoher Staatsbeamter, der in Girardis Haus in der Nibelungengasse wohnte und dem eben diese Mode zum Verhängnis wurde. Vor der Haustür warteten nämlich die von der Odilon gerufenen Irrenwärter, die den verblüfften Nachbarn mit Girardihut für Girardi hielten, in einen Krankenwagen zerrten und in die Privatanstalt Svetlin einlieferten. Girardi, der die Szene vom Fenster seiner Wohnung aus beobachtet hatte, konnte in die Villa seiner Freundin Katharina Schratt nach Hietzing flüchten. Eine Intervention der Schratt beim Kaiser ersparte ihm dann die Einweisung ins Irrenhaus.

Eines Tages erschien in der Ordination des bekannten Psychiaters Rödl ein nicht mehr ganz junger Herr, dessen Hang zur Depression unübersehbar war. »Herr Professor«, gestand der Patient dem Nervenarzt, »ich weiß nicht mehr, was ich machen soll, ich bin nur mehr traurig, und ich kann mir gar nicht erklären, warum. Ich hab großen Erfolg im Beruf, und

auch die Frauen mögen mich, es gibt also eigentlich gar keinen Grund für meine ganze Tristesse. Aber ich komm halt nicht los davon.«
»Mein lieber Freund«, erklärte Dr. Rödl, dem der ihm fremde Herr auf Anhieb sympathisch war, »es wäre die beste Therapie für Sie, wenn Sie einmal von ganzem Herzen lachen könnten, damit Sie endlich einmal einsehen, dass das Leben auch wunderschön sein kann und nicht ganz so traurig, wie Sie sich das ständig einzureden versuchen.«
»Ja, aber worüber soll ich denn lachen, Herr Professor?«, fragte der Patient mit melancholischem Unterton.
Da kam Rödl eine Idee. »Hören Sie«, sagte der Psychiater, »ich habe zwei Karten für die heutige Vorstellung im Theater an der Wien, man spielt dort den *Zigeunerbaron* mit der Musik vom Strauß. Eine der beiden Karten bleibt mir übrig, weil meine Frau nicht mitkommen will. Deshalb schlage

Alexander Girardi, begleitet vom berühmten Pianisten Alfred Grünfeld.
ZEICHNUNG: THEO ZASCHE

ich Ihnen vor, dass Sie mit mir hingehen und wir uns gemeinsam den Girardi anschauen, der ist doch der beste Komiker in ganz Österreich. Sie werden sich ganz sicher vor Lachen schütteln, und dann sieht die Welt für Sie gleich wieder ganz anders aus.«
»Allerdings gehe ich heute Abend ins Theater an der Wien«, entgegnete der Patient ebenso niedergeschlagen wie er die ganze Zeit schon war, »aber wissen S', Herr Doktor, über den Girardi werd ich sicher nicht lachen. Der bin ich nämlich selber.«

Girardi wurde gegen Ende seines Lebens noch für die Rolle des alten Weiring in Schnitzlers *Liebelei* ans Burgtheater engagiert. Ein ihm von der Direktion zur Seite gestellter Sprachlehrer sekkierte den Volksschauspieler so lange, bis dieser die Geduld verlor und nicht sehr fein schnaubte: »Jetzt lecken S' mi aber in Oasch!«
»Arsch«, fiel ihm der Sprechlehrer ins Wort, »Arsch, Herr Girardi.«

Heinrich Gleissner

Politiker

** 26. 1. 1893 Linz † 18. 1. 1984 ebd. War 1930 Direktor der Oberösterreichischen Landeskammer, ab 1933 Staatssekretär im Land- und Forstwirtschaftsministerium, 1934 bis 1938 und 1945 bis 1971 Landeshauptmann von Oberösterreich. Während der Nazizeit als Christlichsozialer in KZ-Haft. Kandidierte 1951 gegen Theodor Körner für das Amt des Bundespräsidenten.*

Nachdem der von den Nationalsozialisten seines Postens als oberösterreichischer Landeshauptmann enthobene Heinrich Gleißner, nicht zuletzt durch die vielfache Intervention seiner Frau, aus der Haft entlassen wurde, sagte er. »Meine Politik hat mich ins KZ gebracht, die meiner Frau hat mich wieder herausgebracht.«

Nach Karl Renners Tod kommt es zur ersten Volkswahl eines Bundespräsidenten in der Geschichte der Republik. Bei der Stichwahl am 27. Mai 1951 schlägt der Wiener Bürgermeister Theodor Körner den oberösterreichischen Landeshauptmann Heinrich Gleißner. Da Österreichs Fußballnationalmannschaft am selben Tag ein Freundschaftsspiel gegen Schottland gewinnt, lautet die Schlagzeile der kommunistischen *Volksstimme:* »Gleißner und Schottland geschlagen.«

In einem Interview wurde Gleißner 1966 zum Thema Wohnbau befragt. Er antwortete: »Das ist eine schwierige Rechnung. Als ich Landeshauptmann wurde, haben 30 000 Wohnungen gefehlt. Inzwischen haben wir 150 000 dazugebaut und jetzt fehlen 40 000.«

Käthe Gold

Schauspielerin

** 11. 2. 1907 Wien † 11. 10. 1997 ebd. Debütierte nach Provinzengagements 1932 im Theater in der Josefstadt, war unter Gründgens am Preußischen Staatstheater Berlin und in Zürich engagiert, ehe sie 1947 Mitglied des Burgtheaters wurde. Erfolge u. a. in »Käthchen von Heilbronn«, »Ein Glas Wasser«, »Nora«, »Faust«, »Egmont«. Feierte 1985 ihren Abschied von der Bühne.*

Als Kurt Meisel Intendant des Münchner Residenztheaters wurde, bot er Käthe Gold die Rolle der Wirtin in Ödön von Horvaths Komödie *Zur schönen Aussicht* an. Sie erbat sich drei Tage Bedenkzeit, während der sie das Stück in Ruhe lesen wollte. Die Gold meldete sich nach Ablauf der Frist mit einer schriftlichen Absage, da sie dem Rollenbuch entnommen hätte, dass die Wirtin bereits sechzig Jahre alt sei. »Und für solche Rollen«, schrieb sie, »bin ich noch lange nicht reif.«
Kurt Meisel nahm dies bedauernd zur Kenntnis, wunderte sich aber erst, als er wenige Tage nach der Absage eine weitere Zuschrift der Käthe Gold erhielt. Sie enthielt eine Einladung. Zu ihrem 65. Geburtstag.

Karl Goldmark
Komponist

** 18. 5. 1830 Keszthely/Ungarn † 2. 1. 1915 Wien. Begann als Geiger am Wiener Carltheater, ehe er 1858 bis 1860 in Budapest Musiktheorie studierte. 1847 bis 1848 Chorleiter am Wiener Konservatorium. Erster großer Erfolg als Komponist 1865 mit der Sakuntala-Ouvertüre, 1875 Welterfolg mit der Oper »Die Königin von Saba«. Setzte sich für Richard Wagner ein.*

Karl Goldmark war sehr stolz darauf, dass mehrere seiner Werke an der Wiener Hofoper aufgeführt wurden. Den größten Triumph seiner Laufbahn feierte er mit der Oper *Die Königin von Saba*, die sowohl vom Publikum als auch von der Presse umjubelt wurde. In seinem Stolz versäumte er keine Gelegenheit, selbst ihm persönlich nicht bekannten Menschen von seinen großen Erfolgen zu berichten. Einer fremden Dame stellte er sich vor: »Erlauben Sie, Gnädigste, mein Name ist Goldmark, ich bin der Komponist der *Königin von Saba.*«
»Sehr erfreut«, reagierte die Angesprochene, »ich bin die Vorleserin der Erzherzogin Sophie.«

Auch während einer Bahnfahrt gab er sich seiner Sitznachbarin gegenüber als »Komponist der *Königin von Saba*« zu erkennen.
Worauf die Dame meinte: »Ach, das ist aber sicher ein guter Posten.«

Während eines gemeinsamen Spaziergangs durch Bad Ischl zeigte Goldmark dem als ebenso witzig wie schlagfertig bekannten Josef Hellmesberger die Fassade seiner Villa. »Wenn ich einmal gestorben bin, wird man an diesem Haus eine Tafel anbringen …«
»Ja«, sagte Hellmesberger, »und darauf wird stehen: Zu verkaufen!«

Hugo Gottschlich
Schauspieler

** 30. 10. 1905 Wien † 22. 3. 1984 ebd. Spielte nach seinem Debüt in Zürich an den Wiener Kabarettbühnen Literatur am Naschmarkt, Wiener Werkel, Der Liebe Augustin und Die Insel. Engagements am Volkstheater, Theater in der Josefstadt und ab 1955 am Burgtheater. Glänzte in komischen Rollen. 1940 Filmdebüt an der Seite von Attila Hörbiger in »Donauschiffer«.*

Gottschlich, Anfang der sechziger Jahre – neben Heinz Rühmann – in einer kleineren Rolle in der Komödie *Mein Freund Harvey* zu sehen, vergaß eines Tages seinen Auftritt. Da kein Ersatzschauspieler aufzutreiben war, musste das Burgtheater an diesem Abend geschlossen bleiben, wodurch dem Haus Einnahmen in der Höhe von mehreren hunderttausend Schilling verloren gingen. Anderntags ermahnte ihn Direktor Haeusserman: »Wenn Sie das nächste Mal im Zweifel sind, mein lieber Gottschlich, ob Sie spielen sollen oder nicht, dann rufen Sie uns doch bitte an!«
»Das ist es ja«, erwiderte der Mime, »ich bin nie im Zweifel, ich weiß es immer ganz genau!«

Franz Grillparzer
Schriftsteller

** 15. 1. 1791 Wien † 21. 1. 1872 ebd. Unbezahlter Praktikant der Hofbibliothek, 1832 Direktor des Hofkammerarchivs. 1817 erste Aufführung »Die Ahnfrau« am Hofburgtheater. Zu seinen bedeutendsten Werken zählen »Sappho« (1819), »König Ottokars Glück und Ende« (1825), »Ein treuer Diener seines Herrn« (1830), »Der Traum ein Leben« (1834), »Weh dem, der lügt!« (1838).*

Im Jahre 1825 wurde von der Zensurbehörde über Franz Grillparzers Drama *König Ottokars Glück und Ende* ein Aufführungsverbot verhängt – und das, obwohl das Stück einer Verherrlichung des Herrscherhauses gleichkommt! Als der Dichter Jahre später den zuständigen Hofrat der

Hofzensurstelle nach den Beweggründen für die widersinnige Sperre fragte, antwortete der: »Ja, schaun S', Herr von Grillparzer. Dass in dem Stück nix G'fährliches drinsteht, hab i ja glei g'sehn. Aber i hab mir halt denkt: Man kann nie wissen!«

»I hab mir halt denkt: Man kann nie wissen!«: Österreichs Nationaldichter Franz Grillparzer.

SELBSTBILDNIS FRANZ GRILLPARZER

Kaiser Franz wird die jährliche Liste der mit einem Orden auszuzeichnenden Hofbeamten vorgelegt. Plötzlich bleibt sein Auge über dem Namen Grillparzer stehen. »Grillparzer, Grillparzer?«, sagt er. »Des is doch der, der die Stückln schreibt. Na na, einem solchen geb ma kan Orden.«

In seinen letzten Lebensjahren wurde Grillparzer ins Herrenhaus, die höchste Kammer des österreichischen Parlaments, berufen. Dort saß der in politischen Fragen unerfahrene Dichter inmitten der konservativsten Vertreter der Hocharistokratie. Als Freunde ihn fragten, wie er sich bei den Abstimmungen verhalten werde, erwiderte Grillparzer: »Das ist ganz einfach. Wenn der Fürst Windisch-Graetz aufsteht, bleib ich sitzen. Und wenn der Fürst Windisch-Graetz sitzen bleibt, steh ich auf.«

Karl Gruber
Politiker

** 3. 5. 1909 Innsbruck † 1. 2. 1995 ebd. War 1945 Mitglied der österreichischen Widerstandsbewegung, nach dem Krieg kurz Landeshauptmann von Tirol. 1945 bis 1953 Außenminister. Unterzeichnete 1946 das so genannte Gruber-De-Gasperi-Abkommen zur Regelung der Südtirolfrage. 1966 bis 1969 Staatssekretär im Bundeskanzleramt, dann Botschafter in den USA, Madrid, Bonn und Bern.*

Außenminister Karl Gruber und der neu ernannte Staatssekretär Bruno Kreisky trafen 1953 zu einem Besuch bei Bundeskanzler Konrad Adenauer in Bonn ein, wobei erstmals die Wiedergutmachung jener Schäden zur Sprache kam, die Österreich nach dem »Anschluss« an Deutschland zwischen 1938 und 1945 erlitten hatte.
»Wiederjutmachung wollen die Österreicher?«, reagierte Adenauer unwirsch. »Könn Sie haben. Ich werde die Jebeine vom Hitler ausgraben lassen und den Österreichern schicken. Dann haben sie ihre Wiederjutmachung.«

Fritz Grünbaum
Kabarettist, Schauspieler, Schriftsteller

** 7. 4. 1880 Brünn † 14. 1. 1941 KZ Dachau. 1906 erster Auftritt im Wiener Kabarett Die Hölle, danach in Berlin, 1914 Rückkehr nach Wien. Künstlerischer Leiter des Kabarett Simpl, an dem er mit Karl Farkas die Doppelconférence entwickelte. Gründete 1927 das Boulevard-Theater, 1938 Verhaftung und Deportation durch die Nationalsozialisten.*

Zwischen den Kabarettpartnern Fritz Grünbaum und Karl Farkas herrschte eine – teils echte, teils gespielte – Rivalität. Und so sagte Grünbaum seinen »Widersacher« Farkas auf der Bühne des Simpl an:
»Meine Lieben! Sie haben doch sicher schon davon gehört, dass ein Mensch, der plötzlich einer drohenden Gefahr gegenübersteht, in Sekun-

denbruchteilen sein ganzes Leben an sich vorüberziehen sieht. Mir ist das heute so ergangen: Ich wollt die Kärntner Straße überqueren, da rast ein Automobil auf mich zu – ich hab schon deutlich gesehen, wie ich unter die Räder komm. Und in diesem Moment, als mein ganzes Leben an mir vorüberhuschte, hab ich ein Gelübde getan: Wenn ich aus dieser Gefahr gesund herauskomme, werde ich ab jetzt immer zu allen Menschen gut und freundlich sein. Ich werde jeden, auch wenn ich ihn nicht schmecken kann, behandeln, als wäre er mein bester Freund. Als nächster im Programm kommt jetzt mein bester Freund Karl Farkas!«

Über seinen Konkurrenten befragt, meinte Grünbaum: »Der Farkas? Hut auf!«

Einmal sagte Fritz Grünbaum auf offener Bühne: »Ich habe oft so schreckliche Träume. Manchmal träumt mir, ich heiß Grünbaum und bin beim Kabarett.«

»Manchmal träumt mir, ich heiß Grünbaum und bin beim Kabarett«: Fritz Grünbaum conferiert.

KARIKATUR: KRAFT

Grünbaum erhielt gemeinsam mit Paul Morgan das Angebot, eine in Berlin laufende Komödie auf Wienerische Verhältnisse zu adaptieren. Die beiden Freunde reisten an die Spree, um sich das dort erfolgreich aufgeführte Boulevardstück anzusehen.
Nach wenigen Sätzen wurde ihnen klar, dass das Lustspiel für Wien ungeeignet und in seiner Witz- und Geistlosigkeit auch sonst unerträglich war. Grünbaum flüsterte Morgan schon nach fünf Minuten ins Ohr: »Paul, ich halt das nicht länger aus, ich geh!«
»Das kannst du nicht machen«, erwiderte Morgan, »wir sind eingeladen, man kann nicht einfach weggehen, wenn man Freikarten hat!«
Grünbaum beugte sich diesem Argument, meldete sich aber nach weiteren fünf Minuten neuerlich zu Wort: »Ich ertrage diesen Schwachsinn nicht. Ich geh!«
Und wieder beschwichtigte Morgan: »Ich sag dir doch, das kannst du nicht machen! Wir haben Freikarten!«
Wieder vergingen fünf Minuten, in denen das Stück seinen unaufhaltsam dümmlichen Verlauf nahm. Einmal noch neigte sich Grünbaum seinem Partner Morgan zu. Und er sagte jetzt: »Ich hab genug. Ich renn zur Kassa, kauf zwei Karten und geh nach Hause.«
Er stand auf, tat das Angekündigte und verließ den Ort des grausamen Geschehens.

Am 10. März 1938 fand im Simpl die letzte Vorstellung mit Fritz Grünbaum und Karl Farkas statt. Grünbaums Pointe an diesem Abend, als er am Beginn einer Conférence die – mit Absicht – verdunkelte Bühne betrat: »Ich sehe nichts. Absolut gar nichts. Da muss ich mich in die nationalsozialistische Kultur verirrt haben!«

Fritz Grünbaum wurde von der Gestapo verhaftet und in ein Gefängnis in der Wiener Karajangasse gesteckt, in dem er Zellennachbar Bruno Kreiskys war. Dieser überlieferte zwei Aussprüche, die wiedergeben, dass der Kabarettist seinen Humor selbst in der menschenunwürdigen Situation nicht verloren hat.

Die Gefangenen mussten im Hof der berüchtigten Strafanstalt den ganzen Tag im Kreis gehen. Flüstert Grünbaum nach etlichen Runden: »Und die draußen glauben, wir *sitzen!*«

Und als im Lager die Seife ausging, ätzte er: »Wenn ein Staat kein Geld für Seife hat, dann soll er sich keine Gefangenen halten.«

H

»Bei diesem Stück gibt's nur ganze Reihen«

Von Hugo Haas
bis Joseph Hyrtl

Hugo Haas

Schauspieler, Schriftsteller und Regisseur

** 18. 2. 1901 Brünn † 1. 12. 1968 Wien. Begann seine Karriere in tschechischen Komödien, die er zum Teil selbst verfasst hatte, und brach in den 30er Jahren als Held zahlreicher Filmkomödien unzählige Frauenherzen. Emigrierte 1939 über Frankreich und Portugal in die USA, wo er bis 1961 als Schauspieler, Produzent, Skriptautor und Regisseur tätig war.*

Hugo Haas hatte Wien in Begleitung seiner Frau Bibi und seines pechschwarzen Scotchterriers namens Dybuk auf der Flucht vor den Nationalsozialisten verlassen und wartete in Lissabon auf das überlebenswichtige Affidavit – die Bürgschaftserklärung eines amerikanischen Staatsbürgers, mit der dieser der US-Regierung garantierte, im Ernstfall für den Unterhalt des Einwanderers aufzukommen. Ohne gültiges Affidavit war die Einreise in die Vereinigten Staaten praktisch unmöglich. Der Schauspieler hatte trotz der bedrohlichen Situation seine gute Laune nicht verloren und erklärte seinem Freund Friedrich Torberg: »Dybuk hat mir gesagt, dass er sein Affidavit schon bekommen hat. Von Rintintin aus Hollywood.«

Als 1947 in Los Angeles Bert Brechts Schauspiel *Leben des Galilei* in deutscher Sprache aufgeführt wurde, vertraute man Hugo Haas die Rolle Papst Urbans VIII. an, der dem großen Mathematiker bekanntlich den Prozess gemacht hatte. Dank seiner stattlichen Erscheinung – und ungeachtet seiner jüdischen Herkunft – war Hugo Haas von Kritikern und Besuchern der Vorstellung als durchaus respektabler Darsteller des Heiligen Vaters gewürdigt worden.

Etliche Jahre später lud Gerhard Bronner den nach Wien heimgekehrten Hugo Haas ein, in dem von ihm inszenierten Fritz-Eckhardt-Lustspiel *Das heiße Eisen* am Kärntnertortheater eine Rolle zu übernehmen.

Auf die Frage, um welche Rolle es sich handelte, erklärte Bronner, dass er einen jüdischen Journalisten spielen sollte.

»Tut mir leid«, sagte Hugo Haas und schüttelte den Kopf: »Ich spiel nur Päpste!«

OTTO VON HABSBURG

Europapolitiker

** 20. 11. 1912 Reichenau/Niederösterreich als Sohn des letzten Kaisers Karl I. Musste Österreich 1919 mit seiner Familie verlassen. Exil in der Schweiz, auf Madeira, in Spanien und Belgien. 1966 hob Österreich die Landesverweisung auf. 1979 bis 1999 Mitglied, 1997 Alterspräsident des Europäischen Parlaments. Ständiger Wohnsitz in Pöcking/Bayern.*

In einem Interview gestand der einstige Thronfolger: »Ich muss Gott danken, dass ich nicht Kaiser geworden bin. Schau'n Sie, wenn ich einen besonders dummen Menschen seh, dann kann ich ihn einen Esel nennen. Aber als Monarch, da hätt ich Exzellenz zu ihm sagen müssen.«

Habsburg traf im Frühling 1939 in seinem Pariser Exil mit dem Schriftsteller Joseph Roth zusammen, von dem man wusste, dass er ein bekennender Monarchist war.
Roth war aber auch schwerer Alkoholiker und befand sich damals in einem bedauernswerten Zustand, zumal er in geradezu selbstmörderischer Weise Unmengen des hochprozentigen Trinkbranntweins Absinth zu sich nahm. Ein Arzt, den er konsultiert hatte, sah keinen anderen Ausweg, als sich an Otto von Habsburg zu wenden: »Sie sind der Einzige, auf den er hört. Machen Sie etwas, damit Roth aufhört zu trinken, denn sonst wird er in wenigen Wochen tot sein.«
Habsburg ließ den Dichter zu sich kommen und teilte ihm in eindringlichen Worten mit: »Herr Roth, Sie wissen, dass ich hier in Vertretung der Dynastie spreche. Ich befehle Ihnen, mit dem Trinken aufzuhören.«
Roth ging in Habt-Acht!-Stellung und verabschiedete sich von seinem »Kaiser«.
Er hat von diesem Tage an keinen Tropfen mehr getrunken.
Leider war es bereits zu spät. Der Schriftsteller starb wenige Wochen später, nicht ganz 45 Jahre alt, in Paris.

Otto von Habsburg durfte am 31. Oktober 1966 zum ersten Mal nach jahrelangem politischem Streit wieder nach Österreich einreisen. Zu diesem Zeitpunkt beschäftigte Bundespräsident Franz Jonas einen Pressesprecher namens Dr. Alexander Otto. Als der sich eines Tages am Telefon in der Präsidentschaftskanzlei mit den Worten »Hallo, hier Otto!« meldete, fragte ein fassungsloser Anrufer: »Ist es schon wieder so weit?«

Bei seinem ersten Wien-Besuch nach fast drei Jahrzehnten hielt Habsburg im Konzerthaus einen Vortrag, zu dem überraschenderweise relativ wenige Zuhörer kamen. Der Veranstalter versuchte zu erklären: »Wissen Sie, kaiserliche Hoheit, wir haben heute ein Ländermatch in Wien.«
»Wer spielt denn?«
»Österreich-Ungarn.«
Darauf Habsburg: »Gegen wen?«

Als angefragt wurde, warum der Sohn des letzten Kaisers in der Republik offiziell als »Herr Dr. Habsburg« tituliert würde, der berühmte Dirigent jedoch als »Herr *von* Karajan«, antwortete die zuständige Behörde sehr österreichisch: »Herbert von Karajan ist der Künstlername des Herrn Karajan.«

Otto von Habsburg erzählte einmal, dass er in seinem Leben nur dreimal die Wiener Kapuzinergruft besucht hätte, obwohl dort fast alle seine Ahnen ihre letzte Ruhestätte gefunden haben. Auf die nun gestellte Frage, warum er nur drei Mal dort gewesen sei, antwortete Habsburg: »Wissen Sie, jedes Mal, wenn ich dort hinkomme, habe ich den Eindruck, die Patres schaun mich ganz genau von oben bis unten an, um schon einmal Maß zu nehmen. – Für später dann!«

Friedrich Hacker

Arzt

** 19. 1. 1914 Wien † 23. 6. 1989 Mainz. Psychiater, Terror- und Aggressionsforscher. Emigrierte 1938 in die Schweiz, von wo aus er zwei Jahre später in die USA gelangte. Professor und Klinikchef in Los Angeles. Gründete 1968 die Wiener Sigmund-Freud-Gesellschaft, deren erster Präsident er war. Befasste sich vor allem mit dem Phänomen der Gewalt in der Massengesellschaft.*

Professor Hacker gelang es Ende der sechziger Jahre, die österreichische Bundesregierung für das Projekt eines Sigmund-Freud-Museums in den einstigen Ordinationsräumen des »Vaters der Psychoanalyse« zu gewinnen. Kurz vor Fertigstellung des Museums schlug Hacker Bundeskanzler Josef Klaus vor, Freuds in London lebende Tochter Anna zur Eröffnung in die Wiener Berggasse einzuladen. Der Regierungschef war sofort einverstanden, bat Hacker jedoch, den Einladungsbrief an Anna Freud aufzusetzen, da er selbst nicht recht wüsste, wie die berühmte Tochter eines noch berühmteren Vaters anzusprechen wäre und mit welchen Worten eine solche Einladung zu erfolgen hätte.

Friedrich Hacker, der Anna Freud gut kannte, formulierte den Brief, der dann vom Kanzler unterzeichnet wurde.

Eine Woche später läutet Hackers Telefon, am Apparat ist Anna Freud. »Stellen Sie sich vor, Doktor Hacker«, sagt sie, »ich habe einen Brief vom österreichischen Bundeskanzler erhalten, in dem er mich zur Eröffnung des Freud-Museums einlädt. Ich komme natürlich gerne, habe aber eine Bitte an Sie: Könnten Sie so nett sein, für mich das Antwortschreiben aufzusetzen. Ich habe noch nie einem Bundeskanzler geschrieben, ich weiß nicht einmal, wie man ihn ansprechen soll.«

Hacker kommt auch dieser Bitte nach. Er antwortet seinem eigenen Brief und Anna Freud unterschreibt. Aus Einladung und Antwort entwickelt sich ein reger Schriftverkehr zwischen Josef Klaus und Anna Freud. Wobei jeder einzelne Brief vom unermüdlichen Professor Hacker stammt.

Eines Tages erhielt Hacker in seiner Klinik in Los Angeles einen Anruf aus dem Weißen Haus. Am Apparat: Helene van Damm, die persönliche Sekretärin des damaligen US-Präsidenten Ronald Reagan. »Herr Professor«, sagte sie aufgeregt, »Sie müssen dem Präsidenten helfen. Er ist … äh, er ist plötzlich verrückt geworden.«
Hacker zeigte sich in dieser Situation, die eine Gefahr für die Nation, ja für die Welt bedeuten konnte, als verantwortungsvoller Arzt und bestieg den nächsten Jet nach Washington. Er meldete sich sofort im Weißen Haus bei Helene van Damm. Die sich sehr wunderte: »Ich habe Sie nicht angerufen.«
Des Rätsels Lösung: Der Anruf war mit verstellter Stimme von Hackers Freund Helmut Qualtinger – der solche Späße liebte – aus Wien gekommen.

Als der bekannte Psychiater Dr. Stephan Rudas seinem väterlichen Freund Hacker zum 75. Geburtstag ein Buch mit dem Titel *The Midlife Crisis* schenkte, grinste der Jubilar: »Allerweil, ich wär schon so weit.«

Ernst Haeusserman

Burgtheaterdirektor

** 3. 6. 1916 Leipzig † 11. 6. 1984 Wien. Sohn des Hofschauspielers Reinhold Häussermann. 1933 bis 1938 Mitglied des Wiener Burgtheaters, danach Assistent von Max Reinhardt in Hollywood. 1945 Rückkehr nach Österreich als Programmdirektor eines amerikanischen Radiosenders. 1954 bis 1958 und 1972 bis 1984 Direktor des Theaters in der Josefstadt. 1959 bis 1968 Direktor des Burgtheaters.*

Haeusserman war in der Villa des Industriellen Peter Landesmann eingeladen, dessen reichhaltiges Buffet in Wien eine geradezu sagenhafte Berühmtheit erlangt hatte. Die Tische bogen sich auch diesmal wieder unter den erlesenen Gerichten, die in rauen Mengen kredenzt wurden. Als Haeusserman den Champagner und die riesigen, mit Lachs, Kaviar und Hummer angefüllten Schüsseln erblickte, sagte er trocken: »Der Landesmann nagt am Hummertuch!«

Der spätere Theaterdirektor Ernst Haeusserman in seinen jungen Jahren als Burgschauspieler.
ZEICHNUNG: HAFENRICHTER

Berühmt dafür, seinen Freunden gerne mit Rat und Tat zur Seite zu stehen, wurde Haeusserman einmal an seinem legendären Stammtisch im Restaurant Linde von einem Schauspieler gefragt, ob er seiner Frau gestehen sollte, dass er eine Geliebte hätte. Haeusserman dachte kurz nach und sagte dann: »Lieber Freund! Im Leben eines jeden Mannes kommt einmal die Stunde der Wahrheit. Und dann heißt's lügen, lügen, lügen!«

Sein Wortwitz konnte durchaus auch bösartig und beleidigend sein. Als bei den Wiener Festwochen Calderóns *Das große Welttheater* aufgeführt wurde, spielte Josef Meinrad einen Bettler und eine bekannte Wiener Schauspielerin – wir wollen sie Maria Moralt nennen – war in der Rolle der Welt zu sehen. Haeusserman, dem deren Darstellung ganz und gar nicht gefiel, kommentierte ihren Auftritt trocken: »Also, die Welt ist schon schlecht. Aber *so* schlecht wie die Moralt ist sie auch wieder nicht!«

Haeusserman sah im Fernsehen eine österreichische Version des Musicals *Cabaret*, wobei die Wiener Schauspielerin Michaela Rosen in der Minnelli-Rolle als laszive Nachtklubsängerin Sally Bowles zu sehen war. Haeusserman hörte sich ein paar Takte an und sagte dann: »A leise Minnelli.«

Zwischen Haeusserman und Friedrich Torberg kam es einmal zu einem Streit um den berühmten *Hamlet*-Satz: »Es ist was faul im Staate Dänemark.« Torberg vertrat am Stammtisch die Ansicht, dass das populäre Zitat nur auf eine falsche Übersetzung Wilhelm Schlegels zurückgeführt werden könnte, zumal es in dieser Zeit so etwas wie einen »Staat Dänemark« gar nicht gegeben habe. Der Shakespearesche Originalsatz »There's something rotten in the state of Denmark« müsste demnach anders übersetzt werden, meinte Torberg in der Stammtischrunde, denn das Wort »state« habe im Englischen zwei Bedeutungen: »Das heißt sowohl ›Staat‹ als auch ›Zustand‹«, erklärte Torberg – richtig wäre also: »Es ist was faul am *Zustand Dänemarks*.«
Haeusserman widersprach vehement und bestand darauf, dass dieser berühmte Satz nie und nimmer verändert werden dürfe.
Torberg insistierte jedoch: »*State* heißt *Zustand!*«.
In diesem Augenblick läutete das Telefon, das neben Haeussermans Platz am Stammtisch installiert war. Ehe Haeusserman abhob, sagte er zu Torberg: »Das wird wahrscheinlich der Professor Hacker sein, der ruft um diese Zeit immer aus den *Vereinigten Zuständen von Amerika* an.«

Peter Weiser, damals Kulturkritiker des *Kurier*, besuchte die Premiere des Stücks *Die Ernte* von Richard Billinger, in dem die weibliche Hauptrolle von der jungen, bildschönen Schauspielerin Margit Saad verkörpert wurde. Ernst Haeusserman, Freund und Berater des *Kurier*-Herausgebers Ludwig Polsterer, saß nach Ende der Vorstellung an seinem Stammtisch im Restaurant Linde und ließ sich wie immer aus der *Kurier*-Setzerei telefonisch die Kritiken der Morgenausgabe durchgeben. Diesmal las ihm der Schlussredakteur die Rezension Peter Weisers aus der Josefstadt vor. Der Titel lautete *Gute Ernte, schlechte Saad*, und ihm folgte eine pointierte Kritik, aus der hervorging, dass Weiser das Stück zwar gefallen hätte, er sich für die schauspielerische Leistung der Hauptdarstellerin Margit Saad jedoch keineswegs erwärmen konnte.
Als der Schlussredakteur die Rezension telefonisch vorgetragen hatte, hieß es schnell handeln. Denn Haeusserman wusste, dass Peter Weisers oberster Chef Ludwig Polsterer mit der Schauspielerin Margit Saad ein

Verhältnis hatte und es daher keineswegs gutheißen würde, wenn diese ausgerechnet in seiner Zeitung schlecht weg käme. Und so rief er, um Peter Weiser vor größerem Schaden zu bewahren, nach einer Schrecksekunde noch einmal in der *Kurier*-Setzerei an und änderte die Titelzeile kurzerhand auf:
»Die Saad war gut, die Ernte schlecht.«
War der Austausch des Titels in der buchstäblich allerletzten Sekunde vor Andruck erfolgt, so musste eine Änderung des übrigen Textes unterbleiben, weil dies die Fertigstellung der Morgenausgabe akut gefährdet hätte. Da Haeusserman wusste, dass Polsterer ohnehin immer nur die Titelzeilen seiner Zeitung las, niemals jedoch die Artikel, konnte er das Risiko eingehen. Und so erschien am nächsten Morgen im *Kurier* ein Artikel, in dessen Titel die Hauptdarstellerin gelobt und das Stück verrissen wurde, und in dem in der eigentlichen Kritik aber das exakte Gegenteil stand.
Es gab keinerlei Konsequenzen – Polsterer las, wie immer, wirklich nur den Titel. Die Leser offenbar auch. Jedenfalls langte in der *Kurier*-Redaktion keine einzige Beschwerde ein.

Mit dem *Konzert* unternahm das Theater in der Josefstadt 1975 eine Tournee durch die USA, wo Haeusserman, der »frische Luft hasste«, schrecklich unter den Klimaanlagen litt, die dort in allen Theatern installiert sind. Verzweifelt saß er mit Hut und aufgestelltem Mantelkragen im Zuschauerraum und brummte: »Das einzige, was in Amerika nicht zieht – ist unser Stück!«

Obwohl man im Theater in der Josefstadt eher auf Populäres vertraute, gab es immer wieder Stücke, die vom Publikum nicht angenommen wurden. In einem dieser Fälle war man in der Direktion schon glücklich, wenn die Schauspieler vor halb vollem Haus spielten. Ein deutscher Gast, der das natürlich nicht wissen konnte, fragte Haeusserman, ob er ihm drei Karten beschaffen würde.
»Ausgeschlossen«, bedauerte der Direktor, »bei diesem Stück gibt's nur ganze Reihen.«

Alles andere als sportlich, behauptete Haeusserman, in seinem ganzen Leben nur bei einem einzigen Fußballmatch mitgespielt zu haben: »Das war bei dem Spiel Burgtheater gegen Staatsoper. Wir von der Burg haben bis zur Pause 3:2 geführt. Danach habe ich das Ausgleichstor zum 3:3 geschossen.«

Als Papst Johannes Paul II. im Mai 1981 durch einen Mordanschlag schwer verletzt wurde, musste ihm vorübergehend ein künstlicher Darmausgang verpasst werden. Ein Umstand, der Ernst Haeusserman zu dem Ausspruch verleitete: »Jetzt hat der Papst Probleme mit dem Heiligen Stuhl.«

Ein am Stammtisch regelmäßig gesichteter Theaterkritiker musste eines Tages ins Krankenhaus eingeliefert werden, wo man dem Bedauernswerten ein Bein amputierte. Wenige Tage später traf die Nachricht seines Todes ein.
Natürlich kam die Freundesschar zum Begräbnis. Just in dem Augenblick, da man den Sarg in den Tiefen des Zentralfriedhofs versenkte, raunte Haeusserman einem neben ihm stehenden Teilnehmer der Beerdigung zu: »Jetzt ist er mit einem Bein im Grab!«

Michael Hainisch

Politiker

** 15. 8. 1858 Aue bei Schottwien/Niederösterreich † 26. 2. 1940 Wien. Sozial- und Wirtschaftspolitiker. Führte sein Gut bei Spital am Semmering als Musterbetrieb, organisierte Volksbildungsvereine. 1920 bis 1928 erster Bundespräsident der Republik Österreich. Blieb parteilos und wurde wegen seiner korrekten Amtsführung von allen Parteien geschätzt. Förderte Landwirtschaft und Fremdenverkehr.*

Die Machtlosigkeit des Staatsoberhaupts in der Ersten Republik dokumentiert diese Anekdote: Bundespräsident Hainisch verliert während eines Spaziergangs sein Taschentuch. Ein Passant hebt es auf und reicht es ihm.

»Danke vielmals«, sagt Hainisch überschwänglich, »das ist wirklich ganz, ganz reizend von Ihnen.«
»Aber Herr Bundespräsident, was ich getan habe, ist doch selbstverständlich und verdient keinen so herzlichen Dank.«
»Oh, doch«, entgegnet Hainisch, »das Taschentuch ist der einzige Gegenstand, in den ich meine Nase hineinstecken darf.«

Amalie Haizinger

Schauspielerin

** 6. 5. 1800 Karlsruhe † 10. 8. 1884 Wien. Spielte bereits im Alter von fünfzehn Jahren am Hoftheater in Karlsruhe, ab 1817 führten sie Gastspiele und Tourneen durch ganz Europa. Wechselte im Jahre 1845 vom Hoftheater Karlsruhe an das Burgtheater in Wien. Hier spielte sie vor allem naive und sentimentale Rollen. War ab 1827 in zweiter Ehe mit dem Tenor Anton Haizinger verheiratet.*

Der junge Hugo Thimig war einmal bei der alten Hofschauspielerin Amalie Haizinger zum Tee geladen. Natürlich versäumte er es nicht, die einzigartige Gelegenheit wahrzunehmen, die vielleicht letzte Zeitzeugin, die dem Geheimrat Goethe noch begegnet war, über diesen zu befragen. Immerhin hatte dieser persönlich mit ihr das Gretchen einstudiert. Hugo Thimig wollte nun von der Haizinger wissen, wie Goethe gewesen sei. Lange und versonnen versank die alte Dame in der Erinnerung. Dann nickte sie plötzlich und sagte in ihrem heimatlichen Schwäbisch: »Der Geede, ja, ja, der Geede, des ist au so ein alter Schweinehund g'wese.«

Erik Jan Hanussen

Hellseher

** 2. 6. 1889 Wien † 24. 3. 1933 Berlin. Eigentlich Hermann Steinschneider. Verblüffte seine Kameraden schon als Zugsführer der k. k. Armee durch Prophezeiungen. In den 20er Jahren Aufstieg zum »berühmtesten Hellseher aller Zeiten«, der seine größten Erfolge in Berliner Varietés und Salons feierte. Wurde nach einem Konflikt mit den Nationalsozialisten von SA-Männern erschossen.*

Hanussen wusste seine ausgeklügelten Tricks dermaßen geschickt anzuwenden, dass ihm das Publikum meist zu Füßen lag. Zumindest in zwei Fällen ist ihm das jedoch nicht gelungen. Einmal hypnotisierte er einen alkoholkranken Mann, der sich von ihm Heilung erhoffte. Hanussen stellte ein Glas Slibowitz vor seine Nase und versetzte das Medium in Hypnose. Dann strich er einige Male über den rechten Arm des Mannes und flüsterte ihm zu: »Sie werden das Glas nicht anfassen können.«
Kaum aus der Hypnose erwacht, rief ihm Hanussen laut zu: »So, und jetzt versuchen Sie, das Glas zu leeren!«
Der Alkoholkranke griff nach dem Glas und trank seinen Inhalt in einem Zug aus.
Er war Linkshänder gewesen.

Zu Hanussens Attraktionen gehörten auch Zauberkunststücke mit Geldmünzen, die er verschwinden und nach einiger Zeit irgendwo im Saal wieder auftauchen ließ – natürlich immer mit Hilfe einer Reihe von Mitarbeitern, die irgendwo im Saal platziert worden waren. Bei einer Kindervorstellung in Brünn hatte er den kleinen Sohn eines Kellners aus dem Hotel, in dem er wohnte, »engagiert«. Als er nun eine »unsichtbare Krone« ins Publikum warf und seinen Besuchern zurief, derjenige, der einen leichten Schlag verspürte, möge sich bei ihm melden, sprang der Sohn des Kellners wie vereinbart auf und kam zu ihm auf die Bühne.
Nun ging es darum, die Krone aus der Jackentasche »hervorzaubern«, die er dem Buben eine Stunde davor im Hotel zugesteckt hatte.
»Also, gib mir die Krone«, rief ihm Hanussen zu.

Der kleine Bub überreichte dem Magier jedoch nur 80 Heller in vielen kleinen Münzen.
Für den Rest hatte er sich in der Pause ein Eis gekauft.

Joseph Haydn
Komponist

** 31. 3. 1732 Rohrau/Niederösterreich † 31. 5. 1809 Wien. War Chorknabe im Wiener Stephansdom, ehe er nach dem Stimmbruch als Gelegenheitsmusiker arbeitete und durch erste Kompositionen bekannt wurde. Ab 1761 Kapellmeister des Fürsten Esterházy. Der Meister der Wiener Klassik feierte in England große Triumphe. Komponist der alten österreichischen Kaiserhymne.*

Nachdem Haydn sein Studium bei dem berühmten, aus Neapel stammenden und in Wien lebenden Komponisten Niccolo Antonio Porpora absolviert hatte, sagte er: »Jetzt erst weiß ich, wie schwer die italienische Leichtigkeit ist.«

»Jetzt erst weiß ich, wie schwer die italienische Leichtigkeit ist«: Joseph Haydn.
ZEICHNUNG: GEORGE DANCE, LONDON 1794

Als Haydn am Ende einer Symphonie, die er bei einem Konzert in London dirigierte, den Taktstock aus der Hand legte und sich verbeugte, erhoben sich die begeisterten Besucher von ihren Sesseln und strömten vor zum Orchester, um den genialen Musiker aus der Nähe sehen und bejubeln zu können.

Kaum waren die Sitze in der Mitte des Parketts infolge der Ovationen geleert, löste sich der riesige Kronleuchter aus der Verankerung, stürzte zu Boden und zertrümmerte Teile des Konzertsaales. Abgesehen von wenigen Besuchern, die durch Kristallsplitter leichte Verletzungen erlitten, kam niemand zu Schaden.
Als sich die erste Aufregung gelegt hatte, riefen zahlreiche Menschen das Wort »Mirakel« aus. Haydn war gerührt und dankte der Vorsehung, dass durch ein gütiges Geschick mindestens dreißig Menschen das Leben gerettet worden war. Die Symphonie aber wurde lange mit dem Beinamen *Mirakel* aufgeführt.

JOSEF HELLMESBERGER SEN.
Musiker

** 3. 11. 1828 Wien † 24. 10. 1893 ebd. Geiger und Wiener Original, gründete 1849 das Hellmesberger-Quartett. Er war Dirigent der »Gesellschaftskonzerte«, Direktor der Gesellschaft für Musikfreunde und Professor am Konservatorium. Ab 1860 Konzertmeister der Wiener Philharmoniker, 1877 Hofkapellmeister. Leitete ein Streichorchester, das auch für Brahms von Bedeutung war.*

Als man Josef Hellmesberger, den für seine geschliffenen Pointen berühmten Konzertmeister der Wiener Philharmoniker, darauf aufmerksam machte, dass sich sein komponierender Sohn in einem seiner Bühnenwerke stark an Mozart anlehnte, sagte er: »Na und, wissen Sie mir vielleicht einen Besseren zum Anlehnen?«

Bei anderen Komponisten, denen man Ähnliches vorwarf, war er weniger verständnisvoll, im Gegenteil: Hellmesberger hatte sich geradezu darauf spezialisiert, »Musikdiebe« auf frischer Tat zu ertappen. So ätzte er, als 1892 Jules Massenets Oper *Werther* an der Wiener Hofoper uraufgeführt wurde: »Bei der Oper vom Massenet is a Masse net vom Massenet!«

Über eine Komposition seines Freundes Robert Fuchs sagte Hellmesberger: »Fuchs, die hast du ganz gestohlen!«

Im Kollegenkeis wurde gemunkelt, dass Karl Goldmark für sein Werk *Merlin* fünf volle Jahre gebraucht hätte. »Ha«, lachte Hellmesberger, »sowas stiehlt mein Sohn in drei Monaten zusammen!«

Ein Komponist nervte das Orchester mit immer neuen Änderungsvorschlägen seiner Musik. Als er nach stundenlangen Proben zum weiß Gott wie vielten Mal etwas auszusetzen hatte, schaltete sich der Konzertmeister Hellmesberger ein. »Ich will Ihnen einmal etwas sagen«, herrschte er den Komponisten an. »Die Melodie, deren Auffassung Sie gerade beanstanden, habe ich schon gespielt, lange bevor Sie sie komponiert haben.«

Der berühmte Sänger Hans Rokitanski war ein Sohn des noch berühmteren Arztes Karl Rokitanski, der zu den Gründern der Wiener Medizinischen Schule zählte. Als Rokitanski jun. an die Hofoper kam, erklärte Hellmesberger den Unterschied zwischen Vater und Sohn: »Der eine heilt – der andere heult!«

Als der Musikvereinssaal von einem generösen Gönner eine neue Orgel erhalten hatte, die leider sehr oft verstimmt war, sagte Hellmesberger zu seinen verärgerten Musikern: »Aber meine Herren, was regt's euch denn auf? Einer geschenkten Orgel schaut man nicht in die Gorgel!«

Hellmesberger sieht während einer Opernpremiere vom Orchestergraben aus den Kritiker eines Wochenblatts, der sein Urteil immer erst dann abgibt, sobald er die Rezensionen seiner Kollegen von den Tageszeitungen gelesen hat. Da raunt der Konzertmeister einem ihm benachbarten Kollegen zu: »Was würde der dafür geben, wenn er heute schon wüsste, wie ihm morgen die Oper gefallen haben wird.«

Der Wiener Musikkritiker Eduard Hanslick war im Wiener Kulturleben überaus gefürchtet. Nicht nur, dass er Richard Wagner und Anton Bruckner verkannt hatte, ließ er auch äußerst selten an Sängern, Dirigenten oder Musikern ein gutes Haar. Als der Ungeliebte einmal von einer Kur nach Wien heimkehrte, meinte Hellmesberger: »Der Hanslick ist leberleidend nach Karlsbad gefahren. Und leider lebend wieder zurückgekommen.«

Fred Hennings

Schauspieler und Schriftsteller

** 26. 1. 1895 Klagenfurt † 22. 11. 1981 Wien. Eigentlich Franz von Papen-Pawlowski. Langjähriges Ensemble- und danach Ehrenmitglied des Wiener Burgtheaters. Besaß eine große topografische Bildersammlung, hielt viele Vorträge und schrieb mehrere Bücher über die Stadt- und Kulturgeschichte Wiens.*

Als Fred Hennings im Herbst 1960, nach fast vierzigjähriger Zugehörigkeit zum Burgtheater, bei der öffentlichen Generalprobe zu Anouilhs *Becket oder die Ehre Gottes* zum ersten Mal in seinem Leben im Text hängen blieb, suchte er bei Direktor Ernst Haeusserman um seine sofortige Pensionierung an. Doch der lehnte mit den Worten ab: »Mein lieber Hennings, wenn jeder, der einmal hängen bleibt, in Pension gehen würde, müsste ich das Burgtheater zusperren!«

Fritz von Herzmanovsky-Orlando

Erzähler, Dramatiker, Zeichner

** 30. 4. 1877 Wien † 27. 5. 1954 Schloss Rametz bei Meran. Skurriler Diagnostiker des altösterreichischen Lebens. Lernte 1903 Alfred Kubin kennen, mit dem ihn eine lebenslange Freundschaft verband. 1916 Übersiedlung nach Meran. Zu Lebzeiten wurde nur »Der Gaulschreck im Rosennetz« veröffentlicht (1928). Seine »Gesammelten Werke« wurden von Friedrich Torberg posthum editiert.*

Schon Herzmanovskys Vater muss eine skurrile Erscheinung gewesen sein, ist uns von seinem berühmten Sohn doch die folgende Geschichte überliefert: Dr. Emil von Herzmanovsky war 1897 Sektionschef im k. k. Ackerbauministerium, als der neue Ministerpräsident Paul Gautsch Freiherr von Frankenthurn den dortigen Beamten seinen Antrittsbesuch abstattete. Sektionschef Herzmanovsky kam nun die ehrende Aufgabe zu, den neuen Regierungschef offiziell zu begrüßen – eine Aufgabe, der er sich umso bereitwilliger stellte, als er mit Gautsch das Theresianum absolviert hatte, dessen Schüler – einer alten Tradition folgend – auch nach der Matura in Kontakt blieben und einander selbstverständlich weiterhin duzten.

»Mein lieber Gautsch«, begann Herzmanovsky also vor versammelter Beamtenschaft seine Begrüßungsansprache, »es ist mir eine besondere Freude, dich als unsern Chef willkommen zu heißen. Ich versichere dir, dass wir nach besten Kräften bemüht sein werden, dir deine Tätigkeit zu erleichtern.« Und nach ein paar weiteren Sätzen schloss er in herzlichstem Ton: »Nicht nur als dein rangältester Mitarbeiter, auch als ein Theresianist dem anderen, wünsche ich dir in deinem neuen Amt Erfolg und alles Gute.«

Die Herzlichkeit war, wie sich zeigte, fehl am Platze. Der andere Theresianist räusperte sich und ließ es bei einer äußerst knappen Erwiderung bewenden: »Mein lieber Sektionschef«, näselte er, »ich nehme Ihre freundlichen Worte gerne zur Kenntnis und hoffe auf eine gedeihliche Zusammenarbeit mit Ihnen und Ihrem Stab. Danke verbindlichst.«

Betretenes Schweigen lastete im Raum. Dann ergriff Herzmanovsky nochmals das Wort zu der folgenden, noch knapperen Gegenrede: »Lieber Gautsch, gestatte mir noch einmal das trauliche Du. Leck mich im Arsch.«

Sprach's, drehte sich um und ging in Pension.

Adolf Hitler
Politiker

** 20. 4. 1889 Braunau am Inn/Oberösterreich † 30. 4. 1945 Berlin. Zunächst Hilfsarbeiter, Tapezierer und »Kunstmaler« in Wien. Als Soldat im Ersten Weltkrieg, ab 1921 Führer der NSDAP, zwei Jahre später versuchter Staatsstreich und Inhaftierung. Ab 1933 deutscher Reichskanzler, ab 1934 Reichspräsident. Löste 1939 den Zweiten Weltkrieg aus. Verantwortlich für die Ermordung von Millionen Menschen.*

Amerika wusste von Anfang an die Bedeutung großer Einwanderer wie Albert Einstein, Franz Werfel, Bruno Walter, Emmerich Kálmán, Max Reinhardt oder Marlene Dietrich zu schätzen. Ein US-Journalist ging im *New Republican Magazine* so weit, Hitler ironisch dafür zu danken, dass er die Vertreter einer geistigen Elite aus Europa in die USA »geschickt« hatte: »Diese Männer und Frauen sind Wissenschaftler, schöpferische Künstler, Musiker, Philosophen. Sie stehen auf denkbar hohem Niveau ... Ich bin der Ansicht, dass wir Amerikaner Hitler zutiefst dankbar dafür sein sollten, dass er unserer Gesellschaft diese enorme Bereicherung zuteil werden ließ. Thank you, Hitler!«

Robert Stolz, der in die USA emigriert war, wurde mehrmals von Goebbels zur Rückkehr ins Deutsche Reich aufgefordert. Seine Antwort lautete stets: »Ich möchte gerne zurückkommen, ich möchte auch gerne wieder in meiner Heimat komponieren. Aber nur, wenn es ein Trauermarsch für Adolf Hitler ist.«

Als die von den Nationalsozialisten umbenannten Straßen, Plätze und Gebäude nach dem Krieg neuerlich umbenannt wurden, fragte ein aus Tirol angereister Besucher in der Straßenbahn einen Wiener: »Wie heißt denn der Platz da drüben?«
»Das ist der Rooseveltplatz, früher Adolf-Hitler-Platz.«
Ein Stück weiter wollte der Besucher wissen: »Und wie heißt das Gebäude da?«
»Das ist das Parlament, früher Gauhaus.«

Wieder fuhr die Straßenbahn ein Stück. »Und wie heißt dieser Platz?«
»Das ist der Stalinplatz, früher Schwarzenbergplatz.«
Der Besucher stieg aus und verabschiedete sich mit den Worten: »Auf Wiedersehen, früher Heil Hitler!«

Fritz Hochwälder
Schriftsteller

** 28. 5. 1911 Wien † 20. 10. 1986 Zürich. Der Dramatiker arbeitete ursprünglich als Tischler und Tapezierer. 1938 Emigration nach Zürich. Seine frühen Werke sind vom Expressionismus beeinflusst. Verarbeitete die Gegensätze göttliche und menschliche Planung sowie Ideal und Realität. Seine historischen Stoffe haben die Funktion einer Parabel. Bekanntestes Drama: »Das heilige Experiment« (1947).*

Der in der Schweiz lebende Fritz Hochwälder war schon Wochen vor der Uraufführung seines Mysterienspiels *Donnerstag* nach Wien gereist, um die Proben am Burgtheater persönlich überwachen zu können. Burgtheaterdirektor Ernst Haeusserman war darüber wenig erfreut, da der Dramatiker – der (wie Hitler) ursprünglich den Beruf eines Tapezierers erlernt hatte – Regisseur und Schauspieler mit ständig neuen Änderungswünschen bei den Proben nervös machte. Als es der Autor eines Tages zu bunt trieb, wies ihn Haeusserman mit den Worten zurecht: »Hochwälder, Sie sind der zweitlästigste Tapezierer, den Österreich je hervorgebracht hat.«

Paul Hoffmann

Schauspieler und Burgtheaterdirektor

** 25. 3. 1902 Wuppertal † 2. 12. 1990 Wien. 1927 bis 1946 Schauspieler am Dresdner Schauspielhaus, danach in Stuttgart engagiert, wo er vorerst künstlerischer Leiter und dann Direktor wurde. Ab 1959 Ensemblemitglied des Wiener Burgtheaters, dessen Direktor er von 1968 bis 1971 war. Daneben intensive Film- und Fernsehtätigkeit.*

Der Nachfolger Ernst Haeussermans als Direktor des Wiener Burgtheaters: Paul Hoffmann.
KARIKATUR: WINNIE JAKOB

Als der 52-jährige Ernst Haeusserman 1968 vom 66-jährigen Kammerschauspieler Paul Hoffmann als Direktor des Wiener Burgtheaters abgelöst wurde, kommentierte dies Haeusserman mit den Worten: »Ich habe mich entschlossen, mein Amt in ältere Hände zu legen.«

Hugo von Hofmannsthal
Schriftsteller

** 1. 2. 1874 Wien † 15. 7. 1929 ebd. Galt durch seine frühen Dichtungen als Wunderkind, lebte ab 1901 als freier Schriftsteller. 1906 begann seine Zusammenarbeit mit Richard Strauss, zu dessen Opern er die Libretti schrieb. Gemeinsam mit ihm und Max Reinhardt gründete er 1920 die Salzburger Festspiele, in deren Mittelpunkt alljährlich sein »Jedermann« (1911) steht.*

Als Richard Strauss die Tragödie *Elektra* vertonte, kamen Hofmannsthal Zweifel, ob seine anspruchsvolle Dichtung als Oper den gleichen Erfolg haben würde wie Oscar Wildes publikumswirksame *Salome*, die Strauss ein Vermögen eingebracht hatte. »Aber ich bitte dich«, beruhigte ihn sein Freund Hermann Bahr, »die *Salome*, das ist der Semmering, und die *Elektra*, das ist der Mount Everest.«
»Schön, was du da sagst«, meinte Hofmannsthal. »Aber auf den Semmering kommen halt viel mehr Leut als auf den Mount Everest!«

»Auf den Semmering kommen halt viel mehr Leut als auf den Mount Everest«: der Dichter Hugo von Hofmannsthal und der Komponist Richard Strauss.
Schattenriss: W. Bitthorn

Hofmannsthal beklagte sich bei Egon Friedell, dass Richard Strauss keine gute Musik zu seinem *Rosenkavalier*-Text gemacht hätte, und dass Lehár ihm als Komponist lieber gewesen wäre. »Sie haben Recht«, erwiderte Friedell. »Wenn man dann auch noch den Textdichter ausgetauscht hätte, wär's eine gute Oper gewesen.«

Ein aus München angereister junger Autor überreichte Hofmannsthal sein Erstlingswerk und bat den renommierten Kollegen um Beurteilung desselben. Der Dichter empfing den jungen Mann nach einigen Tagen und sagte zu ihm: »Nun, man kann über Ihr Stück natürlich geteilter Meinung sein ...«
Betreten fragte der Nachwuchsschriftsteller: »Wollen Sie damit sagen, dass es ein Schmarrn ist?«
»Genau das«, erwiderte Hofmannsthal. »Aber wir Österreicher pflegen so was halt nicht so offen auszusprechen.«

Stella von Hohenfels
Schauspielerin

** 16. 4. 1857 Florenz † 21. 2. 1920 Wien. Debütierte ohne Schauspielausbildung im Alter von sechzehn Jahren am Berliner Nationaltheater, wurde noch im selben Jahr als Desdemona ans Burgtheater geholt. Große Erfolge in dramatischen Rollen wie Iphigenie, Käthchen, Libussa, Ophelia und Maria Stuart. Verheiratet mit dem Burgtheaterdirektor Alfred Freiherr von Berger.*

Die Hofschauspielerin war für die Rolle in einem Trauerspiel, in dem sie im Jahre 1906 zum letzten Mal am Burgtheater auftreten sollte, schon etwas zu alt, worüber sich der Kritiker eines Wiener Blattes in der Überschrift seiner Kritik lustig machte: »Die Burgruine – in der Titelrolle: Stella Hohenfels.«

Josef Holaubek
Polizeipräsident

** 5. 1. 1907 Wien † 10. 2. 1999 ebd. Gelernter Tischler, 1928 bis 1934 bei der Feuerwehr der Stadt Wien, danach als Sozialdemokrat mehrmals in politischer Haft. Organisierte 1945 in der Funktion des Wiener Brandschutzdirektors ein funktionierendes Brandbekämpfungssystem. 1947 bis 1972 Wiens Polizeipräsident. Populär geworden durch den Satz: »I bin's, dei Präsident!«*

Auf dem Wiener Ballhausplatz fand 1970 eine gewaltige Bauerndemonstration statt. Als die Landwirte mittags in die nahe gelegenen Gasthäuser pilgerten, verstellten siebenhundert stehen gelassene Traktoren die Stadt, wodurch der Verkehr total zusammenzubrechen drohte. »Joschi« Holaubek handelte in dieser Situation folgendermaßen: »I hab meine Leut in die Wirtshäuser geschickt und den Bauern sagen lassen: ›Leutl'n, wann's mehr als a Viertel trinkt's, dann seid's den Führerschein los.‹«
Womit die Demonstration beendet war.

»I bin's dei Präsident!«: Wiens langjähriger und überaus populärer Polizeichef Josef »Joschi« Holaubek.
KARIKATURBANEK

Ioan Holender
Staatsoperndirektor

** 18. 7. 1935 Temesvar/Rumänien. Maschinenbaustudium, 1959 Flucht nach Österreich, Gesangsstudium. Bis 1966 als Opernsänger, danach als Theateragent tätig. Seit 1991 Direktor der Wiener Staatsoper, im ersten Jahr gemeinsam mit Eberhard Waechter, nach dessen Tod alleiniger Direktor. 1987 bis 1996 auch Direktor der Wiener Volksoper.*

In jungen Jahren selbst Sänger, weiß Holender auch aus dieser Zeit Erheiterndes zu berichten. Von jenem Kollegen etwa, der in einem Provinztheater einen äußerst mittelmäßigen *Bajazzo*-Prolog ablieferte, wofür er prompt mit leidenschaftlichen Buh-Rufen bedacht wurde.
Der Bariton wartete einen Augenblick, verschaffte sich mithilfe einer ausladenden Handbewegung Ruhe im Auditorium und rief: »*Mich* buhen Sie aus? Warten Sie erst, bis Sie den Tenor gehört haben.«

Nach dem plötzlichen Tod Eberhard Waechters übernahm Ioan Holender im März 1992 die alleinige Leitung der Wiener Staatsoper. Am Beginn der Zusammenarbeit noch im Schatten Waechters stehend, war er im Opernhaus vorerst lange nicht so bekannt wie später dann.
Der Zuschauerraum ist abgedunkelt, als Holender eines Abends zu spät in eine Vorstellung kommt. Die Ouvertüre hat bereits begonnen, da schleicht der Co-Direktor zu seiner Loge im ersten Rang. Leider hat er die Rechnung ohne den Platzanweiser gemacht. Der hält ihn am Rockzipfel fest und flüstert: »Ihre Karte bitte!«
Der Direktor leise zurück: »Ich bin Holender!«
Darauf der Billeteur: »Ticket please!«

Hans Holt
Schauspieler

** 22. 11. 1909 Wien † 5. 8. 2001 Baden bei Wien. Eigentlich Karl Johann Hödl. Engagements in der böhmischen Provinz, ab 1930 am Deutschen Volkstheater. 1934 bis 1952 und 1954 bis 1988 am Theater in der Josefstadt, dazwischen am Burgtheater, zusätzlich Engagements in Deutschland und der Schweiz. Bekannt durch Film und TV: »Wen die Götter lieben«, »Die Trappfamilie«, »Der Leihopa«.*

Wie die meisten Schauspieler seiner Generation, war Hans Holt am Beginn seiner Schauspielkarriere in der böhmischen Provinz engagiert. Dort spielte er in den Jahren nach dem Untergang der österreichisch-ungarischen Monarchie, in denen die Menschen noch lange nicht fassen konnten, dass das jahrhundertealte Habsburgerreich wirklich und wahrhaftig nicht mehr existierte. Die Theaterbesucher hatten, wie ihre Eltern, ihre Groß- und Urgroßeltern, nichts anderes gekannt als den alten Kaiser, dem viele von ihnen nachtrauerten.

Nun ergab es sich, dass Hans Holt 1932 im Stadttheater von Reichenberg in Fritz Kreislers Operette *Sissy* als Kaiser Franz Joseph auftrat. Kaum hatte er die Bühne betreten, wurde der junge Schauspieler mit stürmischen Ovationen begrüßt, womit er den ersten Auftrittsapplaus seines Lebens erhielt. Mit stolz geschwellter Brust spielte und sang er nun seinen Part und ging danach hoch erhobenen Hauptes von der Bühne ab.

Wo ihn ein Kollege gleich wieder auf den Boden der Realität zurückholte: »Glaub nur ja nicht«, warnte der alte Theaterhase, »dass der Applaus dir gegolten hat. Der war für'n Kaiser!«

Clemens Holzmeister
Architekt

** 27. 3. 1886 Fulpmes/Tirol † 12. 6. 1983 Hallein/Salzburg. Vater der Schauspielerin Judith Holzmeister. Lehrte nach seiner Berufung an die Akademie der Bildenden Künste in Wien auch in Düsseldorf. Reiste ab 1927 nach Ankara, wo er das Regierungsviertel errichtete und die Jahre der Emigration verbrachte. Konzipierte u. a. den Salzburger Festspielbezirk und das Wiener Funkhaus.*

Als Holzmeister den Auftrag erhält, das Regierungsviertel der neuen türkischen Hauptstadt Ankara zu planen, steht er im Kreuzfeuer der Kritik österreichischer Kollegen, die ihn um das ebenso ehrenvolle wie einträgliche Projekt beneiden. Natürlich hat man in Wien sofort eine Geschichte zur Hand, wie Holzmeister zu dem Auftrag gekommen sei: Staatspräsident Atatürk hätte seine Botschafter in aller Welt angewiesen, den besten zeitgenössischen Architekten für das Projekt zu suchen. Da Holzmeister Rektor der Wiener Akademie der Bildenden Künste war, wandte sich der türkische Botschafter in Österreich an ihn: »Magnifizenz, bitte nennen Sie mir den bedeutendsten österreichischen Architekten der Gegenwart!«
Worauf Holzmeister geantwortet habe: »Exzellenz! Sie haben Glück – er steht vor Ihnen!«

Die Veröffentlichung der ersten Pläne für das umfangreiche Projekt eines Regierungsviertels bietet den Neidern und Intriganten in Wien neuen »Stoff«: »Der Holzmeister«, sagen sie, »ist Wiens Vergeltung für die beiden Türkenbelagerungen!«

Auch als im Jahre 1960 das neue Große Festspielhaus in Salzburg eröffnet wurde, gab's Grund für Häme. Da Clemens Holzmeister aus Gründen der Akustik sehr viel Holz verwendete, spöttelte man über die Innenarchitektur: »Viel Holz, wenig Meister.«

Attila Hörbiger

Schauspieler

** 21. 4. 1896 Budapest † 27. 4. 1987 Wien. 1919 Schauspieldebüt, 1928 bis 1950 Engagement am Theater in der Josefstadt, danach Ensemblemitglied des Burgtheaters. Feierte große Erfolge bei Gastspielen am Wiener Volkstheater und in Berlin. War 1935 bis 1938 und 1947 bis 1950 der Jedermann bei den Salzburger Festspielen. Drehte zahlreiche Spielfilme, Ehemann von Paula Wessely.*

Attila Hörbiger trat Anfang der sechziger Jahre bei den Salzburger Festspielen als Goethes *Faust* auf. Als er erfuhr, dass *Faust II* als eine der nächsten Produktionen auf den Spielplan kommen, die Titelrolle aber nicht ihm, sondern Thomas Holtzmann übertragen werden sollte, war er außer sich vor Zorn. Hörbiger stürmte ins Büro von Ernst Haeusserman, der grauen Eminenz auch in Salzburg, und machte seinem Ärger Luft: »Also, das ist der Gipfel«, brüllte er. »Da hab ich euch zwei Jahre den *Faust* g'spielt, und jetzt, für den *Faust II*, bin ich euch nicht gut genug! Da nehmt ihr einen anderen, ohne mich zu fragen! Bitte schön, macht's, was ihr wollt's, aber vergessen werd ich euch das nicht. Und du, Ernstl, nimm bitte zur Kenntnis, dass ich dich in Zukunft nicht mehr grüßen werde – und auch keinen Wert drauf lege, je wieder von dir gegrüßt zu werden.«
Ein letztes Mal noch sagte Hörbiger »Adieu!«, dann ließ er die Türe ins Schloss fallen und verließ wutschnaubend das Direktionszimmer.
Wochen vergingen, ehe Haeusserman und Hörbiger einander zufällig wieder über den Weg liefen. Schon wollte der Direktor, um der Peinlichkeit des gegenseitigen Nichtgrüßens zu entgehen, die Straßenseite wechseln. Doch da trat Hörbiger auf ihn zu, nahm ihn unterm Arm und sagte: »Servus Ernstl, alter Freund, wie geht's dir, wie geht's der Susi ...?«
Haeusserman war sprachlos. »Was ist los? Du wolltest doch, dass wir uns nie wieder grüßen!«
»Aber Ernstl«, erwiderte der Schauspieler mit einer wegwerfenden Handbewegung. »Das ist doch längst erledigt, vergiss das mit dem *Faust II*.«
»Ja, aber wieso denn?«
»Weil i des Stückl inzwischen g'lesen hab.«

»Weil i des Stückl inzwischen g'lesen hab«: Attila Hörbiger.
KARIKATUR: WINNIE JAKOB

Stell dir vor«, vertraute der Kabarettist Peter Wehle einmal seinem Freund Gerhard Bronner an, »der Attila Hörbiger ist schon ganz verkalkt.«
Bronner war entsetzt, er konnte sich eine solche Veränderung bei dem so kraftvoll wirkenden Burgschauspieler einfach nicht erklären.
Einige Tage später tauchte Gustav Knuth in Bronners Marietta-Bar auf. »Ich muss dir etwas erzählen«, nahm der deutsche Filmstar das Gespräch auf. »Als ich vor ein paar Tagen von München nach Wien flog, saß ich zufällig neben dem Wehle.«
»No und?«
»Wir reden über dieses und jenes – plötzlich fällt mir auf, dass er mich mit dem Attila Hörbiger verwechselt. Ich hab brav mitgespielt, auch als er mich fragte, wie es der Paula geht. Da hab ich ihm artig erzählt, dass es ihr gut geht, und dass wir demnächst in München eine Fortsetzung vom *Besuch der alten Dame* spielen werden, die der Dürrenmatt eigens für uns schreibt. Dann hat er mich gefragt, was meine Töchter machen, und ich habe ihm erzählt, dass sie mit dem *Dreimäderlhaus* auf Tournee gehen werden …«
»Und der Wehle hat das alles gefressen?«
»Jedes Wort. Nur, als wir uns dann nach der Ankunft in Wien voneinander verabschiedet haben, sah er mich etwas befremdet an.«
»Warum, was hast du zu ihm gesagt?«
»Ich habe gesagt: ›Auf Wiedersehen – und wenn Sie irgendwann den Peter Wehle sehen, dann grüßen Sie ihn schön von mir, lieber Herr Bronner.‹«

Paul Hörbiger
Schauspieler

** 29. 4. 1894 Budapest † 5. 3. 1981 Wien. Gelangte über Reichenberg und Prag 1926 zu Max Reinhardt nach Berlin und war von 1940 bis 1945 Ensemblemitglied des Burgtheaters. 1945 als Widerstandskämpfer verhaftet. Große Filmerfolge, häufig als Partner von Hans Moser (»Hallo Dienstmann!«). 1965 Rückkehr ans Burgtheater. Drehte viele Fernsehserien (»Der alte Richter«).*

Als junger Schauspieler gastierte Paul Hörbiger in einem kleinen Theater in Aussig. Als ihm in der Sterbeszene des Liliom der Text nicht einfiel, ließ er sich hilfesuchend in Richtung Souffleurkasten fallen. Und was flüsterte ihm die Souffleuse – anstatt seines Textes – zu: »Schön spielen Sie den Liliom, Herr Hörbiger, wirklich wunderschön!«

Paul Hörbiger war bekannt dafür, dass er äußerst ungern geschminkt wurde. Da er in einer Szene des Films *Hofrat Geiger* nur ganz kurz seitlich durchs Bild gehen sollte, gab er dem Maskenbildner die Anweisung, diesmal ausschließlich seine rechte Gesichtshälfte zu schminken.
Regisseur Hans Wolff war verzweifelt, wusste aber einen Ausweg: »Du Paul, das mit der halben Schminke ist eine großartige Idee. Ich muss dir nur leider die traurige Mitteilung machen: Du hast die falsche Seite geschminkt.«

Hörbiger spielte in dem 1947 produzierten Film *Der Dritte Mann* einen Hausmeister. Der Schauspieler nützte die Anwesenheit der zu den Dreharbeiten nach Wien gereisten internationalen Reporter, um auf die Situation der notleidenden Bevölkerung hinzuweisen. In einer Pressekonferenz im Grand Hotel zeigte Hörbiger den Journalisten die dürftige Wochenration, von der sich ein erwachsener Mensch im Nachkriegs-Wien ernähren musste. Nach der Pressekonferenz wurde der Schauspieler von seiner Familie beschimpft. Er hatte die eigene Wochenration im Hotel liegen gelassen.

In einer Szene des Films *Hallo Dienstmann!* unternehmen die »Dienstmänner« Hans Moser und Paul Hörbiger den Versuch, einen mannshohen Koffer die Stiegen hinaufzuschleppen. Fragt Hörbiger, laut Drehbuch: »Sag, Kollege, wo is denn so a Koffer besser zum Tragen – vorn oder hinten?«
Darauf Moser: »Na hinten natürlich, da is er ja leichter.«
Da fällt Hörbiger, während die Kamera läuft, ein Satz ein, der nicht im Drehbuch steht: »Na, weißt was, Kollege, dann nehm ma ihn doch beide hinten.«
Die Szene blieb im Film.

Im Februar 1981 wurde dem Schauspieler Alfred Böhm die Goldene Kamera des Fernsehpublikums überreicht. Was Paul Hörbiger – sein Nachbar in einer kleinen niederösterreichischen Gemeinde – mit den Worten kommentierte: »Jetzt ist Wieselburg die Stadt mit den meisten Goldenen Kameras pro Kopf der Bevölkerung.«

»Die meisten Goldenen Kameras pro Kopf der Bevölkerung«: Paul Hörbiger.
ZEICHNUNG: KÓRA, 1946

Paul Hörbiger stirbt wenige Wochen später, am 5. März 1981. Liest man Felix Saltens Nachruf auf den 1918 verstorbenen Alexander Girardi, dann scheint's, als hätte er Hörbiger vorausgeahnt: »Einen Girardi sahen wir nur einmal. ›Es wird ein Wein sein und wir wer'n nimmer sein, 's wird schöne Madeln geben und wir wer'n nimmer leben‹ – niemand, den wir noch hören können, wird das wieder so singen wie er. Vielleicht kommt später einmal einer – und wir wer'n nimmer leben.«

HANS HOTTER
Opernsänger

** 19. 1. 1909 Offenbach am Main. Der gefeierte Bassbariton debütierte 1930 in Troppau. Stimme und Ausdruckskraft prädestinierten ihn für die Heldenpartien von Wagner und Strauss, insbesondere für den Wotan, mit dem er an der Mailänder Scala, in Bayreuth, London und New York konkurrenzlos war. Gastspiele an der Wiener Staatsoper und im Theater an der Wien.*

Bei den Proben zu Hans Pfitzners Oper *Palestrina* im Theater an der Wien ärgerte sich Staatsoperndirektor Franz Salmhofer darüber, dass Hans Hotter in der Rolle des Kardinals Borromeo bei der Begegnung mit dem Komponisten im dritten Akt auf die Knie ging. »Also, lieber Hansl, des mit dem Niederknien vor dem Palestrina, des is nix«, jammerte Salmhofer. »A ehrwürdiger Kardinal geht net vor an weltlichen Musikanten in die Knie, gell. Des lass ma weg, i hab ja sonst die ganze katholische Kirchen gegen mich.«
Hotter freilich widersetzte sich dem Wunsch des Direktors und ging schon in der Premiere in die Knie. Nach der Vorstellung kam Erzbischofkoadjutor Franz Jachym hinter die Bühne, um dem Ensemble zu gratulieren. Bei Hotter angelangt, lächelte der Kirchenfürst: »Herr Hotter, ich möchte Ihnen sagen, dass Sie für uns eine äußerst gefährliche Konkurrenz darstellen.«
Nun sah der neben den beiden Herren stehende Salmhofer den richtigen Zeitpunkt gekommen, um den Bischof zu fragen: »Und, sagen Sie, Eminenz, hat es Sie gestört, dass der Kardinal vor dem Palestrina kniet?«
»Im Gegenteil«, antwortete Jachym, »er kniet ja nicht vor dem Menschen, sondern vor dem göttlichen Funken in ihm.«
»No, was hab i dir g'sagt«, flüsterte Salmhofer Hotter zu: »Knien musst du, knien!«

Alfred Huttig
Schauspieler

Nähere Daten sind nicht bekannt.

In den ersten Tagen des 20. Jahrhunderts war es durchaus üblich, dass prominente Schauspieler ihre eigene Claque hatten. Wann immer sie auftraten oder abgingen, ließen sie sich von bezahlten, im Zuschauerraum platzierten »Mitarbeitern« heftig umjubeln. Der Mime Alfred Huttig zählte freilich nicht zu den Stars, die sich einen oder gar mehrere Claqueure hätten leisten können. Deshalb fasste er den Entschluss, sein eigener Claqueur zu sein. Huttig rannte, während sich die Stars am Ende der Vorstellung eitel im Applaus sonnten, in eine Parterreloge und rief laut in Richtung Bühne: »Hoch Huttig, hoch Huttig!«
Dann kehrte er auf diese zurück, um sich huldvollst und mit tiefen Verbeugungen für die ihm erwiesenen Zurufe zu bedanken.

Joseph Hyrtl
Arzt

** 7. 12. 1810 Eisenstadt † 17. 7. 1894 Perchtoldsdorf/Niederösterreich. Lehrte als Universitätsprofessor für Anatomie in Prag und ab 1845 in Wien. Gründete 1850 das Wiener Museum für vergleichende Anatomie. Beschäftigte sich mit der Entwicklung der medizinischen Fachsprache. Zahlreiche Verbesserungen der anatomischen Technik. Gründer des Hyrtelschen Waisenhauses in Mödling.*

Der berühmte Anatom war wegen seines beißenden Spotts gefürchtet. Ein Student, der zum dritten Mal bei Hyrtl zu einer Prüfung antreten musste, erklärte einem Assistenten: »Wenn ich heute wieder durchfalle, steche ich mir das Seziermesser ins Herz!«
Professor Hyrtl reagierte ganz ruhig, als man ihm dies mitteilte: »Ins Herz? Keine Gefahr. Der weiß gar nicht, wo es liegt!«

Wieder trat ein wenig talentierter Student zur Prüfung an. Er ersuchte den Professor, ihn nicht über die Anatomie des Gehirns zu befragen, da er nicht mehr dazugekommen sei, dieses Kapitel zu studieren. Hyrtl erfüllte den Wunsch, der Student absolvierte die Prüfung mit Erfolg. Als er sich bei Hyrtl bedankte, sagte dieser: »Sehen Sie, man kommt auch ohne Gehirn durch!«

I

»Lächeln! Eminenz! Lächeln!«

Von August Wilhelm Iffland
bis Theodor Innitzer

August Wilhelm Iffland
Schauspieler, Theaterdirektor und Dramatiker

** 19. 4. 1758 Hannover † 22. 9. 1814 Berlin. Führender Theatermann seiner Zeit, spielte in Mannheim den ersten Franz Moor in Schillers »Räubern«. 1796 Direktor des Berliner Nationaltheaters, schrieb über 60 erfolgreiche Theaterstücke und stiftete den von Schauspielern wie Ludwig Devrient, Albert Bassermann, Werner Krauß, Josef Meinrad und Bruno Ganz getragenen Iffland-Ring.*

Iffland sollte auf der Bühne erstochen werden. Als es der von einem jungen Kollegen gespielte Ritter vor Aufregung nicht schaffte, den Degen aus der Scheide zu ziehen, rief Iffland ihm zu: »Du brauchst kein Schwert, die Angst hat mich getötet.«
Und damit warf er sich zu Boden.

Während seines Engagements in Mannheim schenkte Iffland einer befreundeten Witwe und ihrer kleinen Tochter immer wieder Freikarten. Als er in einem Stück ermordet werden sollte, rief das Mädchen: »Halt! Bringt Herrn Iffland nicht um, sonst kriegen wir keine Freikarten mehr.«

Fritz Imhoff
Schauspieler

** 6. 1. 1891 Wien † 24. 2. 1961 ebd. Eigentlich Friedrich Jeschke. 1911 erstes Engagement im Stadttheater Troppau, ab 1919 im Theater an der Wien. Spielte hauptsächlich als Komiker in Volksstücken und Operetten, sowie in rund 170 Spielfilmen. Trat auch mit seinem Bruder, dem Wienerliedkomponisten Ernst Arnold, auf. 1945 bis 1948 war er Direktor des Wiener Raimundtheaters.*

Als er noch Jeschke hieß, gestand der junge Mann seinem Vater, dass er zum Theater wollte. Der schrie empört: »Komödiant willst werden? Zu den Schmieranten gehen, zum fahrenden G'sindel? Wo werden's dich schon auftreten lassen? Vielleicht im Hof!« Fritz hielt das für einen guten Künstlernamen und wurde damit populär.

Imhoffs Direktor am Stadttheater in Brünn hieß Heiter und hatte es sich in den Kopf gesetzt, aus dem jungen Mimen einen Opernsänger zu machen. Er debütierte als Tenor in der Oper *Der eiserne Heiland*, dessen wichtigste Aufgabe es war, den Bariton auf offener Bühne zu erstechen. Leider saß Imhoff in der Kantine, wo er sich so angeregt mit mehreren Kollegen unterhielt, dass er den Auftritt verpasste. Als er aus der Ferne die Musik hörte, zu der er eigentlich singen sollte, raste er auf die Bühne. Doch es war zu spät. Der Bariton lag bereits – vom eingesprungenen Inspizienten notdürftig erstochen – tot am Boden.
Mit den Worten »Jössas, was mach ma denn da?« tötete Imhoff den Bariton ein zweites Mal. Das Publikum tobte vor Lachen, worauf der Direktor empfahl: »Imhoff, werden Sie Komiker!«
Ein Rat, den dieser beherzigte.

Im Hause Armin Bergs fand alljährlich zu Weihnachten ein Festmahl statt, zu dem Freunde und Kollegen in großer Zahl erschienen, nicht zuletzt deshalb, weil die für dieses Essen stets aus Brünn angereisten Schwestern des Komikers berühmt für ihre Kochkunst waren.
Die drei Berg-Schwestern sorgten fast pausenlos für Verköstigung, schleppten riesige Mengen von Erbsensuppe, Gulasch, Würsteln oder kalten Platten mit kunstvoll gefüllten Eiern oder raffiniert zusammengestellten Salaten herbei.
Unter den Gästen befand sich Fritz Imhoff, dessen Sitznachbar Friedrich Torberg war, der uns die kleine Szene in der *Tante Jolesch* überlieferte: »Imhoff widmete sich auch nach Mitternacht noch den Gerichten mit einer so rasanten Herzhaftigkeit, als wäre er eben erst angekommen und zwar hungrig. Um zwei Uhr früh war es soweit, dass niemand mehr weiterkonnte. Fritz Imhoff saß mit gelockertem Kragen und ebensolchem Hosenbund schwer atmend in einer Ecke. Der Eindruck eines groggy gegangenen Boxers wurde noch dadurch verstärkt, dass seine neben ihm stehende Frau ihm mit einem großen, weißen Handtuch Kühlung zufächelte.
Plötzlich öffnete sich die Tür, und aus der Küche erschienen die drei Schwestern, jede auf hocherhobenen Händen ein großes Tablett mit

Gansleberbrötchen tragend. Imhoff hatte die müden Augenlider über seinen Schlitzaugen nicht ohne Mühe spaltbreit geöffnet und sah, was da auf den Tisch gestellt wurde. Ein verzweifeltes Ächzen entrang sich seinem überfüllten Innern: ›Tse‹, machte er. ›Das wird ja net zum Derscheißen sein, morgen …‹«

THEODOR KARDINAL INNITZER

Erzbischof

** 25. 12. 1875 Weipert-Neugeschrei/Tschechoslowakei † 9. 10. 1955 Wien. Universitätsprofessor, 1929/30 Bundesminister für soziale Verwaltung, 1932 bis 1955 Erzbischof von Wien, 1933 Kardinal. Gründung des Wiener Dom- und Diözesanmuseums. Seine Loyalitätserklärung wurde 1938 als NS-Propaganda benutzt, er errichtete aber auch eine »Hilfsstelle für nichtarische Katholiken«.*

Der aus einer Arbeiterfamilie stammende Kardinal Theodor Innitzer blieb auch als Wiener Erzbischof sehr schlicht. Beugte sich jemand nieder, um seinen Ring zu küssen, pflegte er zu sagen: »Bitte keine gymnastischen Übungen!«

Der Kameramann Hans Imber, ein Pionier des Österreichischen Fernsehens, erhielt nach dem Krieg den Auftrag, die Weihe des wieder aufgebauten Stephansdoms für die Wochenschau zu filmen. Es war ihm, all den strengen Kontrollmaßnahmen zum Trotz, vor Beginn des Festaktes gelungen, die Rückseite des Tabernakels abzuschrauben und seine Kamera hinter dem Altar des Doms in Position zu bringen. Als Kardinal Theodor Innitzer nun am Höhepunkt des Gottesdienstes die reich verzierte, vergoldete Tabernakeltür öffnete, blickte er – über die Monstranz hinweg – direkt ins Gesicht des Kameramanns. Für einen kurzen Augenblick verdunkelten sich die Züge des Erzbischofs. Hans Imber freilich hatte nichts anderes als die Ablieferung eines meisterhaften Bildberichts im Sinn und flüsterte dem Kirchenfürsten daher zu: »Lächeln! Eminenz! Lächeln!«

J

Die falsche Frau geküsst

Von Hans Jaray
bis Curd Jürgens

Hans Jaray
Schauspieler, Regisseur, Schriftsteller

** 24. 6. 1906 Wien † 6. 1. 1990 ebd. Debüt an der Neuen Wiener Bühne, danach Engagements am Volkstheater und am Theater in der Josefstadt. 1933 als Franz Schubert in dem Film »Leise flehen meine Lieder« bekannt geworden. 1938 Emigration in die USA, ab 1951 wieder an der Josefstadt. Schrieb Lustspiele (»Ein feiner Herr«, »Liebesheirat«) sowie einen Roman (»One Page Missing«).*

Europäische Emigranten, die die Möglichkeit hatten, New York in den Sommermonaten zu entfliehen, bevorzugten den Norden der Vereinigten Staaten mit seinen an der kanadischen Grenze gelegenen Seen und Wäldern. Im Staate Maine gab es zahlreiche an Mitteleuropa erinnernde Landschaftsbilder, die von dort sogar ihre Namen bezogen, wie etwa der Lake Lucerne. Bei einem Treffen im brütend heißen Manhattan kamen Hans Jaray und Friedrich Torberg auf diesen romantischen See zu sprechen. »Sag, erinnert dich der Lake Lucerne auch an den Altausseer See?«, fragte Torberg den Freund aus Wien.
»Ja«, antwortete Jaray. »Aber eines ist merkwürdig: der Altausseer See hat mich nie an den Lake Lucerne erinnert.«

Franz Jonas
Politiker

** 4. 10. 1899 Wien † 24. 4. 1974 ebd. Schriftsetzerlehre, nach 1918 bei der Volkswehr, ab 1928 Besuch der Arbeiterhochschule, im Ständestaat mehrmals inhaftiert. Ab 1948 Stadtrat für Ernährungsfragen, danach für das Bauwesen. 1951 bis 1965 Bürgermeister von Wien. Ließ zahlreiche öffentliche Bauten errichten. 1953 bis 1965 auch Nationalratsabgeordneter, 1965 bis 1974 Bundespräsident.*

Bundespräsident Jonas fuhr Mitte der sechziger Jahre nach Klagenfurt, wo er am Alten Platz vor dem Lindwurm mit allen militärischen Ehren empfangen wurde. Es ergab sich, dass ein zwar harmloser, aber offensichtlich nicht ganz zurechnungsfähiger Zaungast salutierend neben dem

Bundespräsidenten einherging, während dieser die Parade abschritt. Ein *Kurier*-Fotograf hatte die skurrile Szene eingefangen und nach Wien gemeldet, dass das Bild per Funk unterwegs sei. Chefredakteur Hugo Portisch platzierte das Foto auf Seite 1 der Abendausgabe und beauftragte einen Wiener Lokalredakteur, den dazu passenden Text zu verfassen. Dieser schrieb – ohne das Bild gesehen zu haben – ein paar Zeilen über den Vorfall und setzte darüber den Titel »Ein Irrer schreitet die Parade ab«.
Wenige Minuten später langte das aus Kärnten gefunkte Bild in Wien ein. Der über die Zusammenhänge uninformierte Fotolaborant sah den Schnappschuss, erkannte den Bundespräsidenten und einen Unbekannten, für den sich ohnehin kein Mensch interessieren würde. Er schnitt den Unbekannten weg und leitete das Foto an die dafür zuständige Chemiegrafie weiter.
Es war jedenfalls das erste und einzige Mal in der Geschichte der Zeitung, dass die gesamte Abendausgabe des *Kurier* eingestampft werden musste. Denn neben dem Titel »Ein Irrer schreitet die Parade ab« prangte das Bild des österreichischen Bundespräsidenten.

Österreichs Bundespräsident von 1965 bis 1974: Franz Jonas.
KARIKATUR: IRONIMUS, 1971

Josef II.
Kaiser

**13. 3. 1741 Wien † 20. 2. 1790 ebd. 1764 römischer König, ab 1765 Kaiser. 1765 bis 1780 Mitregent seiner Mutter Maria Theresia. 1780 bis 1790 Alleinherrscher. In seine Regierungszeit fallen u. a. das Toleranzpatent, radikale Reformen im Kloster- und Ordenswesen, eine Beamtenverwaltung, die Abschaffung der Folter und der Leibeigenschaft der Bauern sowie eine Milderung der Zensur.*

Als man dem Kaiser riet, er möge die durch seine Mutter geschlossenen Bordelle wieder zulassen, um das unsittliche Treiben in der Residenzstadt besser kontrollieren zu können, meinte er: »Da müsst ich ja über ganz Wien ein Dach bauen lassen, und schon wär das Bordell fertig.«

Josef besuchte ein Gefängnis. Alle Häftlinge versicherten, unschuldig zu sein, nur einer sagte reumütig: »Ich bin schuldig!«
»Entlasst den Mann«, befahl der Kaiser, »was soll denn ein so schlechter Kerl unter lauter braven Leuten!«

In den Tagen Josefs II., da exotische Tiere in Europa noch völlig unbekannt waren, sollte für den Tiergarten Schönbrunn zum Preis von 800 Dukaten ein Zebra angeschafft werden. Der Kaiser schrieb in seiner Stellungnahme: »Ich weiß zwar nicht, was ein Zebra ist, finde aber 800 Dukaten dafür zuviel.«

Josef spazierte gern unerkannt durch Wien, um sich ein Bild über die Lebensweise des Volks machen zu können. Einmal wollte er auf dem Markt zwei Eier kaufen und fragte nach dem Preis.
»Zwei Gulden«, antwortete die Standlerin, die den Kaiser sofort erkannt hatte. »Sie ist wohl verrückt«, erwiderte Josef, »sind denn die Eier hier so selten?«
»Die Eier net, aber die Kaiser!«, sagte die Marktfrau.
Josef lachte und zahlte.

Als der »Volkskaiser« Wiens Prater, den Augarten und andere bis dahin nur Aristokraten vorbehaltene Parkanlagen für die »kleinen Leut« öffnete, war das dem Adel gar nicht recht. »Jetzt gibt es in Wien keinen Ort mehr«, beklagte sich ein Graf bei dem Monarchen, »wo man unter seinesgleichen ist.«
»Ach ja«, stöhnte der Kaiser, »das Problem kenne ich. Wenn ich immer nur unter meinesgleichen sein wollte, müsste ich aber in die Kapuzinergruft hinuntersteigen!«

Der Kaiser besuchte, während die ihn begleitenden Pferde an einer Tränke versorgt wurden, ein Kaffeehaus in Bologna, in dem er mit einem ebenfalls durchreisenden Offizier des Papstes ins Gespräch kam. Als ihm der Fremde anvertraute, er wollte seit langem schon den Dienst quittieren, weil er vom Vatikan so schlecht bezahlt würde, meinte Josef: »Warum treten Sie nicht in andere Dienste ein, zum Beispiel in den italienischen Gebieten des Kaisers von Österreich?«
»An wen sollte ich mich denn dort wenden?«, fragte der Offizier, »Sie glauben doch nicht, dass die hohen Herren für unsereins zu sprechen sind.«
»Wenn's weiter nichts ist«, sagte der Monarch, »ich gelte was beim Kaiser, ich will Sie empfehlen.«
Der päpstliche Offizier lachte über den jungen Mann, den er bestenfalls für einen Leutnant hielt, blieb aber dennoch höflich und bedankte sich.
»Um Ihnen zu beweisen, dass ich nicht mehr verspreche, als ich halten kann«, fuhr Josef fort, »will ich Ihnen einen Brief geben, der an eine hohe Standesperson gerichtet ist, die in wenigen Stunden hier durchkommen wird.« Der Kaiser schrieb den versprochenen Brief und versiegelte ihn, adressiert an den Grafen Dietrichstein, seinen eigenen Oberstallmeister. Stunden später sprach der Fremde beim Grafen Dietrichstein vor, übergab den Brief und versank fast im Erdboden, als der ihm sagte: »Mein Herr, ich gratuliere, Sie haben den Kaiser selbst gesprochen. Er befiehlt mir, Ihnen vierhundert Zechinen zu geben, damit Sie sich zu dem Regiment verfügen, in dem er Ihnen eine Kompanie anvertraut.«
Der Offizier erhielt eine hohe und wesentlich besser bezahlte Stellung.

Curd Jürgens

Schauspieler

** 13. 12. 1915 München † 18. 6. 1982 Wien. Schauspielausbildung in München und Berlin, Reporter beim »Berliner Abendblatt«, 1938 bis 1941 am Wiener Volkstheater, danach am Burgtheater. 1955 internationaler Durchbruch mit »Des Teufels General«, später auch zahlreiche internationale Filme. War 1973 bis 1977 der Jedermann bei den Salzburger Festspielen.*

Nahm die österreichische Staatsbürgerschaft an, als er Ensemblemitglied des Burgtheaters wurde: Weltstar Curd Jürgens.

KARIKATUR: WINNIE JAKOB

Als sich der insgesamt fünfmal verheiratete »normannische Kleiderschrank« in den siebziger Jahren in Los Angeles aufhielt, bekam er den Anruf seiner dritten Ex-Frau Eva Bartok, die ebenfalls gerade in Kalifornien weilte und ihn treffen wollte. Jürgens ersuchte seinen Freund, den bekannten Psychiater Friedrich Hacker, ihn in die Bar des Beverly Hills Hotel zu begleiten, wo das Wiedersehen stattfinden sollte.

»Wozu«, fragte Hacker, »was soll ich dort?«

»Also, ich weiß ehrlich gesagt nicht mehr so genau«, gestand Jürgens, »wie sie aussieht, das ist doch alles schon so lange her, ich war ja nur ein Jahr mit ihr verheiratet.«

Hacker erwiderte, dass er überhaupt nie mit Eva Bartok verheiratet gewesen und die Wahrscheinlichkeit des Wiedererkennens bei ihm noch geringer wäre. Curd jedoch bestand darauf, die Hilfe des Freundes in Anspruch

nehmen zu wollen. Also setzten sich die beiden Herren zur vereinbarten Stunde in die Hotelbar und warteten.
»Ich bitte dich, konzentriere dich«, sagte Jürgens und bestellte ein Glas Whisky, »sie muss jeden Moment da sein.«
Und tatsächlich, da flog auch schon die Glastür der Hotelbar auf, und eine auffallend attraktive Frau trat ein. Hacker und Jürgens blinzelten einander vielsagend zu und nickten.
Curd sprang auf, fiel der auffallend attraktiven Frau um den Hals und sagte: »Eva!«
Die auffallend attraktive Frau aber war Julie Andrews.
Die darüber entzückt war, von Curd Jürgens geküsst zu werden.

K

»Weil's in Österreich keine Erdbeben gibt«

Von Franz Kafka bis Erich Kunz

Franz Kafka
Schriftsteller

** 3. 7. 1883 Prag † 3. 6. 1924 Sanatorium Kierling bei Wien. 1906 bis 1922 Versicherungsjurist. Freundschaft mit Max Brod, der ihn zur Herausgabe seiner Werke ermutigte und posthum die zur Verbrennung bestimmten Manuskripte editierte. 1917 an Tuberkulose erkrankt, drückte er in seinen Werken (»Der Prozess«, 1925; »Das Schloss«, 1926) tief liegende menschliche Ängste aus.*

Von Kafkas erstem, 1913 erschienenem Buch *Betrachtungen* wurden nur dreizehn Exemplare verkauft. Als ihm vom Verlag die Abrechnung übergeben wurde, soll er gesagt haben: »Also, das verstehe ich nicht, ich habe nur zwölf Exemplare an meine Freunde verschickt. Jetzt möchte ich wissen, wer das dreizehnte hat.«

Josef Kainz
Schauspieler

** 2. 1. 1858 Wieselburg/Ungarn † 20. 9. 1910 Wien. Erster Bühnenauftritt bereits mit 15 Jahren. Revolutionierte die Schauspielkunst, wurde 1899 an das Wiener Burgtheater gerufen, in dem er 28 große Rollen verkörperte (u. a. Torquato Tasso, Marc Anton, Mephistopheles, Hamlet, Wilhelm Tell). Unerreicht in seinen charismatischen Charakterdarstellungen. 1958 stiftete die Stadt Wien die Josef-Kainz-Medaille.*

Kainz galt als extrem schwieriger Künstler. In seinen Vertrag mit dem Burgtheater ließ er nicht weniger als zwanzig Sonderpunkte eintragen, und am Ende der Verhandlungen stöhnte der Burgtheaterdirektor Alfred Freiherr von Berger erschöpft: »Man sollte an der Universität eine eigene Professur für Kainz-Verträge errichten!«

Kainz brachte das Burgtheaterpublikum in jeder Vorstellung als Cyrano de Bergerac zu lautem Schluchzen. Als eines Abends selbst einer seiner Kollegen die Tränen nicht unterdrücken konnte, flüsterte ihm Kainz auf offener Bühne zu: »Du wirst doch nicht auch auf mich hereinfallen!«

Ein anderes Mal meinte er, sich voll der Wirkung bewusst, die er auf das Publikum auszuüben in der Lage war: »Würde ich auf der Bühne auch nur die Zunge herausstrecken, würden mir die Leute applaudieren.«

Kainz wurde nach einer *Hamlet*-Aufführung am Burgtheater im kleinen Kreis von einer der anwesenden Damen überschwänglich gelobt: »Ach, Herr Kainz, wie natürlich und lebensecht Sie den Hamlet gespielt haben!«
»Meinen Sie?«, entgegnete Kainz, »ich hätte gar nicht geglaubt, dass Sie ihn noch persönlich gekannt haben.«

Als Kainz gefragt wurde, warum er nie den *Faust* gespielt hätte, antwortete er: »Den *Faust* kann nur ein wirklich bedeutender Mensch spielen. Und ein wirklich bedeutender Mensch wird nicht Schauspieler.«

EMMERICH KÁLMÁN

Komponist

** 24. 10. 1882 Siófok/Ungarn † 30. 10. 1953 Paris. Letzter Großmeister der Wiener Operette. Zunächst Musikkritiker, ab 1908 in Wien, wo er seinen ersten Bühnenerfolg mit »Ein Herbstmanöver« feierte. Seine bedeutendsten Werke sind »Die Csárdásfürstin« (1915), »Gräfin Mariza« (1924), »Die Zirkusprinzessin« (1926). Emigrierte 1938 nach Paris, dann in die USA, 1949 Rückkehr nach Paris.*

Kálmán wird während einer Abendgesellschaft von seiner Tischnachbarin gefragt, warum er sein Talent nicht auch dafür einsetzt, einmal eine Oper zu komponieren, statt sich ausschließlich der heiteren Muse zu verschreiben.
»Ach wissen Sie«, antwortet Kálmán, »es ist eben nichts so einträglich, wie die heitere Muse ernst zu nehmen.«

Kálmán kam in den zwanziger Jahren unangemeldet zu Hubert Marischka, dem Publikumsliebling und damaligen Direktor des Theaters an der Wien. Das Vorzimmerfräulein bat den Meister, sich ein wenig zu gedulden, da Franz Lehár – Kálmáns schärfster Konkurrent – gerade beim Chef wäre. Kálmán legte seinen Mantel ab, hängte ihn im Vorzimmer neben den des Gegenspielers Lehár und wartete. Er wartete so lange, bis Lehár aus dem Büro kam, sich grußlos an Kálmán vorbei schwindelte und in einen der beiden dort hängenden Mäntel schlüpfte. Da hielt ihn Kálmán am Ärmel fest und sagte mit unverkennbar ungarischem Akzent: »Ferenc-Baci, mein Liebster, hast du so oft genommen meine Melodien – jetzt lass mir bitte wenigstens meinen Mantel!«

Metro-Goldwyn-Mayer plante, so erzählt Friedrich Torberg in seinem Buch *Die Erben der Tante Jolesch*, die Verfilmung der Kálmán-Operette *Gräfin Mariza*, weshalb der große Louis B. Mayer den Komponisten persönlich zu einer Vorbesprechung empfing, um das Projekt in seiner ganzen Pracht vor ihm auszubreiten.
»Wir möchten von Anfang an im Einvernehmen mit Ihnen vorgehen, Mr. Kálmán. Schon der Autor des Drehbuchs soll Ihre Billigung finden. Wir dachten an George Allison. Kennen Sie ihn?«
»Nein, leider«, bedauerte Kálmán.
»Macht nichts. Es kommen ja noch ein paar andere in Betracht. Kennen Sie Ladislaus Fodor?«
»Ob ich ihn kenne?«, Kálmán tat beleidigt. »Wer kennt nicht Fodor Laci? Weiß doch jedes Kind, dass er einer der größten europäischen Dramatiker ist.«
»Das freut mich zu hören. Und wie wäre es mit Bus-Fekete?«
»Bus-Fekete!«, jauchzte Kálmán. »Einen besseren gibt's überhaupt nicht. Den könnten wir kriegen?«
»Ja, warum nicht. Und dann hätten wir noch Melchior Legyel. Was halten Sie von ihm?«
Kálmán straffte sich. »Ein Genie. Bin mit ihm in die Schule gegangen. Ein Genie.«
»Well, Mr. Kálmán«, schloss der Filmgewaltige und lehnte sich zurück. »Wen möchten Sie also fürs Drehbuch haben?«
»Allison, please«, sagte Kálmán.

HERBERT VON KARAJAN

Dirigent und Staatsoperndirektor

** 5. 4. 1908 Salzburg † 16. 7. 1989 ebd. Begann 1934 in Aachen als jüngster Generalmusikdirektor Deutschlands, ab 1941 in Berlin. Nach dem Krieg Dirigent an der Wiener Staatsoper, 1954 Chefdirigent der Berliner Philharmoniker. 1957 bis 1964 Direktor der Wiener Staatsoper, ab 1956 für die Salzburger Festspiele tätig. 1967 Gründung der Salzburger Osterfestspiele.*

Er war das schwierigste unter den Genies am Dirigentenpult. Herbert von Karajan dirigierte Puccinis *La Bohème* und verlangte plötzlich, dass der Tenor Giuseppe di Stefano durch den Sänger Gianni Raimondi ersetzt würde, weil di Stefano die berühmte Arie *Wie eiskalt ist dein Händchen* in einer der Vorstellungen »mit zu wenig Inbrunst« interpretiert hätte.
Als die Scala-Direktion zu vermitteln versuchte und einwandte, dass di Stefano die Arie genau wie von Puccini vorgeschrieben gesungen hätte, protestierte Karajan mit den Worten: »Hier irrte Puccini!«

Bei den Salzburger Festspielen 1960 sorgte eine »Watschenaffäre« für großes Aufsehen: ein Pressefotograf hatte den Maestro während einer Probe »angeblitzt«, worauf diesem »die Hand ausrutschte«. Die Aufregung war groß, Kommentatoren meinten, die Festspiele würden mit Steuergeldern finanziert, also hätte die Öffentlichkeit ein Recht darauf, über die Arbeit der Künstler in Bild und Ton informiert zu werden. Das Festspielpräsidium suchte nach einem diplomatischen Ausweg. Und fand diesen: Herr von Karajan habe den Fotografen »mit der Hand getroffen, als er den rechten Arm zum Schutze seiner lichtempfindlichen Augen hochriss«.

Als die Wiener Philharmoniker in der italienischen Stadt Bari ein Konzert gaben, wurde Karajan wieder von einem Fotoreporter geknipst. Flüsterte der erste Kontrabassist dem Übeltäter zu: »Verschwinden S' lieber, mir ham nämlich a lockere Hand!«

Hildegard Knef besuchte eine Aufführung in der Staatsoper und wurde gebeten, sich ins Goldene Buch des Hauses einzutragen. Da fiel ihr ein auf der Vorderseite stehendes Autogramm Herbert von Karajans auf. »Sieht eher nach EKG als nach Unterschrift aus«, sagte sie, bevor sie zum eigenen Namenszug ansetzte.

Als Karajan im Jänner 1962 in Wien Tschaikowskis *Fünfte Symphonie* leitete, setzte ebenso frenetischer (wie verfrühter) Applaus ein. Maestro und Orchester waren so überrascht, dass sie nicht weiterspielten. Als der Jubel verebbte, dirigierte Karajan zu Ende. Nicht ohne sich vorher an das Publikum zu wenden: »Entschuldigen Sie einen Moment, aber wir spielen jetzt noch den Schluss.«

Befragt nach dem Unterschied zwischen seinem Wiener und seinem Berliner Orchester, antwortete Karajan: »Wenn ich von den Berliner Philharmonikern verlange, alle Musiker sollen den rechten Fuß um zehn Zentimeter vorschieben, dann geschieht das sofort. Die Wiener Philharmoniker würden nach dem Grund fragen oder erklären, schon seit Gustav Mahler sei es Tradition, den Fuß beim Spiel weiter hinten aufzustellen. Verstehen Sie, es geht mir nicht um den Fuß, es geht mir um die Disziplin bei der Arbeit.«

Auch ein japanischer Journalist wollte einmal wissen, ob Karajan lieber mit den Wiener oder mit den Berliner Philharmonikern arbeitete. Des Maestros Antwort: »Es geht mir wie einem Mohammedaner mit zwei Lieblingsfrauen: Sein Herz ist weit genug, beiden seine Zuneigung zu schenken.«

Als man Mirella Freni nach einer besonders gelungenen *Bohème*-Aufführung mit Komplimenten überschüttete, erwiderte sie: »Was wollen Sie, es ist unmöglich, unter Karajan nicht gut zu sein!«

Karajan war berühmt dafür, ohne ins Blatt zu schauen, mit geschlossenen Augen zu dirigieren. Eines Tages fragte der Maestro einen Kollegen, warum er Bruckners *Achte*, die er doch schon so oft aufgeführt hatte, immer noch mit Hilfe der Partitur und nicht auswendig dirigierte. Worauf der Kollege spitz antwortete: »Ich kann ja Noten lesen!«

Karajans Direktionszeit an der Wiener Staatsoper endete im Streit wegen der andauernd wiederkehrenden Vorwürfe, dass er dem fremdsprachigen Repertoire allzu großen Vorzug gebe. Es hagelte Proteste, da die Originalsprache von vielen Besuchern nicht verstanden wurde. Verdi und Puccini ließ er auf Italienisch, Bizet und Debussy auf Französisch spielen. Als er dann noch Mussorgskys *Boris Godunov* in russischer Sprache aufführte, bemerkte ein Mitglied der Wiener Philharmoniker mit beißendem Spott: »Am Ende kommt's noch soweit, dass er *Die Zauberflöte* auf Deutsch singen lässt.«

Warum er wirklich ging, sollte Karajan erst viel später verraten: »In Wien hat jeder Operndirektor eineinhalb Millionen Mitdirektoren, die ihm alle sagen, wie die Oper geführt werden muss.«

»Am Ende kommt's noch soweit, dass er ›Die Zauberflöte‹ auf Deutsch singen lässt«: Maestro Herbert von Karajan.

KARIKATUR: WINNIE JAKOB, 1969

Auch Josef Klaus hatte sich 1964 in die Opernkrise eingeschaltet. Im Verlauf des Gesprächs bot der Bundeskanzler dem Opernchef eine Zigarre an und bemerkte dazu: »Die zieht fast so gut wie Ihr Name!«

Karajan wünschte sich während einer Probe von den Cellisten der Berliner Philharmoniker mehr Einsatz. Als die Musiker einwandten, sie müssten von altem, abgenütztem Notenpapier spielen, entgegnete der Maestro: »Das kommt mir so vor, als würde der Kellner einem Gast, der sich über ein zähes Schnitzel beklagt, das Angebot machen, ein schärferes Messer zu bringen.«

Ein Kritiker schrieb – nachdem bei einem Konzert des für seine Präzision berühmten Dirigenten im Orchester ein kleiner »Schnitzer« passiert war: »Ich atmete erst auf, als endlich ein Einsatz nicht hundertprozentig exakt kam, weil dadurch das Konzert eine menschliche Note erhielt.«

Bei einer *Tristan*-Probe riss Birgit Nilsson die Kette über dem Dekolleté, worauf Dutzende Perlen einzeln zu Boden fielen. Die Probe wurde unterbrochen und alle Mitglieder des Ensembles, inklusive Karajan, krochen auf allen vieren über die Bühne, um sich an der Perlensuche zu beteiligen. Als der weltberühmte Dirigent seiner Lieblingssängerin eine Perle überreichte, sagte er: »Das sind herrliche Stücke, die haben Sie sicher von Ihrem Honorar an der Mailänder Scala erworben!«
»Leider nein«, antwortete Birgit Nilsson. »Die Perlen sind bloß Imitation. Die habe ich mir von meiner Gage an der Wiener Staatsoper gekauft!«

Karl I.

Kaiser

** 17. 8. 1887 Persenbeug/Niederösterreich † 1. 4. 1922 Funchal auf Madeira. 1916 bis 1918 Kaiser von Österreich und König von Ungarn. Verheiratet mit Zita von Bourbon-Parma. 1918 Verzicht auf die Regierungsausübung in Österreich und Ungarn, 1919 Emigration in die Schweiz. Nach einem Restaurationsversuch 1921 in Ungarn von den Alliierten auf Madeira interniert.*

Als der Kaiser in den letzten Kriegstagen seinen Ministerpräsidenten Ernst Ritter von Seidler dringend zu sprechen wünschte, wurde ihm mitgeteilt, dass dieser gerade einer Burgtheateraufführung beiwohnte, an der seine Tochter – die später berühmt gewordene Schauspielerin Alma Seidler – mitwirkte.

Der Kaiser rief höchstpersönlich im Theater an, dessen Portier sich meldete. Er wollte, sagte der Monarch, mit dem Ministerpräsidenten verbunden werden. Darauf der verdutzte Portier: »Ja, wer spricht denn da überhaupt?«

Der Kaiser: »Hier spricht Karl!«

Unbeeindruckt fuhr der Portier fort: »Was für ein Karl? Ich kann doch die Exzellenz nicht aus der Loge herausholen, nur weil ein Karl am Telefon ist.«

Nun folgte die Belehrung: »Ich bin Kaiser Karl!«

Worauf der Portier entrüstet ins Telefon schnaubte: »Also, das könnt a jeder sagen!« Und auflegte.

Österreichs letzter Kaiser hatte den Spitznamen »Sehadler« – weil er jeden, den er gesehen hat, so sagte man, auch gleich geadelt hätte. Tatsächlich war es bei Kaiser Karl leichter als bei seinem Vorgänger Franz Joseph, mit dem begehrten »von« ausgezeichnet zu werden. Besonders weit brachte es General Viktor Dankl, den Karl 1917 zum Freiherrn und am 10. November 1918 noch zum Grafen ernannte – womit er der letzte in den Grafenstand erhobene Österreicher war. Denn am Tag danach gab es keine Monarchie mehr. Der General durfte nur ein einziges Dokument

mit seinem schönen, neuen Titel unterschreiben. Als er den Akt mit »Dankl, Graf« signiert hatte, ermahnte ihn sein Adjutant: »Exzellenz, man schreibt ›Graf Dankl‹ und nicht ›Dankl, Graf‹!« Österreichs letzten Grafen ließ das kalt: »Für andere Leute mag das stimmen. Ich aber war zuerst Dankl und dann Graf.«
24 Stunden später hatte sich das Problem erübrigt.

Karl V.

Kaiser

** 24. 2. 1500 Gent/Belgien † 21. 9. 1558 San Gerónimo/Spanien. Erbte burgundische und spanische Besitzungen sowie Neapel-Sizilien, ab 1519 Herr der österreichischen Erblande. Führte erfolgreiche Feldzüge u. a. gegen Frankreich und Italien und begründete durch die Eroberung Mexikos und Perus das spanische Kolonialreich in Amerika. In seiner Zeit fand die evangelische Lehre rasche Ausbreitung.*

Ehe Karl V. »In meinem Reich geht die Sonne nicht unter« sagen konnte, musste er zum Kaiser gewählt werden, was ihm nicht zuletzt durch Überreichung wertvoller »Geschenke« an die Kurfürsten gelingen sollte. Die dazu nötigen großen finanziellen Mittel holte er sich durch Darlehen beim Augsburger Handels- und Bankherrn Jakob Fugger.
Mehr als ein Jahrzehnt war vergangen, ohne dass Kaiser Karl damit begonnen hätte, seine Schulden zu begleichen. Da kehrte er einmal auf dem Weg von Italien nach Deutschland bei Fugger ein. Beim Frühstück kam der Monarch sofort auf das leidige Thema zu sprechen und entschuldigte sich in aller Form dafür, den Kredit noch immer nicht zurückgezahlt zu haben. Jakob Fugger machte eine wegwerfende Handbewegung und sagte: »Weil Eure Majestät mir die Ehre antun, mein Gast zu sein, sind alle Ihre Schulden bezahlt.« Dies war wohl eines der großzügigsten Geschenke aller Zeiten.

Mit allen Mitteln bekämpfte der Kaiser den großen Reformator Martin Luther. Er persönlich führte die kaiserlichen Truppen an, als die Zerschlagung des protestantischen Heeres gelang. Beim Verlassen der Walstatt soll Karl V. gesagt haben: »Ich kam, sah – und Gott siegte!«

Zwei Jahre vor seinem Tod zog sich Karl, nachdem er die Kaiserwürde an seinen jüngeren Bruder Ferdinand I. abgetreten hatte, enttäuscht von der Welt in die Stille des Klosters San Gerónimo de Yuste zurück. »Hier«, meinte er, »erlebe ich an einem einzigen Tage mehr wahres Glück als in all den Jahren meines Triumphes.«

Karl VI.

Kaiser

** 1. 10. 1685 Wien † 20. 10. 1740 ebd. 1703 König von Spanien, ab 1711 Kaiser. Unter ihm erreichte Österreich seine größte Ausdehnung, doch gingen ab 1736 wesentliche Bereiche wieder verloren. Stiftete Wiens Karlskirche und ließ die Spanische Hofreitschule bauen. Da er keine männlichen Nachfolger hatte, ermöglichte er seiner Tochter Maria Theresia durch die Pragmatische Sanktion die Regentschaft.*

Karl VI. war als Musiker überaus talentiert, was er sowohl als Komponist wie als Dirigent unter Beweis stellte. Als er die Oper *Elisa* seines Hofkompositeurs Joseph Fux aus der Taufe hob, war dieser von der Wiedergabe seines Werks durch den kaiserlichen Maestro so angetan, dass er – das strenge Hofzeremoniell außer Acht lassend – nach der Uraufführung ausrief: »Wie schade, dass Eure Majestät kein Virtuose geworden sind.«
Worauf der Kaiser erwiderte: »Macht nichts. Mir geht's auch so ganz gut!«

Greta Keller
Schauspielerin und Chansonette

** 8. 2. 1903 Wien † 5. 11. 1977 ebd. Feierte 1916 ihr Debüt am Wiener Volkstheater, ab 1920 in Berlin engagiert. Nach Wien zurückgekehrt, trat sie in den Kammerspielen mit Marlene Dietrich und Peter Lorre in der musikalischen Revue »Broadway« auf. 1928 im Pariser Casanova, danach in New York. Leo Robin und Ralph Rainger schrieben für sie »Thanks for the Memory«.*

Während des Krieges eröffnete das New Yorker Waldorf Astoria Hotel für Greta Keller *Gretas Keller*, in dem sie vor einem gemischten Publikum aus Emigranten und Amerikanern Schlager von Cole Porter bis Robert Stolz sang. Einem Herrn aus Kentucky gefielen ihre Wienerlieder so gut, dass er immer wieder in die Bar kam, um sie zu hören. Eines Nachts forderte er sie auf: »Greta, please give us the song about the *lousy service*!«
»Which song?«, fragte die Keller erstaunt.
»The song about the *lousy service*.«
Die Wienerin überlegte hin und her, kam aber nicht darauf, welches Lied der Amerikaner meinen könnte.
»The song about the *lousy service*«, wiederholte der Gast, »Greta, du hast es doch gestern und vorgestern schon gesungen.«
Nun wusste Greta Keller endlich, welches Lied der Herr hören wollte: »Sag beim Abschied *leise Servus*!«

Jan Kiepura
Opern- und Filmstar

** 16. 5. 1902 Sosnowitz/Polen † 15. 8. 1966 Harrison/USA. Feierte 1924 sein Debüt als Faust in Lemberg, zwei Jahre später an der Wiener Staatsoper. Danach zahlreiche internationale Engagements. 1928 bis 1932 an der Metropolitan Opera. Beschloss mit 40 Jahren, nie wieder Oper zu singen und trat mit großem Erfolg in Operetten und Musicals auf. Verheiratet mit Marta Eggerth.*

Jan Kiepura sang in der Wiener Staatsoper den Herzog in Verdis *Rigoletto*. Als der stürmische Schlussapplaus nach Fallen des eisernen Vorhangs verebbt war, wurde ein Klavier auf die Bühne geschoben, auf dem ein Pianist einen populären Filmschlager von Robert Stolz intonierte. Kiepura sang dazu *Ob blond, ob braun, ich liebe alle Frauen*, und das Publikum johlte vor Begeisterung.
In der Nacht erhielt Kiepuras Sekretär, Marcel Prawy, einen Anruf von Direktionsrat Heinrich Reif-Gintl (dem späteren Operndirektor), der erbost ins Telefon brüllte: »Was Ihr Chef da gemacht hat, ist indiskutabel. Man kann nicht auf der Bühne der Wiener Staatsoper Schlagerzugaben mit Klavierbegleitung singen! Absolut unmöglich! Ich verbiete das!«
Nach der nächsten Vorstellung sprach Kiepura vor dem Vorhang zum Publikum in seinem oft parodierten polnischen Akzent: »Herr Reif-Gintl hat gesagt, darf ich hier nicht singen Schlager mit Klavierbegleitung! Bitte, werd ich singen *ohne* Klavierbegleitung!« Er stellte sich hin und schmetterte *Ob blond, ob braun …*
Diesmal ohne Klavierbegleitung.

Rudolf Kirchschläger

Diplomat und Politiker

** 20. 3. 1915 Niederkappel/Oberösterreich † 30. 3. 2000 Wien. Im Zweiten Weltkrieg schwer verwundet, danach Richter in Langenlois und Wien, ab 1954 Rechtsexperte im Außenministerium (beteiligt an der Ausarbeitung des Staatsvertrags und des Neutralitätsgesetzes). 1963 Kabinettschef des Außenministers, während des Prager Frühlings Gesandter in Prag. 1970 Außenminister, 1974 bis 1986 Bundespräsident.*

Außenminister Rudolf Kirchschläger wurde 1974, nach dem Tod von Franz Jonas, von der SPÖ als Bundespräsidentschaftskandidat nominiert. Bei einer Wahlversammlung sprach Bruno Kreisky viele Themen an – ohne Kirchschläger auch nur zu erwähnen. Am Ende seiner Rede sagte der Kanzler dann: »Ich konnte mir ersparen, für einen der beiden Kandidaten zu werben. Sie wissen ohnedies, für wen ich bin.«

Wegen seiner salbungsvollen Tonart mit dem Spitznamen »Pater Rudolf« versehen, galt Kirchschläger neben Kardinal Franz König als große moralische Autorität des Landes. Ein deutscher Kommentator schrieb damals über Österreich: »Ein Land, in dem der Bundespräsident predigt und der Kardinal politisiert.«

»Ein Land, in dem der Bundespräsident predigt und der Kardinal politisiert«: Rudolf Kirchschläger.

Karikatur: Rudolf Angerer

Egon Erwin Kisch

Reporter

** 29. 4. 1885 Prag † 31. 3. 1948 ebd. Deckte als Journalist der Prager Zeitung »Bohemia« 1913 den Spionagefall Redl auf. Ab 1921 Starreporter in Berlin, 1933 von den Nationalsozialisten verhaftet, durch Intervention der tschechischen Regierung freigelassen. 1937/38 Teilnahme am Spanischen Bürgerkrieg, lebte bis Ende des Zweiten Weltkriegs in Mexiko. 1946 Rückkehr nach Prag.*

Kisch wurde als junger Reporter von seinem Chefredakteur nach Teplitz-Schönau geschickt, um von einer dort stattfindenden, Aufsehen erregenden Nachwahl zum Reichsrat zu berichten. »Lassen Sie sich an der Redaktionskassa 30 Kronen Vorschuss auszahlen, und dann fahren Sie gleich los.«

»30 Kronen sind zu wenig«, meinte Kisch.

»30 Kronen sind genug«, erklärte der Chefredakteur, »zu meiner Zeit hat es nie mehr als fünf Kronen Vorschuss gegeben. Also, fahren Sie los, Kisch!«

Am Abend des Wahltags erreichte die Redaktion der folgende Bericht: »Die heutige Nachwahl in Teplitz-Schönau zeichnete sich durch besondere Zwischenfälle aus und ergab zur allgemeinen Überraschung ... hier endet der Vorschuss. Kisch.«

Kisch war einmal als Berichterstatter dabei, als Kaiser Franz Joseph ein Gefängnis inspizierte. Der Monarch trat, berichtete Kisch, auf einen Häftling zu und fragte ihn: »Wie lange muss er sitzen?«

»Lebenslang, Majestät!«

Der Kaiser wandte sich an den Gefängnisdirektor: »Dem Mann ist die Hälfte der Strafe zu erlassen.«

Als Franz Joseph gegangen war, begann man zu überlegen, wie einem Lebenslänglichen die Hälfte der Strafe nachzulassen sei.

»Das ist ganz einfach«, riet Kisch, »einen Tag sitzen, einen Tag frei, einen Tag sitzen, einen Tag frei ...«

Die Roten Garden stürmten am 12. November 1918 – dem Tag der Ausrufung der Republik Österreich – auf Befehl ihres »Führers« Egon Erwin Kisch nicht nur das Parlament und andere staatliche Einrichtungen, sondern auch das Redaktionsgebäude der bürgerlichen *Neuen Freien Presse*. Pikanterweise war dort Paul Kisch, der Bruder des »Rasenden Reporters«, als Wirtschaftsredakteur tätig. Als dieser der kleinen Truppe im Stiegenhaus begegnete, stellte er sich seinem revolutionären Bruder in den Weg: »Egon, was willst du hier?«
»Das siehst du ja. Wir besetzen eure Redaktion.«
»Und warum gerade die *Presse?*«
»Weil sie eine Hochburg des Kapitalismus ist.«
»Mach dich nicht lächerlich und schau, dass du weiterkommst.«
»Paul, du verkennst den Ernst der Lage. Im Namen der Revolution fordere ich dich auf, den Eingang freizugeben, sonst ...«
»Gut, ich weiche der Gewalt«, resigniert Paul Kisch nun, »aber eins sag ich dir, Egon: Ich schreib's noch heute der Mama nach Prag!«

Kisch erzählte die Geschichte eines alten, seit langem pensionierten Journalisten, der trotz seiner achtzig Jahre immer noch Tag für Tag in die Redaktion kam und dort – wie einst in seiner Glanzzeit – Leitartikel schrieb. Es war eine Art Beschäftigungstherapie, zumal seine Feuilletons längst nicht mehr in Druck gingen. Im Jahre 1923 floss es wieder, nach einem ganz Wien schockierenden Skandal, bedeutungsvoll aus seiner Feder: »Mich wundert nur«, endete sein Leitartikel, »dass Seine Majestät der Kaiser in diesen erschütternden Korruptionsfall nicht einzugreifen gedachte.«
Kisch, dem der Text zufällig in die Hände fiel, stellte den alten Journalisten, um ihn freundschaftlich auf den offensichtlichen Fehler aufmerksam zu machen: »Herr Kollege, Sie müssen sich irren, wir befinden uns im Jahre 1923 und haben doch längst keinen Kaiser mehr! Wir leben seit fünf Jahren in einer Republik!«
»Das ist wieder typisch«, entgegnete der altgediente Redakteur mit einer resignierenden Handbewegung. »Mir sagt ja keiner was!«

Als »Rasender Reporter« um die Welt: der Journalist Egon Erwin Kisch.

ILLUSTRATION: STEPHAN HLAWA

Kisch verehrte Alfred Polgar, der jedoch keineswegs gewillt war, dessen Zuneigung zu erwidern – ganz im Gegenteil, der Literat wahrte kühle Distanz zum »Rasenden Reporter«. Als Polgar und Egon Friedell einmal in Berlins Romanischem Café saßen, warf Kisch sehnsüchtige Blicke nach den beiden, traute sich aber erst nach Polgars Abgang an deren Tisch.
»Ich wollte nicht stören«, begann er. »Wahrscheinlich hat Polgar wieder sehr schlecht über mich gesprochen«, fuhr er fort, insgeheim ein Dementi erwartend. Und wirklich:
»Nein, nein«, widersprach Friedell. »Im Gegenteil. Er hat gesagt: ›Das ist aber nett vom Kisch, dass er sich nicht zu uns setzt.‹«

Eine uniformierte Vertreterin der Heilsarmee näherte sich im Romanischen Café mit einer Sammelbüchse in der Hand dem Tisch, an dem Egon Erwin Kisch saß. »Bitte mein Herr«, forderte sie Kisch auf, »bitte um eine kleine Gabe für gefallene Mädchen.«
»Nicht von mir«, erwiderte Kisch, »ich gebe direkt.«

Kisch sprach sehr schlecht Französisch, weshalb er es 1933 zunächst ablehnte, in einer Massenveranstaltung in Paris eine Rede zum Thema »Hitlers Machtergreifung« zu halten. Man bat ihn jedoch eindringlich, seine Bedenken beiseite zu schieben, da er als berühmter Journalist und als unmittelbarer Zeuge der Vorgänge in Berlin die Menschen in ihrer Landessprache wesentlich effektiver wachrütteln könnte als auf Deutsch.

»Der rasende Reporter« ließ sich breitschlagen und bereitete ein paar kernige französische Sätze vor, in denen er vor allem über seine in Deutschland inhaftierten Freunde sprechen wollte.

Kisch wurde mit stürmischem Applaus empfangen und fand schon bei der Begrüßung der Anwesenden Worte, deren deutscher Akzent tatsächlich so eklatant war, dass sie kaum an die französische Sprache erinnerten.

Und doch traute der Vortragende seinen Ohren nicht, als er nach wenigen Minuten aus dem Publikum unterbrochen wurde. Einige Zuhörer riefen: »Traduisez! Traduisez!«

»Übersetzen! Übersetzen!«

Spätestens nach Bekanntwerden des im August 1939 unterzeichneten Hitler-Stalin-Pakts mussten selbst die glühendsten Sympathisanten auf beiden Seiten erkennen, dass die erbitterten Feinde nur auf strategische Vorteile aus waren. Zu den vielen, die das nicht wahrhaben wollten, zählte der Kommunist Egon Erwin Kisch, dem Friedrich Torberg bei einer späteren Begegnung zu entlocken versuchte, was er empfunden hatte, als sein Idol Stalin mit Hitler paktierte.

Kisch wehrte starrköpfig ab: »Ich habe die Tatsache zur Kenntnis genommen und Schluss.«

»Aber um Himmels willen«, sagte Torberg, »du musst dir doch etwas dabei gedacht haben.«

Worauf Kisch mit dem bald geflügelten Wort reagierte: »Für mich denkt Stalin!«

Otto Klemperer

Dirigent

** 14. 5. 1885 Breslau † 7. 7. 1973 Zürich. Herausragender Beethoven- und Mahler-Interpret, Entdecker der Maria Jeritza. 1907 Kapellmeister in Prag, dann in Hamburg und bis 1933 an der Berliner Staatsoper. Emigration in die USA, Leiter des Los Angeles Symphony Orchestra. 1947 »Don Giovanni« an der Wiener Staatsoper, danach Chefdirigent in Budapest und London.*

Infolge seiner extremen Kurzsichtigkeit dirigierte Toscanini stets ohne Noten, wofür seine Kollegen wenig Verständnis zeigten – noch dazu, weil diese Marotte Schule zu machen drohte. »Nur weil dieser Mensch zu eitel ist, sich eine Brille aufzusetzen«, jammerte Otto Klemperer, »müssen wir jetzt alle auswendig dirigieren.«

Klemperer gastierte nach dem Krieg mehrmals in Wien, wobei die Verträge über seinen Agenten – der Mendelssohn hieß – abgeschlossen wurden. Während eines London-Aufenthalts regte sich Klemperer darüber auf, dass seine Platten nicht in den Auslagen der großen Musikgeschäfte zu finden wären. »Zum Beispiel meine *Eroica*«, beklagte er sich bei Mendelssohn, »kein Geschäft führt meine *Eroica*. Und schuld bist du, weil du nichts für die Publicity getan hast.«
»Ich bitte dich«, erwiderte Mendelssohn, »erinnere dich an unsere Pressekonferenz und an die Broschüren, die die Plattenfirma drucken ließ.«
Um Mendelssohn die Richtigkeit seiner Aussage vor Augen zu führen, schlug Klemperer vor, mit ihm gemeinsam in einen nahen Plattenladen zu gehen.
Sie betraten das Geschäft, in dem Klemperer den Verkäufer aufforderte: »Ich möchte die *Eroica* von Klemperer.«
»Sorry, Sir«, bedauerte der Verkäufer, »Klemperer hat nie die *Eroica* aufgenommen.«
»Oh ja, natürlich hat er die *Eroica* aufgenommen.«
»Nein, Sir, Klemperer hat die *Eroica* ganz bestimmt nicht aufgenommen.«
»Oh doch, er hat sie aufgenommen, und keiner weiß es besser als ich. Denn ich bin Klemperer!«

Da entgegnete der Verkäufer: »Verzeihung Sir, wenn Sie Klemperer sind« – und jetzt zeigte er auf den neben ihm stehenden Agenten –, »dann ist das Beethoven.«
»Nein«, sagte Klemperer, »das ist der Mendelssohn.«

Der Meister wohnte einer Probe seines Kollegen Georg Szell bei, als dieser mit seinem Orchester *La mer (Das Meer)* von Claude Debussy einstudierte. Als Klemperer am Ende von Orchestermitgliedern gefragt wurde, wie es ihm gefallen hätte, antwortete er: »Meine Herren, das war keine Spur von Meer, das war bestenfalls Szell am See!«

Klemperer probierte mit Dietrich Fischer-Dieskau Mozarts *Don Giovanni*. An einer bestimmten Stelle konnten sich Dirigent und Sänger nicht auf das richtige Tempo einigen – Klemperer wollte rascher spielen, Fischer-Dieskau langsamer singen. Meinte Fischer-Dieskau am nächsten Morgen auf der Probe: »Meister Klemperer, heute Nacht erschien mir im Traum der liebe Gott und sagte zu mir: ›Fischer-Dieskau, *dein* Tempo ist goldrichtig.‹«
Wieder einen Tag später verriet Klemperer dem Sänger: »Herr Fischer-Dieskau, heute Nacht ist auch mir der liebe Gott erschienen. Ich hab ihn gleich gefragt, wer Recht hat.«
»Na und, was hat der liebe Gott gesagt?«, fragte Fischer-Dieskau ungeduldig.
»Der liebe Gott hat gesagt: ›Wer ist Fischer-Dieskau?‹«

Thomas Klestil

Politiker und Diplomat

** 4. 11. 1932 Wien. Begann seine Diplomatenlaufbahn 1959 in Paris, danach Wirtschaftsattaché und Generalkonsul in den USA, 1966 bis 1969 Sekretär von Bundeskanzler Klaus. 1978 bis 1982 UNO-Botschafter in New York, ab 1982 Botschafter in Washington, 1987 bis 1992 Generalsekretär im Außenministerium. Seit 1992 Bundespräsident.*

Als Klestils kleiner Enkel Thomas bei der Bundespräsidentenwahl an der Hand seiner Mutter die Wahlzelle betrat, beobachtete er, wie diese neben dem Namen Thomas Klestil ein »Kreuzerl« zeichnete. Nach der Wahl sagte der Knirps: »Die Mama hat mich gerade zum Bundespräsidenten gewählt.«

Der Diplomat als Staatsoberhaupt: Thomas Klestil wurde 1992 das erste Mal zum Bundespräsidenten der Republik Österreich gewählt.

KARIKATURBANEK

Gustav Klimt

Maler

** 14. 7. 1862 Wien † 6. 2. 1918 ebd. Einer der bedeutendsten Maler Österreichs, schloss sich 1891 der »Genossenschaft bildender Künstler Wiens« an. 1897 Mitbegründer der Wiener Secession und bis zu seinem Austritt 1905 deren Präsident. Brach mit dem akademischen Stil, benützte intensivere Farbgebung, Goldgrund und ornamentale Flächengestaltung.*

Kaiser Franz Joseph, der mit den Kolossalwerken des Historienmalers Hans Makart aufwuchs und von ihnen geprägt war, weigerte sich, die modernen Maler und ihre neue Kunstrichtung anzuerkennen. Als der Monarch bei der Eröffnung der ersten Ausstellung der *Secessionisten* die Werke Klimts und Kolo Mosers betrachtete, sagte er nur: »Ehrlich gesagt, ich hab's mir ärger vorgestellt!«

Theodor Kohn

Fürsterzbischof

** 22. 3. 1845 Březnic/Tschechoslowakei † 3. 12. 1915 Ehrenhausen/Steiermark. Mit 26 Jahren zum katholischen Priester geweiht, wurde er 1892 Erzbischof von Olmütz. Anfangs in der Bevölkerung sehr beliebt, später kritisiert. Zog sich nach Presseattacken 1904 in die Steiermark zurück. Hinterließ drei Millionen Kronen für eine in Brünn zu gründende Universität.*

Fürsterzbischof Theodor Kohn, das kirchliche Oberhaupt von Olmütz, war der einzige Bischof jüdischer Herkunft in der Geschichte Österreichs. Als er 1892 Bischof wurde, spöttelte Ministerpräsident Eduard Graf Taaffe: »Hoffentlich hat er sich wenigstens taufen lassen.«

Oskar Kokoschka

Maler

** 1. 3. 1886 Pöchlarn/Niederösterreich † 22. 2. 1980 Villeneuve bei Montreux/Schweiz. Kunststudium in Wien, ab 1907 Mitarbeit in der Wiener Werkstätte. Reisen durch Europa, Nordafrika, Vorderasien und die USA. 1934 bis 1938 in Prag tätig, Emigration nach London. Frühwerk vom Jugendstil geprägt, dann expressive Farbigkeit. Litt lebenslang an seiner Leidenschaft für Alma Mahler.*

Eine ältere Dame wurde von Kokoschka porträtiert. Nach einer Woche täglicher Sitzungen ließ sie sich vom Meister das fertige Werk zeigen und sagte dann: »Schön ist es geworden, Herr Kokoschka, sehr schön. Aber ich hätte gern, dass Sie mir Ohrringe dazu malen. Natürlich gegen einen Aufpreis.«

»Aber gnädige Frau«, gab sich der Maler entsetzt, »Sie haben so schöne Ohren, warum soll ich sie durch Ohrringe verdecken?«

»Ich will Ohrringe!«

Kokoschka malte und zeigte der Dame anderntags das geänderte Werk. Sie betrachtete es und meinte nun: »Sehr schön. Aber jetzt möchte ich noch ein schönes Perlenkollier.«

Kokoschka malte auch dieses. Neuerlich betrachtete die Dame ihr Porträt. Und wünschte sich nun – ein Diadem.

Als Kokoschka das Diadem dazu gemalt hatte, war die alte Dame endlich zufrieden. Sie zahlte das Bild und die Änderungen.

»Gestatten Sie mir eine Frage«, sagte Kokoschka nun, »wozu wollten Sie all den Schmuck?«

»Das werde ich Ihnen erklären, Herr Kokoschka«, antwortete die Frau. »Schauen Sie, ich bin nicht mehr die Jüngste, und ich bin krank, sehr krank. Ich werde nicht mehr lange leben. Mein Mann hat eine junge Freundin. Kaum werde ich tot sein, wird er sie heiraten. Eines Tages wird sie sich das Bild ansehen, und ihre erste Frage wird sein: ›Wo ist der Schmuck?‹« Die alte Dame lächelte verschmitzt: »Sehen Sie, mein lieber Herr Kokoschka, das ist der Grund, warum ich mir das alles hab malen lassen.«

Die alte Dame nahm ihr Bild und ging. Kokoschka hat sie nie wieder gesehen.

Kokoschka«, sagte Karl Kraus, »hat ein Porträt von mir gemacht. Schon möglich, dass mich die nicht erkennen werden, die mich kennen. Aber sicher werden mich die erkennen, die mich nicht kennen.«

»Schon möglich, dass mich die nicht erkennen werden, die mich kennen«: Karl Kraus über den großen Maler Oskar Kokoschka.

KARIKATUR: IRONIMUS, 1958

ALEXANDER KORDA

Filmproduzent

** 16. 9. 1893 Túrkeve/Ungarn † 23. 1. 1956 London. Eigentlich Sándor Laszlo Kellner. Startete seine Karriere 1911 in Paris, ehe er sein eigenes Studio in Budapest gründete. Ab 1920 Autor und Regisseur der Sascha-Film Wien, 1923 in Berlin, ab 1927 in Hollywood tätig. 1931 in London, wo er u. a. »The Private Life of Henry VIII.« produzierte. 1948 Produzent des Films »Der Dritte Mann«.*

Vom »Film entdeckt« zu werden, galt immer schon als besonders erstrebenswert. Auch in der Stummfilmzeit, als Alexander Korda kurz vor Drehbeginn Statisten suchte.

»Ich brauche achtzig Leute«, wies er den Aufnahmeleiter an, der selbst noch keine Ahnung vom Film hatte. »Sage ihnen, sie müssen morgen zur

Verfügung stehen und immer das tun, was ich befehle! Zwei Kronen pro Kopf.«
Am nächsten Tag standen achtzig Mann parat, die Kordas Anweisungen brav befolgten.
Als aber die Aufnahmen vorbei waren und die Gagen ausbezahlt werden sollten, kam keiner zur Kassa.
»Wo sind die Komparsen?«, fragte der Kassier.
»Die sind alle schon nach Haus gegangen«, sagte der Aufnahmeleiter.
»Und die Gagen?«
»Hier ist das Geld.« Der Aufnahmeleiter legte 160 Kronen auf den Tisch.
Der Kassier traute seinen Augen nicht: »Was für Geld ist das?«
»Das Geld, das die Leute bezahlt haben, damit sie mitmachen dürfen. Zwei Kronen pro Kopf. Wie Herr von Korda es befohlen hat.«

Theodor Körner
Politiker

** 24. 4. 1873 Komorn/Ungarn † 4. 1. 1957 Wien. Im Ersten Weltkrieg Generalstabschef der Isonzo-Armee, ab 1918 im Staatsamt für Heereswesen, 1924 wegen kritischer Haltung pensioniert, danach Mitglied der Leitung des Republikanischen Schutzbunds, bis 1934 im Bundesrat, mehrmals inhaftiert. 1945 bis 1951 Bürgermeister von Wien. 1951 bis 1957 Bundespräsident.*

Im Widerspruch zur prekären Ernährungslage saßen nach Ende des Zweiten Weltkriegs drei wohlbeleibte Männer im Wiener Stadtsenat: Franz Novy, Gottfried Albrecht und Josef »Beppo« Afritsch. Eine Tatsache, die Bürgermeister Theodor Körner zu der Bemerkung veranlasste: »Und mit diesen ausg'fressenen Stadträten muss ich das hungernde Wien repräsentieren.«

Erich Wolfgang Korngold

Komponist

** 29. 5. 1897 Brünn/Tschechoslowakei † 29. 11. 1957 Hollywood. Der Sohn des Musikkritikers Julius Korngold galt als Wunderkind, komponierte Opern und Ballette. 1927 Dirigent an der Wiener Staatsoper. Ab 1934 in Hollywood Zusammenarbeit mit Max Reinhardt. Legte die Grundlagen zur modernen Filmmusik. Zwei Oscar-Verleihungen (»Anthony Adverse«, »The Adventures of Robin Hood«).*

Als die Wiener Hofoper das *Schneemann*-Ballett des damals achtjährigen Wunderkindes angenommen hatte, begleitete dessen Vater seinen Sohn nicht nur täglich zu den Proben, sondern er redete dem Kapellmeister auch ständig drein. An einer langsamen Stelle rief er ein ungeduldiges »Schneller, schneller!« zum Dirigentenpult, worauf ein heftiger Wortwechsel entstand, in dem schließlich auch Klein-Erich eingriff: »Aber Papa – ich möchte hier wirklich ein Adagio haben«, sagte der Bub schüchtern.
»*Du* halt gefälligst den Mund!«, wies ihn die väterliche Autorität zurück.

Erich Wolfgang Korngold feierte in Hollywood große Erfolge als Komponist, er schrieb zahlreiche Filmmelodien, bekam zwei Oscars und trug viel zur Entwicklung des typisch amerikanischen Soundtracks bei. Als er einmal gefragt wurde, wie es ihm in Amerika gefiele, antwortete er: »Es wäre alles wunderbar. Wenn ich mir meine Filme nicht anschauen müsste!«

Als man Korngold während des Krieges in Hollywood erzählte, die Japaner hätten eine Wasserstoffbombe erfunden, seufzte er: »Entsetzlich! Wir werden alle blond!«

Julius Korngold
Musikkritiker

** 24. 12. 1860 Brünn † 25. 9. 1945 Hollywood. Der Vater des Komponisten Erich Wolfgang Korngold zählte nach der Jahrhundertwende als Nachfolger von Eduard Hanslick zu den bekanntesten Musikkritikern Wiens. Seine Rezensionen in der »Neuen Freien Presse« hatten großen Einfluss auf das Musikleben der Stadt. Korngold veröffentlichte auch zahlreiche musiktheoretische Schriften.*

Als die Tochter eines hohen Ministerialbeamten als Liedsängerin debütiert hatte, schrieb Julius Korngold einen schrecklichen Verriss. In der *Neuen Freien Presse* gingen jedoch alle Manuskripte über den Schreibtisch des Chefredakteurs Moritz Benedikt und von dort entweder in die Setzerei oder – wenn irgendwelche Änderungen gewünscht wurden – mit einem entsprechenden Vermerk an den Autor zurück. Dies geschah auch mit der Rezension des Liederabends der Ministerialratstochter, die Benedikt als zu scharf empfand. Statt das Manuskript an Korngold zurückzuschicken, legte der viel beschäftigte Chefredakteur das Manuskript jedoch irrtümlich in den für die Setzerei bestimmten Korb, und am nächsten Tag bekamen die staunenden Leser des Blattes eine Kritik vorgesetzt, die mit den Worten schloss: »Wir würden Fräulein Jäger empfehlen, sich lieber dem Stopfen von Strümpfen als dem Singen von Liedern zuzuwenden. J. K. Wäre mir sehr peinlich, da mit Jäger intim. M. B.«

Fritz Kortner
Schauspieler und Regisseur

** 12. 5. 1892 Wien † 22. 7. 1970 München. Eigentlich Fritz Nathan Kohn. Bis 1933 Theaterengagements in Berlin, daneben Filmdreharbeiten (»Atlantik«, »Dreyfus«, »Danton«). Emigrierte 1938 in die USA, wo er ein Stück für den Broadway und mehrere Drehbücher für Hollywood schrieb. Wurde nach seiner Rückkehr nach Europa wieder als Schauspieler und Regisseur gefeiert.*

In seiner Berliner Zeit wurde Kortner von einem deutschen Kollegen angesprochen: »Wie ist denn das mit eurem ›goldenen Wiener Herzen‹? Im Grunde seid ihr Wiener doch recht bösartig!«
Kortner blieb ruhig und sagte nur: »Wir machen halt aus unserer Mördergrube ein Herz!«

Zum ersten Mal nach dem Krieg wieder in Wien, wurde Kortner von einem Journalisten gefragt, wie es ihm in seiner Geburtsstadt gefiele. »Ausgezeichnet«, antwortete Kortner. »Nur sollte man einmal eine andere Besetzung wählen.«

Als er in München Shakespeares *König Lear* inszenieren sollte, schlug Hans Schweikart, der Intendant der Kammerspiele, Kortner vor, neben der Regie auch die Titelrolle zu übernehmen.
»Nein«, entgegnete Kortner, »für den Lear brauchen wir einen jüngeren Schauspieler.«
»Einen jüngeren?«, wunderte sich der Intendant. »Der Darsteller des Lear muss doch ein gewisses Alter haben.«
»Das schon«, gab ihm Kortner Recht. »Aber seien Sie unbesorgt, bis ich mit den Proben fertig bin, *wird* er das erforderliche Alter haben.«

Nachdem Kortner wieder einmal stundenlang geprobt hatte, wagte ein Schauspieler die Frage zu stellen, warum andere Regisseure mit wesentlich kürzeren Proben auskämen. »Es könnte doch möglich sein«, erwog der Mime als Erklärung, »dass die eine andere Methode haben?«

Da brummte Kortner: »Ich kenne ihre Methoden nicht. – Ich kenne nur ihre Resultate.«

Das deutsche Theater ist total verjudet«, meinte (der Jude) Kortner einmal zur Verwunderung aller Umsitzenden.
»Wie bitte, Herr Kortner?«, fragte einer, der sich verhört zu haben glaubte.
»Ja, das deutsche Theater ist total verjudet«, wiederholte Fritz Kortner, um dann die Erklärung nachzuliefern: »Schon das Budget ist beschnitten.«

Überall in der Welt wird schlecht Theater gespielt«, sagte Kortner in einer Runde von Burgschauspielern. »Nur am Burgtheater ist man auch noch stolz darauf.«

Und auch die allgemein übliche Verbrüderung am Burgtheater erschien ihm suspekt, zumal Kortner bald erkannt hatte, wie verlogen der betont freundschaftliche Umgang innerhalb des Ensembles sein konnte: »Ich höre immer nur du, du, du. Das sind wohl alles Duzfeinde hier, was?«

Im Umgang mit Bühnenarbeitern sowie Küchen- und Servierpersonal verhielt er sich nicht minder schroff wie bei seinen Schauspielerkollegen. Dies jedenfalls wird durch seinen Auftritt in einem Restaurant bestätigt, in dem er geordert haben soll: »Herr Ober, bringen Sie mir bitte als Vorspeise einen Teller orthografischer Fehler!«
»Haben wir nicht«, bedauerte der Kellner.
Worauf Kortner, laut mit den Fingern auf den Menüplan klopfend, feststellte: »Die Karte ist doch voll davon!«

Als während einer Theaterprobe ein Scheinwerfer falsch eingestellt war, beschuldigte er pauschal sämtliche Mitarbeiter des technischen Stabs: »Sie benehmen sich wie die Hottentotten!«
Am nächsten Tag wurde Kortner vom Betriebsrat aufgefordert, sich bei

den Bühnenarbeitern zu entschuldigen. Der Regisseur sammelte die Bühnentechniker um sich und sprach: »Ich habe gestern gesagt, Sie benehmen sich wie die Hottentotten. Ich möchte mich hiermit entschuldigen. – Und zwar bei den Hottentotten!«

Zu wenig Liebreiz« zeigte laut Kortner die Darstellerin der Desdemona in Shakespeares *Othello*, als sie im fünften Akt erwürgt wird. »Frauen kokettieren bis zuletzt. Schließlich und endlich ist das Totenbett auch nur ein Bett.«

Kortner befand sich mit den Betriebsräten mehrerer Bühnen im Streit darüber, ob er mit dem jeweiligen Ensemble an Feiertagen proben dürfte oder nicht. »Auf keinen Fall«, wetterte ein Personalvertreter, »morgen ist Gründonnerstag.«
»Das interessiert mich nicht«, reagierte Kortner kühl. »Beim Probieren bin ich farbenblind.«

Als ihn ein Friseur fragte: »Wie soll ich Ihre Haare schneiden, Herr Kortner«, sah dieser kurz von seiner Zeitung auf und antwortete: »Schweigend!«

Kortner wird auf dem Wiener Schwarzenbergplatz von einer älteren Frau stürmisch begrüßt: »Servas, Fritzl, mir haben sich ja schon ewig nimmer g'sehn, wie geht's dir denn immer?«
Kortner, längst in Ehren ergraut, konnte sich beim besten Willen nicht entsinnen, der Frau jemals begegnet zu sein. Glücklicherweise fügte sie gleich die Erklärung an: »Fritzl, erinnerst dich, wie du noch im Grünen Kakadu g'wohnt hast?«
Tatsächlich, aus Kortners Erinnerung stieg ein »dunkler Punkt« auf, hatte er doch als blutjunger, mittelloser Schauspieler einige Monate in einem billigen Stundenhotel am Stadtrand gewohnt. »Und dort«, gestand das ältliche Fräulein jetzt, »hab i damals gearbeitet. I bin die Fifi.«
Jetzt erkannte Kortner das einstmals dralle Freudenmädchen, an dem die Jahrzehnte nicht spurlos vorübergegangen waren. »Ja, die Fifi, natürlich«,

sagte er, und weil er auf diese Situation so gar nicht vorbereitet war, stellte er die nicht ganz passende Frage: »Und was, Fifi, machen Sie heut so? Ich mein beruflich?«
»Ich bin die Klofrau vom Hotel Imperial«, antwortete Fifi. Und fügte nach einer kurzen Pause hinzu: »Da ist ma halt doch noch ein bisserl dabei!«

Als Kortner 75 wurde und in mehreren Zeitungen von seinen zahlreichen Verdiensten las, bemerkte er: »Von heute an haben alle Würdigungen den Charakter von Nachrufen.«

Fritz Kortner fuhr in seinem letzten Lebensjahr, kränklich und müde aussehend, im Expresszug von Wien nach München. Im Abteil wurde er von einem Herrn fixiert. »Entschuldigen Sie«, sagte der Fahrgast, »Sie seh'n dem Schauspieler Kortner unglaublich ähnlich. Aber ich weiß, dass Sie es nicht sein können.«
»Ja, aber warum glauben Sie das?«, fragte Kortner.
»Weil mir meine Frau erst unlängst erzählt hat, dass der Kortner schon tot ist.«
Der Mime blickte den Fremden gelangweilt an und erklärte: »Sagen Sie Ihrer Frau: Kortner lebt!«
Und dann fügte er noch hinzu: »Aber sagen Sie's ihr bald!«

Hilde Krahl

Schauspielerin

** 10. 1. 1917 Brod/Kroatien † 28. 6. 1999 Wien. Eigentlich Hildegard Kolačný. 1935 am Kabarett Literatur am Naschmarkt, danach Scala und Theater in der Josefstadt. In Berlin von Willi Forst für den Film entdeckt (»Der Postmeister«, 1940, »Liebe«, 1947) Nach dem Krieg Rückkehr nach Wien, ab 1967 am Burgtheater. Verheiratet mit dem Regisseur Wolfgang Liebeneiner. TV-Serie »Die liebe Familie«.*

Die Krahl trat bereits mit sechzehn Jahren im Kabarett Literatur am Naschmarkt auf, wobei ihre Glanznummer eine Parodie auf Paula Wesselys Rolle in dem 1935 gedrehten Film *Episode* war. Rudolf Weys,

Direktor der kleinen Kabarettbühne, zeigte sich begeistert und sagte: »Diese Krahl ist hinreißend, ihr werdet sehen, die wird noch ganz groß!« Entsetzt hielt ihn sein Kollege Walter Engel zurück: »Sei still! Wenn sie dich hört, können wir sie nicht mehr bezahlen!«

Josef Krainer
Politiker

** 16. 2. 1903 St. Lorenzen/Steiermark † 28. 11. 1971 Allerheiligen bei Wildon/Steiermark. Der gelernte Landwirt war ab 1927 in Graz Obmann der Angestellten- und Arbeiterorganisation in der Land- und Forstwirtschaft. 1934 Abgeordneter zum Steiermärkischen Landtag. 1938 als Christlichsozialer inhaftiert. 1948 bis 1971 Landeshauptmann der Steiermark.*

Demokratie ist ja schön und gut«, erklärte der legendäre steirische »Landesfürst« sein politisches Credo. »Aber anschaffen kann schließlich immer nur einer.«

Als sein Chauffeur einmal mit dem Wagen so schnell durch eine Ortschaft fuhr, dass die Hühner davonstoben, mäßigte ihn Krainer mit den Worten: »Ich bitt Sie, fahren S' vorsichtig, die g'hören an Wähler!«

Hans Krankl
Fußballer und Trainer

** 14. 2. 1953 Wien. Spielte bei Rapid Wien, beim FC Barcelona und beim Wiener Sportclub. War viermal österreichischer und einmal spanischer Torschützenkönig und fünfmal »Fußballer des Jahres«. Legendär wurde sein Siegestor bei der WM 1978 in Cordoba zum 3:2 gegen die Bundesrepublik Deutschland. Seit 1989 Trainer (u. a. bei Rapid Wien, Mödling, FC Tirol, Fortuna Köln).*

Als der Österreichische Fußballbund den »Kickern« vor der Abreise nach Argentinien verbieten wollte, von der Weltmeisterschaft '78 als Kolumnisten für Tageszeitungen tätig zu sein, erklärte Hans Krankl dem *Kronen Zeitung*-Sportchef Michael Kuhn: »Macht nix. Schreib i halt unter an Pseudonym.«

Karl Kraus
Dramatiker und Essayist

** 28. 4. 1874 Gitschin/Tschechoslowakei † 12. 6. 1936 Wien. Gründete 1899 die Zeitschrift »Die Fackel«, die ab 1911 ausschließlich mit seinen Texten erschien. Agitierte gegen bürgerliche Doppelmoral, gegen Kriegstreiber, aber auch gegen die zeitgenössische Kunstform des Expressionismus. Verfasste das satirische Drama »Die letzten Tage der Menschheit« (1918/19).*

Karl Kraus verehrte die junge Schauspielerin Elfriede Schopf, die zu seinem großen Leidwesen jedoch mit Adolf Ritter von Sonnenthal, dem großen Helden des Hofburgtheaters, liiert war. Als Kraus die Nachricht von Sonnenthals Tod erhielt, reagierte er mit den Worten: »Jetzt müsste man die Schopf bei der Gelegenheit packen!«

Im Wiener Landesgericht wird ein Bankier namens Hans von Reitzes wegen betrügerischer Krida zu einer Haftstrafe verurteilt, die er in Österreichs größtem Gefängnis abzusitzen hat. Kraus glossiert dies in der *Fackel* mit den Worten: »Die Strafanstalt Stein entbehrt nicht eines gewissen Reitzes!«

Karl Kraus ließ kein gutes Haar an den Salzburger Festspielen und kritisierte vor allem die Vereinnahmung der barocken Atmosphäre für den Fremdenverkehr. »Wenn die Salzburger von heute Salzburg gebaut hätten«, schreibt er, »wäre bestenfalls Linz daraus geworden.«

Als bekannt wird, dass in Wien weniger schwere Verkehrsunfälle passieren als anderswo, glossiert dies Karl Kraus mit den Worten: »Die Sicherheit in Wien ist schon deshalb Garantie: Der Kutscher überfährt den Passanten nicht, weil er ihn persönlich kennt.«

»Wenn die Salzburger von heute Salzburg gebaut hätten, wäre bestenfalls Linz daraus geworden«: Karl Kraus.
ZEICHNUNG: MAX VON ESTERLE

Nichts hat sich geändert, außer, dass man es nicht sagen darf«, beschrieb Karl Kraus die strengen Zensurbestimmungen, die während des Ersten Weltkriegs galten. Als die Zensurbehörden dann auch in der Ersten Republik ihren Einfluss auf Presse und Theater behielten, ätzte er in Bezug auf einen bekannt gewordenen Fall: »Das ist kein Übergriff, denn Satiren, die der Zensor versteht, werden mit Recht verboten.«

Kraus prozessierte allen Ernstes gegen eine Zeitung, die einen Beistrich in einem von ihm verfassten Artikel falsch gesetzt hatte. Als das Sprachgewissen der Nation dann 1936 im Alter von 62 Jahren gestorben war, schickte sich Alfred Polgar an, eine Abendgesellschaft zu ungewöhnlich früher Stunde zu verlassen. Natürlich wurde er von seinem Freund Egon Friedell zur Rede gestellt: »Polgar, was ist, du gehst so zeitlich?«
Polgar erwiderte: »Wie kannst du zeit*lich* sagen?«
»Ach was«, meinte Friedell. »Jetzt, wo der Kraus tot ist!«

Clemens Krauss

Dirigent

** 31. 3. 1893 Wien † 16. 5. 1954 Mexiko City. Ab 1922 an der Wiener Staatsoper, später Leiter der Dirigentenklasse an der Wiener Musikakademie. 1929 bis 1934 Wiens Staatsoperndirektor. Dirigierte mit den Wiener Philharmonikern am 31. 12. 1939 das erste Neujahrskonzert. Generalintendant der Salzburger Festspiele. Starb während eines Gastspiels in Mexiko.*

Clemens Krauss sitzt im Direktionszimmer der Wiener Staatsoper und sieht die Post durch. Er entnimmt ihr eine Todesanzeige, liest sie und sagt dann: »Schon wieder der Falsche!«

Werner Krauss

Schauspieler

** 23. 6. 1884 Gestungshausen bei Coburg † 20. 10. 1959 Wien. Entdeckt von Max Reinhardt, ab 1916 auch Filmschauspieler. Durchbruch mit »Das Kabinett des Dr. Caligari« (1919). Kulturrepräsentant des NS-Regimes, weshalb er von 1945 bis 1948 mit Spielverbot belegt wurde. Übersiedelung nach Österreich. Der Ifflandringträger glänzte mit starker Ausdruckskraft und vollendeter Sprechkultur.*

Als sich der große Schauspieler Werner Krauß in den ersten Nachkriegsjahren darüber beklagte, dass er am frühen Morgen in seiner Wohnung vom aufkommenden Automobilverkehr belästigt würde, postierte der Wiener Polizeipräsident »Joschi« Holaubek zwei Polizeiorgane, die zwischen sieben und neun den Verkehr vom Haus des Mimen in der Porzellangasse in andere Straßenzüge umleiteten. Damit der Herr Kammerschauspieler ruhig schlafen könnte und die abendliche Vorstellung des Burgtheaters nicht gefährdet war.

Ein mäßig begabter Schauspielkollege schwärmte Krauß vor: »Wenn ich spiele, vergesse ich alles, was um mich herum geschieht. Ich sehe nur noch meine Rolle, das Publikum verschwindet vollständig.«

Krauß erwiderte trocken: »Das kann ich ihm auch gar nicht übel nehmen!«

Bruno Kreisky
Politiker

** 22. 1. 1911 Wien † 29. 7. 1990 ebd. In den 30er Jahren mehrmals inhaftiert, 1938 ins Exil nach Schweden. 1946 bis 1949 Diplomat in Stockholm. 1950 Rückkehr nach Wien. 1959 bis 1966 Außenminister, 1967 bis 1983 Bundesparteivorsitzender der Sozialistischen Partei, 1970 bis 1983 Bundeskanzler. Internationale Bedeutung u. a. als Vermittler im Nahost-Konflikt.*

Der spätere Bundeskanzler war in jungen Jahren neben dem Studium als freiberuflicher Journalist tätig. Eines Tages wurde Kreisky vom Korrektor vorgeworfen, dass er es mit der Interpunktion nicht allzu genau nähme. Worauf Kreisky, als er wieder einmal ein Manuskript in die Setzerei brachte, eine voll beschriebene Seite beilegte, auf der sich nur Beistriche befanden. Dann sagte er zum Korrektor: »Da haben S' einen Haufen Beistriche. Machen S' damit, was Sie wollen!«

Kanzler Leopold Figl und Vizekanzler Adolf Schärf trafen 1950 zu einem Staatsbesuch in Stockholm ein, auf dem sie ein junger Legationsrat namens Bruno Kreisky begleitete. Keiner der Herren hatte daran gedacht, einen Zylinder mitzunehmen, der aber bei einem abendlichen Empfang beim schwedischen König unabdingbar ist. In letzter Minute ließ sich an Ort und Stelle ein Hut auftreiben. Doch er passte nur Kreisky, dem rangniedrigsten Delegationsmitglied. Die Lösung des Problems kann als »österreichisch« bezeichnet werden: Figl betrat den Audienzsaal mit dem Zylinder in der Hand. Er übergab ihn in einem unbemerkten Augenblick an Schärf, der ihn wiederum nach einigen Minuten an Kreisky weiterreichte. Dieser konnte ihn dann protokollgemäß aufsetzen, als die drei Herren den Königspalast verließen …

Während eines Gesprächs bei der Berliner Außenministerkonferenz 1954 debattierte Staatssekretär Bruno Kreisky mit dem sowjetischen Außenminister Molotow lange und ausführlich über die Schriften Lenins. Molotow zeigte sich verblüfft, wie gut Kreisky über den Sowjetgründer informiert war. »Warum sind Sie bei den Sozialdemokraten gelandet und nicht bei uns, wenn Sie so viel von Lenin gelesen haben?«
»Eben deshalb«, konterte Kreisky.

Horst Ehmke, Vorstandsmitglied der SPD, kam 1970 nach Wien, um der Schwesterpartei zu ihrem Wahlsieg zu gratulieren. Kreisky bat ihn zu einem Frühstück ins Hotel Sacher, wo Ehmke beeindruckt feststellte: »Schöne Sozialisten, die im Sacher sitzen!«
Da replizierte Kreisky: »Naja, immerhin sitzen wir hier im Roten Salon.«

Obwohl Bruno Kreisky alles andere als ein begeisterter Ballbesucher war, fühlte er sich verpflichtet, als Regierungschef am wichtigsten gesellschaftlichen Ereignis des Jahres teilzunehmen. Beim Opernball 1972 wurde er vom ORF-Reporter Heinz Fischer-Karwin gefragt, wie er es als früherer Revolutionär mit seiner politischen Gesinnung vereinbaren könnte, in der Oper Hof zu halten.
Kreiskys Antwort: »Dass junge Revolutionäre im Alter mit Frack und Orden herumgehen, scheint die Rache der Geschichte zu sein.«

Als in Kärnten ein »Ortstafelkrieg« ausbrach, weil slowenische Organisationen die Aufstellung zweisprachiger Ortstafeln in 200 Gemeinden verlangten, erklärte Kreisky: »Bisher haben sie auch heimgefunden, obwohl es keine slowenischen Ortstafeln gab.«

Linke Studenten protestierten, als Kreisky den amerikanischen Präsidenten Richard Nixon in Salzburg empfing. Unter den Demonstranten befand sich Peter Kreisky, der Sohn des Bundeskanzlers. Bruno Kreiskys Kommentar nach dem Ministerrat: »Man kann nicht oft genug sagen, dass Sozialisten niemals mit Kommunisten demonstrieren dürfen, gleich, um welche Sache es geht. Die meisten Jungen sehen das eh ein, wenn sie dann älter werden. Nur meine eigene Familie tut sich da schwer.«

Deutschlands Bundeskanzler Willy Brandt trat zurück, als bekannt wurde, dass sein Sekretär Günter Guillaume Spionage für die DDR betrieben hatte. Etwas später ärgerte sich Bruno Kreisky während einer längeren Autofahrt über tausend Kleinigkeiten. »Ich plag mich jeden Tag«, brummte er, »obwohl doch alles ganz einfach wäre: So ein kleiner Guillaume in meiner Umgebung und ich könnt mir das alles sparen!«

Die tschechischen Wurzeln vieler Österreicher gaben Bruno Kreisky – dessen Vorfahren aus Mähren stammten – Gelegenheit zu einer Pointe, die er 1976, während eines Staatsbesuchs in Prag, losließ. Als er seine Gastgeber zur Gegenvisite nach Wien einlud und anfügte, »die Herren mögen mitbringen, wen immer sie wollen«, fragte ein Funktionär: »Werden Sie denn in Wien genug Hotelbetten haben?«
Kreiskys Antwort: »Das geht schon, die können doch alle bei Verwandten wohnen.«

Als er erfuhr, dass Österreich bei der Fußball-WM ’78 in einer Gruppe mit Holland, Schweden, Spanien und Brasilien spielen würde, überlegte Kreisky kurz und meinte dann: »Holland is a Monarchie, Schweden is a Monarchie, Spanien is a Monarchie – was macht eigentlich Brasilien in unserer Gruppe?«
Dass Österreich in seiner Zeit eine war – das stand für den *Sonnenkönig* sowieso fest.

Kreisky war es auch, der einst ins Statut der Sozialistischen Partei eine Altersklausel setzen ließ, der zufolge Funktionäre mit 65 in den Ruhestand zu treten hätten. Als man den 67-Jährigen daran erinnerte, sagte er: »Immerhin haben die Kardinäle erst kürzlich einen Mann meines Alters zum Papst gewählt.«

Eines Tages trat Kreiskys Sekretär Lukas Beroldingen ins Kanzlerzimmer, um seinem Chef mitzuteilen: »Herr Bundeskanzler, heut Nachmittag ist der Kari Schwarzenberg zu einem Besuch bei dir angemeldet. Ich möchte dich, weil du ihn immer als ›Prinz Schwarzenberg‹ ansprichst, darauf aufmerksam machen, dass sein Onkel Heinrich, der Chef des Hauses Schwarzenberg, vorgestern verstorben ist. Damit hat Kari seine Stellung als Oberhaupt der Familie übernommen, er trägt also jetzt den Titel ›Fürst‹.«
Kreisky hörte sich den Hinweis in aller Ruhe an und brummte dann: »In Österreich wurde der Adel am 12. November 1918 abgeschafft. Für mich bleibt er Prinz!«

Als der noch in Amt und Würden befindliche, schon über 70-jährige Kreisky seinen fünfjährigen Enkel Oliver fragte, was er werden wollte, wenn er einmal erwachsen sei, antwortete der Bub: »Bundeskanzler.« Da erwiderte der Großpapa: »Das geht leider nicht. In Österreich gibt es nur einen Bundeskanzler.«

Während des Nationalratswahlkampfs 1979 nahm Kreisky einen innenpolitischen Zeitungsjournalisten beiseite und sagt zu ihm: »Ihre Drei-Mann-Redaktion weist einen eigenartigen Pluralismus auf. Einer schreibt für die ÖVP, der andere für die FPÖ, und Sie schreiben gegen die SPÖ.«

Bruno Kreisky kam, als Regierungschef schon in Pension, zu einem Kongress nach Washington. Thomas Klestil, Österreichs damaliger Botschafter in den USA, holte ihn vom Flughafen ab und begleitete ihn, vom Chauffeur der Botschaft gefahren, in sein Hotel. Als Kreisky unterwegs eine Filiale der englischen Firma Burberry entdeckte, bat er den Fahrer, kurz anzuhalten.
Der Altkanzler stieg aus dem Wagen, holte einen Plastiksack aus dem Kofferraum und betrat, gemeinsam mit Klestil, das Geschäft. An der Türe fragte Kreisky den Botschafter noch schnell: »Sag, was heißt Schlapfen auf Englisch?«

Klestil flüsterte ihm in korrekter Übersetzung das Wort *Slippers* zu, worauf Kreisky aus dem mitgebrachten Plastiksack ein Paar Hausschuhe hervorholte und zum Verkäufer sagte: »Ich habe vor einiger Zeit in Ihrer Filiale in London diese Schlapfen – *these slippers* – gekauft. Leider sind sie zu groß, könnten Sie sie umtauschen?«

In dem Geschäft herrschte sogleich rege Betriebsamkeit, im Zuge derer man sich redlich bemühte, dem alten Herrn verschiedenste Größen desselben Modells vorzuführen.

Kreisky probierte eine ganze Reihe von Hausschuhen, betrachtete sie vor dem Spiegel, prüfte ihre Passform, ging mit ihnen auf und ab. Und brummte nach einem guten Dutzend derartiger Versuche: »So, die da passen – *these slippers fit!*«

Worauf der Verkäufer entgegnete: »Sir, das sind die Hausschuhe, die Sie mitgebracht haben!«

Bundeskanzler Franz Vranitzky begleitete seinen Vorvorgänger Kreisky in die italienische Region Friaul, die sich damals noch nicht von dem schrecklichen Erdbeben des Jahres 1976 erholt hatte. Die österreichische Bundesregierung hatte als Wiederaufbauhilfe zehn Häuser gespendet, deren offizielle Übergabe nun erfolgen sollte. Als die Regierungsdelegation mit dem Altkanzler dort ankam, stand der Bevölkerung die große Liebe zu Österreich ins Gesicht geschrieben, es gab sogar Demonstranten, die Friauls Rückkehr zu Österreich forderten. Kreisky wurde gefragt, warum seiner Meinung nach so viele Italiener zu Österreich wollten.

»Wahrscheinlich«, brummte der Altkanzler, »weil's in Österreich keine Erdbeben gibt!«

»In Österreich wurde der Adel 1918 abgeschafft«: »Sonnenkönig« Bruno Kreisky.
KARIKATUR: RUDOLF ANGERER, 1971

Fritz Kreisler
Geiger und Komponist

** 2. 2. 1875 Wien † 29. 1. 1962 New York. Unternahm zahlreiche Tourneen, lebte 1915 bis 1925 und ab 1940 in den USA, dazwischen auch in Paris und Berlin. Sein Geigenspiel ist für seine Leichtigkeit bekannt. Komponierte Arrangements zunächst unter falschen Namen, bis seine »Handschrift« enttarnt wurde. Schrieb Solostücke im Wiener Stil und zwei Operetten: »Apfelblüten«, 1919, und »Sissy«, 1932.*

Ein Pianist verkündete vollmundig, seine Konzerte seien so überfüllt, dass ein Teil des Publikums in den Gängen stehen müsse.
»Das ist noch gar nichts«, erwiderte der Geigenvirtuose Fritz Kreisler, »bei meinen Konzerten muss ich selber stehen.«

Kreisler wird in Amerika einer Dame vorgestellt. »Wie ich mich freue, Sie kennen zu lernen, Mr. Chrysler«, schwärmt sie. »Ich fahre seit jeher nur Ihre Wagen und bin begeistert von ihrem Komfort. Würden Sie mir etwas in mein Stammbuch schreiben?«
»Gern«, erwidert Kreisler, kritzelt einige Noten aus dem Violinkonzert von Beethoven aufs Papier und setzt die Worte darunter: »Ein paar Takte aus unserem Autoradio.«

Wie die meisten großen Musiker wurde Kreisler von stolzen Müttern und Vätern immer wieder bedrängt, das Talent ihres Kindes zu beurteilen. Wieder einmal musste er dem Geigenspiel eines Sohnes zuhören. Im Anschluss daran nach seinem Urteil befragt, antwortete Kreisler: »Ihr Sohn spielt wie Arthur Rubinstein.«
»Aber der ist doch gar kein Geiger.«
»Na, eben!«

Kreisler wurde aufgefordert, auf einer Soiree im Haus eines amerikanischen Millionärs Geige zu spielen. Als die Dame des Hauses nach seinem Honorar fragte, antwortete der Meister: »Dreitausend Dollar.«
»Sie sind aber nach Ihrer Darbietung herzlichst eingeladen, mit den übrigen Gästen am Diner teilzunehmen.«

»Unter diesen Umständen«, meinte Kreisler, »verlange ich sechstausend.«

Georg Kreisler

Kabarettist, Schriftsteller, Komponist

** 18. 7. 1922 Wien. Emigrierte 1938 nach Hollywood, wo er als Filmkomponist u. a. für Charly Chaplin arbeitete. Ab 1942 Truppenbetreuer der US-Army. 1955 Rückkehr als US-Staatsbürger nach Wien. Leitete 1956 bis 1958 mit Gerhard Bronner das Intime Theater. Danach Übersiedlung nach München, später Berlin und Basel. Autor zahlreicher Bühnenstücke und Fernsehspiele.*

Kreisler spazierte mit Gerhard Bronner über die Kärntner Straße, auf der damals noch die »Schönen der Nacht« ihrer Kundschaft harrten. Es war eiskalt, stürmisch, ein scheußlicher Schneeregen machte die Stadt ungemütlich. An der Ecke zur Krugerstraße standen, in dicke Schals und Mäntel gehüllt, zwei Prostituierte, die ihre frierenden Körper eng an die schützende Hausfassade schmiegten. Würden die beiden Herren mit ihnen für eine Weile das geheizte Zimmer eines nahen Hotels teilen? Das mochten die Freudenmädchen gedacht haben, als Bronner und Kreisler sich ihnen näherten.

Die Herren freilich, weit entfernt von derartigen Ambitionen, gingen an den Damen vorbei. Bronner drehte sich nach ein paar Metern um, sah die Mitleid erregenden Geschöpfe noch einmal an und flüsterte Kreisler zu: »Also, ehrlich, bei dem Wetter möcht ich ka Hur sein!«

Worauf dieser die nicht unberechtigte Frage stellte: »Bei welchem Wetter möchst du a Hur sein?«

Anton Kuh

Erzähler und Essayist

** 12. 7. 1890 Wien † 18. 1. 1941 New York. Schrieb auch unter dem Pseudonym Yorick. Lebte in Wien, Prag und Berlin. Strikter Gegner von Karl Kraus. Brillanter Kurzprosaist und hervorragender Rhetoriker (»Sprechsteller«), publizierte satirische Kommentare zum Zeitgeschehen. 1938 Flucht in die USA. Seine Erzählungen und Essays wurden in den 60er Jahren wieder entdeckt.*

Franz Werfel, der im Kriegspressequartier seinen Dienst versah, hatte den Auftrag, Worte und Aussprüche zu finden, die Kaiser Karl bei offiziellen Anlässen von sich gegeben haben könnte. Freunde und Kollegen im Kaffeehaus mühten sich redlich, Werfel diesbezüglich mit Anregungen zu versorgen. Manche davon benützte er, auf eine musste er jedoch verzichten – sie stammte von Anton Kuh und lautete: »In meinem Reich geht die Sonne nie auf!«

Kuh war Stammgast eines Lokals, das sich im Besitz des Franziskanerordens befand, und in dem die Patres auch selbst servierten. Eines Abends rief Kuh, laut vernehmbar, quer durch den Speisesaal: »Herr Ober – beichten!«

Der Kaffeehausliterat«, sinnierte Anton Kuh, »ist ein Mensch, der Zeit hat, im Kaffeehaus darüber nachzudenken, was die andren draußen nicht erleben!«

Als Kuh 1925 nach Berlin übersiedelte, kommentierte er dies mit den Worten: »Es ist ja schön, als Österreicher geboren zu werden, und es ist schön, als Österreicher zu sterben. Aber was, bitte sehr, macht man dazwischen?«

Kuh – ähnlich seinem Freund Peter Altenberg ein begnadeter Schnorrer – sprach bei dem schillernden Finanzmagnaten Camilo Castiglioni vor, um ihn um zweihundert Schilling zu bitten.

Der Finanztycoon öffnete seine Brieftasche, entnahm ihr aber nur hundert Schilling, die er Kuh überreichte.
Der dankte und sagte beim Abschied: »Wie ist das jetzt eigentlich, Herr Präsident? Bin ich Ihnen hundert Schilling schuldig oder Sie mir?«

Louis Adlon war begeisterter Besucher der Vorträge Anton Kuhs, weshalb er ihm immer in seinem eleganten Hotel in Berlin freie Logis gewährte. Ein Freund fragte Kuh im Romanischen Café verwundert: »Mal ehrlich, wieso kannst du es dir überhaupt leisten, im Adlon zu wohnen?«
»Das Adlon«, antwortete Kuh, »ist kein Problem für mich. Dort habe ich so viel Schulden, dass es mir beinahe schon gehört.«

Als Anton Kuh von Hitlers Drohung, in Österreich einzumarschieren, erfuhr, entwarf er im Freundeskreis einen Plan, wie die Republik Österreich diesem Erpressungsversuch entgehen könnte. Der österreichische Unterrichtsminister Hans Pernter bekam auf verschlungenen Wegen Wind von Kuhs Ideen und bat den Dichter, ihn mit diesem Plan vertraut zu machen. Kuh kam der Einladung nach, ging aber im Anschluss daran in seine Wohnung und packte die Koffer. Und zwar, wie er sagte, aus folgendem Grund: »Zu einer Regierung, die sich von mir, Anton Kuh, Ratschläge geben lässt, habe ich kein Vertrauen mehr.«
Sprach's und verließ das Land in Richtung Amerika.

In den USA angekommen, wurde er gefragt, wovon er hier leben würde. Seine Antwort lautete: »Ich weiß es nicht. Ich weiß nur so viel: Schnorrer braucht man überall!«

Er starb, gerade erst fünfzig Jahre alt geworden, in New York. Sein Abgang war makaber – unmittelbar vor seinem plötzlichen Tod hatte Anton Kuh einen Vortrag gehalten, der den Titel »Wie überleben wir Hitler?« trug.

»Zu einer Regierung, die sich von mir Ratschläge geben lässt, habe ich kein Vertrauen mehr«: Anton Kuh. ZEITGENÖSSISCHE KARIKATUR

ERICH KUNZ

Opernsänger

** 20. 5. 1909 Wien † 8. 9. 1995 ebd. Bassbariton. 1933 Debüt als Osmin in »Die Entführung aus dem Serail«, danach Mitglied in den Opernensembles Troppau und Breslau. Ab 1946 an der Wiener Staatsoper, wo er dem legendären Mozart-Ensemble angehörte. Trat fast jedes Jahr bei den Salzburger Festspielen auf, auch internationale Gastauftritte. Sang vor allem Buffo-Rollen, Operetten und Wienerlieder.*

Kammersänger Erich Kunz war ein glänzender Stimmenimitator, und er ließ keine Gelegenheit aus, Freunde und Kollegen mit seinen parodistischen Künsten zu erfreuen. So auch während einer *Don Giovanni*-Probe,

bei der er Karl Böhm zur Verzweiflung brachte, weil alle Sänger während der Probe mehr auf die Späße des Erich Kunz als auf die Anweisungen des Dirigenten achteten. Statt sich aber bei Kunz zu beschweren, brüllte Böhm den ruhig in einer Ecke auf seinen Auftritt wartenden Walter Berry an: »Immer dieser Berry, der mir die Prob zerstört!«
Da nahm Regisseur Oskar Fritz Schuh den Sänger Berry in Schutz: »Aber das war doch gar nicht der Berry, das war der Kunz!«
»Des waas i eh«, sagte Böhm, »aber dem Kunz kann i nix sagen. Der macht mi sofort nach!«

Der Rosenkavalier wurde an der Mailänder Scala mit Herbert von Karajan am Pult, Elisabeth Schwarzkopf als Marschallin und Erich Kunz in der Rolle des reichen Herrn von Faninal aufgeführt. Auf dem Flughafen Schwechat traf Kunz seinen alten Schulfreund Bruno Fichtinger, der ihm neidvoll zuraunte: »Das muss doch ein aufregendes Gefühl sein, sich auf den Plakaten der Mailänder Scala neben Karajan und der Schwarzkopf gedruckt zu sehen!«
»Ach, es geht«, erklärte Kunz, »es ist ja nicht zum ersten Mal.«
Kaum in Mailand angekommen, wurde ihm von Karajan mitgeteilt, dass der Sänger, der die Partie des Notars geben sollte, ausgefallen sei. »Kunz, Sie kommen doch erst im zweiten Akt dran und der Notar nur im ersten. Wollen Sie die kleine Partie nicht dazu nehmen? Sie bekommen ein Extrahonorar und werden so geschminkt, dass kein Mensch Sie erkennt. Und auf dem Plakat scheinen Sie als Darsteller des Notars unter einem Pseudonym auf.«
Kunz war einverstanden, ging in die Direktionskanzlei und ließ den zuständigen Referenten wissen, dass er die Rolle des Notars unter dem Namen Bruno Fichtinger singen wollte.
Nach der Premiere ließ er sich ein mit dem Namen Fichtinger bedrucktes Plakat geben, das er dem verblüfften Freund nach Wien mitbrachte. »Siehst du«, sagte er, »so schwer ist es gar nicht, auf dem Plakat der Scala zu stehen.«
Als es vier Jahre später in Mailand zur Wiederaufnahme des *Rosenkavaliers* kam, schlug Kunz Karajan vor, die Rolle des Notars auch diesmal wieder

»mitnehmen« zu wollen. Karajan deponierte den Vorschlag in der Direktionskanzlei, von der Kunz etwas später das folgende Telegramm erhielt: »Kunz abgelehnt stopp möchten wie vor vier Jahren Bruno Fichtinger als Notar.«

L

»Wo gibt's in Venedig a Seilbahn?«

Von Hedy Lamarr
bis Karl Lütgendorf

Hedy Lamarr
Schauspielerin

** 9. 11. 1914 Wien † 19. 1. 2000 Orlando/USA. Eigentlich Hedwig Kiesler. Von Max Reinhardt für die Bühne entdeckt, erhielt sie 1931 ihre erste große Filmrolle (»Sturm im Wasserglas«). Weltweite Berühmtheit durch die Nacktszene in dem 1933 gedrehten Film »Ekstase«. Emigrierte 1938 in die USA, hatte aber in Hollywood nur vereinzelte Erfolge. Erfand eine Funkfernsteuerung für Torpedos.*

Kurz nachdem sie sich in *Ekstase* als erste Frau der Filmgeschichte nackt gezeigt hatte, heiratete Hedy Lamarr den Besitzer der Hirtenberger Patronenfabrik, der es ablehnte, dass seine Frau weiterhin als Schauspielerin tätig sei. Mehr noch, der extrem eifersüchtige Industrielle Fritz Mandl kaufte nach der Hochzeit alle verfügbaren Kopien des *Ekstase*-Films auf, um auf diese Weise zu verhindern, dass je wieder ein Kinobesucher den Busen seiner schönen Frau bewundern könne.
Dies erfuhr Italiens Diktator Benito Mussolini, der auf den Fabrikanten schlecht zu sprechen war. Denn obwohl Mandl dem »Duce« vertraglich mit einer größeren Patronenlieferung im Wort war, wurde die Munition statt nach Rom zu Hitler nach Berlin geschickt – weil der »Führer« einen höheren Preis zahlte.
Mussolinis Rache war »süß«. Denn er ließ in allen Kinos von Rom eine Woche lang *Ekstase* spielen.

Hedy Lamarr ging eines Tages mit ihrem Mann an einem Juweliergeschäft vorbei. Fritz Mandl zeigte in die Auslage und fragte seine Frau: »Welches Schmuckstück gefällt dir?«
Sie sah sich alles ganz genau an und antwortete: »Mir gefällt alles!« Worauf Mandl ins Geschäft ging und die ganze Auslage aufkaufte.

Victor Mature hatte sich vertraglich ausbedungen, dass bei seinen Liebesszenen mit Hedy Lamarr in dem Historienspektakel *Samson und Delilah* immer nur sein Gesicht zu sehen war, woraus sich zwanghaft ergab, dass von der Wienerin ausschließlich die Rückenpartie gezeigt wurde. Die

Lamarr beschwerte sich darüber bei Regisseur Cecil B. De Mille, der lächelnd entgegnete: »Aber ich bitte dich, Hedy, glaubst du ernsthaft, dass es einen einzigen Mann gibt, der in Victor Matures Gesicht schaut, wenn er statt dessen deinen Hintern sehen kann?«

HEINRICH LAUBE

Schriftsteller und Burgtheaterdirektor

** 18. 9. 1806 Sprottau/Polen † 1. 8. 1884 Wien. Der Autor und Theaterdramaturg wurde als Wortführer der literarisch-politischen Bewegung »Junges Deutschland« im Vormärz wiederholt verhaftet. 1848/49 Abgeordneter der Frankfurter Nationalversammlung, 1849 bis 1867 Direktor des Wiener Burgtheaters, danach Leiter des von ihm gegründeten Wiener Stadttheaters.*

Beim legendären Burgtheaterdirektor Heinrich Laube meldete sich eine auffallend schöne, junge Schauspielerin, die der Meinung war, ihr gutes Aussehen allein müsste genügen, um auf der Bühne Erfolg zu haben. Nachdem sie als Gretchen – nicht sehr überzeugend – vorgesprochen hatte, sagte sie: »Ich habe ein ausgezeichnetes Gedächtnis, meine Erscheinung wird als höchst wirkungsvoll bezeichnet. Und überhaupt, Herr Direktor, ich kann mich Ihnen nur empfehlen!«
»Na, schön«, meinte Laube, »dann empfehlen Sie sich!«

Noch ein sehr von sich eingenommener Mime sprach bei Laube am alten Burgtheater vor. Ehe er seinen Text aufsagte, bemerkte der Darsteller: »Talent ist die Hauptsache, aber ohne Frechheit kommt man nicht durch!«
Während seines Hamlet-Monologs unterbrach ihn Laube dann: »So, junger Mann, und nun versuchen Sie es einmal mit Frechheit!«

Eine Baronesse wurde Schauspielerin. War dieser Umstand damals für das jüngst geadelte, ach so feine Elternhaus schlimm genug, so folgte die wahre Katastrophe, als der Tochter die erste Rolle angeboten wurde: Direktor Laube wollte, dass Anna von R. ein Stubenmädchen spielte!

Weinend kam Anna nach Hause und gestand dies der Frau Mama. »Kommt nicht in Frage, die Tochter einer Familie, die selbst drei Stubenmädchen beschäftigt, spielt kein Stubenmädchen. Du gehst sofort zum Direktor und sagst ihm das.«
Fräulein von R. ging zu Laube und erklärte ihm: »Ich spiel kein Stubenmädel, ich bin aus bester Familie. Wenn Sie aber wirklich darauf bestehen, dass ich eines spiel – dann, Herr Direktor, dann scheiß ich auf das ganze Burgtheater!«

Laube war mit der Leistung eines jungen Schauspielers überhaupt nicht zufrieden und teilte ihm das in aller Deutlichkeit mit. Am Ende der Unterredung schaute der verzweifelte Nachwuchsmime seinem Chef tief in die Augen und sagte mit Tränen erstickter Stimme: »Herr Direktor, Sie haben von meiner Liebe zur Kunst keine Vorstellung.«
Laubes Reaktion: »Auf keinen Fall eine gut besuchte!«

Ein junger Schauspieler spielte den Hamlet. Leider stolperte er in einer Szene und fiel direkt in das Grab der Ophelia. Nach der Vorstellung sagte er eitel zu Direktor Laube: »War ich nicht großartig? Ich meine, sogar mein Sturz ins Grab hat auf das Publikum großen Eindruck gemacht.«
»Schon möglich«, erwiderte Laube, »nur schien mir die Enttäuschung darüber zu überwiegen, dass Sie wieder aus ihm heraus kamen.«

Niki Lauda
Rennfahrer und Unternehmer

** 22. 2. 1949 Wien. Bestritt sein erstes Rennen 1968 in einem Mini Cooper, ab 1971 Formel-1-Fahrer. Dreifacher Weltmeister (1975, 1977 auf Ferrari, 1984 auf McLaren), trotz des schweren Unfalls 1976 am Nürburgring. 1979 Gründung der Lauda Air, 1985 Rückzug aus dem aktiven Motorsport. 1992 bis 1997 Berater bei Ferrari, 2001 bis 2002 Rennsportleiter von Jaguar.*

Kaum hatte Niki Lauda öffentlich verkündet, nicht mehr »wie ein Trottel im Kreis fahren« zu wollen, vereinbarte ORF-Sportchef Teddy Podgorski ein Exklusivinterview mit dem Formel-1-Weltmeister, in dem er über die Motive, seine Rennfahrerkarriere zu beenden, sprechen sollte. Da traf es sich gut, dass die Sportmitarbeiter des Fernsehens seit langem schon einen Betriebsausflug nach Venedig geplant hatten. Man einigte sich darauf, dass Lauda die Redaktion nach Venedig fliegen würde, um dort – der prachtvollen Kulisse wegen – in einer Gondel das Interview zu geben.

Hoch über den Wolken, die schwer über der Lagunenstadt lagen, blickte Lauda im Cockpit plötzlich auf Podgorski und sprach sinnend in den Horizont: »Es is komisch, wie du angerufen hast und zu mir g'sagt hast, du willst das Interview mit mir in einer Gondel machen, hab i mir die ganze Zeit überlegt: Wo gibt's in Venedig a Seilbahn?«

Paul Lazarsfeld
Soziologe

** 13. 2. 1901 Wien † 30. 8. 1976 New York. Der Mittelschullehrer emigrierte 1936 in die USA und richtete an der Columbia University New York das Bureau of Applied Social Research ein. Danach auch Lehrtätigkeit an der University of Pittsburgh. 1963 Mitbegründer des Instituts für Höhere Studien in Wien. Wichtige Arbeiten zur Methodenlehre der empirischen Sozialforschung.*

Der in die USA emigrierte Wiener Paul Lazarsfeld zählt zu den Begründern der modernen Soziologie. Kurz vor seinem Tod zog er die folgende, persönliche Bilanz seines Lebens: »In Europa fürchten sich die Kinder vor den Eltern und in Amerika die Eltern vor den Kindern. Da ich das Pech gehabt habe, in Europa ein Kind und in Amerika Vater zu sein, habe ich mich eigentlich mein ganzes Leben lang gefürchtet.«

Franz Lehár
Komponist

** 30. 4. 1870 Komorn/Ungarn † 24. 10. 1948 Bad Ischl. Wurde nach absolviertem Musikstudium als Kapellmeister am Theater an der Wien engagiert. 1905 durchschlagender Erfolg mit der Operette »Die lustige Witwe«. Weitere große Erfolge mit den Operetten »Der Graf von Luxemburg« (1909), »Paganini« (1925), »Der Zarewitsch« (1927), »Friederike« (1928) und »Das Land des Lächelns« (1929).*

Franz Lehár schickte Johannes Heesters ein Foto, auf dem die Zeilen standen: »Dem besten Danilo, den ich je hatte, Lehár.«
Heesters freute sich sehr über die Widmung. Allerdings nur wenige Tage, bis er nämlich herausfand, dass der Meister den beiden Danilos Louis Treumann und Hubert Marischka die gleichen Widmungen geschickt hatte.

Jeder Danilo war für ihn der beste: Operettenmeister Franz Lehár am Dirigentenpult.
ZEICHNUNG: THEO ZASCHE

Lehár wurde als Sachverständiger zu einem Plagiatsprozess gerufen, in dem sich zwei junge Komponisten gegenseitig der Urheberrechtsverletzung bezichtigten. Die beiden Kontrahenten spielten auf einem Klavier, das man in den Gerichtssaal geschoben hatte, ihre Kompositionen – die einander tatsächlich sehr ähnlich waren. Danach fragte der Vorsitzende: »Nun, Herr Lehár, wer ist hier der Geschädigte?«
Worauf der Meister antwortete: »Ich würde sagen – Jacques Offenbach!«

Ein junger Komponist wollte Lehár unbedingt ein eigenes Werk vorspielen. Der Meister empfing ihn in seiner Villa, der Künstler setzte sich an den Flügel, den er sogleich mit den schlimmsten Tönen malträtierte. Als der letzte Akkord verklungen war, sagte der junge Mann: »Das war Napoleons Tod.«
»Das wundert mich gar nicht«, erwiderte Lehár trocken.

Alexander Lernet-Holenia
Schriftsteller

** 21. 10. 1897 Wien † 3. 7. 1976 ebd. Eigentlich Alexander Maria Norbert Lernet. Dramatiker, Erzähler, Lyriker und Essayist. Feierte seinen Durchbruch als Schriftsteller in den 30er Jahren. 1938 zum Wehrdienst eingezogen, 1940 Chefdramaturg der Heeresfilmstelle. Wurde nach 1945 zur Symbolfigur des literarischen Wiederaufbaus und Präsident des Österreichischen P.E.N.-Clubs.*

Österreich-Ungarn war längst Geschichte, als Lernet-Holenia zu der Erkenntnis gelangte: »Noch nie ist eine Monarchie an ihren Monarchen, sie ist immer an ihren Monarchisten zugrunde gegangen.«

Eine breitere Öffentlichkeit wurde durch die 1927 uraufgeführte Verwechslungskomödie *Olla potrida* auf Lernet-Holenia aufmerksam. Auch seine in Graz lebende Mutter erfuhr erst zu diesem Zeitpunkt, dass ihr Sohn unter die Schriftsteller gegangen war.
Sie las daraufhin einen seiner Gedichtbände, und als Alexander sie etwas später besuchte, fragte er, wie ihr die Verse gefielen.
»Nun, ja«, antwortete die Frau Mama, »lieber wär mir, du tät'st wie der Goethe schreiben!«

Als Hans Weigel aus den in der Schweiz verbrachten Emigrationsjahren nach Wien zurückkehrte, um sich sogleich des literarischen Nachwuchses anzunehmen, stellte er fest: »In Österreich gibt es eigentlich nur zwei lebende Autoren. Den Lernet und den Holenia.«

Lernet-Holenias Zornesausbrüche sorgten immer wieder für Schlagzeilen. Die berühmteste Affäre betraf einen Autofahrer, der vor der Garageneinfahrt zum Sommerhaus des Dichters am Wolfgangsee geparkt hatte. Lernet-Holenia ging auf den Unglücklichen zu und verpasste ihm eine schallende Ohrfeige, wofür er vom Gericht zur Zahlung einer Geldstrafe in Höhe von eintausend Schilling verurteilt wurde. »Vom Lernet-Holenia«, munkelte man damals, »liest man im Kleinen Bezirksgericht mehr als auf der Literaturseite!«

Der Dichter verlässt, schwer bepackt mit Einkaufstasche und etlichen Plastiksäcken, nach einem Großeinkauf bei 32 Grad im Schatten schwitzend sein Stammwirtshaus Blauensteiner in der Wiener Josefstadt. Da kommt ein gelähmter Mann im Rollstuhl vorbei. Lernet blickt ihm lange nach und seufzt: »Beneidenswert!«

Janos Libenyi

Schneider und Attentäter

8. 12. 1831 Csákvár/Ungarn † 26. 2. 1853 Wien. Sohn eines Dorfschneiders, 1848/49 Militärschneider der Honvedarmee. Überfiel am 18. 2. 1853 Kaiser Franz Joseph I. bei einem Spaziergang in Wien und verwundete ihn mit einem Messer am Nacken. Wurde zum Tod durch den Strang verurteilt und hingerichtet. Kaiser Maximilian von Mexiko ließ am Tatort durch Heinrich von Ferstel die Votivkirche errichten.

Libenyi wurde acht Tage nach dem missglückten Attentat auf Kaiser Franz Joseph öffentlich gehenkt, wobei sich der Richtplatz auf der Simmeringer Heide befand. Nur durch den Umstand, dass der Kaiser in jungen Jahren alles andere als beliebt war, ist der böse Spottvers zu erklären, der nach dem Attentat kursierte: »Auf der Simmeringer Had hat's an Schneider verwaht. Es g'schieht eahm scho recht – warum sticht er so schlecht!«

Fred Liewehr

Schauspieler und Sänger

** 17. 6. 1909 Neutitschein/Tschechoslowakei † 19. 7. 1993 Wien. Von Max Reinhardt 1931 für das Theater in der Josefstadt entdeckt, ab 1933 Mitglied des Burgtheaters, anfangs als jugendlicher Held in Klassikern (u. a. als Romeo), später in Charakterrollen. Ab 1949 auch an der Volksoper (Petrucchio in »Kiss me Kate«). Zahlreiche Film- und Fernsehrollen. War 30 Jahre Lehrer am Reinhardtseminar.*

In den zwanziger und dreißiger Jahren kam der Herzog von Windsor mit seiner späteren Frau Wallis Simpson mehrmals nach Wien. Da die Abend- und Nachtlokale der Stadt in dieser tristen Zeit meist leer standen, man dem hohen Paar aber etwas »bieten« wollte, wurden von einem rührigen Tourismusobmann mehrere junge Studenten des Reinhardtseminars engagiert, die dem Prinzen von Wales Nachtleben »vorspielen« sollten. Einer der Schüler war Fred Liewehr.

Man setzte die angehenden Schauspieler in das noble Restaurant Zu den drei Husaren, wo das hohe Paar sein Abendessen einnahm. Die Studenten bekamen je ein Glas Wein auf den Tisch gestellt, und jeder von ihnen »spielte« einen Besucher des Lokals.

Soweit wäre auch alles gut gegangen – hätte nicht vor dem Restaurant ein Autobus gewartet, der Liewehr & Co nach dem Diner zur nächsten Station des königlichen Gastes, einem Heurigen in Grinzing, verfrachtete. Nachdem Wiens Künstlernachwuchs auch da in »Gastrollen« brillieren durfte, ging's weiter zur dritten Station, in eine Bar. Die jungen Leute spielten abermals Gäste, doch diesmal war's des Guten zu viel: Der Prinz betrat das Nachtlokal, sah zum dritten Mal dieselben Gesichter, schmunzelte, drehte sich um – und ging.

Fred Liewehr und die anderen jungen Künstler hatten ihre Rollen gut gespielt. Nur an der Inszenierung hat's gehapert.

Im Rahmen der Welttournee des Burgtheaters absolvierte Fred Liewehr 1968 ein Gastspiel im Großherzogtum Luxemburg. Beim Empfang nach einer umjubelten Vorstellung von Nestroys *Einen Jux will er sich machen*

Eine Begegnung mit dem Herzog von Windsor: der spätere Burgtheaterstar Fred Liewehr.
ZEICHNUNG: HAFENRICHTER

kam der Schauspieler mit Pierre Grégoire, dem damaligen Ministerpräsidenten von Luxemburg, ins Gespräch. Liewehr, der an der Volksoper auch Operetten sang, stellte die nahe liegende Frage, ob in Luxemburg manchmal Lehárs *Der Graf von Luxemburg* gespielt würde.
»Wissen Sie«, erwiderte der Politiker, »das ist so eine Sache. Wir lieben nämlich unsere Dynastie. Und da dieser Lehár-Graf ein rechter Filou ist, läuft die Operette bei uns unter dem Titel Der Graf von *Laxenburg*.«

CHARLES JOSEPH FÜRST DE LIGNE
Feldherr und Diplomat

23. 5. 1735 Brüssel † 13. 12. 1814 Wien. Als Heerführer im Siebenjährigen Krieg und im Bayerischen Erbfolgekrieg eingesetzt. Erlangte als Diplomat auf seinen Reisen nach St. Petersburg die Gunst von Katharina II., auch als Schriftsteller erfolgreich. Prägte als Maître de Plaisir des Wiener Kongresses das viel zitierte Wort: »Der Kongress tanzt, aber es geht nichts weiter.«

Der Fürst las ein besonders langweiliges Buch, dessen Inhalt er mit den Worten kommentierte: »Früher machte man Bücher zu Makulatur, heute macht man Makulatur zu Büchern.«

Längst zum österreichischen Original avanciert, starb der aus Belgien stammende Fürst während des Wiener Kongresses, dessen zahlreiche Vergnüglichkeiten er organisiert hatte. Auf dem Sterbebett sprach de Ligne: »Dem Wiener Kongress hat unter seinen Lustbarkeiten nur eines gefehlt: das Begräbnis eines Feldmarschalls. Ich werde es euch verschaffen.«

Theo Lingen

Schauspieler, Regisseur und Schriftsteller

** 10. 6. 1903 Hannover † 10. 11. 1978 Wien. Eigentlich Theodor Franz Schmitz. Wurde 1948 nach Engagements an deutschen Bühnen (zuletzt in Berlin) Mitglied des Burgtheaters und österreichischer Staatsbürger. Erreichte mit hochgezogenen Augenbrauen und näselnder Stimme als exzentrischer Filmkomiker die Popularität eines Stars. Verfasser von Lustspielen, Vater der Schauspielerin Ursula Lingen.*

Kam nach dem Krieg aus Berlin nach Wien und wurde österreichischer Staatsbürger: Theater- und Filmstar Theo Lingen.
ZEITGENÖSSISCHE KARIKATUR

Der hochintelligente und überaus gebildete Theo Lingen drehte in den sechziger Jahren eine der vielen seichten Klamaukkomödien dieser Zeit. Nach Drehschluss sagte er zu Johannes Heesters: »So, das war jetzt

das letzte Mal in meinem Leben. Kein Theater mehr, kein Fernsehen, kein Film. Nichts, absolut gar nichts, ich hör auf, es ist genug!«
»Und«, fragte Heesters emotionslos, »was sind Ihre Pläne?«
Lingen: »Es kommt ganz drauf an, was man mir anbietet!«

FRANZ LISZT

Komponist

** 22. 10. 1811 Raiding bei Ödenburg/Ungarn † 31. 7. 1886 Bayreuth. Musikstudium in Wien, danach Umzug nach Paris, wo er zum Liebling der Pariser Salons wurde. Aufenthalte in Genf und Italien, 1842 Hofkapellmeister in Weimar. Zog nach gescheiterter Ehe 1856 als Abbé nach Rom. Komponierte u. a. Oratorien, Messen, Psalmen, Orchesterwerke, Klavierkonzerte, weltliche Kantaten.*

In jungen Jahren ein Freund des damals noch ziemlich unbekannten Frédéric Chopin, war Liszt sehr darum bemüht, dem genialen Kollegen dabei behilflich zu sein, sich in der Öffentlichkeit einen Namen zu machen.
So nahm Liszt eines Abends Chopin in eine elegante Gesellschaft mit, in der er selbst gelegentlich – jedesmal umjubelt – zu spielen pflegte.
Wie so oft in diesem Salon wurde Liszt gebeten, sich an den Flügel zu setzen. Kaum hatte er Platz genommen, äußerte er den Wunsch, in absoluter Dunkelheit zu spielen, um sich besser konzentrieren zu können.
Die Kerzen wurden gelöscht, und es folgte eine lange, glänzende Improvisation, die die erlauchten Besucher vollkommen in ihren Bann zog. Als das Ende gekommen war, gab es ebenso stürmischen wie lang anhaltenden Beifall, und aus den Reihen der Zuhörer drangen die begeisterten Rufe: »So kann nur Liszt spielen!«
Da ließ dieser die Lichter wieder entzünden, und er rief aus einer ganz anderen Ecke des Saales: »Sie irren, meine Damen und Herren!«
Am Flügel saß ein junger Mann, den bis dahin kaum jemand gekannt hatte. Es war der Abend, an dem der Stern des jungen Frédéric Chopin zu leuchten begann.

Liszt und Chopin traten auch später immer wieder gemeinsam auf. In einer großen Gesellschaft wurde Liszt zu vorgerückter Stunde zum Klavier gebeten. Er spielte ein Nocturno Chopins, verfremdete das Werk jedoch ein wenig und schmückte es mit eigenen Ideen aus. Als der Applaus verebbt war, trat Chopin auf Liszt zu und sagte: »Mein lieber Freund, wenn du mir schon die Ehre erweist, meine Kompositionen zu spielen, dann spiel sie bitte, wie ich sie geschrieben habe. Nur Chopin hat das Recht, Chopins Werk zu ändern.«

Richard Wagner ließ im zweiten Akt der *Meistersinger* ein paar Takte einer Komposition von Liszt einfließen. Was der »Bestohlene« mit den Worten quittierte: »Sehr gut! Auf diese Art wird wenigstens etwas von meiner Musik auf die Nachwelt kommen.«

Liszt gab in einer französischen Provinzstadt ein Konzert, zu dem nur zwölf Zuhörer erschienen. Der Meister spielte wie immer, wandte sich am Ende der Darbietungen dem Publikum zu und sagte: »Meine Damen und Herren, darf ich mir erlauben, Sie jetzt zum Abendessen einzuladen?« Die Konzertbesucher nahmen die Einladung ausnahmslos an. Das Abendessen kostete Liszt 1200 Francs. Aber am nächsten Abend war der Saal überfüllt.

Wenn der gefeierte Klaviervirtuose auf Reisen ging, zog er im Eisenbahncoupé als erstes sein Zigarrenetui hervor. Eines Tages saß ihm auf einer Fahrt nach Wien eine verkniffene alte Jungfer gegenüber. »Sie sind ein Flegel«, herrschte sie Liszt an, »in meiner Jugend war es nicht üblich, dass Männer in Anwesenheit einer Dame im Zugabteil Zigarren rauchten.«
Liszt nickte zustimmend: »Das glaube ich Ihnen gerne, gnädige Frau. In Ihrer Jugend waren ja auch weder Eisenbahn noch Zigarre erfunden.«

HELMUTH LOHNER
Schauspieler, Regisseur und Theaterdirektor

** 24. 4. 1933 Wien. Debüt am Stadttheater Baden, ab 1954 am Theater in der Josefstadt, später auch am Zürcher Schauspielhaus und am Wiener Burgtheater, viele Film- und Fernsehrollen. Ab 1972 bei den Salzburger Festspielen u. a. als Jedermann. Sensibler Charakterdarsteller von Nestroy-, Schnitzler- und Horvath-Rollen. 1997 bis 2003 Direktor des Theaters in der Josefstadt.*

Gefeierter Schauspieler und Direktor des Theaters in der Josefstadt: Helmuth Lohner.
KARIKATUR: WINNIE JAKOB

Als Lohner 1997 von Otto Schenk die künstlerische Leitung des Theaters in der Josefstadt übernahm, erinnerte man sich eines Ausspruchs, den der neue Direktor einmal getätigt hatte: »Der Unterschied zwischen einem Theater und einem Irrenhaus besteht darin, dass in einem Irrenhaus der Direktor normal ist.«

Fritz Löhner-Beda

Librettist und Schlagertexter

** 24. 6. 1883 Wildenschwert/Tschechoslowakei † 4. 12. 1942 KZ Auschwitz. Eigentlich Friedrich Löwy. War neben seiner Tätigkeit in einer Anwaltskanzlei als Schriftsteller und Autor der Wiener Kabaretts Simplicissimus und Fledermaus tätig. Aus seiner Zusammenarbeit mit Franz Lehár entstanden die Operetten »Das Land des Lächelns« und »Giuditta«. 1938 inhaftiert.*

Fritz Löhner-Beda war in den zwanziger Jahren mit der Schauspielerin Friedl Weiss verlobt. Als sie eines Tages das Arbeitszimmer des Dichters betrat, in dem dieser gerade händeringend nach Worten suchte, rief er ihr verzweifelt zu: »Ich soll da einen deutschen Text zu einem amerikanischen Schlager schreiben, mir fällt aber beim besten Willen nix ein. Noch dazu soll das Wort ›Bananen‹ drin vorkommen.«
Beiläufig meinte Friedl Weiss: »Ausgerechnet Bananen!?«
Und konnte nicht ahnen, dass sie mit der Zeile einem Weltschlager zum Durchbruch verholfen hatte.

Adolf Loos

Architekt

** 10. 12. 1870 Brünn † 23. 8. 1933 Wien. Zog nach USA-Aufenthalt 1896 nach Wien, wo er zunächst als Schriftsteller tätig war. Bezog gegen den Jugendstil und vor allem gegen das Ornament in der Baukunst Stellung und brach mit der Secession (»Ornament und Verbrechen«). Sein 1909 bis 1911 gebautes Haus am Wiener Michaelerplatz löste einen Skandal aus. 1924 bis 1928 Aufenthalt in Paris.*

Im Literatencafé Löwenbräu hinterm Burgtheater kommt es zu einem der seltsamsten Heiratsanträge aller Zeiten: Peter Altenberg, Egon Friedell und Adolf Loos sitzen an ihrem Stammtisch, als sie an einem benachbarten Tisch eine achtzehnjährige Schauspielerin entdecken. Die drei Freunde sind von dem bildhübschen Mädchen, das auf den schönen Namen Lina Obertimpfler hört, entzückt und bitten es an ihren Tisch. Loos zeigt

eine wunderschöne Zigarettendose, die die junge Dame zu öffnen versucht, wobei der Deckel bricht. Erschrocken fragt sie: »Wie kann ich das wieder gutmachen?«
Loos sieht sie lächelnd an und sagt: »Heiraten Sie mich!«
Der Antrag erfolgte fünf Minuten nach dem Kennenlernen. Während die Umsitzenden vorerst an einen Scherz glaubten, traten die beiden etwas später tatsächlich vor den Standesbeamten.
Leider gab's kein Happyend. Drei Jahre nach der Hochzeit ging die Ehe in die Brüche.

Loos hatte mit praktisch allen seinen Bauwerken gewaltige Behördenprobleme zu überwinden. Als er eine Villa in der Cobenzlgasse plante, wollte man dem Bauherrn wegen gröblicher Verunstaltung des Stadtbildes die Baugenehmigung verweigern. Das Haus wurde dennoch errichtet. Als Loos zwölf Jahre später wegen eines anderen Projekts bei derselben Baubehörde vorsprach, stellten sich ähnliche Schwierigkeiten ein: »Dafür kriegen S' nie die Genehmigung«, sagte der Beamte. »Wissen S' was, Herr Architekt! Bauen S' lieber so a Haus wie damals in der Cobenzlgassen.«

So schlicht wie er baute, hat Loos auch seinen Berufsstand definiert: »Ein Architekt ist ein Maurer, der Latein gelernt hat.«

Peter Lorre
Schauspieler

** 26. 6. 1904 Rosenberg/Ungarn † 23. 3. 1964 Hollywood. Eigentlich László Loewenstein. Nach der Schauspielschule in Wien Theaterengagements in Zürich und Berlin. Erregte mit seinem 1931 entstandenen Film »M« internationales Aufsehen. Emigrierte über Frankreich und England nach Hollywood, wo er in kleineren Rollen eingesetzt wurde, u. a. 1942 in »Casablanca«.*

Lorres Darstellung eines Kindermörders in dem in Wien gedrehten Fritz-Lang-Film M war so eindrucksvoll, dass man ihm fortan praktisch nur noch ähnlich dämonische Filmrollen, in denen er Ausgestoßene,

Asoziale und Verbrecher spielen sollte, anbot. Wann immer ihm ein Drehbuch vorgelegt wurde, fragte er daher: »Was habe ich diesmal zu tun? Erschießen, vergiften oder erwürgen?«

Ernst Lothar

Regisseur und Theaterdirektor

** 25. 10. 1890 Brünn † 30. 10. 1974 Wien. Eigentlich Ernst Lothar Sigismund Müller. 1917 als Jurist im Handelsministerium, 1925 Theaterkritiker bei der »Neuen Freien Presse«, ab 1935 Direktor des Theaters in der Josefstadt. 1938 Flucht in die Schweiz, anschließend in die USA. Lehrer am Colorado College. Verheiratet mit Adrienne Gessner. 1948 bis 1962 Regisseur am Burgtheater.*

Als Ernst Lothar und Adrienne Gessner nach dem Krieg aus der amerikanischen Emigration nach Wien zurückkehrten, begaben sie sich an einem ihrer ersten freien Abende ins geliebte Theater in der Josefstadt. Dem Programmheft entnahmen sie die ihnen völlig unbekannten Namen der Schauspieler. Da flüsterte Lothar seiner Frau zu: »Nikowitz, Sowinetz, Muliar, Krismanek, Böhm I, Böhm II ... Das ist kein Ensemble, das ist eine Fußballelf.«

Ernst Lothar konnte die Zeit, in der er zu Wiens führenden Theaterkritikern gezählt hatte, auch in seinen späten Jahren nicht verleugnen. Nach einer Burgtheatervorstellung mit Paula Wessely und Attila Hörbiger fragte ihn Adrienne Gessner, wie es ihm gefallen hätte.
Lothar antwortete: »Naja.«
»Und wie war die Wessely?«
»Naja.«
»Und der Attila?«
»Naja.«
Erstaunt reagierte die Gessner: »Was ist denn in dich gefahren? Du bist ja heut so gütig!«

Ludwig Victor
Erzherzog

** 15. 5. 1842 Wien † 18. 1. 1919 Kleßheim bei Salzburg. Der jüngste Bruder des Kaisers entwickelte ein hohes kulturelles und soziales Interesse und besaß wertvolle Kunstsammlungen. Öffentliche Skandale und höfische Tratschereien um seine homophilen Neigungen umrankten seine Person. Er wurde 1915 wegen angeblicher Geisteskrankheit unter Kuratel gestellt.*

Der Umstand, dass sich Franz Josephs Bruder Ludwig Victor dem eigenen Geschlecht zugetan fühlte, war bei Hof – gerade nach Bekanntwerden des Redl-Skandals – sehr peinlich. Der Erzherzog wurde daher vom Kaiser aus Wien verbannt und nach Schloss Kleßheim ins Salzburger Exil geschickt, von wo immer wieder Nachrichten über Affären mit Offizieren in die Haupt- und Residenzstadt drangen. Sorgenvoll meinte der Kaiser einmal: »Man müsste ihm als Adjutanten eine Ballerina geben, dann könnt nix passieren!«

Karl Lueger
Politiker

** 24. 10. 1844 Wien † 10. 3. 1910 ebd. Ab 1875 Mitglied des Gemeinderats, 1885 Abgeordneter zum Reichsrat, später Vizebürgermeister, 1897 bis 1910 Bürgermeister von Wien. 1893 Mitbegründer der Christlichsozialen Partei. Faszinierte als Redner; setzte als Bürgermeister zahlreiche soziale Aktivitäten, wurde aber von Kaiser Franz Joseph wegen antisemitischer Ausfälle abgelehnt.*

Lueger war der erste Wiener Bürgermeister, dessen Name an Gebäuden und Einrichtungen verewigt wurde, die in seiner Amtszeit entstanden sind. Bald machten sich die Wiener über den Schilderwald mit Hinweis auf ihren ersten Bürger lustig. Als etwa im Tiergarten Schönbrunn ein Elefantenbaby das Licht der Welt erblickte, veröffentlichte ein Witzblatt eine Karikatur, die einen Elefantenkäfig zeigte, auf dem ein Schild mit der Inschrift prangte: »Geworfen unter Bürgermeister Dr. Karl Lueger.«

Kaiser Franz Joseph lehnte ihn mehrmals wegen seiner antisemitischen Haltung ab: der populäre Bürgermeister Dr. Lueger, von den Wienern auch »der schöne Karl« genannt.

ZEITGENÖSSISCHE DARSTELLUNG

KARL LÜTGENDORF

Offizier und Politiker

** 15. 10. 1914 Brünn † 9. 10. 1981 Schwarzau/Niederösterreich. Absolvierte die Militärakademie in Wiener Neustadt. 1958 Abteilungsleiter für militärische Ausbildung im Verteidigungsministerium. 1971 als Brigadier von Bruno Kreisky zum parteilosen Verteidigungsminister berufen. 1977 wegen Verwicklung in illegale Waffengeschäfte zurückgetreten. Tod durch Selbstmord.*

Als Bruno Kreisky dem Brigadier Karl Lütgendorf 1971 mitteilte, dass er ihn zum Verteidigungsminister ernennen werde, informiert dieser sofort seinen Vater, den pensionierten General Kasimir von Lütgendorf. Die knappe Reaktion des alten Herrn mutet prophetisch an: »Gott schütze Österreich!«

Lütgendorf musste später im Zusammenhang mit illegalen Waffengeschäften zurücktreten.

M

»Und so wollt's Ihr den Krieg verlieren?«

Von Alma Mahler-Werfel bis Robert Musil

Alma Mahler-Werfel
Muse

** 31. 8. 1879 Wien † 11. 12. 1964 New York. Tochter des Landschaftsmalers Emil Jakob Schindler, frühe Bekanntschaft mit Künstlern wie Gustav Klimt und Alexander Zemlinsky. 1902 Heirat mit Gustav Mahler. Ab 1912 Beziehung mit Oskar Kokoschka, 1915 bis 1920 Ehe mit Walter Gropius. 1929 Heirat mit Franz Werfel. 1938 Emigration über Paris in die USA.*

Als »Weltmeisterin« unter den Musen kann man wohl Alma Mahler-Werfel bezeichnen, die mit Gustav Mahler, einem der größten Musiker, Walter Gropius, einem der größten Architekten, und Franz Werfel, einem der größten Schriftsteller des Jahrhunderts, verheiratet war. Zu ihren Liebhabern zählte auch Oskar Kokoschka, einer der größten Maler des Jahrhunderts. Eines Tages traf sie mit Gerhart Hauptmann, einem weiteren Großen des Jahrhunderts, und dessen Frau zusammen. Zu später Stunde griff der betagte Dichter nach Almas Hand und seufzte: »Alma, wenigstens im Jenseits müssen wir ein Paar werden. Dafür melde ich mich jetzt schon an.«
»Aber Gerhart«, unterbrach Frau Hauptmann, »ich bin überzeugt, dass Frau Alma auch im Himmel schon gebucht ist.«

Als sich ihr zweiter Mann Walter Gropius zum ersten Mal in New York aufhielt, zeigte ihm ein Fremdenführer das Empire State Building und fügte voller Stolz hinzu: »Es ist vollkommen brandsicher.«
Da erwiderte Gropius: »Das ist der Fehler.«

Gustav Mahler

Komponist und Operndirektor

** 7. 7. 1860 Kalischt/Tschechoslowakei † 18. 5. 1911 Wien. Ab 1880 Kapellmeister in deutschen Kleinstädten, ab 1897 Dirigent an der Wiener Hofoper, ab 1898 deren Direktor und Chef der Wiener Philharmoniker. 1907 Rücktritt als Operndirektor aufgrund familiärer Probleme und rassistischer Übergriffe. Gastdirigent in New York. Komponierte zehn Sinfonien und zahlreiche Lieder.*

Nach einer Preisverleihung im Wiener Konservatorium wurde Hofoperndirektor Mahler gefragt: »Stimmt es, dass einer der in engerer Wahl stehenden jungen Damen nur eine einzige Stimme fehlte, um den ersten Preis zu erhalten?«
»Ja, das stimmt«, erwiderte Mahler. »Der jungen Dame fehlte nur eine einzige Stimme – nämlich die eigene!«

Als Mahler eines Tages verbotener Weise mit einer brennenden Zigarette eine Probe auf der Opernbühne besuchte, wies ihn der Dienst habende Feuerwehrmann zurecht: »Sie, Herr, was fällt Ihnen eigentlich ein? Wissen Sie net, dass das Rauchen hier verboten ist?«
»Was erlauben Sie sich«, gab der Direktor zurück, »Sie scheinen nicht zu wissen, mit wem Sie reden. Ich bin Mahler!«
»Schon möglich«, sagte der Feuerwehrmann unbeeindruckt, »aber mir is des wurscht, ob aner Maler oder Anstreicher is!«

Mahler ließ sich von der wunderschönen Landschaft des Attersees und seiner Umgebung inspirieren, wo er ein Ferienhäuschen besaß. Als er dort eines Sommers den Besuch seines Kollegen Bruno Walter erhielt, fiel ihm auf, dass dieser sich jeden Berg, jeden Baum und jeden Strauch ganz genau ansah. Mahler nahm den Dirigenten ins Visier und sagte: »Sie brauchen sich hier gar nicht mehr umzusehen. Hier herum hab ich schon alles wegkomponiert!«

»Hier herum hab ich schon alles wegkomponiert«: der Komponist und Wiener Hofoperndirektor Gustav Mahler.

KARIKATUR: THEO ZASCHE

Gustav Mahler litt sehr darunter, wenn seine Arbeit als Dirigent von den Besuchern einer Vorstellung nicht die entsprechende Anerkennung fand. Als es nach einer Aufführung an der Hofoper Buhrufe aus dem Publikum gab, sagte er zu den Mitgliedern des Philharmonischen Orchesters: »Muss man denn immer schon gestorben sein, damit einen die Leute hier leben lassen?«

HANS MAKART

Historien- und Porträtmaler

** 28. 5. 1840 Salzburg † 3. 10. 1884 Wien. Wurde 1869 nach Wien berufen, wo ihm der Staat ein Atelier einrichtete. 1879 künstlerische Leitung des Festzugs für die Silberne Hochzeit des österreichischen Kaiserpaares. Als Historienmaler Nachfolger von Anselm Feuerbach, auch wichtiger Porträtmaler. Er schuf farbintensive, monumentale Gemälde.*

Zahlreiche Besucher stürmten Makarts Atelier in der Wiener Gußhausstraße, um ihm ihre eigenen Kunstwerke – von äußerst unterschiedlicher Qualität – zu zeigen.

Eines Tages erschien eine Dame, um dem Meister die Arbeiten ihrer Tochter zu präsentieren. Die Bilder, insbesondere einige männliche Akte, zeugten davon, dass das Mädchen nicht untalentiert war.
»Wie alt ist denn Ihre Tochter?«, fragte Hans Makart.
»Siebzehn Jahre.«
»So, so. Und hat sie diese Arbeiten nach der Natur gemalt, nach einem Modell?«
»Wo denken Sie hin?«, gab sich die Mutter entrüstet. »So etwas dürfte sich meine Liesl nicht erlauben. Aus dem Gedächtnis hat sie's gemalt.«

Ein reicher Mann lässt sich von Makart malen. Nach einigen Sitzungen fragt er den Künstler: »Also, wie wird es?«
»Recht gut«, meint Makart, »Sie beginnen meinem Bild allmählich ähnlich zu sehen.«

Maria Ludovika

Kaiserin

** 14. 12. 1787 Monza † 7. 4. 1816 Verona. Die jüngste Tochter von Erzherzog Ferdinand und Maria Beatrix von Este musste mit ihrer Familie vor Napoleon fliehen. 1808 Hochzeit mit Kaiser Franz I., dessen dritte Frau sie war. Durch ihre kulturelle Bildung auch von Literaten wie Goethe, A. W. Schlegel und Madame de Staël hoch geschätzt. Starb jung an den Folgen ihrer Tuberkulosekrankheit.*

Einen festlichen Höhepunkt des Wiener Kongresses bildete der 28. Juni 1815, an dem es einiges zu feiern gab: der König von Dänemark hatte Geburts-, die Königin von Bayern, der Herzog von Sachsen-Weimar und der Großherzog von Baden hatten Namenstag.
Wie üblich wurde Zar Alexander, Europas ranghöchster Monarch, während des Diners neben Maria Ludovika, der Frau des österreichischen Kaisers, platziert. Leider hatte man bei der Tischordnung nicht bedacht, dass sowohl der Zar als auch die Kaiserin auf je einem Ohr taub waren. Nun

saßen die beiden unglücklicherweise so, dass sie nicht hören konnten, was ihr kaiserlicher Gesprächspartner gerade sagte. Boshafte Wiener stellten die Konversation der Kaiserin mit dem Zaren so dar:
»Wie schmeckt's, Euer Majestät?«
»Schrecklich müde.«
»Freut mich sehr.«

Maria Theresia
Kaiserin

** 13. 5. 1717 Wien † 29. 11. 1780 ebd. Erzherzogin, nannte sich ab 1745 »römische Kaiserin«. 1736 Hochzeit mit Herzog Franz Stephan von Lothringen. Die Mutter von sechzehn Kindern führte wichtige Reformen durch (z. B. Heereswesen, Schulpflicht) und war Vertreterin einer strengen Sittlichkeit. In ihre Regierungszeit fallen die Österreichischen Erbfolgekriege und der Siebenjährige Krieg.*

Durch Maria Theresias Heirat mit Franz Stephan von Lothringen wird das Haus Habsburg zum Haus Habsburg-Lothringen. Ihr Mann trägt zwar den Titel Kaiser des römisch-deutschen Reichs, doch die Macht im Staate liegt einzig und allein in Maria Theresias Händen. Was den Feldmarschall Philipp Graf Daun einmal zu dem Ausspruch veranlasste: »In Wien regiert zurzeit der einzige Mann, den das Haus Habsburg hervorgebracht hat, und dieser Mann ist eine Frau.«

Sie liebte ihren Mann zwar über alles, war aber sehr verletzt, weil sie immer wieder von Franz Stephans Affären erfahren musste. Ihrer Kammerfrau gab sie einmal den aus tiefster Seele kommenden Rat: »Mein Kind, lass dich warnen! Heirate nie einen Mann, der nichts zu tun hat!«

Gerade die Eskapaden ihres Mannes führten dazu, dass Maria Theresia mit immer strengeren Methoden die Moral im Staat hochzuhalten versuchte. So gab sie den Befehl, Offiziere, die in einem »verrufenen Haus« angetroffen würden, von der Beförderung zu sperren. Als dies ein alter Feldmarschall hörte, seufzte er: »Was für ein Glück, dass dieses Gesetz nicht schon früher gegolten hat. Sonst wäre ich heute noch Oberleutnant.«

Ihr großer Gegenspieler, Preußens Friedrich II., war – als Kronprinz – von der Schönheit und Ausstrahlung der jungen Maria Theresia so angetan, dass er sie heiraten wollte. Doch sowohl sein Vater, König Friedrich Wilhelm I., als auch Prinz Eugen in Wien waren gegen diese Heirat. Als die Kaiserin viel später von den seinerzeitigen Absichten ihres Intimfeindes erfuhr, sagte sie: »Besser Schlesien verloren, als den geheiratet!«

Eine Schauspielerin, der man zahlreiche Affären nachsagte, trat in einer Hosenrolle auf. Nach der Vorstellung meinte sie stolz: »Ich war so überzeugend, dass mich das halbe Theater tatsächlich für einen Mann hielt.« Als der Kaiserin diese Bemerkung hinterbracht wurde, sagte sie trocken: »Dafür weiß die andere Hälfte der Besucher definitiv, dass sie kein Mann ist!«

Eine hochgeborene Hofdame führte eine nicht ganz einwandfreie Ehe, worüber sich Maria Theresia derart empörte, dass sie auf der so genannten Hofrangliste neben dem Namen der Prinzessin eine tadelnde Bemerkung setzte. Als deren Verwandtschaft gegen die Herabsetzung intervenierte, zeigte Maria Theresia Milde. Nicht ohne hinzuzufügen: »Meinetwegen, streich ich die Sache weg. Aber ich will es so machen, dass man gleich merkt, dass hier radiert wurde.«

Maria Theresia lenkte das Reich neben ihrem großen, aus bis zu sechzehn Kindern bestehenden Haushalt und fand daher für philosophische Diskussionen kaum Zeit. Als ihr einmal ein gelehrter Herr erklärte, das einzig Richtige sei es, in vollkommener Einsamkeit zu leben, da man sich nur in diesem Zustand sammeln und konzentrieren könne, meinte die Kaiserin: »Sie mögen ja Recht haben, mein lieber Professor. Einsamkeit ist gewiss etwas Schönes. Allerdings macht's erst den rechten Spaß, wenn man jemanden hat, dem man diese kluge Erkenntnis auch mitteilen kann!«

»Dass man gleich merkt, dass hier radiert wurde«: Kaiserin Maria Theresia, die einzige Frau auf dem Thron der Habsburger.
ZEITGENÖSSISCHE DARSTELLUNG

In Fragen der Religion und der Sittlichkeit kannte sie keinen Spaß. Und so sagte Maria Theresia zum Botschafter des Sultans von Konstantinopel, dass die Beziehungen zwischen Österreich und dem Osmanischen Reich wesentlich besser wären, wenn dort endlich die Vielweiberei abgeschafft würde. Der schlaue Orientale verneigte sich tief und sagte: »Unsere Religion erlaubt es uns, mehrere Frauen zu besitzen. Der Grund liegt einzig darin, dass wir in den vielen Frauen alle jene guten Eigenschaften suchen, die in der Person Eurer Majestät vereint sind.«

Ein Angehöriger ihrer Leibgarde hatte seine Gattin in den Armen eines Kameraden ertappt, dem er bei dieser Gelegenheit wütend drohte: »Wenn ich dich hier noch einmal erwische, schmeiß ich deinen Helm zum Fenster hinaus.« Da dem Liebhaber die angedrohte Strafe nicht allzu gefährlich erschien, schreckte er vor einem weiteren Tête-à-tête nicht zurück. Und wurde neuerlich vom gehörnten Ehemann erwischt, der nun seine Drohung wahr machte.
Kurz danach erschien der Betrogene bei seiner Kaiserin in Audienz, um ihr vorzutragen: »Ich habe den Helm meines Kameraden, den ich zum zweiten Mal bei meiner Frau vorfand, zum Fenster hinausgeworfen.«

Die Monarchin erwiderte: »Das ist ja kein allzu großes Verbrechen, ich billige Ihm meine Gnade zu.«
Darauf der Gardist: »Majestät, wenn ich noch eine Erklärung hinzufügen darf: Im Helm befand sich der Kopf des Nebenbuhlers.«
Maria Theresia war geschockt, meinte aber: »Da ich Ihm nun einmal Gnade zugestanden habe, soll es auch dabei bleiben.«

Fritzi Massary
Schauspielerin und Sängerin

** 21. 3. 1882 Wien † 30. 1. 1969 Beverly Hills. Eigentlich Friederika Massaryk. Feierte 1898 ihr Debüt in Wien und zählte bald zu den populärsten Operettendiven ihrer Zeit. Verließ mit ihrem Ehemann, dem Schauspieler Max Pallenberg, 1933 Berlin. Auftritte in der Schweiz, in Wien und London. 1938 Emigration in die USA, wo sie in mehreren Hollywood-Filmen mitspielte.*

Die gefeierte Diva wollte eine bestimmte Rolle, die ihr nicht lag, partout nicht annehmen. Der Direktor des Berliner Metropoltheaters versuchte sie aber mit allen Mitteln dazu zu bewegen, sein Angebot anzunehmen. »Es gibt nur wenige Aufgaben«, flehte er mit letzter Kraft, »die so hohe Anforderungen an Interpretationsvermögen und Menschenkenntnis einer großen Künstlerin stellen wie diese.«
Die Massary wollte freilich auch weiterhin nichts davon wissen und sagte: »Ach was, Menschenkenntnis. Ich spiele sowieso immer nur mich.«

Max Pallenberg fuhr mit seiner Frau Fritzi Massary im Taxi nach Hause. Sie stieg schon aus, während er noch bezahlte. Da beugte sich der Fahrer vertraulich zu ihm und sagte: »Wissen Sie eigentlich, worauf Sie sich da einlassen? Das ist die Massary. Das wird ein teurer Spaß!«

Johanna Matz
Schauspielerin

** 5. 10. 1932 Wien. 1950 Engagement am Wiener Burgtheater, 1951 Filmdebüt in »Asphalt«, 1952 wird sie als Försterchristl zum Filmstar. Beim Publikum durch ihre Backfischerotik beliebt. 1953 ging sie nach Hollywood, wo sie den Film »Wolken sind überall« drehte. Zu Beginn der 60er Jahre beendete sie ihre Filmkarriere und übernahm anspruchsvolle Rollen am Theater.*

Johanna stand in dem Film *Asphalt* zum ersten Mal vor der Kamera. Die 19-jährige Schauspielerin sah damals noch wesentlich jünger aus als sie es war. Als sie sich diesen ihren ersten Film – in dem sie eine jugendliche Prostituierte spielt – im Kino ansehen wollte, wurde sie von der Kassiererin zurückgewiesen: »Nein Mäderl, des is nix für dich, da kannst net reingehen, der Film hat Jugendverbot.«

Maximilian I.
Kaiser

** 22. 3. 1459 Wiener Neustadt † 12. 1. 1519 Wels. 1486 römischer König, 1493 Kaiser. 1477 Heirat mit Maria von Burgund, zog in die Niederlande, Kinder Philipp I. (»der Schöne«) und Margarete. Nach seiner Gefangennahme in Brügge verließ er 1489 die Niederlande und ging nach Tirol. Unter seiner Regentschaft entstand das moderne Beamtenwesen. Förderer der Kunst und der Wissenschaften.*

Der Kaiser war an der Aufarbeitung der Geschichte des Hauses Habsburg sehr interessiert. Er ging in seiner Liebe, einen Stammbaum seines Geschlechts zu erstellen, so weit, dass ihm ein Scharlatan einzureden vermochte, er könnte die Genealogie der Herrscherfamilie bis zu den Tagen der Arche Noah nachweisen. Maximilian glaubte dem Mann und beauftragte ihn mit der Ausarbeitung des Projektes, dem er selbst einen großen Teil seiner Zeit widmete. Als einem Hofbeamten des Kaisers auffiel, dass sein Herr einem Schwindler aufsaß, bat er um die Erlaubnis, sein Wort an den Monarchen richten zu dürfen. Der Kaiser gewährte die Bitte und bekam Folgendes zu hören: »Majestät, diese Nachforschung erscheint mir weder nützlich noch anständig. Ich verehre Eure Majestät wie einen irdischen Gott. Wenn wir bis auf die Arche Noah zurückgehen, so werden Majestät feststellen, dass Majestät auch mit mir verwandt sind. Und das ginge entschieden zu weit.«

Josef Meinrad

Schauspieler

** 21. 4. 1913 Wien † 18. 2. 1996 Großgmain/Salzburg. Eigentlich Josef Moucka. Ursprünglich Vorbereitung auf den Priesterberuf, danach sieben Jahre Büroangestellter. Begann seine Schauspielkarriere am Kabarett, 1946 bis 1974 Mitglied des Burgtheaters. Raimund- und Nestroydarsteller, erfolgreich auch im Musical (»Der Mann von La Mancha«). Träger des Ifflandrings.*

In einer Priesterrolle rührte der einstige Priesterseminarist Meinrad einen Franziskanermönch dermaßen, dass dieser dem damaligen Bundestheaterchef Alfred Weikert anvertraute: »So einen Mann wie diesen Meinrad müsste man im Orden haben!«
Weikert, leidgeprüft in Honorarverhandlungen mit dem Bühnenstar, seufzte: »Ich fürchte, Sie werden sich über die Gage nicht einigen können!«

Werner Krauß hatte testamentarisch verfügt, dass der Ifflandring nach seinem Tod Josef Meinrad übergeben werden sollte. Als Krauß dann im Oktober 1959 verstorben war, fand der Volksmund freilich eine andere Erklärung für das Erbe: Krauß wurde, am Totenbett liegend, gefragt, wer den Ifflandring erhalten sollte. Da röchelte der sterbende Mime mit letzter Kraft die Worte: »Mein Rat ist ...« – doch ehe er den Namen nennen konnte, war sein Leben ausgehaucht. Es blieb als letzter Wunsch: »Mein Rat« – und so bekam Josef Meinrad den Ring.

Meinrad drehte in München einen Fernsehfilm. Kaum in den Bavaria-Studios angekommen, sagte er zu Fritz Muliar: »Komm, wir gehen gleich in den ersten Stock und erst später in die Garderobe.« Dann

trat er zum Portier und flüsterte schüchtern: »Grüß Gott, Meinrad mein Name, und das ist der Fritz Muliar, wo ist denn da die Kassa?«
Als Muliar ihn beim Arm nahm und »Das eilt doch nicht so« sagte, erwiderte Meinrad ganz kühl: »Und was is, wenn a Erdbeben kommt?«

Meinrads Bescheidenheit ist geradezu sprichwörtlich. Als er am Theater an der Wien den *Mann von La Mancha* spielte, fragte ihn Fritz Muliar: »Sag, Pepi, warum tust du dir das an, nach jeder Vorstellung mit der Straßenbahn nach Hause zu fahren?« Meinrad antwortete: »Mit dem, was ich mir dabei erspar, kauf ich mir einen Rolls-Royce!«

So war's dann auch. Und zum Thema Bescheidenheit sagte seine Burgtheaterkollegin Adrienne Gessner: »Seit der Pepi den Rolls-Royce hat, ist er noch bescheidener geworden!«

»Seit der Pepi den Rolls-Royce hat, ist er noch bescheidener geworden«: Ifflandringträger Josef Meinrad.

KARIKATUR: HUGO GOTTSCHLICH

ALEXANDER GRAF MENSDORFF-POUILLY

Offizier, Diplomat und Politiker

** 4. 8. 1813 Coburg/Deutschland † 14. 2. 1871 Prag. Erwarb durch die Heirat mit der Erbtochter des Hauses Dietrichstein 1869 den Fürstentitel Dietrichstein zu Nikolsburg. 1829 Eintritt in die österreichische Armee, 1850 Generalmajor, zwei Jahre später Gesandter in St. Petersburg, 1864 bis 1866 k. u. k. Minister des Äußeren. Ab 1870 Stadthalter von Böhmen.*

Kaiser Franz Joseph hatte den Offizier Mensdorff gegen dessen Willen zum Außenminister ernannt – und zwar weil er ein Cousin der englischen Queen Victoria war, wovon man sich in der Hofburg diplomatische Vorteile erhoffte. Leider endete die zweijährige Tätigkeit des Ministers mit einem Eklat. Als Mensdorff nach der Schlacht von Königgrätz zu Verhandlungen mit Otto von Bismarck zusammentraf, drang der Minister eines Nachts höchstpersönlich in die Privatgemächer des deutschen Reichskanzlers ein. Bismarck ertappte den k. u. k. Minister beim Stöbern in seinen geheimen Unterlagen und verlangte die sofortige Entlassung des Grafen Mensdorff. Mensdorff musste seinen ungeliebten Posten verlassen und kommentierte dies mit den Worten: »Wenn ich das gewusst hätte, wäre ich schon längst in Bismarcks Zimmer eingestiegen.«

MAX MERKEL

Fußballspieler und Trainer

** 7. 12. 1918 Wien. Als Spieler bei Rapid sechsmal österreichischer Meister und einmal Pokalsieger. Ab 1954 Trainer zunächst in den Niederlanden, dann bei deutschen Vereinen. Errang 1964 mit 1860 München den Pokalsieg und 1966 den deutschen Meistertitel. 1968 führte er den 1. FC Nürnberg zum deutschen Meistertitel. 1969 bis 1973 in Spanien, danach wieder als Trainer in Deutschland.*

Als Österreich bei den Fußball-Weltmeisterschaften 1982 in Spanien den enttäuschenden achten Platz errang, wurde dies von Max Merkel mit den Worten kommentiert: »Die Italiener sind Weltmeister, die Deutschen Vizemeister. Und die Österreicher wieder Hausmeister!«

Clemens Wenzel Fürst Metternich

Politiker und Diplomat

** 15. 5. 1773 Koblenz/Deutschland † 11. 6. 1859 Wien. Erlangte als Außenminister dank seiner geschickten Politik gegenüber Napoleon Europas diplomatische Führungsposition. Auf dem Wiener Kongress 1814/15 maßgeblich an der Neuordnung Europas beteiligt, sicherte Österreichs Vormachtstellung im Deutschen Bund. Unterdrückte durch Polizeiherrschaft revolutionäre Bewegungen, 1848 als Staatskanzler gestürzt.*

Als Kaiser Franz Joseph mit achtzehn Jahren die Regierungsgeschäfte seines Onkels Ferdinand I. übernahm, wurde Metternich gefragt, weshalb ein König früher regierungs- als heiratsfähig sei. Die Antwort des Staatskanzlers lautete: »Weil es viel leichter ist, ein Volk zu regieren als eine Frau!«

»Was soll denn aus uns werden, wenn Durchlaucht uns verlassen?«, wollte ein ihm treu ergebener Beamter von Metternich wissen, als dieser nach der Revolution des Jahres 1848 als Staatskanzler abdanken musste.
»Beruhigen Sie sich, mein lieber Hofrat«, erklärte Metternich, »Regierungen werden in Österreich gestürzt, Kaiser kommen und gehen – aber die Hofräte, die bleiben!«

Pauline Fürstin Metternich

Diplomatengattin

** 25. 2. 1836 Wien † 18. 9. 1921 ebd. Enkelin von Staatskanzler Metternich, Nichte und zugleich Ehefrau des Botschafters Richard Klemens Fürst Metternich. Spielte eine wichtige gesellschaftliche Rolle an der Seite ihres Gatten in Paris, Dresden und Wien. Sammelte durch Veranstaltungen Geld für soziale Einrichtungen, z. B. durch den Blumenkorso im Prater. Intimfeindin von Kaiserin Elisabeth.*

Der von ihr alljährlich organisierte Blumenkorso im Prater war immer *das* gesellschaftliche Ereignis von Wien. Und da jedes ihrer Aufsehen erregenden Feste einem wohltätigen Zweck diente, war sie bald populärer als irgendeine andere Frau der Stadt. Die Wiener besangen sie mit den Worten: »Es gibt nur a Kaiserstadt, es gibt nur a Wien. Es gibt nur a Fürstin, die Metternich Paulin.«

Ihr nahes Verwandtschaftsverhältnis mit ihrem Ehemann Richard Metternich – einem Halbbruder ihrer Mutter – kommentierte die Fürstin mit den Worten: »Zuwider an der Hochzeit ist mir nur, dass ich jetzt meine eigene Tante bin.«

Als die Fürstin Metternich auf einer Gesellschaft zum ersten Mal Tango tanzende Paare sah, wunderte sie sich: »Früher hat man solche Bewegungen nur im Bett gemacht!«

Der hoch betagten Fürstin wurde der gerade im Bad befindliche Enkel einer Jugendfreundin gezeigt. Sie beugte sich über das Kind und erklärte melancholisch: »Wenn ich mich recht erinnere, ist das ein Knabe!«

Friedrich Mitterwurzer
Schauspieler

** 16. 10. 1844 Dresden † 13. 2. 1897 Wien. Ab 1871 mit Unterbrechungen im Ensemble des Hofburgtheaters, dazwischen an anderen Wiener Bühnen sowie Gastspielreisen durch Deutschland, Holland und in die USA. Feierte seine großen Erfolge als Faust und Mephisto. 1884 Direktor des Carltheaters in Wien. Auch als Vortragskünstler, Regisseur und Schriftsteller tätig.*

Als der große Mitterwurzer an den Folgen einer Medikamentenvergiftung starb, war halb Wien auf den Beinen, um dem Schauspieler die letzte Ehre zu erweisen. Da lief seinem nicht minder berühmten Kollegen Bernhard Baumeister am offenen Grab ein sehr unbegabter Nachwuchsdarsteller in die Arme. Baumeister holte weit aus und verpasste diesem eine schallende Ohrfeige.

Entgeistert fragte der junge Mime den älteren: »Aber Herr Hofschauspieler, warum schlagen Sie mich?«
Baumeister würdigte ihn keines Blickes und sagte nur: »Herrgott! Ein Mitterwurzer musste sterben. Und sowas wie Sie darf weiterleben!«

Wie er sprach, wie er sich bewegte, ja selbst, die Kleidung, die er trug – das alles beschäftigte die Wiener an ihrem Liebling Friedrich Mitterwurzer. In Schnitzlers *Liebelei* spielte er den Fremden Herrn, der seinen Gegenspieler zum Duell fordert, weil dieser seine Frau verführt hatte. Noch lange nach Mitterwurzers Tod sprach man darüber, wie sehr er in dieser eher kleinen Rolle faszinierte. Die Erinnerungen divergierten freilich schon ein wenig. Die einen behaupteten, Mitterwurzer sei als Fremder Herr im Frack aufgetreten, um mit dem schwarzen Kleidungsstück vor dem Duell auf die Nähe des Todes hinzuweisen. Andere waren sich ganz sicher, Mitterwurzer habe den Fremden Herrn im hellen Sommeranzug gespielt, weil er so den Kontrast zu seiner düsteren Mission am besten aufzeigen konnte. Und schließlich gab es Leute, die ganz genau wussten, dass Mitterwurzer im Stadtpelz aufgetreten war, mit dem er eine gespenstisch-morbide Wirkung erreicht hatte.
Als Ewald Balser dreißig Jahre nach Mitterwurzers Tod ans Burgtheater kam, beschloss er der Sache auf den Grund gehen. Tatsächlich fand er noch den längst pensionierten Garderobier des Hofschauspielers und befragte ihn.
»Ja, Frack, Sommeranzug, Stadtpelz – alles stimmt«, sagte der alte Mann. »Das alles hat er angehabt. Der Herr von Mitterwurzer hat nämlich g'sagt: Wegen so an Schmarrn von aner Rollen mach ma kane großen G'schichten. Da tret ich einfach immer in dem auf, was ich grad anhab!«

Alexander Moissi

Schauspieler

** 2. 4. 1880 Triest † 22. 3. 1935 Wien. Wurde als Statist am Burgtheater von Joseph Kainz entdeckt. 1898 bis 1901 Engagement am Burgtheater, danach am Deutschen Theater in Prag, 1904 in Berlin bei Max Reinhardt. 1920 erster Jedermann bei den Salzburger Festspielen. Einer der erfolgreichsten und bestbezahlten Schauspieler des deutschen Sprachraums, unternahm große Gastspielreisen*

Moissi war noch Statist am Burgtheater, als er durch eine ungeschickte Bewegung Adolf von Sonnenthals, der gerade als Wallenstein von der Bühne abgegangen war, umgeworfen wurde. Sonnenthal beugte sich über den am Boden Liegenden, half ihm wieder auf die Beine und fragte ihn: »Sie Ärmster. Haben Sie sich wehgetan? Kann ich etwas für Sie tun? Wie heißen Sie?«
»Danke, es ist alles in Ordnung. Mein Name ist Alexander Moissi.«
»Moissi, so ein schöner Name! Aber wozu?«, meinte Sonnenthal. »Sie stehen doch gar nicht auf dem Theaterzettel!«

Als Moissi einmal als Hamlet auf seinen Auftritt wartete, wurde er Zeuge eines Gesprächs zweier alter Bühnenarbeiter des Burgtheaters.
»Der Sonnenthal war ein großartiger Hamlet«, sagte der eine, »der neue, dieser Moissi, ist auch ganz gut.«
Daraufhin der zweite Bühnenarbeiter: »Aber der Kainz, der war der beste!«
»Wieso?«
»Der war immer zwanzig Minuten früher fertig!«

Moissis Frau, die Schauspielerin Johanna Terwin, hatte sich längst damit abgefunden, dass ihr Mann vom weiblichen Publikum vergöttert wurde. Als sie einen Bericht über den Wiener Opernsänger Trajan Grosavescu las, der von seiner Frau aus Eifersucht erschossen worden war, legte sie die Zeitung seelenruhig beiseite und sagte zu einer gerade anwesenden Freundin: »Da müsste ich mir ja ein Maschinengewehr zulegen, wenn ich meinen Mann bei jedem Seitensprung erschießen wollte.«

Man muss in jedem Land das Wichtigste sein«, meinte Alexander Moissi. »In den Dolomiten eine Kuh, in Mexiko ein Sombrero und in Wien ein Burgschauspieler.«

Fritz Molden

Journalist und Verleger

** 8. 4. 1924 Wien. Sohn des »Presse«-Chefredakteurs Ernst Molden und der Dichterin Paula von Preradović. 1944/45 in der Widerstandsbewegung, danach als Diplomat tätig, später bei der »Presse«, deren Leitung er nach dem Tod seines Vaters bis 1961 innehatte. Gab verschiedene Zeitungen und Magazine heraus, 1964 bis 1982 und ab 1996 Führung des Molden Buchverlages.*

Fernsehunterhaltungschef Kuno Knöbl ließ Mitte der siebziger Jahre eine Dschunke namens *Tai Ki* bauen, mit der über den Pazifik fahren und so beweisen wollte, dass Seefahrer schon tausend Jahre vor Christi Geburt von Asien nach Mittelamerika gelangen konnten. Obwohl das Abenteuer bereits kurz nach Auslaufen aus dem Hafen in Hongkong beendet war, schrieb Knöbl ein Buch über die kurze Irrfahrt der *Tai Ki*.

Als Teddy Podgorski in jenen Tagen ebenfalls ein Buch vorbereitete und sich deshalb im Büro des Verlegers Fritz Molden aufhielt, erfuhr er von dem Knöbl-Projekt.

»Was, der Kuno hat ein Buch über seine Dschunke geschrieben?«, wunderte sich Podgorski. »Wie kann man ein Buch über eine Expedition schreiben, die es gar nicht gab! Der Knöbl ist doch gleich am ersten oder zweiten Tag mit Durchfall ins Spital gekommen, und etwas später ist dann das ganze Floß untergegangen.«

»Vergiss nicht«, ermahnte ihn Molden, »dass das ein Riesenabenteuer war, eine Expedition, die mehrere Jahrtausende umspannt. Und da-

rüber hat er halt ein Buch geschrieben, und das werden wir herausbringen.«
Podgorski blieb standhaft: »Kannst du mir sagen, was in diesem Buch drinstehen wird?«
Molden erhob sich von seinem Schreibtischsessel, ging zum Panoramafenster seines Büros und sagte: »Mein Gott, was steht denn schon in die anderen Bücher drin?«

Carl Moll
Maler

** 23. 4. 1861 Wien † 13. 4. 1945 ebd. Mitbegründer der Wiener Secession, die er 1905 gemeinsam mit Gustav Klimt verließ. Malte Landschaften, Interieurs und Stillleben. Unternahm in den 20er Jahren Reisen nach Italien und Südfrankreich, wandelte seinen Malstil vom Naturalismus zum Impressionismus. Beging 1945 angesichts des Einmarschs russischer Truppen in Wien Selbstmord.*

Kaiser Franz Joseph blieb bei einer Ausstellung vor einem Bild von Carl Moll stehen und fragte den Maler: »Ist das ein See?«
»Nein, Majestät, das ist eine Wiese.«
»Aber die ist doch blau.«
»Ich sehe sie eben so, Majestät.«
»Na ja«, meinte der Kaiser, »dann hätten S' halt nicht Maler werden sollen.«

Franz Molnár
Schriftsteller

** 12. 1. 1878 Budapest † 1. 4. 1952 New York. Eigentlich Ferenc Molnár. Erlangte 1907 internationales Ansehen durch das Stück »Der Teufel«, erlebte seinen größten Erfolg 1912 in Wien mit der Vorstadtkomödie »Liliom«. 1937 Rückzug nach Paris und Genf, 1939 Emigration in die USA. Die meisten Molnár-Anekdoten wurden von Friedrich Torberg überliefert, der das New Yorker Exil mit ihm teilte.*

Bei der Uraufführung von Molnárs *Spiel im Schloss* im Jahre 1926 prophezeite der im Publikum sitzende Egon Erwin Kisch: »Ich gebe dem Stück höchstens zehn Abende!« Als der Sensationserfolg nach zweieinhalb Jahren und insgesamt 850 ausverkauften Vorstellungen abgesetzt wurde, begrüßte Molnár seinen Kritiker im Kaffeehaus mit den Worten: »Lieber Herr Kisch, Sie haben sich nur um 840 Abende geirrt!«

Molnár war dreimal verheiratet. Als er mit der ungarischen Operettendiva Sari Fedak – sie war Ehefrau Nummer zwei – vor den Traualtar trat, fragte ihn ein Freund: »Sag, Ferenc, warum gehst du zu deiner eigenen Hochzeit nicht im Frack?«
Molnár antwortete kühl: »Frack trage ich nur bei Premieren!«

Auch die Ehe mit Sari Fedak hielt nicht sehr lange, was die Künstlerin nicht daran hindern sollte, fortan unter dem klingenden Doppelnamen »Sari Fedak-Molnár« aufzutreten, um so ihren schon etwas verblassenden Ruhm ein wenig aufzupolieren. Der Dichter setzte daraufhin ein Inserat mit folgendem Wortlaut in die Zeitung: »Ich lege Wert darauf, kundzutun, dass Frau Sari Fedak-Molnár nicht meine Mutter ist! Ferenc Molnár.«

Als ihm während einer längeren Abwesenheit aus Budapest zugetragen wurde, dass die gerade aktuelle Freundin ihn dort mit Krethi und Plethi hinterginge, erwiderte er sieghaft: »Ja, aber umsonst! Für Geld – nur mit mir!«

Molnár bemühte sich erfolglos um die Gunst einer Berliner Schauspielerin. Sie hielt ihn hin, sie wich ihm aus. Endlich schien ihm bei einer großen Abendgesellschaft ein Gespräch unter vier Augen zu glücken: er stellte die Angebetete im Bibliothekszimmer des Hauses, wo sie sich gerade fieberhaft in das *Handlexikon der Modernen Literatur* vertiefte.
»Wollen Sie etwas über mich erfahren«, fragte Molnár, als er den Raum betrat.
»Hab ich schon«, antwortete die Diva. »War mir neu. Und macht Sie mir eigentlich sehr sympathisch.«
»Was denn?«
»Dass Sie Jude sind.«
Molnár beugte sich vor und sagte im Tonfall leiser Diskretion: »Ich hab ja gewusst, dass Sie mir draufkommen werden. Aber die Gelegenheit hab ich mir anders vorgestellt.«

Seine dritte Ehefrau, die populäre Schauspielerin Lilli Darvas, nahm ein Stubenmädchen auf. Der neuen Kraft wurde sofort eingeschärft, das persönliche Zimmer von Herrn Molnár nachmittags zwischen zwölf und vier unter keinen Umständen zu betreten, da Herr Molnár in dieser Zeit arbeite und nicht gestört werden dürfe.
Schon nach wenigen Tagen öffnete die Raumpflegerin die falsche Tür und stand vor Molnár in dessen Arbeitszimmer.
Sie machte sofort kehrt, ging zu ihrer Chefin und vertraute ihr an: »Gnädige Frau, es tut mir leid, ich war jetzt irrtümlich in Herrn Molnárs Arbeitszimmer. Aber was er Ihnen da erzählt hat, stimmt gar nicht. Ihr Mann arbeitet überhaupt nicht. Er sitzt nur am Schreibtisch und schreibt!«

Ein unverlässlicher Mensch«, sagte Molnár über einen Journalisten, der in seinen Artikeln und in seinen Kommentaren mit der Wahrheit willkürlich umzuspringen pflegte. »Er lügt so, dass nicht einmal das Gegenteil wahr ist.«

Molnár war zum Abendessen bei einem neureichen Holzhändler eingeladen, der seinen Gästen ein köstliches Buffet darbot – nicht ohne bei jeder einzelnen Delikatesse auf deren Preis hinzuweisen. Als Molnár das zu viel wurde, sagte er: »Kann ich noch etwas vom Kaviar für fünfzig Kronen haben?«

Der chronische Spätaufsteher war eines Tages um 7.30 Uhr früh im Wiener Landesgericht als Zeuge geladen. Als er gegen sieben Uhr die noch in dichte Morgennebel gehüllte Straße vor seinem Haus betrat, glaubte Molnár seinen Augen nicht trauen zu können. War sie doch von Hunderten Menschen bevölkert, die alle zu dieser für ihn so ungewöhnlichen Stunde ihrem Arbeitsplatz zustrebten. Molnár beobachtete das Treiben fassungslos und fragte, als er ins Taxi stieg, seinen Fahrer: »Sind das lauter Zeugen?«
Eine andere Erklärung dafür, dass sich so viele Menschen zu dieser Zeit auf den Straßen bewegten, fand er nicht.

Molnár und Friedrich Torberg unternahmen während der Zeit der Emigration in New York regelmäßig Spaziergänge, meist vis-à-vis des Central Parks, dort, wo sich das Hotel Plaza befand, in dem Molnár wohnte. An jenem Nachmittag herrschte besonders reger Fußgängerverkehr, weshalb die beiden Freunde unentwegt den ihnen entgegenhastenden und nachdrängenden Passanten ausweichen mussten. Nach einer Weile schlug Torberg vor, auf die entlang des Parks verlaufende Straßenseite hinüberzuwechseln, die weniger frequentiert war.
»Hinübergehen?«, fragte Molnár misstrauisch. »Über die Straße? Mitten durch die Autos? Unmöglich. So etwas macht kein vernünftiger Mensch.«
»Aber Sie sehen doch«, bemerkte Torberg, »dass auch drüben Leute gehen, Herr Molnár. Wie sind denn die hinübergekommen?«
»Die sind schon drüben geboren«, entschied Molnár, womit Torbergs Vorschlag endgültig abgelehnt war.

HEINZ MOOG
Schauspieler

** 28. 6. 1908 Frankfurt am Main † 9. 5. 1989 Wien. Eigentlich Gustav Heinrich. War 1943 bis 1969 Ensemblemitglied des Burgtheaters, in das er nach seinem freiwilligen Ausscheiden 1976 als Gast zurückkehrte. Ab 1948 Mitwirkung bei den Salzburger Festspielen. Spielte Rollen in internationalen Film- und Fernsehproduktionen, daneben Rundfunk- und Vortragstätigkeit.*

Moog gehörte dem Burgtheater gerade erst drei Monate an, als man dort die fünfzigjährige Zugehörigkeit der legendären Hedwig Bleibtreu feierte. Tief gerührt von den Ovationen, die man der großen Bleibtreu entgegen brachte, schwärmte der blutjunge Mime: »Ach Gott, was ist hier in Wien ein Schauspieler! Wie wird er von seinem Publikum geliebt!« Worauf ein Kollege zu ihm sagte: »Nur noch 49 Jahre und neun Monate, und dann bist auch du soweit!«
Heinz Moog hat es – fast – geschafft.

FREDERIC MORTON
Schriftsteller

** 5. 10. 1924 Wien. Eigentlich Fritz Mandelbaum. Emigrierte 1939 nach London, wo er als Bäcker arbeitete, und ein Jahr später in die USA. Studierte Lebensmittelchemie und ab 1949 Literatur- und Sozialwissenschaften. Danach freier Schriftsteller und Kolumnist. Großer Erfolg mit der Biografie »Die Rothschilds. Ein Portrait der Dynastie«, 1962. Viele seiner Romane befassen sich mit der österreichischen Geschichte.*

Der zu den führenden Essayisten der USA zählende Frederic Morton weiß, warum man die von den Exilösterreichern in New York vorrangig frequentierte 72. Straße im Volksmund *Cincinnati-Street* nannte: »Wann immer man dort eine Wiener Emigrantin traf, wurde sie gefragt: ›*Sind Sie net die ...?*‹«

Frederic Mortons Eltern war die Gnade zuteil geworden, ihren siebzigsten Hochzeitstag erleben zu dürfen. Aus diesem Anlass gab man in ihrer Wahlheimat Miami eine Party, in deren Verlauf der 96 Jahre alte Herr aufstand, sein Glas hob und nach sieben gemeinsam verbrachten Jahrzehnten zu seiner 92-jährigen Frau sagte: »Also, wenn ich gewusst hätte, wie lang unsere Ehe dauern wird, hätte ich mir das damals genauer überlegt!«

Hans Moser

Schauspieler

** 6. 8. 1880 Wien † 19. 6. 1964 ebd. Eigentlich Hans Julier. Erst spät entdeckt, bis dahin Engagements in Schmieren- und Wanderbühnen. 1910 Kabarettrollen in Wien, 1925 von Max Reinhardt für das komische Fach an das Theater in der Josefstadt und nach Berlin geholt. Zahlreiche Filmrollen: »Burgtheater« (1936), »Wiener Mädeln« (1944), »Hallo Dienstmann!« (1952), »Ober zahlen« (1957), »Hallo Taxi« (1958).*

Es war einst große Mode, Hans Moser zu imitieren. Bei einem Frühlingsfest, so erzählte man sich, sei eine Preiskonkurrenz veranstaltet worden, bei der die drei besten Moser-Parodisten gekürt werden sollten. Der Volksschauspieler habe aus Jux – maskiert wie alle anderen Bewerber – daran teilgenommen. Mit dem Ergebnis: Hans Moser landete auf Platz drei …

Die regelmäßigen Treffen einer Widerstandsbewegung, der mehrere Schauspieler, darunter Paul Hörbiger und Anton Edthofer, angehörten, fanden in der Wohnung des Kaffeehausbesitzers Richard Patsch gegenüber der Wiener Staatsoper statt. Eines Abends kam Hans Moser vorbei. Es war insofern ein besonderer Tag, als der Cafétier »im Schleich« köstliche Lebensmittel in einer für das Kriegsjahr 1943 unvorstellbaren Menge und Qualität besorgt hatte. Kaum war das konspirative Gespräch der Nazigegner beendet, schritt man zum gemeinsamen Abendessen. Die Türen zu dem Zimmer, in dem die Tische sich förmlich bogen, wurden geöffnet, und die kleine Künstlerrunde betrat den Speiseraum. Hans Moser blieb einen Moment stehen, schaute sich die Leckerbissen genau an und sagte dann zu seinen Freunden: »Und so wollt's ihr den Krieg verlieren?«

Wo immer Hans Moser hinkam, wurde er vom Publikum gedrängt, sein populärstes Wienerlied, *Die Reblaus*, vorzutragen. So auch eines Abends in den fünfziger Jahren, als er im Heurigenkeller des *Reblaus*-Komponisten Karl Föderl in der Ottakringer Veronikagasse saß. Die Gäste des Lokals bestürmten ihn: »Moser, die *Reblaus*! Bitte, Herr Moser, die *Reblaus*!«
Also gut, Föderl greift in die Tasten seiner Ziehharmonika, Moser will die erste Zeile singen – sie fällt ihm nicht ein. Ein totaler Blackout, obwohl er das Lied schon Hunderte Male gesungen hat. Moser beugt sich zu Föderl und fragt: »Wie fangt's an?«
»I weiß net«, antwortet Föderl, während er die ersten Töne der Melodie spielt.
»Na, wie's anfangt, will i wissen!«
»I weiß net!«
»Karl, du musst es doch wissen, du hast es doch g'schrieben …« und jetzt erst fällt Moser der Beginn des Liedes ein: »*I weiß net*, was das is, i trink so gern ein Flascherl Wein …«

Jemand hatte während der Premierenfeier eines Moser-Films beobachtet, wie der als Sparmeister verschriene Hauptdarsteller schon zum dritten Mal das gratis zur Verfügung gestellte Buffet stürmte. Seine Kollegin Marte Harell sprach ihn offen darauf an: »Sag, Hans, ist es dir nicht peinlich, dreimal Essen zu holen?«
Darauf Moser: »Überhaupt nicht! Ich sag den Leuten jedes Mal, ich hol's für die Frau Harell!«

Moser war einmal entfallen, dass er an diesem Abend in der Rolle des Flickschusters Pfriem in Nestroys *Höllenangst* auf der Bühne stehen sollte. Als er gegen halb acht Uhr noch immer nicht in der Garderobe des

»Ich sag den Leuten jedes Mal, ich hol's für die Frau Harell«: Sparmeister und genialer Grantler Hans Moser.
ZEITGENÖSSISCHE DARSTELLUNG

Theaters in der Josefstadt eingetroffen war, begann man sich ernsthaft Sorgen zu machen, was mit dem bereits über achtzigjährigen Volksschauspieler geschehen war. Also rief der Inspizient in Mosers Villa in Hietzing an. Der nuschelte ins Telefon: »Jössas, i hab's vergessen, i kumm sofort«, warf den Hörer in die Gabel und machte sich auf den Weg.
Ein paar hundert Menschen warteten nun eine volle Stunde, ehe der Komödiant, abgehetzt und außer Atem, im Theater eintraf. »Herr Moser, wo waren Sie denn so lang?«, überfiel ihn der verzweifelte Inspizient.
Da antwortete Moser: »I kann nix dafür, dass es so lang dauert hat, aber die Straßenbahn is nicht und nicht daherkommen.«
Auf die Idee, wenigstens in dieser prekären Situation ein Taxi zu nehmen, wäre er nie gekommen.

Moser konnte alles, was man beim Film können muss, nur eines nicht: seine eigene Stimme synchronisieren. Das ist aber notwendig, wenn eine zusätzliche Szene einkopiert wird. So geschehen 1961 bei den Dreharbeiten zu *Mariandl* mit Rudolf Prack, Waltraut Haas und Gunther Phi-

lipp. Das berühmte *Mariandl*-Lied war bereits fertig aufgezeichnet, als Regisseur Werner Jacobs meinte, Moser möge vor Einsetzen der Musik noch den Satz »Also, geh ma's an!« einfügen.
Man ging ins Tonstudio und Moser probierte es – eine ganze Stunde lang. Einmal setzte er zu früh ein, dann zu spät, aber geklappt hat's nie. Endlich informierte ihn der Regisseur: »Danke Hans, es ist erledigt!« Die Kollegen waren erstaunt, da der Satz alles andere als perfekt war. Werner Jacobs nahm Waltraut Haas beiseite: »Ich bitt dich, hol den Gunther Philipp aus der Kantine.«
Philipp kam, nuschelte die vier Worte auf Anhieb à la Moser ins Mikrofon, und die Sache war erledigt.
Drei Monate später, Vorführung im Atelier, die bewusste Szene kam. Alle hofften noch, dass er's nur ja nicht merken würde, aber was war? »Siehst«, sagte er zu der neben ihm sitzenden Waltraut Haas, »und da behaupten die Leut immer, i kann net synchronisieren. Es war doch großartig!«

Helmut Qualtinger und Hans Moser standen 1962 in Erich Neubergs Fernsehverfilmung der *Geschichten aus dem Wienerwald* gemeinsam vor der Kamera, Moser in der Rolle des Zauberkönigs, Qualtinger als Fleischhauer, der dessen Tochter heiraten soll.
Fünfzehn Jahre später, Moser war bereits tot, wurde Ödön von Horváths Klassiker neu verfilmt. Diesmal mit Qualtinger als Zauberkönig, der nun aufpassen musste, nicht zu sehr in Mosers Tonfall zu gelangen, so sehr hatte er jedes Wort, jede Silbe von ihm noch im Ohr. Und wenn er hin und wieder doch zu sehr an Moser erinnerte, forderte ihn Regisseur Maximilian Schell auf: »Ich bitt dich, moser nicht so!«

»Zu viel für das, was ich leiste, aber zu wenig für das, was ich leisten könnte«: das Genie Mozart war in Wien vor allem als Klaviervirtuose bekannt und beliebt.

Zeitgenössische Darstellung

Wolfgang Amadeus Mozart
Komponist

** 27. 1. 1756 Salzburg † 5. 12. 1791 Wien. Erster Auftritt als Wunderkind 1761 in Salzburg, ein Jahr später Begegnung mit Maria Theresia in Schönbrunn. Übersiedelte nach Wien, als er nach einem Zerwürfnis mit dem Salzburger Erzbischof seine Stelle verlor. Opernkompositionen: »Die Hochzeit des Figaro« (1786), »Don Giovanni« (1787), »Cosí fan tutte« (1790), »Die Zauberflöte« (1791).*

Ein junger Komponist fragte Mozart, wie er am schnellsten Meister in seinem Fach werden könne. Mozart riet ihm: »Sie brauchen viel Zeit und müssen gründlich studieren. Nur Fleiß und Ausdauer führen zum Ziel.«
»Bei Ihnen war das aber nicht so. Sie haben ja schon als kleines Kind komponiert«, sagte der Musiker.
»Ja, das stimmt«, entgegnete Mozart. »Aber ich hab auch keinen g'fragt, wie ich's machen soll.«

Der stets in Geldnöten befindliche Mozart bezog ein vom Hof bezahltes Salär von achthundert Gulden als Kammerkomponist, ohne auch nur einen einzigen Kompositionsauftrag zu erhalten. Befragt nach der Höhe seines Entgelts, sagte Mozart: »Zu viel für das, was ich leiste, aber zu wenig für das, was ich leisten könnte.«

Bei den Proben zur Uraufführung der Oper *Don Giovanni* in Prag wollte es Signora Bandini als Zerline nicht und nicht gelingen, jenen verzweifelten Schrei auszustoßen, mit dem sie einen Angriff auf ihre Tugend auszudrücken hatte. Bis Mozart die Sängerin so heftig in die Rippen stieß, dass sie laut aufkreischte. Somit war endlich der Schrei gekränkter Unschuld gelungen, den Mozart von ihr verlangt hatte.

Nach der Uraufführung der *Entführung aus dem Serail* sagte Kaiser Josef II. zu Mozart: »Sehr schön, Ihre *Entführung*, aber gewaltig viele Noten.«

»Halten zu Gnaden, Majestät«, erwiderte der Komponist, »genau so viele als nötig sind.«

Ein General beschwerte sich beim Kaiser darüber, dass Mozart sich an der Hoftafel nicht gehörig benehme. Josef II. erwiderte gelassen: »Lass er mir den Mozart in Ruhe. Einen General kann ich mir alle Tage machen, aber einen Mozart nie wieder!«

Fritz Muliar

Schauspieler und Regisseur

** 12. 12. 1919 Wien. Erste Auftritte in Kabaretts und Kleinbühnen. Nach dem Krieg in Graz, bei Karl Farkas im Simpl und am Raimundtheater. 1958 bis 1963 am Wiener Volkstheater, danach am Theater in der Josefstadt. 1974 bis 1987 Mitglied des Burgtheaters. Seit 1994 wieder im Ensemble des Theaters in der Josefstadt. Zahlreiche Rollen bei Film und Fernsehen, u. a. als »Schwejk«.*

Der 15. Mai 1955, an dem im Schloss Belvedere der österreichische Staatsvertrag unterschieben wurde, ist für jeden Österreicher ein unvergesslicher Tag. Und ein doppelt unvergesslicher für Fritz Muliar und seine Frau Franziska Kalmar. Die beiden traten 48 Stunden später vors Standesamt. Was ein Wiener Blatt zu der Schlagzeile inspirierte: »Österreich ist frei, Fritz Muliar gefangen!«

Muliar wurde vor der Bundespräsidentenwahl 1992 von einer deutschen Zeitung gefragt, wen er diesmal wählen würde. Der deklarierte Sozialdemokrat ließ keinen Zweifel an seiner Präferenz für Verkehrsminister Rudolf Streicher, schränkte dann aber ein: »Die Heide Schmidt wär der einzige Bundespräsident, neben dem ich gern aufwachen würde.« Gewählt wird jedoch Thomas Klestil.

Den Unterschied zwischen »Burg« und Theater in der Josefstadt charakterisierte Fritz Muliar so: »Die Josefstadt ist der Himmel für Kasperln. Das Burgtheater ist der pragmatisierte Himmel für Kasperln.«

Robert Musil

Schriftsteller

** 6. 11. 1880 Klagenfurt † 15. 4. 1942 Genf. Nach Maschinenbau-, Psychologie- und Philosophiestudium in den Jahren 1914 bis 1918 Kriegsberichterstatter, dann Beamter und ab 1922 Schriftsteller in Wien. Sein Lebenswerk »Der Mann ohne Eigenschaften« befasst sich mit dem Zerfall der k. u. k. Habsburgermonarchie, deren Kürzel »k. u. k.« ihn zu dem Staatengebilde »Kakanien« inspirierte.*

Der in Zürich etablierte Humanitas-Verlag hatte es sich in den zwanziger Jahren zur noblen Aufgabe gemacht, junge österreichische Schriftsteller anzuwerben und zu fördern. Ernst Polak, der in Wien lebende Lektor des Verlages, erhielt den Auftrag, talentierte Autoren zu finden. Als der Schweizer Verleger eines Tages persönlich nach Wien kam, setzte er sich gemeinsam mit Polak ins Literatencafé Herrenhof. Nun endlich sah sich Polak, der bisher aus purer Trägheit noch keinerlei Anstrengungen unternommen hatte, zur Entfaltung seiner gut bezahlten, bis dahin aber vernachlässigten Regsamkeit genötigt. Er begab sich daher in eine Telefonzelle und wählte die Nummer einer Schriftstellerorganisation, in deren Klublokal sich immer eine Reihe von beschäftigungslosen Mitgliedern aufhielt. Dort entwickelte sich ein kurzer, aber inhaltsschwerer Dialog:

»Wollen Sie mit einem neu gegründeten Schweizer Verlag einen Vertrag abschließen?«

»Ja.«

»Haben Sie etwas in Arbeit?«

»Nein, aber ich kann sofort anfangen.«

»Mit einem Roman?«

»Ja.«

»Sind Sie mit dreitausend Franken Vorschuss einverstanden?«

»Ja.«

»In Ordnung. Sie hören noch Näheres. Wer spricht?«

Unter den solcherart angeworbenen Autoren befand sich kein Geringerer als Robert Musil.

N

»Jetzt is dann aber genug, Majestät!«

Von Franz Nabl
bis Hansi Niese

Franz Nabl
Schriftsteller

** 16. 7. 1883 Lautschin/Tschechoslowakei † 19. 1. 1974 Graz. Ab 1924 Redakteur in Graz, ab 1934 freier Schriftsteller. In seinen frühen Werken durch Hugo von Hofmannsthal und Arthur Schnitzler beeinflusst, verfasste er später realistische Prosa in der Tradition des 19. Jahrhunderts. Sein erfolgreichster Roman »Ödhof. Bilder aus den Kreisen der Familie Arlet« erschien 1911.*

Nabl galt als besonders volksverbunden. Als ihm eine etwa gleichalte Frau mit den Worten »Ich glaub, uns beide hat der Tod vergessen«, zum neunzigsten Geburtstag gratulierte, legte Nabl lächelnd den Zeigefinger an die Lippen, machte »Pssst« und sagte dann: »Damit er's nicht hört.«

Im darauffolgenden Jahr hat »er's« dann offensichtlich doch »gehört«, Franz Nabl lag sterbend im Krankenhaus. Und wurde dort gefragt: »Wie geht es?«
Worauf er korrigierend antwortete: »Nicht *es* geht – *ich* gehe!«

Günther Nenning
Publizist

** 23. 12. 1921 Wien. 1948 bis 1958 Redakteur der »Neuen Zeit« Graz, danach Mitherausgeber der von Friedrich Torberg gegründeten Zeitschrift »FORVM«, ab 1965 unter dem Titel »Neues Forum«. 1960 Vorsitzender der Gewerkschaft für Journalisten, 1985 Ausschluss aus SPÖ und ÖGB. Engagierte sich in der Grünbewegung, lebt als Journalist und freier Schriftsteller in Wien.*

Nenning sieht sich als Vertreter der dritten Generation einer »dem sozialistischen Erb- und Kleinadel angehörenden Familie«. Begründer dieser Dynastie war sein Großvater Ludwig Fleischer, der in der Praterstraße ein Textilgeschäft hatte. In dessen Auslage stand ein großes Schild mit der Aufschrift: »Für Genossen 20 % Rabatt.«

»Für Genossen 20 % Rabatt«: der Journalist, Politiker, Schriftsteller und Fernsehmoderator Günther Nenning.
KARIKATURBANEK

Der damalige Präsident der Journalistengewerkschaft zählte zu den prominentesten Opfern im Streit um die Errichtung eines Donaukraftwerks in Hainburg, wurde er doch sowohl aus dem Österreichischen Gewerkschaftsbund als auch aus der Sozialistischen Partei ausgeschlossen. Als er die SPÖ-Führung darob heftig attackierte, fragte sich *Herr Weinstein* im *Kurier*: »Ans is ma net ganz klar: Hat jetzt die SPÖ den Nenning oder der Nenning die SPÖ aus der sozialistischen Bewegung ausgeschlossen?«

MARIANNE NENTWICH
Schauspielerin

** 22. 7. 1942 Wien. In jungen Jahren beim ORF u. a. als Sprecherin beschäftigt. Nach Absolvierung einer Schauspielausbildung ab 1965 ständiges Mitglied des Theaters in der Josefstadt. 1983 bis 1988 spielte sie bei den Salzburger Festspielen im »Jedermann«. Daneben viele Film- und Fernsehrollen (»Ringstraßenpalais«, »Schlosshotel Orth«), internationale Gastspiele.*

Die Probe zu Hermann Bahrs *Konzert* hatte bereits begonnen, aber Marianne Nentwich war noch nicht erschienen. Alle Kollegen warteten auf die Schauspielerin, als der Portier des Theaters in der Josefstadt endlich ins Künstlerzimmer stürzte und der versammelten Mannschaft

aufgeregt mitteilte: »Bitte sehr, die Frau Nentwich lässt sich entschuldigen, sie kommt ein bisserl später zur Probe, weil sie zu Haus die Stiegen 'runter geflogen ist.«
»Das versteh ich nicht«, reagierte Direktor Ernst Haeusserman, »da müsste sie doch eigentlich ein bisserl früher kommen.«

Johann Nepomuk Nestroy
Schriftsteller und Schauspieler

** 7. 12. 1801 Wien † 25. 5. 1862 Graz. Trat nach dem Jusstudium in Wien und Amsterdam als Opernsänger auf, 1826 Wechsel zur Sprechbühne. Feierte 1833 mit »Der böse Geist Lumpacivagabundus« den Durchbruch als Autor. Weitere Erfolge: »Der Talismann« (1840), »Das Mädl aus der Vorstadt« (1841), »Einen Jux will er sich machen« (1842), »Liebesg'schichten und Heiratssachen« (1843).*

Nestroy wollte viel lieber tragische Rollen spielen, doch der Theaterdirektor Karl Carl hatte die Idee, ihn im heiteren Fach einzusetzen.
»Na, na, das is nix für mi«, war Nestroys erste Reaktion, »des mach i net, die lustigen Roll'n können ma g'stohln bleiben.«
Doch Carl gab nicht auf und vertraute ihm die Komikerrolle in der Posse *Zwölf Mädchen in Uniform* an.
»Also gut«, gab Nestroy nach, »einmal spiel ich ihm den Narren. Aber so versoffen, übertrieben und grotesk, dass mich die Leut auspfeifen und ich dann von den depperten Komikerrollen für immer mei Ruh hab.«
Das war der Abend, an dem der Komiker Johann Nepomuk Nestroy entdeckt wurde.

Der Direktor eines kleinen, mäßig besuchten Theaters beklagte sich bei Johann Nepomuk Nestroy darüber, dass sein Haus voller Mäuse sei.
»Das wundert mich nicht«, erwiderte Nestroy, »wo doch keine Katz hineingeht!«

Nestroy als Willibald in der Burleske »Die schlimmen Buben in der Schule«, uraufgeführt 1847 in Wien.
ZEITGENÖSSISCHE DARSTELLUNG

Nestroy musste, weil er immer wieder gegen die strengen Zensurvorschriften verstieß, mehrmals in den Arrest. Einmal machte er sich auf offener Bühne über die ewig zu klein geratenen Wiener Semmeln lustig. Von der Bäckerinnung verklagt und rechtskräftig verurteilt, ging er deshalb für 48 Stunden in Haft. Bei seinem ersten – von den Wienern umjubelten – Auftritt nach verbüßter Strafe ließ er sich auf offener Bühne von einem Kollegen befragen, wie die Verpflegung im Kerker gewesen sei. Nestroy reimte nun: *Das Hungern, Freunderl, braucht im Arrest net zu sein, man warf mir die Semmeln durchs Schlüsselloch rein!*
Damit musste sich die Bäckerinnung geschlagen geben.

Nestroy war im persönlichen Umgang nicht sehr charmant, wobei er Schauspielern gegenüber besonders ekelhaft sein konnte. Als sich ein junger, wenig talentierter Mime bei ihm beschwerte, dass die Kollegen ihn sehr von oben herab behandelten und ihn nicht für voll nahmen, meinte Nestroy: »Schau'n Sie, junger Mann, Schauspieler sind schreckliche Menschen, ein fürchterliches Volk. Sein S' froh, dass Sie keiner sind!«

Um die Qualitäten einer dem Rollenfach der »Naiven« angehörenden Kollegin befragt, sagte Nestroy ebenso bissig, wie er auch auf der Bühne sein konnte: »Das Einzige, was ich an ihr hoch schätze, ist das Alter!«

ROBERT NEUMANN
Schriftsteller

** 22. 5. 1897 Wien † 3. 1. 1975 München. Ging nach der Machtübernahme Hitlers in Deutschland nach England, wo er mit Franz Werfel den Österreichischen Exil-P.E.N.-Club gründete. Schrieb ab nun auch auf Englisch. 1959 Übersiedlung nach Locarno. Verfasste Lyrik, Theaterstücke und Romane, bekannt wurden auch seine Parodien (»Mit fremden Federn«, 1927).*

Unerhört«, sagte Robert Neumann im Kaffeehaus zu einer Autorenrunde, »auf der Fahrt hierher hat mich der Schaffner in der Tramway angesehen, als ob ich nicht bezahlt hätte.«
»Und, was hast du gemacht?«, fragte einer der Kollegen.
»Ich hab ihn so angesehen, als ob ich bezahlt hätte.«

Als Neumann Friedrich Torbergs 1935 erschienenen Sportroman *Die Mannschaft* gelesen hatte, teilte er ihm mit: »Ich muss gestehen, dass ich ursprünglich sehr skeptisch war, schon weil Sportromane jetzt in Mode sind. Oh weh, dachte ich, da will sich ein Kaffeehausjud als Sportler gebärden.«
»Und, wurdest du eines Besseren belehrt?«
»Ja, jetzt weiß ich, dass sich da ein Sportler als Kaffeehausjud gebärden will.«

Hansi Niese

Schauspielerin

** 10. 11. 1875 Wien † 4. 4. 1934 ebd. Feierte ihre ersten Theaterauftritte bereits als Jugendliche. Ab 1893 als Soubrette am Wiener Raimundtheater engagiert. Wechselte nach ihrer Heirat mit Josef Jarno, dem Direktor des Theaters in der Josefstadt, 1899 zu dieser Bühne. Besondere Erfolge in Nestroy-, Raimund- und Molnár-Rollen. Auch in Stumm- und Tonfilmen aufgetreten.*

Die Niese belauschte eines Abends nach ihrer Vorstellung im Theater in der Josefstadt die Worte einer Frau aus dem Publikum: »In dem heutigen Stück hat sich die Niese nicht sehr schön benommen«, klagte die Dame. »Der Mann war die ganze Zeit so lieb zu ihr und zum Schluss verlässt sie ihn. Also, das hätte ich nie von ihr gedacht!«

Als man Hansi Niese fragte, warum sie nie ans Burgtheater kam, antwortete sie: »Mir ist lieber, die Leute fragen: ›Warum ist denn die Niese nicht am Burgtheater?‹ als sie fragen: ›Warum ist denn die Niese am Burgtheater?‹«

»Jetzt is dann aber genug, Majestät!«: Wiens große Volksschauspielerin Hansi Niese.

ZEITGENÖSSISCHE ZEITUNGSKARIKATUR

Ende des Jahres 1917, mitten im Ersten Weltkrieg, nahm Hansi Niese an einem Empfang in Schloss Schönbrunn teil, mit dem man sich bei mehreren Vortragskünstlern dafür bedankte, dass sie zur Aufmunterung der Soldaten an der Front beigetragen hatten. Als man zum Diner schritt, erschien Kaiserin Zita, die damals gerade ihr fünftes Kind erwartete.
Die Schauspielerin schaute die hochschwangere Frau des Kaisers lange und sehr auffällig von oben bis unten an, hob dann mahnend den Zeigefinger und sagte – gegen jegliche Ettikette verstoßend: »Jetzt is dann aber genug, Majestät!«*

* Die Kaiserin hat den respektlosen Rat der Niese nicht befolgt. Nachdem sie am 10. März 1918 von Erzherzog Carl Ludwig – jenem Kind, das Hansi Niese herannahen sah – entbunden wurde, bekam sie noch einen Sohn und zwei Töchter.

O

Zwei Sous für einen Blinden

Von Jacques Offenbach
bis Hans Olden

JACQUES OFFENBACH

Komponist

> ** 20. 6. 1819 Köln † 5. 10. 1880 Paris. Eigentlich Jakob Eberst. Übersiedelte 1833 nach Paris, dirigierte oft in Wien. Aus seinen Werken entwickelte sich die Wiener Operette. Besondere Erfolge waren »Orpheus in der Unterwelt« (1858), »Die schöne Helena« (1864) und »Pariser Leben« (1866). Den Welterfolg seiner Oper »Hoffmanns Erzählungen« (1881) sollte er nicht mehr erleben.*

Der Wiener Kapellmeister Johann Brandl hatte den zwanghaften Ehrgeiz, die von ihm dirigierten Operetten mit eigenen Einlagen »bereichern« zu müssen. Auch die von Jacques Offenbach. Als der Komponist wieder einmal in Wien weilte, jammerte er: »Wenn ich im Hotel abends meine Schuhe vor die Türe stelle, finde ich am nächsten Tag unter Garantie Einlagen von Brandl darin.«

Ein mittelloser Literat bat Offenbach, als dieser Direktor des Théâtre de la Gaité war, flehentlich, ihm irgendeine Arbeit zu verschaffen. Dem Komponisten fiel nur eine Tätigkeit ein: »Wir spielen jetzt im Theater *Belisaire*, da gibt es eine Szene mit einem armen Blinden. Ich brauche jemanden, der jeden Abend auf der Bühne an ihm vorbeigeht und ihm einen Sou in den Hut wirft.«
»Ja, wenn Sie entsprechend zahlen können«, sagte der Statist.
»Abgemacht, hier sind fünf Francs für die erste Vorstellung.«
Der Mann trat sein Amt an und erhielt von Offenbach auch an jedem der folgenden Abende fünf Francs. Bis der Statist einmal erklärte: »Ich möchte für mein Honorar doch etwas mehr leisten.«
»Gut«, sagte Offenbach, »dann geben Sie dem armen Blinden doch in Zukunft zwei Sous.«

Hans Olden
Schauspieler

** 30. 6. 1892 Wien † 20. 1. 1975 Franzenhausen/Niederösterreich. Studierte Maschinenbau, ehe er Schauspielunterricht nahm und über diverse Provinzengagements 1928 ans Deutsche Volkstheater geholt wurde, wo er den Typus des eleganten Wieners verkörperte. Von Otto Preminger entdeckt, war er auch als Filmschauspieler erfolgreich. Verheiratet mit der Schauspielerin Inge Brücklmeier.*

Doch eine Rolle für die Frau Gemahlin: Film- und Theaterstar Hans Olden.

KARIKATUR: LISL WEIL

In der Wiener Wohnung des Schauspielstars läutet das Telefon, ein Theaterdirektor ist am Apparat: »Herr Olden, ich wollte fragen, ob Ihre Frau bei mir *Die Heilige Johanna* spielen könnte!«

»*Die Heilige Johanna*? Unmöglich, ausgeschlossen«, antwortet Olden, »nie im Leben, des geht sicher net!«

»Ja, aber warum denn nicht?«

»Die is doch net geeignet für an Klassiker, das kann sie gar net ... Äh, derf i vielleicht fragen, Herr Direktor, wo wär denn das?«

»In Bonn!«

»Aber ja!«

P

»Kann i net Asien sagen?«

Von Max Pallenberg
bis Paula von Preradović

Max Pallenberg
Schauspieler

** 18. 12. 1877 Wien † 26. 6. 1934 bei Karlsbad. Ab 1904 Engagements als Schauspieler am Theater in der Josefstadt, am Theater an der Wien und am Volkstheater. Ging 1914 zu Max Reinhardt nach Berlin, wo ihm der künstlerische Durchbruch gelang. Verheiratet mit der Sängerin Fritzi Massary. 1933 Flucht aus Deutschland, ein Jahr später kam er bei einem Flugzeugabsturz ums Leben.*

Pallenberg und seine Frau, die Operettendiva Fritzi Massary, fuhren gemeinsam per Bahn von Wien nach Pressburg. Im Abteil beobachtete die Massary, wie ihr Mann mit einer üppigen Blondine kokettierte. Kaum war das Mädchen ausgestiegen, fragte die Massary streng: »Warum hast du dieser abgetakelten Person zugezwinkert?«
»Ich habe ihr nicht zugezwinkert!«
»Natürlich, ich hab's doch selbst gesehen. Nachher hast du deine Augen gerieben und so getan, als ob dir was hinein geflogen wäre.«
»Genauso war es«, beeilte sich Pallenberg zu erklären. »Der Rauch der Lokomotive, du verstehst, mein Liebling ...«
Die Ehefrau sagte vorerst nichts. Erst an der Endstation brüllte sie ihrem Mann zu: »Jetzt schaust du dir die Lokomotive einmal ganz genau an, dann knie dich hin und bitte mich um Verzeihung.«
Pallenberg schaute sich die Lokomotive an. Sie war elektrisch betrieben.

Der große Komödiant strotzte vor Selbstbewusstsein. Schon als junger Schauspieler, der in einem Stück nur die Worte »Herr Graf, es ist serviert« sprechen durfte, ging er an den Bühnenrand und sagte zum Publikum: »Und solche Rollen gibt mir der Herr Direktor.« Später, als Star, pflegte er sich so am Telefon zu melden: »Hallo, hier spricht Pallengebirge!«

Auf die Frage nach seinem Tagesablauf antwortete Pallenberg in einem Interview: »Ich öffne meine Augen und lasse mir gleich mit dem Frühstück die Zeitung ans Bett bringen. Als erstes schlage ich die Todesanzeigen auf. Wenn ich nicht drinstehe, erhebe ich mich ...«

Walter Michael Palmers
Unternehmer

> ** 1903 † 16. 9. 1983. Trat mit sechzehn Jahren in das Geschäft seines Vaters ein, das damals aus sieben Filialen bestand. Unter seiner Führung expandierte die Firma auf 80 Filialen. 1977 wurde der Patriarch des Wäschekonzerns entführt. Seine Familie kam den hohen Lösegeldforderungen für seine Freilassung nach. Durch seine genauen Angaben konnten die Täter gefasst werden.*

Nach Zahlung des von seinen Entführern geforderten Lösegelds in Höhe von 31 Millionen Schilling wurde der Wiener »Strumpfkönig« endlich freigelassen. Als Walter Michael Palmers nach vier Tagen erschöpft, aber unversehrt mit dem Taxi zu Hause eintraf, begrüßte er seine Frau mit den Worten: »Entschuldige, ich habe mich zum Nachtmahl um 100 Stunden verspätet.«

Elisabeth Petznek
»Die rote Erzherzogin«

> ** 2. 9. 1883 Laxenburg † 16. 3. 1963 Wien. Tochter des Kronprinzen Rudolf, Lieblingsenkelin Kaiser Franz Josephs. 1902 Hochzeit mit Prinz Otto Windisch-Graetz, 1924 Scheidung. Lebensgemeinschaft mit dem sozialdemokratischen Lehrer und Politiker Leopold Petznek. Eintritt in die Sozialdemokratische Partei. 1948 heiratete sie Petznek nach dessen KZ-Aufenthalt in Dachau.*

Unter den während des Bürgerkriegs im Jahre 1934 verhafteten Sozialisten befand sich neben dem Wiener Bürgermeister Karl Seitz und mehreren Stadträten auch »die rote Erzherzogin« Elisabeth, die in zweiter Ehe mit dem sozialdemokratischen Abgeordneten Leopold Petznek verheiratet war. Nach ihrer Festnahme wurde Frau Petznek von der Polizei nach ihren persönlichen Daten gefragt. Sie gab zu Protokoll: »Mein Vater war der Kronprinz Rudolf, mein Großvater der Kaiser Franz Joseph. Wollen Sie noch etwas wissen?«

Gunther Philipp

Arzt, Schauspieler, Regisseur und Schriftsteller

** 8. 6. 1918 Maroshevizl/Bukowina. Eigentlich Gunther Placheta. Trat während des Medizinstudiums und als junger Arzt in Kabaretts und ab Mitte der 50er Jahre als Filmkomiker auf, z. B. in »Die Deutschmeister« (1955), »Die Abenteuer des Grafen Bobby« (1961), »Unsere tollen Tanten« (1961), »Schwejks Flegeljahre« (1964). Autor und Hauptdarsteller zahlreicher Boulevardkomödien.*

Mehrere Jahre lang Komiker und gleichzeitig Arzt an der Psychiatrischen Universitätsklinik: Gunther Philipp.
KARIKATUR: WINNIE JAKOB

Eine Dame, die seit wenigen Tagen stationär in der Wiener Universitätsklinik für Neurologie und Psychiatrie lag, beobachtete den jungen Dr. med. Gunther Placheta während der Morgenvisite und sagte dann zu ihm: »Also, Herr Doktor, das gibt's doch nicht. Ich war vorige Woche in der Casanovabar, und da ist ein Komiker aufgetreten, der genauso ausschaut wie Sie.«

Dr. Placheta wäre am liebsten im Erdboden versunken, standen doch neben ihm die führenden psychiatrischen Kapazitäten Wiens, allen voran sein Klinikchef Professor Hans Hoff. Da es mit der Standesehre eines Arztes wohl kaum vereinbar war, nachts als Komiker in einer Revuebar aufzutreten, hätte der junge Mediziner bei Bekanntwerden eines derartigen »Nebenerwerbs« natürlich mit disziplinären Maßnahmen zu rechnen gehabt.

Aber die Dame ließ nicht locker. »Dieser Komiker, der Ihnen so ähnlich

sieht, Herr Doktor, hat ein paar köstliche Conférencen gehalten, er konnte die absurdesten Grimassen schneiden und, Sie werden es nicht glauben, sogar mit den Ohren wackeln.«
Das war der Augenblick, da Dr. Placheta eine berufliche Katastrophe auf sich zukommen sah. Schon wollte er seinem Chef gestehen, dass er allabendlich – so es seine Dienstverpflichtung an der Klinik erlaubte – als Komiker in Kabaretts und Varietés auftrat.
Gerade in diesem Moment setzte sich der Tross der Herren Professoren wieder in Bewegung. Der Klinikchef Hoff fasste den erbleichten Dr. Placheta unterm Arm und beruhigte ihn: »Herr Kollege, nehmen Sie sich nicht zu Herzen, was die Patientin da fantasiert hat. Sie wissen ja, wo wir uns hier befinden!«
Eine Dame, die ihren Arzt Grimassen schneidend und mit den Ohren wackelnd auf einer Revuebühne gesehen haben wollte, musste offensichtlich doch ein schwerwiegenderer Fall sein als es die ursprüngliche Diagnose vermuten ließ.

Bruno Pittermann
Politiker

** 3. 9. 1905 Wien † 19. 9. 1983 ebd. Arbeitete als Lehrer und in einer Rechtsanwaltskanzlei, 1934 inhaftiert und während des NS-Regimes politisch verfolgt. 1945 bis 1971 Abgeordneter zum Nationalrat, 1957 bis 1967 Vorsitzender der SPÖ, 1957 bis 1966 Vizekanzler, 1964 bis 1976 Präsident der Sozialistischen Internationale. Trug wesentlich zum Sturz Franz Olahs bei.*

Helmut Qualtinger führte ständig irgendwelche Originale unbekannter Herkunft im Schlepptau, die ihm in durchzechten Nächten zugelaufen waren. So hatte er zur Dernièr, der letzten Vorstellung des Kabarettprogramms *Hackl im Kreuz*, im Theater am Kärntnertor einen pensionierten Friseur namens Jerzabek eingeladen, der – laut Gerhard Bronner – »einen unnachahmlichen Sprachfehler hatte: Er konnte gleichzeitig stottern, lispeln und hölzeln. Außerdem war er so kurzsichtig, dass er nur in den seltensten Fällen wusste, wo er war – und warum.«

Mit dem Dichter Fritz Hochwälder verband Herrn Jerzabek nur die Tatsache, dass er von ebenso geringem Körperwuchs war. Dieser Umstand genügte Qualtinger, um Jerzabek in der Pause des Programms dem anwesenden Bruno Pittermann mit den Worten »das ist der berühmte Dichter Hochwälder« vorzustellen.
Der Vizekanzler war sich der Bedeutung des Augenblicks bewusst. Er nahm Jerzabek an der Hand und setzte zu staatsmännischem Smalltalk an: »Mein lieber, verehrter Freund Hochwälder, ich freue mich ganz besonders, Sie einmal persönlich kennen lernen zu dürfen. Ich darf Sie doch Freund nennen? Wissen Sie, ich bin seit vielen Jahren einer Ihrer größten Verehrer, habe keines Ihrer Stücke am Burgtheater ausgelassen. Ich glaube, dass wir einander viel zu erzählen hätten, aber leider ... die Zeit drängt, der zweite Teil des Programms beginnt gleich, und den möchte ich nicht versäumen. Wissen Sie was? Rufen S' mich doch irgendwann in den nächsten Tagen im Bundeskanzleramt an, und wir setzen uns auf einen Kaffee zusammen, gut? Also dann, auf Wiedersehen, ich kann Ihnen gar nicht sagen, wie ich mich über diese Begegnung freue!«
Weit weniger konnte sich Herr Jerzabek über diese Begegnung freuen – er wusste weder wer Hochwälder noch wer Pittermann war.

Als Bruno Kreisky bei den Nationalratswahlen 1970 die relative Mehrheit errang und eine Minderheitsregierung bildete, blieb sein Vorgänger Bruno Pittermann vorerst Obmann des Parlamentsklubs. Nach Installierung des Kabinetts meinte der neue Kanzler Kreisky einem Besucher gegenüber: »Ich hab dem Pittermann gesagt, dass er mit dem sozialistischen Parlamentsklub alles tun darf, was er will – nur nicht aus Gewohnheit wie bisher gegen die Regierung Opposition machen.«

Teddy Podgorski

Journalist, Schauspieler und Regisseur

** 19. 7. 1935 Wien. Karrierebeginn als Sprecher beim Sender Rot-Weiß-Rot, seit 1958 beim Österreichischen Rundfunk u. a. als Sportreporter und Sportchef, 1972 Chefredakteur, 1986 bis 1990 Generalintendant des ORF. Als Schauspieler und Regisseur u. a. bei den Salzburger Festspielen, in der Wiener Volksoper und im Ensemble des Theaters in der Josefstadt tätig.*

Als das Fernsehen 1955 in Österreich seinen Einzug hielt, wurde Teddy Podgorski als dessen erster Redakteur angestellt. Fernsehdirektor Gerhard Freund fragte ihn, ob er eine Idee für den Titel einer Nachrichtensendung hätte. Podgorski nach längerem Nachdenken: »Wie wär's mit *Zeit im Bild?*«
»Na ja«, meinte Freund, »es is zwar net b'sonders gscheit, aber daweil nehm ma ihn halt.«
Dafür, dass der Titel »net b'sonders gscheit« war, hat er sich dann doch recht lang gehalten.

Der junge Teddy Podgorski plante, einen Beitrag über die im Wiener Palais Pallavicini etablierte Tanzschule Elmayer zu drehen. Also begab er sich in Begleitung eines Regisseurs zum legendären Rittmeister Willy Elmayer, um diesen mit dem Sendungskonzept vertraut zu machen.
»Ja, bitte meine Herren, nichts dagegen einzuwenden«, sagte der Offizier. Als kurze Zeit später in dem eleganten Tanzinstitut Kameras, Ton- und sonstige Anlagen positioniert wurden, fielen – wie dies in solchen Fällen üblich ist – Teile der Palaiseinrichtung durch umstürzende Scheinwerfer der Verwüstung anheim. Fensterscheiben zerbarsten, der Lack bröckelte von den Türen und irgendwo krachte sogar ein Kristallluster zu Boden. Just in einem solchen Augenblick der allgemeinen Zerstörung trat Rittmeister Elmayer an den Reporter Podgorski heran und sagte: »Also, bitte junger Mann, wir haben alles besprochen – nur eines nicht: das Finanzielle! Sie werden einsehen, dass das geklärt werden muss.«

»Tut mir leid, Herr Rittmeister«, erklärte Podgorski, »ich bin nicht befugt über Geld zu sprechen, das ist Sache des Fernsehdirektors.«
»Ja, also, dann klären Sie das mit Ihrem Direktor!«, befahl der Rittmeister.
Podgorski rief von einem Nebenraum aus Gerhard Freund an, um diesen vom Wunsch des strengen Tanzschulleiters zu informieren: »Herr Direktor, der Elmayer will über Geld reden!«
»Aber das war ja gar net ausgemacht«, erschrak der stets in Finanznöten befindliche Fernsehchef.
»Naja, es geht wahrscheinlich um die Schäden, die bei den Dreharbeiten entstehen, vielleicht auch um die Störung des Betriebs – der Elmayer jedenfalls besteht darauf.«
»Also gut, wer ma schaun, was sich machen lässt«, rechnete Freund. »Aber mehr als fünftausend Schilling san net drin, mehr hama net für sowas!«
Podgorski kehrte zurück zum Rittmeister, der sein Verhör fortführte: »Also bitte, junger Mann! Was haben Sie erreicht?«
»Vielleicht könnten Herr Rittmeister eine Summe nennen, die wir ...«
Nun war der Zeitpunkt gekommen, da Elmayer der Kragen platzte. »Bereiten wir diesem unwürdigen Spiel ein Ende«, brüllte er, während er aus seinem Fauteuil hochschnellte. »Sind Sie einverstanden, wenn ich jedem der Herren 500 Schilling gebe?«

In der Zeit, als Podgorski Co-Moderator der von Eduard Zimmermann geleiteten Fernsehsendung *Aktenzeichen XY... ungelöst* war, wurde nach dem oft als Wiener »Unterweltkönig« bezeichneten »Roten Heinzi« gefahndet. Podgorski bekam die Suchmeldung auf seinen Schreibtisch im ORF-Zentrum und verlas sie live in der Sendung.
Als XY an diesem Abend gelaufen war, fuhr Podgorski Richtung Innenstadt, in der er zu später Stunde noch an der Loos-Bar vorbei kam. Der Fernsehreporter dachte, seinen Augen nicht trauen zu können. Denn an der Bar lehnte – mutterseelenallein – der »Rote Heinzi«.
Podgorski sah ihn mit großen Augen an.

Im selben Augenblick rief ihm der eben noch steckbrieflich Verfolgte zu: »Servas, Teddy, i hab g'hört, du suchst mi.«
Im Rahmen ihrer Routinepatrouillen trafen bald auch Polizisten ein, die sich nun zu Podgorski und zum »Roten Heinzi« gesellten und mit den beiden das eine oder andere Glas leerten. Festgenommen wurde der so dringend Gesuchte bis zum heutigen Tage nicht.

Anton Pointner

Schauspieler

** 8. 12. 1890 Salzburg † 8. 9. 1949 ebd. Erster Filmauftritt als Schauspieler 1914, viel beschäftigter Darsteller auch in namhaften Stummfilmproduktionen der 20er Jahre z. B. »Im weißen Rössl« (1926) sowie in den Tonfilmen »Lumpacivagabundus« (1936), »Fünf Millionen suchen einen Erben« (1938) und »Das Tor zum Paradies, Die seltsame Geschichte des Brandner Kaspar« (1949).*

Pointner war ein beliebter Stummfilmstar, der sich Ende der zwanziger Jahre, beim Aufkommen des Tonfilms – wie viele seiner Kollegen – nur schwer zurechtfinden konnte. Das lag daran, dass er Schwierigkeiten mit der Aussprache gewisser Vokale hatte. So spielte er einmal in einem Napoleon-Tonfilm einen Feldherrn, der dem Korsen zu sagen hat: »Majestät, ganz Europa liegt zu Ihren Füßen.«
Kamera läuft, Pointner betritt großmächtig die Szene, schwingt seinen Säbel durch die Luft, salutiert und schreit: »Majestät, ganz Eiropa liegt ... «
Der Regisseur unterbricht ihn. »Herr Pointner, nicht *Ei*ropa – *Eu*ropa! Noch einmal, bitte!«
»Majestät, ganz *Ei*ropa ... «
»Nicht aufregen, Herr Pointner, ruhig bleiben, lassen Sie sich Zeit, Sie brauchen keine Angst zu haben. *Eu*ropa, *Eu*ropa.«
»Majestät, ganz *Ei* ... Herr Regisseur, kann i net Asien sagen?«

Alfred Polgar
Schriftsteller und Kritiker

** 17. 10. 1873 Wien † 24. 4. 1955 Zürich. Wesentlicher Vertreter der Wiener Kaffeehausliteratur. 1908 entstanden seine ersten Erzählungen und aphoristischen Texte, ab 1925 schrieb er Kritiken für das »Berliner Tagblatt« und das »Prager Tagblatt«. 1933 Rückkehr nach Wien, 1938 Flucht über Paris in die USA; Drehbuchautor für MGM. Übersiedelte nach dem Krieg nach Zürich.*

Polgar beobachtete eines Tages – überliefert Friedrich Torberg – wie der wenig begabte Schriftsteller Otto Soyka im kompletten Reitkostüm, mit Schaftstiefeln, Sporen und Gerte das Café Herrenhof betrat.
»Ich hab ja *auch* kein Pferd«, bemerkte Polgar. »Aber *so* kein Pferd wie der Soyka hab ich bestimmt nicht.«

Seine Theaterkritiken waren unvergleichlich pointiert geschrieben. So gipfelte Polgars Besprechung eines ebenso langen wie langweiligen Stücks in dem Satz: »Als ich um elf auf die Uhr sah, war es erst halb zehn.«

Polgar zitiert das Gespräch eines Gefängnisdirektors mit einem armen Sünder, der am nächsten Morgen am Galgen sterben sollte: »Was wünschen Sie zum Abendbrot?«, fragte der Direktor. »Sie dürfen essen und trinken, was und wieviel Sie wollen.«
»Schade!«, erwiderte der Delinquent. »Schade! Wenn Sie mich das drei Monate früher gefragt hätten, wäre der ganze Raubmord nicht passiert.«

Mit unglaublicher Eleganz zeigte Polgar seine Ablehnung gegenüber einem Kaffeehausstammgast namens Weiß. Als Polgar einmal das Café Herrenhof verließ, folgte ihm Weiß auf die Straße, gesellte sich devot an seine Seite und stellte ihm die scheinbar ausweglose Frage: »In welche Richtung gehen Sie, Herr Polgar?«
Er erhielt den prompten Bescheid: »In die entgegengesetzte!«

Ein Arzt, der die Stammgäste im Café Herrenhof durch seine übertrieben erlesene Höflichkeit nervte, setzte sich an den Tisch neben Polgar. Nachdem er einige Worte an diesen gerichtet hatte, wurde ihm von links eine Frage gestellt, zu deren Beantwortung er sich von seinem bisherigen Gesprächspartner abwenden musste. Natürlich versäumte er nicht, die fällige Floskel der Wohlerzogenheit anzubringen: »Entschuldigen Sie, dass ich Ihnen den Rücken zukehre«, sagte er, bevor er die Linksdrehung vornahm. Diese konfrontierte ihn mit dem gleichfalls links von ihm sitzenden Polgar, der den Höflichkeitsapostel mit der Erkundigung empfing: »Und dafür, dass Sie mir das Gesicht zukehren, finden Sie keine Entschuldigung?«

Ein Zeitungsredakteur war so vermessen, einen Beitrag von Polgar ein wenig »zu korrigieren«, wie er meinte. Polgar war erbost und beklagte sich mit den Worten: »Sie haben den Rhythmus des Satzes vollkommen zerstört.«
Der Redakteur zuckte mit den Achseln und sagte: »Das merkt doch ohnehin kein Mensch.«
»Sie vielleicht nicht«, erwiderte Polgar, »aber der durchschnittliche Leser schon.«

Aus der Emigration zurückgekehrt, notierte Polgar angesichts der zerstörten Stadt Wien: »Mein Hotel liegt gleich neben dem ehemaligen Meißl & Schadn, dessen Schaden bisher noch kein Meißel behoben hat.«

Und über Linz meinte er: »Bis März 1938 lag Linz in Oberösterreich, dann im Gau Oberdonau und nun liegt es in der amerikanischen Zone. Viel herum kommen die Städte neuerdings.«

Nach dem Krieg kam Polgar, nunmehr in der Schweiz lebend, mehrmals nach Wien. Als er wieder einmal von hier in Richtung Zürich abreiste, begleitete ihn Friedrich Torberg zum Bahnhof und fragte ihn, wie es ihm nun eigentlich in Wien gefallen hätte.
»Ich muss über diese Stadt ein vernichtendes Urteil abgeben«, antwortete Polgar. »Wien bleibt Wien.«

»Ich muss über diese Stadt ein vernichtendes Urteil abgeben. Wien bleibt Wien«: Alfred Polgar.

KARIKATUR: DOLBIN

Fritz Kortner hatte nach seiner Rückkehr aus der Emigration in München eine Wohnung gefunden, auf die er sehr stolz war, weshalb er sie dem auf derartige Besichtigungstouren nicht sonderlich erpichten Polgar zeigen wollte. »Und das Angenehmste an der Wohnung ist«, erklärte Kortner, »dass sie kein Vis-à-vis hat.«
Erwiderte Polgar trocken: »Wie angenehm muss das erst für das Vis-à-vis sein.«

OSCAR POLLAK

Journalist

** 7. 10. 1893 Wien † 28. 8. 1963 Hinterstoder/Oberösterreich. Der studierte Jurist lebte von 1923 bis 1925 als Korrespondent der »Arbeiter Zeitung« in London, war dann außenpolitischer Redakteur und in den Jahren 1931 bis 1934 und 1945 bis 1961 »AZ«-Chefredakteur. 1934 bis 1945 Exilaufenthalte in Brünn, Paris und London. Führender Vertreter der Revolutionären Sozialisten.*

Als Oscar Pollak aus der Emigration heimkehrte, übernahm er die Chefredaktion der sozialistischen *Arbeiter Zeitung*, die er bereits vor dem Krieg innehatte. Für den g'standenen »Roten« war es nicht ganz einfach, das ideologische Gewissen mit den Erfordernissen der modernen

Konsumgesellschaft zu vereinbaren. Legendär ist Pollaks Aufforderung an die Leser: »Die Alkoholreklame im Anzeigenteil der Zeitung ist nicht zu beachten.«

Rudolf Prack

Schauspieler

** 2. 8. 1902 Wien. † 3. 12. 1981 Wien. Er wurde nach einem kurzen Engagement am Theater in der Josefstadt für den Film entdeckt, in dem er durch seine sympathische Ausstrahlung faszinierte. Drehte 108 Filme, darunter »Schwarzwaldmädel« (1950), »Kaiserwalzer« (1953), »Kronprinz Rudolfs letzte Liebe« (1956). Im Jahre 1976 feierte er in »Jesus von Ottakring« sein Comeback.*

Als Krieg und Naziherrschaft vorbei waren, hatten die Österreicher große Sehnsucht nach nostalgischen, in der k. u. k. Zeit handelnden Filmen, und für die war der große Charmeur Rudolf Prack die Idealbesetzung. Er selbst beurteilte seine Leistung am Ende seines Lebens so: »Die Filme, die ich gemacht habe, waren keine Kunst. Aber wie ich sie gemacht habe, das war schon eine Kunst!«

Prack war ein begeisterter Sportler und bemühte sich sein Leben lang, seinen Körper in Form zu halten. Sein Wahlspruch lautete: »Wenn mich einmal der Schlag trifft, dann will ich fit umfallen!«

Marcel Prawy

Opernführer

** 29. 12. 1911 Wien † 23. 2. 2003 Wien. Jurist, Musikschriftsteller und -journalist. Persönlicher Sekretär Jan Kiepuras und Marta Eggerths während der US-Emigration. 1955 Dramaturg an der Wiener Volksoper, wo er dem Musical zum Durchbruch verhalf (»Kiss me Kate«, »Porgy and Bess«), Chefdramaturg der Staatsoper. Unvergleichliche Popularität durch Fernsehsendungen und Opernmatineen.*

»Sie können ihn im Sommer mit Pelzschuhen antreffen, und im Winter vergisst er, dass es kalt ist«: Marcel Prawy.
Karikatur: Winnie Jakob

Prawy drehte nach dem Krieg für die amerikanische Wochenschau Beiträge, die naheliegenderweise meist mit Musik zu tun hatten. So gestaltete er im Februar 1949 ein Porträt zum 70. Geburtstag des Komponisten Rudolf Sieczynski. Dieser war im Hauptberuf Hofrat der Niederösterreichischen Landesregierung, hatte aber nebenbei mehr als hundert Wienerlieder komponiert. Sie alle sind längst vergessen. Alle – bis auf eines, das aber zur heimlichen Hymne dieser Stadt wurde: *Wien, Wien nur du allein.*

»Marcello« kam in die Wohnung des Komponisten und bat ihn, vor laufender Kamera sein berühmtes Lied am Klavier zu spielen. Dabei stellte sich zu Prawys großer Verwunderung heraus, dass Herr Sieczynski kaum Klavierspielen konnte. Was tat der spätere »Opernführer« in einer sol-

chen Situation? Er setzte den Komponisten an den Flügel – und legte sich selbst unters Klavier.
In dieser Position spielte Prawy das berühmte Lied. In der Wochenschau hat das dann keiner bemerkt, alles sah aus wie echt. Man sah Sieczynskis Gesicht und Prawys Finger.

1948 feierte man in der Wiener Volksoper die Premiere einer Neuinszenierung der Operette *Eine Nacht in Venedig*, an der u. a. Maria Olczewska, Hertha Mayen und die spätere Prawy-Gefährtin Senta Wengraf mitwirkten. Als »Marcello« nach der Premiere die Damengarderobe betrat, um den anwesenden Künstlerinnen zu gratulieren, wurde er Zeuge einer Reminiszenz, deren auslösendes Moment Jahrzehnte zurück lag: die Olczewska war Mitte der zwanziger Jahre aus der Staatsoper entlassen worden, weil sie während einer *Walküre*-Vorstellung der Jeritza ins Gesicht gespuckt hatte. Maria Jeritza hatte damals Emil Schipper, dem feschen Ehemann der Olczewska, schöne Augen gemacht – was diese mit ihrem Speichel rächte.
Als Prawy nun ein Vierteljahrhundert nach dieser Szene in die Damengarderobe der Volksoper trat, musste er feststellen, dass die Eifersucht der Olczewska ungebrochen war. Kam sie doch jetzt auf eine weitere Untreue ihres Mannes – wenn auch mit einer ganz anderen Sängerin – zu sprechen. »Dieses Schwein, er hat mich betrogen«, brüllte die Diva, »er hat mich betrogen mit einer – entschuldigen Sie, Frau Mayen: mit einer Hure! Noch dazu – entschuldigen Sie, Herr Prawy: mit einer jüdischen!«

Eine größere Gruppe lauschte in den fünfziger Jahren nach einer Vorstellung von *Porgy und Bess* im Restaurant Falstaff neben der Volksoper den wie immer geschliffenen Worten des »Opernführers«, als ein bildhübsches Mädchen bei der Tür herein kam und ratlos in die Runde blickte. Olive Moorefield stupste Prawy: »Schau, wie hübsch die ist.«
Der drehte sich um und erschrak: »Um Gottes willen, das ist meine neue Freundin. Ich hab sie in der Oper vergessen!«

Dass er dank seiner großen Popularität und seiner originellen Persönlichkeit zu den meist parodierten Österreichern zählte, führte zu skurrilen Situationen. So fand einmal in Salzburg ein großes Musiksymposion statt, zu dem Forscher aus aller Welt angereist waren. Zum Ausklang wurde den Experten die Anwesenheit des berühmten »Opernführers« Marcel Prawy aus Wien versprochen.
Die Wissenschafter diskutierten über diesen und jenen Komponisten, um dann endlich – am letzten Tag – Professor Prawy erleben zu dürfen. Einer der Veranstalter trat ans Podium und kündigte an, dass die Gäste zur Einstimmung erfahren sollten, in welch einzigartiger Weise Herr Dr. Prawy den Österreichern durch seine Fernsehsendungen die Welt der Oper erklärte. Und deshalb sollte zuerst das Videoband einer Prawy-Sendung vorgeführt werden. Und danach würde man – zur Zerstreuung der Gäste und ebenfalls auf Video – eine der hinreißenden Parodien zeigen, die der nicht minder berühmte Kammersänger Heinz Holecek auf den Doktor Prawy macht.
Der Redner verließ das Podium, und ein Techniker legte Videoband Nr. 1 ein.
Leider hatte dieser die angekündigte Reihenfolge missachtet.
Also lief zuerst Heinz Holeceks Parodie.
Und erst danach wurde das Band mit dem echten Marcel Prawy eingelegt.
Die aus Japan, Amerika, aus China, Taiwan und anderen fernen Ländern angereisten Musikforscher schauten interessiert zu. Zuerst dem Heinz Holecek, bei dessen Darbietung sie keine Miene verzogen. Und dann dem Doktor Prawy. Ein kleines Kichern da und dort, dann ein Lächeln und ein heftigeres Lachen. Zu guter Letzt brüllten die Leute lauthals und klopften sich vor Begeisterung auf die Schenkel.
Dieser Prawy, dachten sie, kann diesen Holecek wirklich gut nachahmen.
Es war die kuriose Situation eingetreten, dass die Zuseher – die ja weder den einen noch den anderen kannten – Holecek für den »Opernführer« und Prawy für dessen Imitator hielten.
Kaum einer von ihnen verstand auch nur ein Wort Deutsch, doch sie

erkannten, dass der Letztere dem Ersteren in Aussehen, Sprache und Gestik sehr ähnlich war.
Professor Marcel Prawy, fanden sie, ist ein prachtvoller Parodist des Heinz Holecek.

Senta Wengraf, die ein halbes Jahrhundert seine Lebenspartnerin war, erklärte Marcel Prawys Wesen auf folgende Weise: »Die eine seiner beiden Hirnhälften ist so voll, dass sich in der anderen kein Platz mehr findet. Er spricht sieben Sprachen, ist universell gebildet, aber im Alltag völlig hilflos. Sie können ihn im Sommer mit Pelzschuhen antreffen, und im Winter vergisst er, dass es kalt ist.«

Und so beschrieb Karl Löbl das Phänomen Prawy: »Sobald er mit all seinem Wissen, seiner Liebe und seiner Lebendigkeit über Musik spricht, hat man das Gefühl, er wäre bei den Uraufführungen sämtlicher Verdi-Opern dabei gewesen – aber nicht Giuseppe, sondern Monte*.«

Bei einem Gastspiel des Gershwin-Musicals *My One and Only* im Wiener Ronacher war zu bemerken, dass die vom Broadway nach Europa gesandten Sänger und Tänzer, wie so oft in solchen Fällen, nicht zur allerersten Garnitur zählten. Als man »Marcello« bei der Premierenfeier fragte, wie es ihm gefallen hätte, sagte er: »Es war wie ein Film mit Ginger Rogers und Fred Astaire. Nur ohne Ginger Rogers und Fred Astaire.«

---

* Claudio Monteverdi, italienischer Komponist, 1567–1643

Otto Preminger
Regisseur

** 5. 12. 1906 Wien † 23. 4. 1986 New York. Ab 1923 Regieassistent und Schauspieler bei Max Reinhardt. 1933 Direktor des Theaters in der Josefstadt. Ab 1935 als Regisseur im amerikanischen Exil. Inszenierungen am Broadway, drehte zahlreiche namhafte Filme (»Fluss ohne Wiederkehr«, »Bonjour Tristesse« und »Exodus«) mit Weltstars wie Marilyn Monroe oder Paul Newman.*

Neben deutschen und österreichischen Emigranten gab es in Hollywood auch eine große ungarische Abordnung, der prominente Künstler wie Marta Eggerth, Gitta Alpar, Franziska Gaal, Szöke Szakall und Emmerich Kálmán angehörten. Eines Abends stieß Otto Preminger als einziger Nicht-Ungar zu der gerade in heftige Diskussionen verstrickten Magyarenrunde. Der aus Wien stammende Regisseur hörte eine Zeit lang zu, schlug dann mit der Hand auf den Tisch und brüllte: »Verdammt noch mal, Ihr seid in Amerika! Sprecht gefälligst deutsch!«

Paula von Preradović
Schriftstellerin

** 12. 10. 1887 Wien † 25. 5. 1951 ebd. Wuchs in Pola auf, verheiratet mit Ernst Molden. Gilt als Dichterin zwischen den Völkern, die in ihren Werken ihre inneren Gefühle darlegt, z. B. in der Gedichtsammlung »Dalmatinische Sonette« (1933). 1947 wurde ihr Text gemeinsam mit einer Melodie Wolfgang Amadeus Mozarts zur österreichischen Bundeshymne erklärt.*

Nicht einmal in ihrer eigenen Familie war Paula von Preradović davor sicher, dass der von ihr verfasste Text der österreichischen Bundeshymne parodistisch verändert wurde. Ihr Sohn Hans Molden reimte: »Land der Erbsen, Land der Bohnen, Land der vier alliierten Zonen. Wir verkaufen dich im Schleich, vielgeliebtes Österreich!«

Q

»Ein Labyrinth, in dem sich jeder auskennt«

Von Helmut Qualtinger bis Helmut Qualtinger

Helmut Qualtinger

Schauspieler, Kabarettist, Schriftsteller

** 8. 10. 1928 Wien † 29. 9. 1986 ebd. Legendäre Kabarettprogramme ab 1955 mit Gerhard Bronner, Carl Merz und Georg Kreisler. Verließ das Kabarett und feierte 1961 seinen größten Erfolg mit dem gemeinsam mit Carl Merz verfassten »Herrn Karl«. Zahlreiche Theatergastspiele, Film- und Fernsehrollen: »Geschichten aus dem Wiener Wald« (1979), »Der Name der Rose« (1986).*

Bekanntlich war Qualtinger, auch wenn er nicht gerade auf der Kabarettbühne stand, immer für einen Jux zu haben. Als Billy Wilder 1958 seinen Film *Zeugin der Anklage* in Wien vorstellte und gemeinsam mit seinem Hauptdarsteller Charles Laughton im Sacher eine Pressekonferenz gab, spazierte »Quasi« mit einer dicken Sonnenbrille auf der Nase vor dem Hotel auf und ab und schrieb bereitwillig abwechselnd die Namen Charles Laughton und Billy Wilder in die Autogrammbücher »seiner« Fans.

Als es nach der Fernsehübertragung von Qualtingers größtem Erfolg Proteste erboster Österreicher hagelte, die »so« nicht sein wollten, schrieb Hans Weigel: »Der *Herr Karl* wollte einem bestimmten Typus auf die Zehen treten und ein ganzes Volk schreit Au.«

Mitte der sechziger Jahre drehte Qualtinger unter dem aus Hollywood angereisten Regisseur William Dieterle den Film *Samba*, der im Auftrag des Österreichischen Fernsehens nach einem Drehbuch von Ulrich Becher entstand. Becher – der auch einer der Verfasser des *Bockerer* ist – wurde im Café Gutruf ob der Tatsache verhöhnt, dass er es sich zur Angewohnheit gemacht hatte, stets als eine Art »zweiter Hemingway« aufzutreten.
Auch während der *Samba*-Dreharbeiten mit Qualtinger und Helmuth Lohner in den Hauptrollen verstand es Becher einmal mehr, sich unbeliebt zu machen. In diesem Fall, weil er tagtäglich im Studio am Rosenhügel auftauchte und dem Regisseur bei jedem einzelnen Dialog Tipps gab, wie diese und jene Szene besser zu inszenieren wäre.

Die Sache eskalierte insofern, als Regisseur Dieterle eines Tages explodierte, den Autor Becher des Studios verwies und mit einem absoluten Verbot belegte, den Dreharbeiten je wieder beizuwohnen. Ein Ereignis, das im Gutruf natürlich ausführlich kommentiert und belacht wurde.
Auch Qualtinger, der ständig einen Anlass suchte, um einen seiner berüchtigten Practical Jokes anwenden zu können, fand Gefallen an dem Zwist Becher-Dieterle. Er überlegte kurz, griff zum Gästetelefon des Gutruf, um vor versammelter Stammtischrunde im Hotel Regina anzurufen, in dem Ulrich Becher logierte.
»Quasis« Plan sah vor, sich mit Stimme und Akzent von Dieterles ungarischem Regieassistenten Szigetvary im Namen des Regisseurs für den Hinausschmiss zu entschuldigen.
Qualtinger wählte die Nummer des Regina und meldete dem Portier mit stark ungarischem Akzent: »Hier spricht Szigetvary, ich bin Régieassistent von William Dieterle, bittäsehr, ich möchte sprächän mit Härr Bechär.«
Die Verbindung wurde hergestellt, Becher war am Apparat.
»Also bittä Härr Bechär, entschuldigen Sie den Störung, mein Name ist Szigetvary, Sie kännän mich, ich bin Régieassistent von Dieterle, Sie haben Streit gehobt, es tut Härr Dieterle sähr laid. Er bittet um Verzaiung und lasst Ihnen sagän, dass är Sie mähr denn je braucht in Studio, weil är den deutsche Sprache nicht so behärrscht wie Sie. Und är lässt Ihnän dahär bittän, morgen wieder in Studio zu kommen.«
»So, so, morgen?«, fragte Ulrich Becher ungläubig.
»Ja«, konterte der Anrufer mit unvermindert ungarischem Akzent, »allärdings schon um sächs Uhr früh!«
Qualtinger hat Derartiges in seinem Leben hundertfach inszeniert – und das fast immer mit glänzendem Erfolg. Diesmal freilich ging der Practical Joke total in die Hosen. Denn während er als »Herr Szigetvary« telefonierte, saß der echte Szigetvary neben Ulrich Becher im Hotel Regina.
Offenbar, um diesen tatsächlich um Entschuldigung zu bitten.

Als ein deutscher Industrieller, der Jahr für Jahr in Österreich seinen Urlaub verbrachte, Qualtinger gestand, dass er es nie lernen werde, sich in der Hierarchie der österreichischen Gesellschaft zurechtzufinden, erwiderte »Quasi«: »Aber was, Österreich ist ein Labyrinth, in dem sich jeder auskennt!«

»Österreich ist ein Labyrinth, in dem sich jeder auskennt«: Helmut Qualtinger in der Eden-Bar.

KARIKATUR: RUDOLF ANGERER

R

»Es is ewig schad um mich«

Von Julius Raab
bis Leopold Rudolf

JULIUS RAAB
Politiker

** 29. 11. 1891 St. Pölten † 8. 1. 1964 Wien. Schloss sich 1927 der Heimwehr an. Ab 1927 Nationalrat der christlichsozialen Partei. 1938 kurzzeitig Handels- und Verkehrsminister. 1945 Mitbegründer der ÖVP, 1952 bis 1960 Bundesparteiobmann, 1953 bis 1961 Bundeskanzler. Kandidierte 1963 für die Bundespräsidentschaft. Erlangte als »Staatsvertragskanzler« historische Bedeutung.*

Julius Raab gründete gemeinsam mit dem sozialistischen Gewerkschaftsbundpräsidenten Johann Böhm, der trotz gegensätzlicher politischer Herkunft sein persönlicher Freund war, die Sozialpartnerschaft, der eine wichtige Funktion zur Erhaltung des sozialen Friedens in Österreich zukam. Als Böhm einmal mit seinen Forderungen für die Arbeitnehmer aus Raabs Sichtweise zu weit ging, entgegnete der Kanzler in Anspielung an die Zustände in der Zwischenkriegszeit: »Mei liaber Freund, weil's damals allen gleich schlecht gangen is, kann's ja jetzt net allen gleich guat gehen.«

Kurz nach dem kommunistischen »Putschversuch« des Jahres 1950 wurde der spätere Bundeskanzler Raab von Pius XII. in Audienz empfangen. Auf die Frage des Papstes, was es in Wien Neues gäbe, antwortete Raab: »Bei uns wirbelt's!« Pius verstand nicht recht, worauf Julius Raab »übersetzte«: »Piccola revoluzione, Heiliger Vater!«

Raab war, ehe er Bundeskanzler wurde, Klubobmann, Stellvertretender Bundesparteiobmann, Chef der ÖVP-Niederösterreich, Obmann des Wirtschaftsbundes und Präsident der Bundeswirtschaftskammer. Auch innerhalb seiner Partei witzelte man über die immer größer werdende Macht- und Ämterfülle des Politikers: »Dem Raab geht's gut. Weil er der einzige Österreicher ist, der, wenn er was braucht, den Raab nicht fragen muss.«

Von Freunden »der große Schweiger« genannt – da er nur das Allernotwendigste sprach und viel lieber zuhörte –, fuhr Raab eines Tages mit dem Auto von Wien nach Vorarlberg. Im niederösterreichischen Tullnerfeld sagte sein Sekretär, mit einem Blick auf die umliegenden Felder: »Das Getreide steht heuer schon ganz schön hoch.« Bis knapp vor Feldkirch wurde kein Wort mehr gewechselt, dann endlich meinte Raab: »Do aa!«
Das war die gesamte Konversation während einer Fahrt von 600 Kilometern.

Nikita Chruschtschow bezeichnete während der Staatsvertragsverhandlungen in Moskau seinen Gast Julius Raab als Kapitalisten. Worauf dieser auf die reich gedeckte Tafel blickte und konterte: »Herr Chruschtschow, der eine bleibt ein Lebtag ein armer Kapitalist und der andere bringt's zum reichen Kommunisten.«

Nach der Rückkehr der österreichischen Delegation, die die Staatsvertragsverhandlungen in Moskau erfolgreich zu Ende gebracht hatte, wurde Raab von einem deutschen Journalisten gefragt: »Eine offene Frage, Herr Bundeskanzler: Warum haben die Russen letztlich nachgegeben?«
Darauf Raab: »Weil wir eine so Furcht erregende Nation sind.«

Als man von ihm wissen wollte, warum er zu den Staatsvertragsverhandlungen nach Washington nur in Begleitung eines Sekretärs, nach Moskau aber an der Spitze einer großen Regierungsdelegation gereist sei, antwortete Raab trocken: »In Washington hab i mi net so g'füacht!«

In der Ära Raab setzte das so genannte »Wirtschaftswunder« ein, das der Kanzler so definierte: »Die Deutschen verdanken das Wirtschaftswunder ihrem Fleiß, ihrer Strebsamkeit und ihrer Ausdauer. – Das österreichische Wirtschaftswunder ist hingegen wirklich ein Wunder!«

Auch für den Proporz fand Raab eine einfache Formel: »Proporz is, wenn i ins Gebäude vom Rundfunk kumm und plötzlich überall statt aner Hand zwa Händ schütteln muss.«

»Das österreichische Wirtschaftswunder ist wirklich ein Wunder«: Staatsvertragskanzler Julius Raab – mit der für ihn unverzichtbaren »Virginier«.
KARIKATUR: IRONIMUS

Der »Staatsvertragskanzler« war berühmt dafür, wichtige Entscheidungen einsam zu treffen. Selbst engste Mitarbeiter erfuhren erst aus der Zeitung von politischen Weichenstellungen, die Raab im Alleingang durchboxte. Als er seine Regierungsmitglieder in einer Sitzung wieder einmal vor vollendete Tatsachen stellte, erkannte er in den Gesichtern der Minister deren leisen Unmut. Da ergriff Raab das Wort und gab – kurz und bündig wie immer – kund: »Wer noch etwas zu sagen hat, der stehe auf und schweige.«

Im Jahre 1956 ernannte Bundeskanzler Julius Raab den bisherigen Staatssekretär Fritz Bock zum Handelsminister. Dr. Bock, der von seiner Ernennung aus dem Radio erfuhr, rief Raab an und wollte wissen, warum er nicht vorher gefragt wurde, ob er das Amt überhaupt antreten wolle.
Raab sagte nur: »Hätt'st na g'sagt, wenn i di g'fragt hätt?«
»Nein, das hätte ich natürlich nicht gesagt.«
»Na also«, meinte Raab, »warum hätt i di dann fragen sollen?«

Als im Sommer 1958 mit dem so genannten »Haselgruber-Skandal« eine der größten Politaffären der Nachkriegszeit aufflog, wurde u. a. bekannt, dass die Wiener Volkspartei ihren Wahlkampf mit dubiosen Parteispenden des Stahlunternehmers Haselgruber finanzieren wollte. ÖVP-Chef Raab ließ den Wiener Parteiobmann Fritz Polcar zu sich kommen und stellte klar: »Du verstehst, dass ana von uns zwa geh'n muass. Ich danke dir!«

Als Kommerzialrat Zauner, Besitzer des traditionsreichen Cafés Landtmann vis-à-vis vom Burgtheater – in dem Raab täglich frühstückte und natürlich seine »Virginier« rauchte –, einmal den Mut aufbrachte, politisch anderer Meinung zu sein als der Kanzler, erwiderte Raab: »I mach Ihna an Vorschlag: I versteh nix davon, wia ma an Kaffee braut und werd Ihna auch weiterhin dabei net dreinreden. Dafür lassen Sie die Finger von der Politik, des is nämlich nix für Ihna.«

Der erkrankte Ibn Saud von Saudi-Arabien begab sich mehrmals in die Obhut des weltberühmten Wiener Internisten Professor Karl Fellinger. Zu den Gästen, die der König in der Klinik Fellinger empfing, zählte auch Altbundeskanzler Julius Raab, der nie ein Hehl daraus machte, keine besondere Beziehung zur Musik zu haben. Als er sich mit Hilfe eines Dolmetschers mit Ibn Saud unterhielt, kam der König auf Österreichs große Musiktradition zu sprechen und fragte den früheren Regierungschef nach seinem Lieblingskomponisten. Raab schaute den Dolmetscher hilflos an und meinte: »Sagen S' ihm halt irgendeinen!«

Johann Joseph Wenzel Graf Radetzky

Feldherr

** 2. 11. 1766 Trebnitz/Tschechoslowakei † 5. 1. 1858 Mailand. Als Oberbefehlshaber der österreichischen Truppen durch zahlreiche Siege populär geworden, so bei Santa Lucia, Vicenza, Custozza, gegen Revolutionäre und in Sardinien. Ihm zu Ehren komponierte Johann Strauß Vater 1848 den Radetzkymarsch. Beigesetzt auf dem Heldenberg in Kleinwetzdorf/Niederösterreich.*

Es war im Revolutionsjahr 1848, als Johann Joseph Wenzel Graf Radetzky das Gastzimmer einer Weinschenke betrat und sich an den Tisch des Hofrats von Auersperg setzte. »Wo waren Exzellenz so lange?«, fragte Auersperg, als man den beiden Herren eine Flasche Champagner auf den Tisch stellte.

»Bei einer Soirée«, antwortete der Feldherr.

»Wie schön!«

»Ganz und gar nicht schön«, schnaubte der mehr als achtzig Jahre alte Radetzky. »Wo immer Sie heutzutage hinkommen, werden diese verdammten Walzer gespielt, immer nur Walzer. Und alle sind sie von diesem ... wie heißt er denn nur?«

»Strauß«, sagte Auersperg.

»Ja, der Strauß. Diese Walzer machen uns das ganze Soldatenleben kaputt. Eins, zwei, drei, eins zwei, drei ... Angefangen hat das schon mit dem Wiener Kongress, auf dem nur getanzt statt verhandelt wurde. Und was haben sie getanzt? Walzer! Und während sie getanzt haben, ist der Napoleon aus Elba zurückgekehrt, und Tausende unserer braven Soldaten mussten ins Gras beißen.«

»Ja, aber was kann denn da der Walzer dafür?«, fragte Auersperg.

Nebenan, am Künstlerstammtisch, lauschte ein Herr mit Künstlermähne, der der Antwort mindestens ebenso neugierig harrte.

»Dieselbe Gemütlichkeit, die damals beim Kongress durch solche Musiker wie diesen Strauß herrschte, hat die Wiener in eine Duliöhstimmung gebracht, die nichts mit der harten Wirklichkeit zu tun hat. Wir brauchen Soldaten, aber keine Walzertänzer. Wenn diese Wiener Komponisten

wenigstens einen einzigen anständigen Marsch zusammenbringen würden – aber das kann er nicht, dieser Strauß. Mir kann er gestohlen bleiben mit seinem ganzen Dreivierteltakt!«
Der am Nebentisch sitzende Herr mit Künstlermähne ärgerte sich und zahlte. »Ich soll keinen Marsch schreiben können?«, sagte Johann Strauß Vater – der zufällig Zeuge des Gesprächs geworden war – leise zu sich und ging. Und am Heimweg fiel ihm eine Melodie ein.
Es war kein Walzer, sondern ein Marsch. Und er nannte ihn, seinem Tischnachbarn zu Ehren, Radetzkymarsch.

Der 83-Jährige saß am Tage der Schlacht von Custozza zwölf Stunden im Sattel. Abends beschworen ihn seine Offiziere, er möge doch am nächsten Tag wenigstens eine Stunde absteigen und sich zwischendurch ein wenig Ruhe gönnen.
Da flüsterte der Feldmarschall seinem Adjutanten ins Ohr: »Das sagt sich so leicht. Aber wenn ich einmal unten bin, komm ich doch nicht mehr hinauf aufs Pferd.«

Radetzky hatte seiner Tochter Friederike, verehelichte Gräfin Wenckheim, im Jahre 1856 mehrere Briefe geschickt, die von der großen Zuneigung des alten Haudegen zu seinem Kind zeugen. Versicherte er darin seiner »geliebten Fritzi« doch immer wieder, wie sehr sie ihm im fernen Venedig fehlte, wo er trotz seiner neunzig Jahre immer noch als Generalgouverneur des Königreichs Lombardo-Venetien und auch als Kommandierender General der Zweiten k. k. Armee tätig war.
So weit wäre also die rührend formulierte Korrespondenz eines liebenden Vaters klar und mehr als verständlich. Eigenartig ist nur der wenig intime Abschied in den Briefen an die Tochter. Unterschrieb er doch jeden einzelnen mit den schwungvoll hingekritzelten Worten: »Dein Dich liebender Vater Radetzky, Feldmarschall.«

Ferdinand Raimund
Schriftsteller und Schauspieler

** 1. 6. 1790 Wien † 5. 9. 1836 Pottenstein/Niederösterreich. Eigentlich Ferdinand Jakob Raimann. Trat, nach Absolvierung einer Zuckerbäckerlehre ab 1808 bei Wandertruppen und ab 1814 am Theater in der Josefstadt auf. Die größten Erfolge des Autors: »Der Barometermacher auf der Zauberinsel« (1823), »Der Alpenkönig und der Menschenfeind« (1828), »Der Verschwender« (1834).*

Ferdinand Raimund lud seinen Kollegen Franz Grillparzer in sein Landhaus nach Gutenstein ein. Als Grillparzer eintraf, konnte er Raimund nicht finden, weshalb er sich in der Umgebung des Anwesens auf die Suche machte. Nach längerer Zeit erspähte er eine sonderbare Gestalt, die

Raimund als »Aschenmann« in seinem 1826 in Wien uraufgeführten Zaubermärchen »Der Bauer als Millionär«.
ZEITGENÖSSISCHE DARSTELLUNG

im Gipfel eines hohen Baumes saß: Raimund trug einen geblümten Schlafrock, eine grüne Schirmmütze, hatte hinter den Ohren eine größere Anzahl von Schreibfedern stecken, aus allen Taschen quollen Unmengen von Papier und um den Hals hing an einer Kette ein Tintenfass. »Raimund, um Gottes willen«, rief Grillparzer, »wie schauen Sie denn aus?« »Wie sonst soll ich denn ausschauen«, entgegnete Raimund, »wenn ich auf die Bäum sitz und dicht.«

Während des Besuchs erwähnte Raimund, wie sehr er Grillparzer darum beneidete, dass er seine Werke in klassischem Hochdeutsch schreiben könne: »I hab halt die vielen schönen Worte net, und wenn i sie hätt, möchten's die in meiner Vorstadt draußen net verstehn. Es is ewig schad um mich.«

Kardinal Josef Othmar Rauscher

Erzbischof

** 6. 10. 1797 Wien † 24. 11. 1875 ebd. Philosophielehrer des späteren Kaisers Franz Joseph I. Ab 1825 Professor für Kirchengeschichte und Kirchenrecht in Salzburg, 1832 Direktor der Orientalischen Akademie in Wien, ab 1849 Bischof der Diözese Seckau und Administrator von Leoben. 1853 Fürsterzbischof von Wien, 1855 Kardinal. Verfasste das Konkordat von 1855.*

Bei der feierlichen Vermählung Kaiser Franz Josephs mit der bayrischen Prinzessin Elisabeth am 24. April 1854 hielt Fürsterzbischof Josef Othmar Rauscher in der Wiener Augustinerkirche eine mehrstündige, vielen Gästen endlos scheinende Predigt. Die Wiener nannten ihn danach »Kardinal Plauscher«.

Fred Raymond

Komponist

** 20. 4. 1900 Wien † 10. 1. 1954 Überlingen/Deutschland. Eigentlich Raimund Friedrich Vesely. Schuf Evergreens wie »Ich hab mein Herz in Heidelberg verloren« (1924), »Ich hab das Fräul'n Helen baden 'seh'n« (1925) und »In einer kleinen Konditorei« (1929). Zu seinen größten Erfolgen zählen die Operetten »Maske in Blau« (1937) und »Saison in Salzburg« (1938).*

Durch *Maske in Blau* über Nacht berühmt geworden, wurde Fred Raymond am Tag nach der Premiere der Operette von seinem Kollegen Paul Abraham im Kaffeehaus angesprochen: »Fred, das war sehr hübsch gestern Abend. Lauter gängige Melodien: Strauß, Lehár, Kálmán, Abraham – leider hast du am Anfang des dritten Aktes einen eigenen Einfall gehabt. Damit hast du alles verdorben.«

Heinz Reincke

Schauspieler

** 28. 5. 1925 Kiel/Deutschland. Ging 1942, nach Absolvierung einer Industrie- und Handelslehre, zum Theater. War von 1955 bis 1965 im Engagement in Hamburg, 1968 bis 1985 Ensemblemitglied des Wiener Burgtheaters, als dessen »Hauspreuße« er oft bezeichnet wurde. Drehte neben seiner Tätigkeit am Theater zahlreiche Fernsehfilme. Seit 1970 österreichischer Staatsbürger.*

In einer Art Werbeslogan für sich selbst stellte der als trinkfest bekannte Wiener »Hauspreuße« Heinz Reincke einen Zusammenhang seiner Person zu dem großen Stahlkonzern in der heimlichen Hauptstadt des Ruhrgebiets her, als er meinte: »Was Krupp in Essen, ist Reincke in Trinken!«

Als Reincke, in etwas reiferen Jahren in Grillparzers *Weh dem, der lügt* am Burgtheater den Küchenjungen Leon spielte, wurde er gefragt, ob er für die Rolle nicht schon etwas zu alt sei. Reincke antwortete: »Ich spiele ihn mehr als Küchenchef!«

Gottfried Reinhardt
Regisseur

** 20. 3. 1913 Berlin † 19. 7. 1994 Los Angeles. Max Reinhardts Sohn ging 1932 zu Studienzwecken in die USA, wo er nach Hitlers Machtergreifung blieb. Arbeitete als Regieassistent von Ernst Lubitsch und für Metro-Goldwyn-Mayer. Kehrte 1954 zeitweilig nach Europa zurück und führte bei Filmen wie »Sonnenuntergang« mit Hans Albers oder »Menschen im Hotel« mit Heinz Rühmann Regie.*

Als Gottfried Reinhardt beim *Jedermann* der Salzburger Festspiele 1961 Regie führte, wurde ihm vielfach vorgeworfen, dass die Inszenierung ganz und gar nicht im Sinne seines Vaters Max Reinhardt ausgefallen sei: Walther Reyer spielte die Titelrolle in einer modernen Version, die Kostüme kamen aus Hollywood, die Musik stammte von Ernst Krenek. Nach der Generalprobe fragte Heinrich Schweiger, der den Teufel spielte und mittels eines Trampolins auf die Bühne katapultiert wurde, einen alten Billeteur – der alle *Jedermänner* seit den zwanziger Jahren gesehen hatte –, wie ihm die Vorstellung gefallen habe. »Sehr interessant, sehr interessant«, erklärte der theatererfahrene Kiebitz, um dann zu dem Schluss zu gelangen: »Nur der Dom stört!«

Max Reinhardt
Regisseur

** 9. 9. 1873 Baden bei Wien † 31. 10. 1943 New York. Eigentlich Max Goldmann. 1890 Schauspieldebüt, ab 1905 durch seine Berliner »Großrauminszenierungen« weltbekannt. 1920 Mitbegründer der Salzburger Festspiele. 1923 Kauf des Theaters in der Josefstadt, 1928 Gründung des Berliner Theaters und der Schauspiel- und Regieschule in Wien. 1937 Emigration in die USA.*

Max Reinhardt war Bankangestellter, ehe er Schauspieler wurde. In derselben Wiener Bank arbeitete ein junger Mann, der später ebenfalls zum Theater ging – freilich ohne jemals einen Erfolg zu feiern. Am Theaterstammtisch pflegte Reinhardts Kollege die folgende Erklärung zu geben: »Ich habe bei der Bank mehr verdient als er und bin deshalb ein halbes Jahr später zum Theater gegangen als Reinhardt. Und dieses halbe Jahr«, beendete er seine Geschichte mit einem tiefen Seufzer, »habe ich nie mehr aufholen können.«

Er galt als der bedeutendste Theaterregisseur seiner Zeit: Max Reinhardt.

ZEITGENÖSSISCHE KARIKATUR

Sie müssen viel mehr Ausdruck in Ihre Stimme legen«, erklärte Reinhardt während einer Probe dem Schauspieler Eugen Klöpfer. »Der Jannings hat letztens eine ganz gewöhnliche Speisekarte so vorgelesen, dass mir die Tränen gekommen sind.«
»Da wird er wohl die Preise mitgelesen haben«, erwiderte Klöpfer trocken.

Max Reinhardts Bruder Eduard war der kommerzielle Direktor der Reinhardt-Bühnen in Berlin, Salzburg und Wien. Über die Zusammenarbeit mit ihm sagte Max Reinhardt: »In 99 Prozent der Fälle hat der Eduard Recht und ich habe Unrecht. Bei einem Prozent hat er Unrecht und ich habe Recht. Von diesem einen Prozent leben wir.«

Reinhardt legte Wert auf gute Kleidung und war vor allem Sockenfetischist, weshalb er auf Reisen immer große Mengen von Knie- und Wadenstrümpfen mit sich führte. Unter den vielen Koffern, die ihn stets begleiteten, befand sich mindestens einer für den Transport seiner Strumpf- und Sockenkollektion. Als er einmal eine einwöchige Seereise antrat, stellte sich heraus, dass er sage und schreibe hundert Paar Socken bei sich hatte. »Aber Herr Professor«, sagte der Stewart beim Auspacken, »Sie können doch für die Schifffahrt nicht mehr als zehn Paar Socken brauchen.«
»Das stimmt«, entgegnete Reinhardt, »aber welche?«

Karl Renner

Politiker

** 14. 12. 1870 Unter-Tannowitz/Tschechoslowakei † 31. 12. 1950 Wien. Vertreter des gemäßigten Flügels der Sozialdemokratischen Partei. Bibliothekar, 1907 Reichsratsabgeordneter, 1918 bis 1920 Staatskanzler der Ersten Republik. Initiator der Provisorischen Verfassung, der Wahlordnung und grundlegender Gesetze. 1934 vorübergehend inhaftiert. Ab 1945 österreichischer Bundespräsident.*

Karl Renner war das erste Staatsoberhaupt der Ersten und auch der Zweiten Republik. So jedenfalls steht's in den Geschichtsbüchern. Dabei ist es gar nicht sicher, ob das stimmt. Wurde doch Karl Renner 1870 gemeinsam mit einem Zwillingsbruder als eines von 18 Kindern einer armen Bauernfamilie in Mähren geboren. Um die beiden Knaben voneinander unterscheiden zu können, war Karl eine rote und seinem Bruder Anton eine blaue Schleife um den Arm gebunden worden. Während des Fütterns lösten sich die Schleifen, und von da an stand nicht mehr fest, wer Karl und wer Anton war. Der spätere Bundespräsident pflegte mehrmals zu sagen: »Ich glaube, ich bin der Anton und er ist der Karl!«

Das Jahr 1918 brachte dem einst so stolzen Reich die folgenschwerste Veränderung seiner Geschichte. Ein Krieg ging verloren, eine Dynastie musste nach 600-jähriger Regentschaft abdanken, das Land wurde zerschlagen, seine Bürger gedemütigt. Staatskanzler Karl Renner gestand in dieser Situation: »Also, eines muss ich schon sagen: Wenn der alte Kaiser noch gelebt hätt, hätten wir uns das nicht getraut.«

»Also, eines muss ich schon sagen: Wenn der alte Kaiser noch gelebt hätt, hätten wir uns das nicht getraut«: Österreichs Staatskanzler und späterer Bundespräsident Karl Renner.

KARIKATUR: C. SICHULSKI

Der Rest ist Österreich«, verkündete der französische Ministerpräsident Georges Clemenceau bei den Friedensverhandlungen in Saint-Germain, während die Bewohner des ehemaligen Vielvölkerstaates nun auch offiziell die Aberkennung des größten Teils ihrer Gebiete zur Kenntnis nehmen mussten.

Der Volksmund überlieferte die folgende Geschichte aus Saint-Germain: »Als Clemenceau zu Renner gleich bei der Begrüßung sagte: ›Na, wartet nur, euch werden wir schon einheizen!‹, da erwiderte Renner: ›Wenn möglich erst im Winter!‹«

Erwin Ringel

Arzt

** 27. 4. 1921 Temesvar/Rumänien † 28. 7. 1994 Bad Kleinkirchheim. Der Psychiater gründete 1948 das erste Selbstmordverhütungszentrum Europas, 1954 Leiter der Frauenpsychiatrie in Wien, 1960 bis 1988 Präsident des österreichischen Vereins für Individualpsychologie, gründete 1978 die Gesellschaft für Klinisch-psychosomatische Medizin. 1981 bis 1991 Lehrstuhl für medizinische Psychologie.*

Der berühmte Psychiater Erwin Ringel hatte einmal auf Schloss Grafenegg eine Diskussion mit dem Schauspieler Oskar Werner. Als Ringel in seinen Argumenten nicht zu bremsen war und das Gespräch zu eskalieren drohte, herrschte der Schauspieler den Psychiater an: »Sagen Sie kein Wort mehr. Mein Beruf ist es, zu reden. Ihrer ist es, zuzuhören!«

Roda Roda

Schriftsteller

** 13. 4. 1872 Drnowitz/Tschechoslowakei † 20. 8. 1945 New York. Eigentlich Alexander Friedrich Rosenfeld. Veröffentlichte humoristische Geschichten über das Militär, weshalb er 1907 seine Offizierscharge verlor. Im Ersten Weltkrieg Kriegsberichterstatter, danach Schriftsteller, Drehbuchautor und Filmschauspieler in Berlin. 1933 Rückkehr nach Österreich, 1938 Emigration in die Schweiz, 1940 USA.*

Roda Roda beschreibt eine Szene im alten Wien. Zwei Bürger blicken einem einsam über die Ringstrasse zuckelnden Automobil nach. Da sagt der eine: »Wird aa wieder abkommen.«

Die Ärzte sollen deutlicher schreiben«, meinte Roda, als er von einer jungen Dame hörte, die sich nach dreiwöchigem Kuraufenthalt beim Chefarzt bedankte: »Die dreißig Minuten Tanz pro Tag haben mich vom Ischias völlig geheilt.«
»Tanz?«, fragte der Arzt erstaunt. »Ich habe Ihnen doch Fango verschrieben.«
»Na sowas! Und ich hatte Tango gelesen.«

Roda traf im Kaffeehaus einen Bekannten, der sich als Theaterautor versucht hatte. »Sie leben noch?«, gab sich Roda erstaunt.
»Scheint so«, antwortete der Kollege.
»Ich frage nur, weil ich in letzter Zeit so viel wohlwollende Kritiken über Ihre Stücke gelesen habe, dass ich schon fürchten musste, dass das Ihre Nachrufe sind.«

Wenn ich noch einmal auf die Welt komme«, verkündete Roda, »suche ich mir einen Beruf aus, bei dem ich in Berlin wohnen, in Paris leben und in Wien essen kann.«

Roda Roda verfasste eine Geschichte über einen Portier namens Schleimgruber, der in der griechischen Gesandtschaft zu Wien beschäftigt war. Als dieser Vaterfreuden entgegensah, bat er den Gesandten, als Pate zu fungieren. Ausgerechnet am Tag der Taufe, noch ehe der Diplomat ein Geschenk hatte besorgen können, wurde er aus Wien abberufen. »A so a Pech«, ärgerte sich der Portier, »jetzt haaßt der Bua fürs ganze Leben Archilochos oder so, und i hab an Dreck davon.«

Wann in Berlin a Künstler verhungert«, lässt Roda Roda einen Wiener sinnieren, »kümmert sich ka Mensch um eahm. Aber in Wien stengan Hunderte um eahm herum und sagen einmütig: es müsset eigentlich was für ihn g'schehn.«

Die Unterschiede zwischen Österreich und Italien definierte Roda Roda folgendermaßen: »Über Italien lacht der blaue Himmel, über Österreich lacht die ganze Welt.«

Roda Roda drohte, als er einmal vor Gericht stand, seinem Gegner »mit dem berühmten Zitat des Götz von Berlichingen …«. Der Richter war empört und wollte ihn wegen Ehrenbeleidigung klagen. Doch Roda vollendete: » … das berühmte Zitat aus dem *Götz von Berlichingen*: ›Wo viel Licht ist, ist starker Schatten.‹« Ein Sachverständiger für Literatur wurde gerufen, der bestätigte, dass die zitierten Worte wirklich im *Götz* stehen.

»Über Italien lacht der blaue Himmel, über Österreich lacht die ganze Welt«: Roda Roda.
ZEICHNUNG: F. WEISGERBER

Als Roda in einem Hotel in Galizien ankam, entdeckte er in seinem Bett eine Wanze. Er ließ den Portier kommen, der das Ungeziefer entfernte und den Gast mit den Worten besänftigte: »Sie können jetzt beruhigt schlafen gehen, Herr von Roda, die Wanze ist tot und die Angelegenheit damit erledigt.«
Als er am nächsten Morgen zum Frühstück ging, machte Roda Roda an der Rezeption Halt und sagte zum Portier: »Sie haben Recht gehabt, die Wanze ist wirklich tot. Aber Sie hätten sehen müssen, welche Massen von der Verwandtschaft sich zur Beerdigung eingefunden haben.«

Vor Ausbruch des Ersten Weltkriegs wurde *Der Feldherrnhügel* von Roda Roda und Carl Roeßler mit einem Aufführungsverbot belegt, wobei der zuständige Zensurbeamte den beiden Autoren erklärte: »Dieses Stück wird nicht aufgeführt, so lange die österreichisch-ungarische Monarchie besteht!« Worauf Roeßler seinen Co-Autor unterm Arm nahm und sagte: »Komm Roda, die paar Wochen wart ma halt noch!«

Annie Rosar
Schauspielerin

** 17. 5. 1888 Wien † 5. 8. 1963 ebd. Übernahm nach ihrem Debüt 1910 am Lustspieltheater in Wien Rollen als jugendliche Heldin in München, Berlin und Hamburg. 1917 bis 1923 am Burgtheater, danach am Theater in der Josefstadt. Wechselte, durch Max Reinhardt ermutigt, ins komische Fach; ab 1930 auch im Film. In den Kriegs- und Nachkriegsjahren am Deutschen Volkstheater.*

Die Ausstrahlung einer Literaturverfilmung des Franz-Werfel-Romans *Der veruntreute Himmel* im Jahre 1958 wurde nicht nur zu einem der ersten großen Erfolge des jungen Mediums Fernsehen, sondern auch zum Triumph für die Hauptdarstellerin Annie Rosar.

Ein paar Tage später hatte Gerhard Bronner eine Kabarettsendung im Fernsehen, in der Helmut Qualtinger eine etwas boshafte, dafür aber täuschend ähnliche Parodie der Rosar zeigte. Es dauerte nicht lange, da meldete sich Annie Rosar telefonisch bei Fernsehdirektor Gerhard Freund. Sie zeigte sich über die Imitation empört und beschwerte sich bitterlich darüber, dass Freund – gerade nach ihrem großen Fernseherfolg – so etwas zugelassen hatte. Dem Direktor war die Sache äußerst peinlich, wobei er der Volksschauspielerin einerseits zu erklären versuchte, dass es für Kabarettisten keinerlei Zensur gebe, er die alte Dame andererseits aber auch nicht verletzen wollte.

Frau Rosar war jedenfalls nicht zu beruhigen, sie rief insgesamt sechs Mal an und ging dem viel beschäftigten Fernsehchef mit ihren Anrufen schon ein wenig auf die Nerven. Beim siebenten Mal ließ sich Gerhard Freund von seiner Sekretärin verleugnen, was ihm dann wieder Leid tat, weshalb er kurze Zeit später in Annie Rosars Wohnung zurückrief.

Die Schauspielerin hob ab, hörte sich an, was Freund zu sagen hatte, und bemerkte dann mit großem Erstaunen: »Herr Direktor, ich habe Sie doch in meinem ganzen Leben noch nie angerufen!«

Wer war's? Der Qualtinger! Wie sich bald herausstellte, hatte er – jedes mal mit verstellter Stimme – den Fernsehdirektor »gepflanzt«.

Ein »Opfer« der legendären Practical Jokes von Helmut Qualtinger: die populäre Film- und Theaterschauspielerin Annie Rosar.

KARIKATUR: KÓRA

LOUIS NATHANIEL FREIHERR VON ROTHSCHILD

Bankier

** 5. 3. 1882 Wien † 15.1. 1955 Jamaika. Überwand 1929 mit Hilfe der Credit-Anstalt die »Bodencredit-Krise«. Die in seinem botanischen Garten auf der Hohen Warte beschäftigten Gärtner gründeten den First Vienna Fußball-Club. 1938 von den Nazis verhaftet und zur Zahlung eines enormen Lösegelds erpresst. Mit seiner Emigration endete die österreichische Linie der Rothschilds.*

Kriegsbedingt will die Monarchie beim Baron Rothschild eine große Anleihe zeichnen. Der Bankier schreitet die Treppe zu Schloss Schönbrunn hinauf, wo er in Anwesenheit des Kaisers den Vertrag unterschreiben soll. Da nimmt ihn der Innenminister freundschaftlich unterm Arm und sagt vertraulich: »Herr Baron, warnen Sie doch bitte Ihren Sohn Moritz! Er treibt sich in sozialistischen Zirkeln herum. Wir werden nicht mehr lange untätig zuschauen können.«

Minuten später wird Rothschild der zur Unterschrift fertige Vertrag gereicht. Der Baron nimmt seine goldene Füllfeder zur Hand, überlegt kurz, kratzt sich am Kopf. Und steckt die Feder wieder in die Sakkotasche.

»Herr Baron unterzeichnen nicht?«

»Nein, wie soll ich einem Staat mein Geld borgen, der Angst hat vor meinem kleinen Moritzl?«
Spricht's, steht auf und verlässt das kaiserliche Schloss.

Ein Geschäftspartner berichtete dem Bankier, dass ihm ein befreundeter Schuldner den ihm gewährten Kredit in Höhe von 10 000 Gulden nicht zurückzahlen wollte.
»Klagen Sie doch das Geld ein«, lautete Rothschilds Vorschlag.
»Aber ich habe nicht einmal eine Quittung.«
»Dann schreiben Sie ihm einfach, er solle Ihnen die 20 000 Gulden zurückzahlen, die Sie ihm geborgt haben.«
»Aber es sind doch nur 10 000.«
»Sehen Sie, das wird er Ihnen auch antworten. Und schon haben Sie Ihre Quittung.«

Salomon Meyer Freiherr von Rothschild

Bankier

** 9. 9. 1774 Frankfurt am Main † 27. 7. 1855 Paris. Der Begründer der österreichischen Linie des Hauses lebte ab 1820 in Wien, wo er der Regierung Metternich einen Kredit in der Höhe von 200 Millionen Gulden verschaffte. 1835 erhielt er die Konzession zum Bau der Kaiser-Ferdinand-Nordbahn, 1844 erwarb er das Hotel Zum römischen Kaiser in der Wiener Renngasse.*

Salomon Rothschild soll sehr sparsam gewesen sein. Als er im Pariser Hotel Ritz das billigste Zimmer verlangte, schrie der Portier entsetzt auf: »Aber Herr Baron, Ihr Sohn nimmt immer das Fürstenappartement!« Da entgegnete der alte Rothschild: »Mein Sohn hat ja auch einen reichen Vater.«

Wenn Rothschild in Wien weilte, besuchte er täglich die Vorstellungen des Leopoldstädter Theaters. Als er eines Abends hinter der Bühne ein lautes Schluchzen hörte, lief er zu den Garderoben, wo er eine alte Choristin sah, die herzzerreißend weinte.

»Warum«, fragte Rothschild, »weint diese Frau so kläglich?«
Madame Viehweger, wie die Choristin hieß, wurde befragt und antwortete: »Ach, ich hab alle Ursache zu weinen. Während ich hier Komödie spielen muss, nimmt mir der Hausherr meine wenigen Möbel und wirft meine kranke Mutter auf die Straße.«
»Was sind Sie dem Manne schuldig?«, wollte der Baron wissen.
»Sechzig Gulden.«
Rothschild übergab der Frau zweihundert Gulden, die arme Choristin stürzte zu den Füßen ihres Wohltäters nieder und benetzte seine Hände mit Tränen.
Am nächsten Tag kam Rothschild, der das Theater über alles liebte, wieder. Und abermals wählte er den Weg aus seiner Loge hinter die Bühne. Und der Theatersekretär Bäuerle hinterließ uns auch, welches Bild sich ihm an diesem Abend bot:
»Da weinten zwölf Choristinnen.«

RUDOLF
Erzherzog

** 21. 8. 1858 Laxenburg † 30. 1. 1889 Mayerling. Einziger Sohn Kaiser Franz Josephs I., Kronprinz. 1881 Heirat mit Stephanie von Belgien. Mitherausgeber des 24-bändigen Werkes »Österreichisch-Ungarische Monarchie in Wort und Bild«, heimliche Tätigkeit als Journalist u. a. im »Neuen Wiener Tagblatt«. Erschoss seine Geliebte Mary Vetsera und danach sich selbst im Jagdschloss Mayerling.*

Im Ischler Kurtheater traten alljährlich die großen Wiener Schauspieler – allen voran Katharina Schratt und Alexander Girardi – auf, weil sie ihre Sommerferien nur allzu gerne mit einem Engagement verbanden, das ihnen den Urlaub finanzierte. Die Direktion der kleinen Bühne war sehr stolz auf ihre Stars, aber natürlich auch darauf, hin und wieder das eine oder andere Mitglied des Kaiserhauses in einer der Vorstellungen begrüßen zu dürfen.
Als Kronprinz Rudolf eines Abends das Theater betrat, fragte er sogleich den Logenschließer: »Ist Seine Majestät schon da?«

Der Angesprochene verbeugte sich umständlich und antwortete dann unter gröblichster Außerachtlassung jeglichen Hofzeremoniells: »Jawohl, der Herr Papa ist schon da!«
Empört über diese Respektlosigkeit, fragte der Kronprinz den Logenschließer: »Er ist wohl betrunken?«
Worauf dieser erwiderte: »Davon habe ich eigentlich nichts bemerkt. Jedenfalls ist er ganz schön grad und aufrecht hineingangen.«

LEOPOLD RUDOLF

Schauspieler

** 3. 5. 1911 Wien † 4. 6. 1978 ebd. Nach seinem Debüt, 1937 in Salzburg, an verschiedenen deutschen Bühnen tätig, ehe er 1945 an das Theater in der Josefstadt nach Wien kam, dem er bis zu seinem Tod angehörte. Spielte Charakterrollen in Stücken von Schnitzler, Hofmannsthal, Raimund, Nestroy, Ibsen, Pirandello u. a. Daneben Tätigkeit bei Film und Fernsehen.*

Man probierte in der Josefstadt eine Komödie, in der Leopold »Poldo« Rudolf selbst nicht mitspielte. Also verbrachte er den Vormittag, an dem die Hauptprobe des Lustspiels stattfand, im Kaffeehaus Maria Treu neben dem Theater. Nach der Probe kamen die Kollegen ins Lokal und setzten sich zu »Poldo«.
»Kinder«, begrüßte er seine Freunde, »Kinder, ihr wart heute wieder großartig, ganz einmalig, jeder Einzelne von euch ein Erlebnis!«
Er umarmte die Darsteller euphorisch, prostete ihnen zu und küsste sie. Bis schließlich einer der Mimen verwundert fragte: »Sag, Poldo, woher weißt du eigentlich, wie wir gespielt haben, du warst doch heut gar nicht im Theater?«
»Aber Kinder«, entgegnete Leopold Rudolf, »ich kenn euch doch alle!«

S

»Sie wecken ja das ganze Publikum auf!«

Von Adele Sandrock bis Szöke Szakall

Adele Sandrock

Schauspielerin

** 19. 8. 1863 Rotterdam † 30. 8. 1937 Berlin. Der Durchbruch gelang ihr 1889 in Alexandre Dumas »Der Fall Clemenceau« im Theater an der Wien. Danach avancierte sie am Deutschen Volkstheater und am Burgtheater zum Star. 1905 bis 1910 bei Max Reinhardt in Berlin, 1920 begann ihre zweite Karriere als komische Alte, vor allem in Kinofilmen.*

Wiens Männerwelt lag der jungen Sandrock zu Füßen – und mit Arthur Schnitzler verband sie eine heftige Affäre. Groß und von kräftiger Gestalt, sah sie sich eines Abends nach der Vorstellung am Bühnentürl des Burgtheaters einem jungen Mann gegenüber, der ihr kaum bis zur Schulter reichte. »Wenn Sie gestatten, gnädige Frau«, sagte der Bewunderer ehrfurchtsvoll, »werde ich Sie heute nach Hause bringen. Wir wohnen in derselben Straße.«
»Aus welchem Grund?«, gab sich die Künstlerin erstaunt. »Fürchten Sie sich denn, allein nach Haus zu gehen?«

Bei einem Festessen musste die Sandrock erkennen, dass ihr Tischnachbar statt all der Köstlichkeiten, die da serviert wurden, nur große Mengen Kartoffeln, Salate, Gemüse und Obst zu sich nahm. »Schmeckt Ihnen das Fleisch nicht?«, fragte die Schauspielerin.
»Es geht um mein Leben«, antwortete der Gesundheitsfanatiker. »Auf diese Weise möchte ich meinen Tod noch etwas hinausschieben.«
»Unbegreiflich«, knurrte Adele und ließ sich ein Schnitzel servieren, »für euch Vegetarier muss es doch ein Vergnügen sein, ins Gras zu beißen.«

Einen Teil ihrer Faszination erreichte Adele Sandrock durch ihren tiefen Bassbariton. Einem blinden Bettler, der auf der Kärntner Straße seinem Gewerbe nachging, warf sie ein paar Münzen in den Hut und rief ihm gleichzeitig zu: »Kaufen Sie sich was dafür!«
Der Mann reagierte mit den Worten: »Danke schön, Herr General!«

Mit dieser Karikatur wurde die spätere Karriere der erst 38-jährigen Adele Sandrock als »komische Alte« vorweggenommen.

ZEICHNUNG:
EDUARD GRÜTZNER, 1901

Selbstbewusst war sie auch. Als Burgtheaterdirektor Dr. Max Burckhard zu ihr sagte: »Ich kenne nur zwei wirklich große Tragödinnen … «, unterbrach sie ihn: »Und wer ist die Zweite?«

Schade«, sagte Adele Sandrock zu ihrem Tischnachbarn in einer Abendgesellschaft. »Es ist mir nie gelungen, die Duse auf der Bühne zu sehen. Nur einmal sind wir einander wenigstens auf der Straße begegnet.«
»Und, was war?«, fragte ihr Gegenüber.
»Nichts Besonderes. Wir sind voreinander nur wortlos auf den Knien gelegen.«

Am Ende eines sehr langweiligen Konzerts, das von einem zweitklassigen Streichquartett bestritten wurde, meinte ihr Sitznachbar im Wiener Musikvereinssaal: »Die spielen seit drei Jahren zusammen.« Worauf die Sandrock mit dem ihr eigenen trockenen Humor sagte: »So lange kam es mir gar nicht vor.«

Adele Sandrock begegnet dem Wiener Schriftsteller, Kulturkritiker und Hobbyschauspieler Egon Friedell auf dem Kurfürstendamm.
»Wohin, Herr Doktor?«, fragt die alte Dame mit ihrer tiefen Stimme.
»Ins Theater, gnädige Frau.«
»Kritisieren?«
»Nein, spielen.«
»Schrecklich!«, brummte sie. Und wandte sich von ihm ab.

Während eines äußerst langweiligen Theaterstücks schnarchte der Sitznachbar der Sandrock fürchterlich laut. Da stieß sie den Mann in die Seite und flüsterte ihm zu: »Schnarchen Sie doch nicht so laut. Sie wecken ja das ganze Publikum auf!«

Ausgerechnet in Adele Sandrocks Gegenwart wurde Stella von Hohenfels, ihre größte Widersacherin am Burgtheater, über den grünen Klee gelobt. Die Sandrock hörte sich all die Ehrerbietungen mit steinernem Gesicht an, als aber ein Herr auch noch feststellte, dass die Hohenfels prächtige Zähne hätte, riss ihr die Geduld. »Gewiss hat sie prächtige Zähne«, nickte die Sandrock zustimmend. Und fügte an: »Neuerdings.«

Eine junge Schauspielerin fragt die Sandrock: »Haben Sie schon gehört, unsere Kollegin X feiert nächste Woche ihren 30. Geburtstag?«
»So?«, Adele blickt erstaunt. »Hat Sie sich endlich dazu entschlossen?«

Die Sandrock gab in reiferen Jahren eine Gesellschaft, zu der sie vierzehn Gäste geladen hatte. Als ein Gast eine Stunde vor Beginn der Party absagte, war Adele verzweifelt, zumal sie wusste, dass Willy Fritsch, der ebenfalls erwartet wurde, abergläubisch war.
Da sie beim besten Willen keine Idee hatte, woher sie so kurzfristig einen Gast hernehmen sollte, stürzte sie in ihrer Not auf die Straße, erblickte einen Herrn, hielt ihn am Arm fest und flehte mit eindringlicher Stimme: »Junger Mann, kommen Sie mit! Sie sind der Vierzehnte heute Abend!«
Der Fremde sah die Sandrock von oben nach unten an, riss sich von ihr los und erwiderte: »Niemals! Und wenn ich der Erste wäre!«

Auf einer Premierenfeier wurde Adele Sandrock einem jungen Mediziner vorgestellt, der – mehr Modearzt als Kapazität – sehr arrogant und von sich eingenommen war. Als der Schauspielerin auffiel, dass er einen übergroßen Brillantring trug, den er während des Gesprächs stets durch lebhaftes Gestikulieren zur Geltung zu bringen trachtete, fragte sie ihn, woher er das prachtvolle Schmuckstück hätte.
»Den Ring habe ich von einer Patientin«, antwortete der Modearzt kokett.
»Soso!«, brummte die Sandrock. »Also geerbt!«

Die große Heroine verbrachte die letzten Tage ihres Lebens, bereits vom Tode gezeichnet, in ihrer Berliner Wohnung, in der sie von ihrer Schwester Wilhelmine betreut wurde. Als das Ende nahte, bat Wilhelmine den gemeinsamen Freund Hubert von Meyerinck, so schnell wie möglich zu kommen. Während die beiden im Nebenzimmer leise tuschelnd Adeles Zustand beklagten, erwachte diese für kurze Zeit aus dem Koma und brüllte wie in ihren besten Zeiten im Befehlston: »Schnattert nicht, hier wird gestorben!«

ADOLF SCHÄRF
Politiker

** 20. 4. 1890 Nikolsburg/Tschechoslowakei † 28. 2. 1965 Wien. Der studierte Jurist war 1918 bis 1934 Sekretär der sozialdemokratischen Nationalratspräsidenten Karl Seitz, Matthias Eldersch und Karl Renner. 1934, 1938 und 1944 inhaftiert, 1945 maßgeblich an der Gründung der SPÖ beteiligt, deren erster Vorsitzender in der Zweiten Republik er wurde. 1945 bis 1957 Vizekanzler, danach Bundespräsident.*

Schärf hatte als begeisterter Saunabesucher jahrelang ein bestimmtes Dampfbad frequentiert, dessen Gäste ihn natürlich alle gut kannten. Als er nach seiner Wahl zum Bundespräsidenten wie immer in seine Stammsauna kam, legte er das seine Lenden umspannende Handtuch, allen bisherigen Gepflogenheiten zum Trotz, nicht ab. Es war das erste Mal, dass Adolf Schärf – wenn auch nur spärlich – bekleidet blieb.

»Was is, Doktor Schärf«, fragte ihn ein Saunabesucher, »g'schamig worden?«
»Nein«, lautete die Antwort. »Bundespräsident!«

Otto Schenk
Schauspieler und Regisseur

** 12. 6. 1930 Wien. Nach ersten Schauspielengagements an Kellerbühnen, 1952 am Volkstheater, ab 1955 Schauspieler und Regisseur am Theater in der Josefstadt. Durchbruch als Opernregisseur 1962 mit Alban Bergs »Lulu« an der Wiener Staatsoper, deren Oberspielleiter er später wurde. Inszenierungen an allen führenden Opernhäusern. 1988 bis 1997 Direktor des Theaters in der Josefstadt.*

Ein Produzent versuchte Schenk für ein Filmprojekt zu gewinnen. Man traf sich zum Mittagessen. Der Produzent gab dem Schauspieler kurz einen Abriss der Handlung, ehe er zu ihm sagte: »Wissen Sie Herr Schenk, wir von der österreichischen Filmindustrie ...«
Weiter kam er nicht, denn da legte Schenk Messer und Gabel beiseite und fragte: »Was haben Sie da gesagt? Wir von der österreichischen Filmindustrie? Haben Sie schon einmal von einem gehört, der behauptet hat: Wir von der *Titanic*?«

Ein Dialog zwischen Schenk und seinem Kollegen Tobias Moretti, mit dem er sich an einen in Kärnten gemeinsam gedrehten Film erinnerte.
Schenk: »Du bist damals mit einem Hund zu den Dreharbeiten gekommen.«
Moretti: »Nein, das war kein Hund.«
Schenk: »Aber natürlich, ich weiß es noch genau, ein großer, weißer Hund.«
Moretti: »Nein, das war eine kleine, schwarze Katze.«
Schenk: »Entschuldige, bin ich der Grzimek*, dass ich an Hund von einer Katze unterscheiden können muss?«

---

* Professor Bernhard Grzimek, deutscher Zoologe, 1909–1987.

»Bin ich der Grzimek, dass ich an Hund von einer Katze unterscheiden können muss?«: der Schauspieler, Regisseur und langjährige Theaterdirektor Otto Schenk.
KARIKATURBANEK

Bei der Premierenfeier der Schenk-Inszenierung von Wagners *Die Meistersinger von Nürnberg* im Jahre 1975 trat Marcel Prawy auf ihn zu, um zu gratulieren.
»Otti, es war hinreißend!«
»Na, von dir, Marcello, freut mich das besonders, wenn du das sagst. Du bist ja die lebende Oper!«
»Ja, Otti, es war wunderbar!«
»Ich danke dir, Marcello, mein Lieber, du verstehst ja wirklich was!«
»Ottilein, eine ganz kleine Sache. Wenn der Ridderbusch als Hans Sachs den Wahnmonolog beginnt: ›Wahn, Wahn, überall Wahn‹, da hält er das Buch so mit der Hand, dass man sein Gesicht nicht gut sieht. Es wäre schöner, wenn man sein Gesicht besser sehen würde.«
Darauf Schenk: »Du Depp, du Ochs, was verstehst denn du von der Oper? Du hast keine Ahnung! Gar nichts verstehst du! Ich hab dich oft in der Loge beobachtet, du spitzt die Ohrwascheln und hörst nur auf die blöde Musik. Du hast nie eine Oper gesehen!«
Und man ging auseinander.

Als Schenk, in seiner Zeit als Theaterdirektor, von Teddy Podgorski gefragt wurde: »Würdest du auch ein anderes Theater als die Josefstadt nehmen?«, antwortete er schlagfertig: »Nein! Nicht um die Burg!«

Willy Schmieger
Sportreporter

** 24. 4. 1887 Wien † 10. 10. 1950 ebd. Populärster Sportreporter der Zwischenkriegszeit. Spielte 1901 bis 1919 in der österreichischen Nationalmannschaft. Hauptberuflich Latein- und Griechischprofessor an einem Wiener Gymnasium, daneben Reporter der »Kronen Zeitung« und beim Radio. Legendär sein Ausruf aus der Zeit des »Wunderteams«: »Schall zu Vogel, Vogel zu Schall – Tooor!«*

Dass die Spiele des »Wunderteams« ganz Österreich in eine Welle der Begeisterung versetzten, lag nicht nur an dem klugen Verbandskapitän Hugo Meisl und an genialen »Kickern« wie Mathias Sindelar, Rudi Hiden, Anton Schall und Adolf Vogel, sondern auch an den überaus lebendig gestalteten Rundfunkübertragungen von Professor Willy Schmieger, der durch seinen Nebenberuf als Sportreporter der RAVAG und der *Kronen Zeitung* unglaubliche Popularität erlangte.
Die Worte »Schall zu Vogel, Vogel zu Schall – Tooor!« gehörten zum Standardrepertoire des Sportreporters, doch beim Länderspiel Italien-Österreich gab's eine überraschende Abwandlung seines atemlos in den Äther gebrüllten Satzes:
»Schall zu Vogel, Vogel zu Schall, Schall zu – Mussolini!«
Des Rätsels Lösung: Der »Duce« saß als Zuschauer auf der Ehrentribüne und war vom Ball getroffen worden.

Romy Schneider
Schauspielerin

** 23. 9. 1938 Wien † 29. 5. 1982 Paris. Die Tochter der Schauspieler Magda Schneider und Wolf Albach-Retty war Hauptdarstellerin in sechzig Filmen. Zu ihrem ersten großen Erfolg wurden Ernst Marischkas drei »Sissi«-Filme (1955 bis 1957). Danach begann die internationale Karriere, besonders im französischen und italienischen Film. Sie drehte u. a. mit Luchino Visconti, Claude Sautet und Claude Chabrol.*

Zwei Begebenheiten zeigen, wie sehr Romy Schneiders *Sissi*-Filme zur Vermischung von Traum und Wirklichkeit beitrugen: Bei einer Führung durch die Kaiserappartements kam in den sechziger Jahren eine Gruppe französischer Touristen an dem berühmten, damals in der Hofburg ausgestellten Bildnis *Elisabeth mit den Diamantsternen im Haar* von Franz Xaver Winterhalter vorbei. Da rief ein Besucher: »Voilà Romy Schneider!«

Als Romy 1957 zur Premiere des zweiten *Sissi*-Films nach Spanien reiste, saß zufällig Otto von Habsburg im selben Flugzeug. Bei der Landung in Madrid wurden sie von einer riesigen Menschenmenge empfangen. Die Schauspielerin dachte: Die warten sicher alle auf den Sohn des letzten Kaisers von Österreich. Und musste, als sie ausstieg, erkennen, dass sie nicht ihm zujubeln, sondern ihr, die die Kaiserin nur gespielt hat.

Werner Schneyder
Schriftsteller, Schauspieler, Kabarettist

** 25. 1. 1937 Graz. War Journalist und 15 Jahre Boxringrichter, 1962 bis 1965 Dramaturg an den Landestheatern in Salzburg und Linz, seit 1965 für Bühne, Rundfunk und Fernsehen tätig. Ab 1974 politisch literarischer Kabarettist, zuerst gemeinsam mit Dieter Hildebrandt, später mit Soloprogrammen. Heute als freier Schriftsteller, Schauspieler und Regisseur tätig.*

Der durch den Bildschirm auch einem breiten Publikum bekannt gewordene Kabarettist stapfte nach einer durchzechten Winternacht, von der Wiener Innenstadt kommend, durch hohe Schneemassen in Richtung seines Heimatbezirks Landstraße. Auf halbem Wege etwa wurde ein natürlicher Drang so groß, dass Schneyder sich gezwungen sah, auf offener Straße seine Notdurft zu verrichten. Da stand er also in seiner vollen Größe und konnte seine Position auch dann nicht mehr verändern, als ihm eine ältere Dame in verhältnismäßig raschem Tempo näher kam. Nur wenige Schritte von dem Sünder entfernt, blieb sie endlich stehen, musterte Schneyder von oben bis unten, schüttelte den Kopf und sagte: »Aber im Fernsehen die schönen Worte aufsagen!«

Arthur Schnitzler
Arzt und Schriftsteller

** 15. 5. 1862 Wien † 21. 10. 1931 ebd. Eröffnung einer Privatpraxis 1893, zwei Jahre später Burgtheatererstaufführung von »Liebelei«. 1897 Veröffentlichung des »Reigen«, weitere Werke: »Leutnant Gustl« (1900), »Der einsame Weg« (1904), »Das weite Land« (1911). War in den Jahren 1899 bis 1930 der meistgespielte Dramatiker des deutschen Sprachraums.*

Schnitzler war zu einer Abendgesellschaft geladen, in deren Mittelpunkt sein literarisches Schaffen stand. Jeder der Gäste interessierte sich für seine Dichtkunst, und als das Dessert beendet war, wurde er von

einem Obersten der k. u. k. Artillerie aufgefordert, etwas aus seinem jüngsten Werk zum Besten zu geben.
»Gern«, antwortete Schnitzler. »Aber zuerst soll der Herr Oberst eine Kanone abschießen.«

Vom Publikum geliebt – und doch auf einem einsamen Weg: Arthur Schnitzler zählte zu den erfolgreichsten Schriftstellern seiner Zeit.
ZEICHNUNG: THEO ZASCHE

Wie umstritten der Dichter zu seinen Lebzeiten war, belegt der Ausspruch einer Dame der Gesellschaft, die ihrer Tochter einschärfte: »Wenn ein Mädchen bei einem Schnitzler-Stück gesehen wird, bekommt es keinen Mann.«

Der Dichter war Morgenmensch und ging daher früh zu Bett. Seine Gäste wussten das und bemühten sich deshalb, abendliche Einladungen im Hause Schnitzler nicht allzu lange ausufern zu lassen. Keiner wäre je länger als bis zehn Uhr geblieben.
Als er eines Abends jedoch schon um halb zehn Zeichen deutlicher Ermüdung zeigte, meinte eine anwesende Dame: »Herr Schnitzler, Ihr Gesicht geht vor!«

Schnitzler und seine Dichterkollegen Hugo von Hofmannsthal, Richard Beer-Hofmann und Theodor Herzl verbrachten den Sommer im Salzkammergut und beschlossen, eine gemeinsame Bootspartie zu unternehmen. In der Mitte des Altausseer Sees angelangt, zog Herzl das Manuskript eines eben fertig gestellten Dramas aus der Tasche, um den Freunden daraus vorzulesen.
»Jetzt«, beklagte sich Schnitzler, »wo man nicht mehr aussteigen kann!«

Max Schödl
Maler

** 2. 2. 1834 in Wien † 23. 3. 1921 ebd. War nach Absolvierung der Wiener Kunstakademie anfangs Porträtmaler, ehe er sich 1868 ausschließlich auf Stillleben, insbesondere auf orientalischen Stoffen, Gefäßen und Antiquitäten spezialisierte. Tätig in Wien, Paris, London und Rom, wurde er auf internationalen Ausstellungen ausgezeichnet. Ab 1869 Mitglied des Wiener Künstlerhauses.*

Längst ist der Maler Max Schödl in Vergessenheit geraten, doch die oft unfreiwillig komischen Aussprüche des Wiener Originals sind in ausgewählten Zirkeln immer noch zu hören.
So traf Schödl den Sohn eines Bekannten und fragte ihn: »Wie geht's dem Papa?«
»Aber der ist doch vor sechs Wochen gestorben!«
»Ah, drum seh ich ihn jetzt so selten. Was hat ihm denn gefehlt?«
»Doppelseitige Lungenentzündung.«
»Naja«, tröstete Schödl, »es wird schon net so schlimm g'wesen sein!«

Schödl kehrte aus Paris heim. »Waren Sie am Eiffelturm?«, wird er gefragt.
»Nur im ersten Stock!«
»Aber warum sind Sie denn nicht ganz hinauf?«
»Zu was?«, meinte Schödl. »I kenn ja die Gegend net.«

Der Künstler arbeitete an einem Stillleben: »Ich leg mir an g'stickten Brokat, a Perlmutterkastl, an arabischen Spiegel und an Dolch hin, denk an nix und fang zum malen an. Wie i fertig war, hab i mi g'wundert: War ich selber am Bild zu sehen. Was war? I hab in meiner Zerstreutheit in Spiegel g'schaut und a Selbstporträt g'malt!«

Schödl besuchte elegante Wiener Stadtgeschäfte und Stadtcafés: Braun am Graben, Sirk-Ecke, Sacher, Englische Flotte. Dann ging er noch zu einem kleinen Optiker auf der Wieden. Zu Hause angekommen, bemerkte er, dass er irgendwo seinen teuren Seidenschirm mit Goldgriff vergessen hatte. Er ging noch einmal zu Braun, Sirk, Sacher und zur Englischen Flotte – ohne Erfolg. Erst der Optiker auf der Wieden händigte ihm den Schirm aus. »I sag's ja immer«, meinte Schödl, »die klan Leut san halt doch die ehrlichsten!«

»Wohin, Euer Gnaden?«, fragte ihn ein Fiaker, dessen Kutsche Schödl soeben bestiegen hatte.
»Fahren S' auf Nummer sechs«, grübelte der Maler, »die Gassen sag i Ihnen später!«

Als er von einem Kunden mit »Habedjehre, Herr Schödl« begrüßt wurde, fragte er diesen: »Sind Sie Wiener?«
Der Besucher bejahte, worauf Schödl meinte: »Dann sagen S' gefälligst ›Herr *von* Schödl‹ zu mir!«

»Bekanntlich«(!), meinte Schödl einmal, »hat meine Frau den schönsten Busen von Wien.«

Wenzel Scholz

Schauspieler

** 28. 3. 1787 Innsbruck † 5. 10. 1857 Wien. Debütierte 1811 in der Wandertruppe seiner Mutter, 1815 kurzzeitig am Wiener Burgtheater engagiert, in dem sein komisches Talent noch nicht zur Geltung kam. 1819 bis 1826 in Graz, danach Theater in der Josefstadt, Theater an der Wien und ab 1838 am Carltheater. Sein Freund und Bühnenpartner Johann Nestroy schrieb mehrere Rollen für ihn.*

Karl Carl, der Direktor des Carltheaters, gab alljährlich einen großen Ball, zu dem ganz Wien geladen war, natürlich auch sein Starkomiker Wenzel Scholz. Wie immer in Geldnöten, kam der krankhafte Kartenspieler am Vortag des Festes mit folgendem Vorschlag zu Karl Carl: »Schaun S', Herr Direktor, wenn ich auf Ihren Ball komm, trink ich wenigstens um zehn Gulden Champagner – geben S' mir also gleich die zehn Gulden, und ich komm erst gar nicht!«
Direktor Carl wies ihm das Geld an. Und das wiederholte sich jedes Jahr. Scholz erhielt fortan immer Geld statt Einladung.

Scholz feierte als Schneider Zwirn in Nestroys *Lumpazivagabundus* einen durchschlagenden Erfolg. Einmal baute der Komiker in die Szene, die ihn mit seinen beiden Kumpanen Leim (gespielt von Karl Carl) und Knieriem (Nestroy) auf Wanderschaft zeigte, einen Floh ein und wandte sich, als er das kleine, braune Tier in seiner Hosentasche zu finden schien, zum Publikum: »'s is a Kapuziner!«
Da Verunglimpfungen staatlicher oder kirchlicher Stellen von Metternichs Polizeizensur mit drakonischen Strafen geahndet wurden, ging Scholz wegen der kleinen Anspielung auf die braunen Kutten des Kapuzinerordens für acht Tage ins Gefängnis.
Kaum wieder aus dem »Häfen«, strömten die Wiener ins Theater, schon weil sie begierig waren, zu erfahren, wie sich der populäre Komiker für die einwöchige Freiheitsberaubung revanchieren würde. Die Szene kam, das Spiel wiederholte sich, Wenzel Scholz suchte den Floh, fand ihn und sagte in die Anspannung des Zuschauerraums hinein: »'s is der nämliche!«

Das Publikum brüllte vor Lachen, jeder wusste, was gemeint war – aber die Zensurbehörde war machtlos und konnte nicht einschreiten.

Wenzel Scholz sollte sein privates Glück erst in reifen Jahren finden, verliebte er sich doch nach dem Tod seiner ersten Frau als 65-Jähriger in eine 27-jährige Chorsängerin. Er heiratete sie gegen den Rat seiner Kinder und aller Kollegen – und wurde glücklich mit ihr. Nur Nestroy hatte an das späte Glück seines besten Freundes geglaubt und stand ihm als Trauzeuge bei.
Die fast vierzig Jahre jüngere Frau schaffte es nun, Ordnung in das Leben und in Wenzel Scholz' Finanzen zu bringen, und er gab aus Liebe zu ihr sogar seine Spielsucht auf.
Auf seinem Totenbett sprach er die Worte: »Eins kann ich euch versprechen: Ihr werdet's net so lang über mich weinen, wie ihr über mich g'lacht habt's!«

Arnold Schönberg

Komponist

** 13. 9. 1874 Wien † 13. 7. 1951 Los Angeles. Begründer der Zwölftonmusik und der Zweiten Wiener Schule, zu der auch Alban Berg und Anton von Webern gehörten. 1933 Emigration in die USA, wo er zeitweise als Musiklehrer tätig war. Sein Werk umfasst Lieder, Symphonien, Kammermusik, Streichquartette, Oratorien, Violin- und Klavierkonzerte. Auch als Maler bedeutend.*

Schönberg war weit weniger populär als Komponistenkollegen wie Lehár, Kálmán oder Straus, geschweige denn die Fußballidole seiner Zeit. Ein Bekannter, dem aufgefallen war, dass der Schöpfer der Zwölftonmusik von allen Buben, die ihm während eines Spaziergangs begegneten, ehrerbietig begrüßt wurde, konnte die Bemerkung nicht unterdrücken: »Ich hätte nicht gedacht, dass Sie bei der Jugend so bekannt sind.«
»Doch«, erwiderte Schönberg, »mein Sohn ist Mittelstürmer der Schulmannschaft!«

Der Komponist Hanns Eisler spielte Bert Brecht einige der atonalen Kompositionen Schönbergs vor, weil er ihn dafür gewinnen wollte, gemeinsam mit Schönberg ein Werk zu schaffen. Brecht freilich lehnte mit den Worten ab: »Diese Musik ist mir zu melodisch!«

Ein Sinfonieorchester probte eine Komposition Schönbergs unter der Leitung des Komponisten. Als der Meister erkannte, dass die Musiker im Orchestergraben seinem Werk äußerst skeptisch gegenüberstanden, erklärte er: »Meine Herren, in fünfzig Jahren wird man meine Musik überall aufführen und verstehen, und die Gassenjungen werden sie pfeifen.«
Da zischelte der erste Geiger seinem Sitznachbarn zu: »Und warum müssen wir sie dann heute schon spielen?«

Als bekannt wurde, dass Thomas Mann in seinem Roman *Dr. Faustus* Schönbergs Musiktheorien verwendete, ohne dessen Namen zu erwähnen, reagierte Schönberg wütend: »Die Zukunft wird ja weisen, wer von uns beiden wessen Zeitgenosse war.«

Einflussreiche Freunde hatten Louis B. Mayer, den legendären Chef der Metro-Goldwyn, davon überzeugt, dass Schönberg der größte Komponist der Gegenwart sei, schreibt Friedrich Torberg in seiner *Tante Jolesch*. Schönberg sei sogar noch größer als George Gershwin oder Rodgers & Hammerstein, weshalb es die Metro-Goldwyn als größte Filmgesellschaft der Welt auf keinen Fall versäumen dürfte, sich von Schönberg die Hintergrundmusik ihres nächsten Großfilms komponieren zu lassen. Das Traumengagement kam zustande, und Louis B. Mayer sagte sich, dass man einen so berühmten Mann, wenn man ihn schon unter Vertrag hat, auch persönlich empfangen müsse. Als der größte Komponist der Gegenwart in seinem Büro erschien, erhob sich der größte Filmproduzent der Gegenwart, kam hinter seinem Schreibtisch hervor, ging dem Eintretenden entgegen und hielt ihm beide Hände hin: »I'm happy to meet you, Mr. Schönberg«, sagte er, »I'm a great admirer of your lovely music.«

Schönberg ließ die ihm hingehaltenen Hände in der Luft baumeln: »My music isn't lovely«, stieß er schmallippig hervor. Dann machte er kehrt und ging. Das Engagement, das die Existenzsorgen des Emigranten behoben hätte, war geplatzt.

»My music isn't lovely«: der geniale Zwölftonkomponist Arnold Schönberg.
KARIKATUR: WINNIE JAKOB

KARL SCHÖNHERR
Arzt und Schriftsteller

** 24. 2. 1867 Axams/Tirol † 15. 3. 1943 Wien. In seinen Werken spiegeln sich die Eindrücke der im Dorf Axams verlebten Jugendzeit und seiner ärztlichen Tätigkeit wieder: »Die Hungerblockade« (1925), »Der Armendoktor« (1927). Feierte seine größten Erfolge am Burg- und am Volkstheater und in der Exl-Bühne. Der 1914 entstandene Roman »Der Weibsteufel« wurde mehrmals verfilmt.*

Obwohl Karl Schönherrs Drama *Erde* heute zu den Klassikern naturalistischer Dichtkunst zählt, wollte es seinerzeit kein Theater aufführen. Schließlich hegte Schönherr den Verdacht, dass sein Werk von den Dramaturgen der Bühnen, denen er es zur Ansicht geschickt hatte, gar nicht gelesen wurde. Und so packte er eines Tages eine Stange Salami in einen mit seinem Namen versehenen Karton und schickte sie an ein Theater. Etwas später wurde ihm das Päckchen ungeöffnet retourniert. Mit getrennter Post kam dann auch ein Brief: »Mit großem Interesse haben wir Ihr Stück gelesen, bedauern jedoch, Ihnen mitteilen zu müssen, dass es leider nicht in unseren Spielplan passt.«

Schönherr zählte zu jenen »lästigen Autoren«, die den Schauspielern bei den Proben seiner Stücke jede Szene vorspielten, um ihnen die Rollenauffassung des Dichters zu vermitteln. Normalerweise ließ man ihn auch gewähren, als jedoch am Wiener Volkstheater sein *Armendoktor* probiert wurde und er sich gerade anschickte, einem jungen Mimen eine Szene vorzuspielen, unterbrach ihn der Regisseur Viktor Kutschera: »Nein, Karl, dem darfst nix vormachen! Des is a Anfänger, der is imstand und spielt des dann wirklich so!«

Katharina Schratt

Schauspielerin

** 11. 9. 1853 Baden bei Wien † 17. 4. 1940 Wien. Nach ihrem Wiener Debüt am Stadttheater, wurde sie 1883 Mitglied des Burgtheaters. Bei einer Audienz lernte sie Kaiser Franz Joseph kennen, zu dem sie eine enge Beziehung entwickelte, die 30 Jahre anhielt. Ihre Wiener Villa befand sich in der Nähe von Schönbrunn, ihr Bad Ischler Sommerdomizil nächst der Kaiservilla.*

Der alte Kaiser überhäufte die Hofschauspielerin mit wertvollen Geschenken. Da Franz Joseph aber von Schmuck nichts verstand und auch keine Beziehung zu Geld hatte, konnte er gar nicht ahnen, welches Vermögen er seiner Seelenfreundin im Laufe der Jahrzehnte in Form von Juwelen tatsächlich verehrt hatte. Nachdem er ihr wieder einmal über seinen Finanzverwalter Hofrat Hawerda eine ihm selbst nicht näher bekannte Summe überweisen ließ, damit sie sich ein Schmuckstück nach Wahl kaufen konnte, zeigte die Schratt dem Kaiser einen Ring, den sie mit dem Geld erworben hatte.

Während Franz Joseph die wunderschöne Goldarbeit betrachtete, fragte die Schratt: »Was glauben Majestät, hat dieser Ring gekostet?«
Franz Joseph drehte das Schmuckstück nach allen Seiten um, bewunderte die wertvollen, eingefassten Steine und schätzte dann: »Fünfzig Kronen!«
»Aber Majestät«, lachte die Freundin über so viel Naivität, »nicht fünfzig Kronen – achtzigtausend hat's gekostet!«
»Soso, achtzigtausend«, meinte der Kaiser, »na ja, auch nicht teuer!«

Als leidenschaftliche Roulettespielerin war die Schratt stets in Geldnöten. Immer wieder musste ihr Besitz gepfändet (und vom Kaiser wieder ausgelöst) werden, ihre Burgtheatergage ließ sie sich auf Monate im Voraus bezahlen. Was ihren Kollegen Friedrich Mitterwurzer zur spöttischen Bemerkung veranlasste: »Liebe Kathi, du bist nicht am *Borg*theater, sondern an der *Burg* engagiert.«

Ein unangenehmer Druckfehler unterlief einer Wiener Tageszeitung, in der nach einem sommerlichen Ausflug Kaiser Franz Josephs auf die »Hohe Schrott« zu lesen war: »Seine Majestät bestieg gestern in bester Verfassung die Hohe Schratt.«

FRANZ SCHUBERT

Komponist

** 31. 1. 1797 Wien † 19. 11. 1829 ebd. Wurde nach seiner Ausbildung bei den Sängerknaben und bei Salieri Hilfslehrer. Gab die berufliche Verpflichtung aber 1818 auf, um sich ganz seinem Werk widmen zu können, dem achtzehn Opern und Singspiele, sechs Messen, neun Symphonien sowie rund 1000 Lieder angehören, darunter »Heidenröslein«, »Erlkönig«, »Die Forelle«, »Die schöne Müllerin«.*

Um ein Haar wäre Schuberts berühmtes Lied *Die Forelle* für die Nachwelt verloren gegangen. Der Komponist hatte es kurz nach der Fertigstellung im Jahre 1817 Freunden in kleinem Kreis vorgespielt, die sofort begeistert applaudierten. Nur einer sagte: »Einen Augenblick, Schwam-

merl, diese rasche Tonfigur da in der Klavierbegleitung – ist die nicht einer Stelle aus der Beethovenschen *Coriolan-Ouvertüre* verdammt ähnlich?«
»Du lieber Himmel, du hast vollkommen Recht«, erschrak der Liederfürst.
»Na dann, schmeiß ma's halt wieder weg!«
Er konnte nur mit allergrößter Mühe daran gehindert werden.

Wie »Die Forelle« gerettet wurde: Liederfürst Franz Schubert.
SKIZZE: MORITZ VON SCHWIND

Als Schubert von einem jungen Mädchen gefragt wurde, ob er immer nur traurige Musik komponiere, antwortete er: »Gibt es denn eine andere?«

Schubert kehrte nach Beethovens Begräbnis mit einigen Freunden in einem Gasthaus ein. Der Komponist hob tief bewegt sein Glas und sagte: »Auf den, den wir jetzt begraben haben.« Dann hielt er einen Augenblick inne, nahm einen zweiten Schluck und meinte: »Auf den, der ihm als Erster folgen wird.«
Schubert hatte auf sich selbst getrunken. Er starb, nur 32 Jahre alt, eineinhalb Jahre nach Beethoven.

Oscar Fritz Schuh
Regisseur

** 15. 1. 1904 München † 22. 10. 1984 Großgmain/Salzburg. Wurde 1928 durch seine Regie des »Wozzeck« in Gera bekannt. Ab 1940 an der Wiener Staatsoper, ab 1945 am Burgtheater. Übersiedelte 1953 nach Berlin, führte bei den Salzburger Festspielen Regie. Schuf den Wiener Mozart-Stil, der sich durch Einfachheit und die Konzentration auf die Hauptfiguren auszeichnet.*

Als der oft in Wien und Salzburg tätige Oscar Fritz Schuh Ende der sechziger Jahre Intendant des Hamburger Schauspielhauses war, telefonierte er regelmäßig mit Friedrich Torberg, um sich von diesem über die aktuellen Wiener Theaterproduktionen auf dem Laufenden zu halten. »Und«, setzte er bei einem solchen Ferngespräch zu der Frage an, »was gibt's Neues an den Wiener Bühnen?«
»Sie beginnen jetzt progressiv zu werden«, sagte Torberg.
»Na Gott sei Dank«, erwiderte Schuh, »dann hören's bei uns in Deutschland wieder auf damit.«

Felix Fürst zu Schwarzenberg
Staatsmann

** 2. 10. 1800 Frauenberg bei Budweis/Böhmen † 5. 4. 1852 Wien. Von Kaiser Ferdinand 1848 zum Ministerpräsidenten und Minister des Äußeren ernannt. Gestaltete die Monarchie unter Franz Joseph zum straff geformten Einheitsstaat um, begründete den Neoabsolutismus in Österreich und verhinderte die Trennung des Habsburgerreiches in einen deutschen und einen nichtdeutschen Teil.*

Kaiser Franz Josephs erster Ministerpräsident, Felix Fürst zu Schwarzenberg, hatte nach der Revolution des Jahres 1848 einen besonders »scharfen« Polizeipräsidenten namens Weiss von Starkenfels ernannt, der sich als strenger Hüter der Moral ausgab. Eines Tages meldete er voller Stolz, eine Dame verhaftet zu haben, in deren Wohnung vornehme Her-

ren in den Armen freizügiger Wienerinnen vergnügliche Stunden suchten.
Schwarzenberg bestellte den Polizeipräsidenten zu sich und sagte: »Entweder Sie wussten, dass ich bei dieser Dame verkehre, dann war Ihr Vorgehen taktlos. Oder Sie wussten es nicht – dann sind Sie ein schlechter Polizeipräsident.«

Karl Philipp Fürst zu Schwarzenberg

Feldherr

** 15. 4. 1771 Wien † 15. 10. 1820 Leipzig. Nahm bereits als sechzehnjähriger Leutnant 1787 am Krieg gegen die Türkei teil. Bereitete als österreichischer Botschafter in Paris die Hochzeit Napoleons mit Erzherzogin Marie Louise vor. Ab 1813 Oberkommandierender der k. k. Armee, die Napoleon in der Völkerschlacht bei Leipzig besiegte. Ab 1814 Präsident des Hofkriegsrates.*

Der Wiener Schwarzenbergplatz ist nach dem Fürsten Karl Philipp zu Schwarzenberg benannt, der in der Schlacht bei Leipzig Napoleon besiegte. Und auf diesem Platz befindet sich auch, eingebettet zwischen Hochstrahlbrunnen und Schloss Belvedere das Palais Schwarzenberg, das seit dem 18. Jahrhundert vom jeweiligen Fürsten bewohnt wird.
Nach dem Einmarsch der Russen wurde der Schwarzenbergplatz vorübergehend zum Stalinplatz. Als der damalige Fürst Josef Schwarzenberg in der Besatzungszeit an einem Abendessen teilnimmt, stellt ihm ein Gast die Frage, wo er denn wohne.
»Ich wohne«, reagiert Schwarzenberg schlagfertig, »auf dem nach mir benannten Stalinplatz!«

Eugenie Schwarzwald

Pädagogin

** 4. 7. 1872 Polupanowka/Ukraine † 7. 8. 1940 Zürich. Gründete mehrere Privatschulen in Wien, darunter eine Kleinkinderschule, ein Mädchenlyzeum, ein Realgymnasium, eine höhere Lehranstalt für wirtschaftliche Frauenberufe. Zu den bei ihr unterrichtenden Lehrern zählten Oskar Kokoschka, Egon Wellesz und Arnold Schönberg. 1938 Emigration in die Schweiz.*

Eugenie Schwarzwald unterwies, laut Friedrich Torberg, als Leiterin einer von ihr gegründeten Schule »Wiens höhere Töchter nach den modernsten Methoden der Halbbildung«. Sie war ob ihrer aufdringlichen Betriebsamkeit gefürchtet, befand sich ständig auf Prominentenfang und stieß deshalb bei dem Schriftsteller Leo Perutz auf so heftiges Missbehagen, dass er sich immer wieder den Anschein gab, sie nicht zu kennen und ihr daher stets aufs Neue vorgestellt werden musste.

Bei einem Empfang stand Perutz kauend am Buffet, als die Frau Professor zielstrebig auf ihn zugewatschelt kam und ihn gekränkt zur Rede stellte:

»Sie haben mich schon wieder nicht gegrüßt, Herr Perutz.«

»Entschuldigen Sie«, erwiderte Perutz mit vollem Mund. »Ich hab geglaubt, Sie sind die Schwarzwald.«

Auch für Anton Kuh war Eugenie Schwarzwald nichts anderes als eine Nervensäge. Als am Stammtisch wieder einmal die Sprache auf sie kam, sagte der Kaffeehausliterat zu seinem Tischnachbarn: »Wissen Sie, was ich gerne hätte? Ich möchte die Schwarzwald neu kennen lernen.«

»Warum?«, wurde er gefragt.

»Dann könnte ich zu ihr hingehen«, lachte Kuh, »und sagen: ›Kuh!‹«

Moritz von Schwind
Maler

** 21. 1. 1804 Wien † 8. 2. 1871 München. Meister der Spätromantik und des Biedermeier, durch seine Fresken in der Münchner Residenz und auf der Wartburg berühmt geworden. Schuf die Wandgemälde der Loggia und des Foyers der Wiener Staatsoper (mit Szenen aus der »Zauberflöte«) sowie Fresken für die Wertheimstein-Villa. Professor an der Kunstakademie in München.*

Schwind hatte sich in eine junge Frau verliebt, die er heiraten wollte. Eltern, Onkel und Tanten der Angebeteten hielten Rat, ob man ein Mädchen aus gutem Haus einem Maler anvertrauen könnte. Auch die Auserwählte selbst konnte sich nicht recht entscheiden, diesmal freilich mit dem Argument, dass Moritz ihr zu wenig fromm erschien. Als Schwind das hörte, riss ihm die Geduld. Er brüllte: »Dann verlieben Sie sich doch in den Papst!« und ließ sie sitzen.

Der bayrische König Ludwig I. besuchte Schwinds Münchner Atelier, betrachtete ein Bild nach dem anderen und meinte dann: »Fürwahr, Herr von Schwind, Sie haben Genie.«
»Majestät«, erwiderte der Maler, »Geld wäre mir lieber.«

Von einer ausgedehnten Italienreise heimkommend, wurde Schwind gefragt, ob er während des Aufenthalts auch gemalt hätte.
»Nein«, erwiderte er. »Man kann nicht am Morgen Raffael und Michelangelo sehen und am Nachmittag einen Schwind malen.«

Ein unbekannter Malerkollege beklagte sich bei Schwind: »Ich sandte drei meiner Bilder an die Jury einer Kunstausstellung, aber nur eines wurde angenommen – und stellen Sie sich vor, es war noch dazu das kleinste.«
Da erwiderte Schwind: »Ja, ja, so ist das. Die Kleinen hängt man und die Großen lässt man laufen.«

Egon Seefehlner
Staatsoperndirektor

** 3. 6. 1912 Wien † 25. 9. 1997 ebd. Arbeitete als Jurist bei der Allgemeinen Elektrizitäts-Gesellschaft in Berlin, ehe er 1945 Kulturreferent der ÖVP wurde. Danach Generalsekretär der Wiener Konzerthausgesellschaft. Von 1954 bis 1961 zweiter Direktor der Wiener Staatsoper, deren Chef er von 1976 bis 1982 und von 1984 bis 1986 war. Dazwischen leitete er die Deutsche Oper Berlin.*

Wer zu den eleganten Einladungen in der Villa des Wiener Industriellenpaares Ellen und Peter Landesmann auf der Hohen Warte gebeten wird, der hat etwas erreicht im Leben. Freilich zählt man im Allgemeinen nur so lange zu den Auserwählten, als man in Amt und Würden ist. Hat jemand seinen Einfluss verloren, gehört er bald nicht mehr zur erlesenen Schar der hier Geladenen. Keiner brachte dieses unumstößliche Gesetz so treffend auf den Punkt wie Marcel Prawy. Als Lorin Maazel 1984 die Wiener Staatsoper im Unfrieden verließ, wurde dessen Vorgänger Egon Seefehlner überraschend aus der Pension geholt und neuerlich zum Direktor bestellt. Prawys erste Reaktion, als er von Seefehlners Rückkehr erfuhr: »Wieder eingeladen bei Landesmanns!«

Ignaz Seipel
Priester und Politiker

** 19. 7. 1876 Wien † 2. 8. 1932 Pernitz/Niederösterreich. Priesterweihe 1899, Universitätsprofessor in Salzburg und Wien. 1918 Minister für soziale Fürsorge im letzten k. u. k. Ministerium. Ab 1920 Nationalratsabgeordneter, ab 1921 Obmann der Christlichsozialen Partei, 1922 bis 1924 und 1926 bis 1929 Bundeskanzler. Wurde 1924 durch ein Attentat schwer verletzt, unterstützte nach 1927 die Heimwehr.*

Als der zwei Jahre zuvor als Bundeskanzler zurückgetretene Prälat Ignaz Seipel 1926 neuerlich Regierungschef wurde, kommentierte er dies mit den Worten: »Österreich geht es nicht so schlecht, dass ich das Kanzleramt übernehmen müsste. Aber auch nicht so gut, dass ich es ablehnen dürfte!«

Karl Sesta

Fußballer

** 18. 3. 1906 Wien † 12. 7. 1974 Hainburg/Niederösterreich. Eigentlich Karl Szestak. Fußballspieler und Kaufmann. Spielte beim Wiener Athletik Club und bei der Austria Wien als Verteidiger. In den Jahren von 1932 bis 1945 war er 44-mal im Nationalteam. »Der Blade«, wie er von seinen Anhängern genannt wurde, war eine der Stützen des legendären österreichischen »Wunderteams«.*

Als Karl Sesta am 7. Dezember 1932 beim »Match des Jahrhunderts« genannten Länderspiel in London dem Herzog von York – Englands späterem König George VI. – vorgestellt wurde, sagte der Herzog im Smalltalk zu dem Austrianer, dass er einen sehr schönen Beruf habe. Worauf Sesta dem Dolmetscher zuflüsterte: »Sagen S' eahm, er hat aa ka schlechte Hacken.«

Oskar Sima

Schauspieler

** 31. 7. 1896 Hohenau/Niederösterreich † 24. 6. 1969 ebd. Debüt an den Wiener Volksbühnen, danach Engagements am Deutschen Theater in Prag, am Volkstheater in Wien und an den Reinhardt-Bühnen in Berlin. Nach 1945 spielte er am Wiener Bürgertheater. Zwischen 1922 und 1967 wirkte er in 128 Filmen mit, besonders beliebt in komischen Rollen an der Seite von Hans Moser.*

Der als Sparmeister bekannte Oskar Sima lud eines Tages die Freunde Willi Forst und Hans Holt auf sein Gut in der niederösterreichischen Gemeinde Hohenau ein und bewirtete sie, entgegen allen Erwartungen, überaus großzügig. Während die Kollegen es sich munden ließen, sagte der Gastgeber: »Euch mag i, ihr esst's meine eigenen Hendln, die Schnitzeln aus mein Schweinestall und mein selbst angebauten Wein. Bravo! Aber stellt's euch vor, neulich war der Pepi Meinrad bei mir – der hat a Mineralwasser verlangt. Das muss i kaufen!«

Alfred Böhm drehte mit Oskar Sima den Film *Wenn die Bombe platzt*. In der Kantine des Ateliers kam der Aufnahmeleiter zu Böhm, um sich eine Zigarette auszuborgen, und der hat sie ihm selbstverständlich gegeben.
Meinte Sima: »Das solltest du nicht machen. So kommt man ja zu nichts.«
»Aber der hat mir doch auch schon öfters Zigaretten geborgt«, erwiderte Böhm.
Darauf Sima: »Sowas vergisst man!«

Bei Dreharbeiten am Semmering weigerte sich Sima, seine Rolle zu Ende zu spielen, ehe ihm nicht die noch offene Gage in Höhe von 40 000 Schilling ausbezahlt würde. Es war Samstag, und der Aufnahmeleiter musste bis nach Wien fahren, um die hohe Summe aufzutreiben. Als er am Drehort ankam, entschuldigte er sich: »Leider hab ich das Geld nur in 100-Schilling-Scheinen bekommen.«
»Das macht nichts«, sagte Sima. »Beim Geldzählen hab i Finger wie der Yehudi Menuhin!«

Für die Werbetournee eines Films war Sima gemeinsam mit Karl Schönböck, Waltraut Haas und anderen quer durch Deutschland und Österreich unterwegs. Sima ärgerte sich, dass den Damen nach der Kinovorstellung die auf der Bühne vom Produktionsleiter überreichten Blumen und den Herren die Flasche Wein wieder abgenommen wurden. Und das nach jeder Vorstellung! Eines Abends wandte er sich dem Publikum zu und rief ins Mikrofon: »Ich wollt nur sagen, das kriegen wir heut schon zum dritten Mal!«

Sima hasste es, wenn Kollegen während der Dreharbeiten allzu lange mit dem Regisseur über die Auffassung ihrer Rolle diskutierten.
»Kriegst a Gage?«, pflegte er in solchen Fällen zu fragen.
»Ja«, lautete die Antwort.
»Dann halt die Goschen!«

Viele der Nachkriegsfilme, in denen Sima mitwirkte, entstanden unter der Regie Géza von Cziffras, der bekannt dafür war, jede Szene – um Zeit und damit Geld zu sparen – nur ein- oder zweimal drehen zu wollen. »Oskar«, rief er Sima einmal zu, »die nächsten fünf Seiten drehen wir in einem durch, du bist ja sicher studiert.«

Dem war aber nicht so, da Sima erst am selben Morgen von den Dreharbeiten eines anderen Films angereist war. Die Szene wollte daher nicht und nicht gelingen, Sima blieb immer wieder »hängen« und brachte Cziffra zur Weißglut.

Als es beim zwölften Mal endlich klappte, fielen einander Schauspieler und Regisseur in die Arme und freuten sich über die gelungene Aufnahme.

Die Freude freilich währte nur so lange, bis die Stimme des Toningenieurs durch den Lautsprecher mit der Mitteilung ins Studio drang, dass die Szene unbrauchbar wäre, »weil bei den letzten Worten vom Herrn Sima leider ein Flugzeug so nahe an uns vorbei geflogen ist, dass wir die Geräusche von dem Flieger drauf haben«.

Sima war wütend und fluchte dermaßen laut ins Mikrophon, dass es auch der Techniker im Übertragungswagen hören konnte: »Der Tiefflieger kann mich kreuzweise am Arsch lecken.«

Da kam wieder die unaufgeregte Stimme des Toningenieurs: »Entschuldigen, Herr Sima, aber *so tief* ist er wieder nicht geflogen.«

Matthias Sindelar

Fußballer

** 10. 2. 1903 Karlau bei Iglau/Mähren † 23. 1. 1939 Wien. »Der Papierene«, wie er genannt wurde, wuchs in ärmlichen Verhältnissen in Wien-Favoriten auf und kam über die »Wiener Amateure« zur »Austria«. Lieferte als Mittelstürmer die Grundlagen für das »Wunderteam«, an dessen Erfolgen er von 1931 bis 1934 mit 27 Toren erheblichen Anteil hatte. Starb an den Folgen eines Gasunfalls.*

Sindelar wurde nach einem Länderspiel in Stockholm vom schwedischen König gefragt, ob es ihm in Schweden gefiele. Der als wortkarg bekannte Mannschaftskapitän antwortete mit einem schlichten »Ja«.

Als man ihn später beglückwünschte, dass ihn der König ins Gespräch gezogen hätte, sagte Sindelar: »Schön und gut. Aber, dass ma deswegen glei a lange Red halten muss.«

Der Schweigsame auf dem Fußballfeld: Matthias Sindelar, genannt »der Papierene«.
ZEICHNUNG: KÓRA, 1937

FRED SINOWATZ
Politiker

** 5. 2. 1929 Neufeld an der Leitha/Burgenland. 1953 Eintritt in die burgenländische Landesregierung. 1981 bis 1983 stellvertretender Bundesparteivorsitzender und 1983 bis 1988 Bundesparteivorsitzender der SPÖ. 1971 bis 1983 Unterrichtsminister und 1981 bis 1983 Vizekanzler im Kabinett Kreisky. 1983 bis 1986 Bundeskanzler. Engagierte sich für die politische Bildung an den Schulen.*

Der stets gegen Gewichtsprobleme ankämpfende Bundeskanzler wurde während eines Staatsbesuchs in Moskau von einem Journalisten gefragt, ob Österreich bei einer allfälligen Verschärfung der weltpolitischen Lage nicht eine Umarmung durch die Sowjetunion drohe. Sinowatz antwortete: »Mich zu umarmen ist schon wegen meines Körperbaues nicht leicht.«

Leo Slezak

Opernsänger, Schriftsteller und Filmschauspieler

** 18. 8. 1873 Mährisch-Schönberg/Tschechoslowakei † 1. 6. 1946 Rottach-Egern/Deutschland. Ursprünglich Gärtner, dann Gesangsausbildung. Bald am Stadttheater in Brünn, danach in Berlin und Breslau engagiert. 1901 bis 1926 am Wiener Opernhaus, dazwischen Erfolge an der New Yorker Met. Ab 1932 zweite Karriere als Charakterkomiker beim Film. Verfasser von Büchern über sein Künstlerleben.*

Slezak zählte nicht nur zu den bedeutendsten Tenören, sondern auch zu den großen Originalen des Opernbetriebs. Knapp nach der Jahrhundertwende von Gustav Mahler an die Hofoper engagiert, gastierte er von hier aus in aller Welt. Einmal reiste er mit einer in einer Hutschachtel verstauten Krone – die er für einen Auftritt in Holland benötigte – über die Grenze. Der Zollbeamte ließ die Schachtel öffnen, trat dann aber, als er des juwelenschweren Kopfschmucks ansichtig wurde, einen Schritt zurück und sagte devot: »Danke gehorsamst. Und 'tschuldigen bitte die Störung, kaiserliche Hoheit!«

Ein aus bekannten Wiener Medizinern bestehendes Orchester, das immer wieder prominente Künstler zur Mitwirkung einlud, bat Slezak, bei einem Konzert der Musikvereinigung zu singen. Slezak sagte mit den Worten ab: »Bevor ich mich vom Ärzteorchester begleiten lasse, lasse ich mir lieber von den Philharmonikern den Blinddarm herausnehmen.«

In einer *Zauberflöten*-Aufführung an der Hofoper, die Gustav Mahler dirigierte, fing ein Stück des Bühnenvorhangs Feuer. Und zwar ausgerechnet in der Flötenszene Taminos, die Slezak – nach Ansicht von Mahler – regelmäßig verpatzte.
Slezak erkannte den Ernst der Situation: Um Gottes willen, nur weiter singen, dachte er, sonst gibt's eine Panik! Schließlich saß der Schrecken nach dem Brand des Ringtheaters, bei dem mehr als 350 Menschen ums Leben gekommen waren, den Wienern noch in den Gliedern. Als dann ein Besucher im Parterre »Feuer!« rief, brüllte Slezak nach Leibeskräften

in den Zuschauerraum: »Sitzen bleiben, es ist schon alles vorbei!« Glücklicherweise konnte der Brand gelöscht werden, worauf sich das Publikum beruhigte und die Vorstellung ordnungsgemäß zu Ende ging.
Danach gratulierte Gustav Mahler dem Tenor: »Wissen Sie, lieber Slezak, dass Sie heute zum ersten Mal die Szene getroffen haben? Das Theater muss erst brennen, damit der Slezak richtig singt!«

Einmal sagte Slezak zu seinem Garderobier in der Hofoper: »Heut Nacht hab ich von Ihnen geträumt. Wenn das noch einmal vorkommt, kriegen S' a Watschen!«

Slezak ließ seine Anzüge stets vom Wiener Schneider Stradner anfertigen. Eines Tages bestellte er bei ihm eine Hose. Zum Ärgernis des Sängers verstrich eine Woche nach der anderen, ohne dass das aus figürlichen Gründen äußerst weit geschnittene Beinkleid fertig wurde. Der Sänger suchte den säumigen Meister auf und sagte zu ihm: »Gott hat die Welt in sieben Tagen geschaffen, Sie aber brauchen für eine Hose sieben Wochen!« Da blickte Meister Stradner über seine Brillengläser hinweg und sagte: »Das mag schon sein. Aber sehen Sie sich die Welt an, Herr Kammersänger. Und dann schauen Sie sich meine Hosen an!«

Slezak gastierte häufig in München und speiste dort mit Vorliebe in einem kleinen jüdischen Restaurant, dessen Besitzer die Ehre zu schätzen wusste, den berühmten Tenor als Stammgast begrüßen zu dürfen. Als er diesem wieder einmal die Frage stellte, was Herr Kammersänger heute am liebsten essen würden, antwortete Leo Slezak: »Gänse.«

Nichts liebte er mehr, als seine Kollegen auf der Bühne in unangenehme Situationen zu bringen. In Wagners *Rheingold* umjubelt, flüsterte er während eines hochdramatischen Duetts seiner Partnerin zu: »Morgen ist Ostern – möchtest du lieber harte oder weiche Eier?«
Worauf diese, dem Textbuch gemäß, zu singen hatte: »Weiche, Wotan, weiche!«
Der Rest der Arie ging in lautem Gelächter unter.

Mit der Gründung der Radioverkehrs AG (RAVAG) wurden 1924 die ersten Hörfunksendungen in Österreich ausgestrahlt. Slezak, einer der frühen Radiolieblinge, kommentierte das neue Medium so: »Der Gedanke, dass man mich in Scheibbs und Palermo zu gleicher Zeit hört, macht mich erbeben. Mein Trost ist, dass mir, falls es schief gehen sollte, niemand etwas an den Kopf werfen kann.«

»Der Gedanke, dass man mich in Scheibbs und Palermo zu gleicher Zeit hört ...«: Leo Slezak war einer der Pioniere des Rundfunks.
ZEITGENÖSSISCHE KARIKATUR

Nachweislich nicht von Slezak ist hingegen »sein« wohl berühmtester Ausspruch. Als Bühnenarbeiter während einer *Lohengrin*-Aufführung vergessen hatten, den Schwan auf die Bühne zu ziehen und der Tenor auf dieses wichtige Requisit warten musste, hätte er schlagfertig und zum Gaudium des Publikums gerufen: »Wann, bitte, geht hier der nächste Schwan?«
In Wahrheit stammt der Ausspruch vom Tenor Joseph Tichatschek (1807 bis 1886), dem ersten Lohengrin der Operngeschichte. Slezak kann den Satz also höchstens nachgeahmt haben.

Eine andere *Lohengrin*-Geschichte stammt sehr wohl von Slezak. Auch Erik Schmedes war am Beginn des 20. Jahrhunderts einer der großen Tenöre der Wiener Hofoper, aber er war auch, so sagt man, von eher schlichtem Gemüt. Und damit natürlich das ideale Opfer für seinen stets zu Späßen aufgelegten Kollegen Slezak. So wurde Schmedes einmal spätnachts aus der verdienten Bettruhe gerissen: »Hallo, Herr Kammersänger«, meldete sich Slezak mit verstellter Stimme am Telefon, »hier spricht ein großer Verehrer von Ihnen. Singen Sie morgen den Lohengrin?«
Schmedes antwortete im Halbschlaf: »Ja, natürlich!«
Darauf der Anrufer: »Na, dann warte ich lieber bis zum nächsten Mal, wenn ihn der Slezak wieder singt. Gute Nacht!«

Slezak besuchte Schmedes in der Pause der Oper *Die Walküre*, in der Schmedes den Sigmund sang. Anerkennend klopfte ihm Slezak auf die Schulter: »Also, Schmedes, ich versteh die Leut nicht. Alle im Zuschauerraum schimpfen. – *Mir* hast du gefallen!«

Auch als Schmedes in der Oper *Armida* von Christoph Willibald Gluck auftrat, sah Slezak seine Stunde gekommen. Nach der großen, von Schmedes gesungenen Arie des Rinaldo brachte Slezak einen Herrn mit langem, weißen Bart auf die Bühne, den er ihm folgendermaßen vorstellte: »Mein lieber Schmedes, darf ich bekannt machen: Das ist Herr Gluck, der Komponist!«
Gluck dankte dem Sänger für die hinreißende Wiedergabe seines Werkes, und Schmedes, berauscht vor Glück, erzählte am nächsten Morgen im Kaffeehaus, dass Meister Gluck persönlich bei ihm gewesen sei und ihm seine Bewunderung gezeigt hätte.
Alles lachte sich schief, und endlich erfuhr Schmedes, dass Gluck schon seit hundert Jahren tot war.

Das Schicksal sollte sich als unbarmherzig erweisen. Einige Zeit später stand die Oper *Der Bajazzo* auf dem Spielplan. Der Komponist Ruggiero Leoncavallo, der sich auf der Durchreise in Wien aufhielt und an diesem Abend der Vorstellung seines Meisterwerks in der Loge des Opern-

direktors beiwohnte, ließ sich am Ende der Darbietung hinter die Bühne führen, um Erik Schmedes mitzuteilen, wie gut ihm dessen Interpretation der Titelfigur gefallen hatte.
Auf Schmedes strömte nun eine in italienischer Sprache gehaltene Lobeshymne ein, bis der Sänger den ihm fremden Herrn unterbrach: »Verzeihung, wer sind Sie denn überhaupt?«
»Ich bin Maestro Leoncavallo«, antwortete der Komponist erstaunt darüber, dass ihn der Held seiner Oper nicht erkannt hatte.
»Also, das eine kann ich Ihnen sagen«, entgegnete der vorsichtig gewordene Erik Schmedes, »mit mir werden Sie solche Scherze nicht machen. Wer weiß, wie viele hundert Jahre Sie schon tot sind.«
Sprach's und ließ den fassungslosen Komponisten allein hinter der Bühne stehen.
Es war eine der Sternstunden des »Schmähführers« Leo Slezak.

Schmedes' Tochter Dagmar charakterisierte die beiden Sänger so: »Slezak ist nur ein Sänger. Mein Vater aber ist ein Künstler!«
Als man Slezak diesen Ausspruch hinterbrachte, replizierte er: »Also, wenn der Schmedes mein hohes C hätt, dann wär er auch lieber nur ein Sänger!«

Auch der berühmte Sänger Theodor Reichmann, mit dem Slezak in den *Meistersingern* auf der Bühne der Wiener Hofoper stand, zählte zu den Opfern seiner Streiche. »Theodor hatte die Gewohnheit«, erzählte Slezak, »wenn das Auditorium nach dem Ende der Vorstellung tobte und begeistert seinen Namen rief, die Hände auszubreiten und in überströmender Freude ›Meine lieben Wiener!‹ zu sagen.« Gemeinsam mit einem Kollegen beschloss Slezak eines Abends, Reichmann beim Bedanken die Hände festzuhalten. »Der Jubel im Hause war groß, Theodor suchte seine Hände frei zu bekommen« – doch Slezak ließ ihm keine Chance …

Von der jüngeren Sängergeneration hielt Slezak wenig. »Leute, die einen Haustorschlüssel nicht von einem Violinschlüssel unterscheiden können«, sagte er, »nennen sich heute beharrlich Kammersänger. Das sind Folterkammersänger!«

Als der 61-jährige Publikumsliebling nach seinem Rückzug von der Oper seine Karriere als Filmschauspieler fortsetzte, zählten Slezak-Parodien in den Wiener Kabaretts immer noch zu den beliebtesten Nummern. So wurde der weltberühmte Sänger in der Literatur am Naschmarkt vom Komiker Oskar Wegrostek parodiert. Slezak – von dem es hieß, dass er sogar in den *Meistersingern* böhmakelte – saß im Publikum, amüsierte sich königlich und gratulierte nach der Vorstellung: »Großartig, wirklich großartig! Nur eines, lieber Wegrostek: Kannst du mir erklären, warum du so firchterlich behmakelst, wenn du mich spielst?«

Adolf Ritter von Sonnenthal

Schauspieler

** 21. 12. 1834 Budapest † 4. 4. 1909 Prag. Eigentlich Adolf Neckwadel. Ging nach einer Schneiderlehre 1850 auf Wanderschaft, in deren Verlauf er nach Wien kam und hier eine Theaterschule besuchte. 1851 Debüt in Temesvar; ab 1856 am Wiener Burgtheater als Schauspieler, Regisseur und provisorischer Leiter. Seine Helden- und Charakterdarstellungen machten ihn zum Publikumsliebling.*

Vor der Jahrhundertwende war Arthur Schnitzlers Vater, der Laryngologe Johann Schnitzler, bekannter als der Dichter. Nebenbei als Theaterarzt tätig, hatte »der alte Schnitzler« auch viele Künstler als Freunde, und so gab er einmal dem Burgschauspieler Adolf von Sonnenthal das von seinem Sohn verfasste Schauspiel *Liebelei* zu lesen. Der gefeierte Star retournierte das Manuskript am nächsten Tag mit den Worten »völlig unbegabt«. Als Wochen später eben dieses Stück vom Burgtheater angenommen wurde, fragte man den Burgtheaterdirektor Max Burckhard, wie Sonnenthal seiner Einschätzung nach darauf reagieren würde. »Da ich ihm die Hauptrolle gebe«, antwortete der erfahrene Prinzipal, »wird er im Brustton der Überzeugung tremolieren: ›Ich habe ja immer gesagt – Arthur ist ein Genie!‹«
So war's dann auch.

Eines Tages setzte sich, um mit dem berühmten Mimen ins Gespräch zu kommen, ein aufdringlicher Mann zu Sonnenthal an den Kaffeehaustisch. Als der Kellner kam, bestellte der durch einen Sprachfehler behinderte Kunstfreund etwas umständlich: »B-b-bringen S-sie m-mir Ka-Kaffee!«
Darauf Sonnenthal: »Mi-mi-mir auch!«
Der Fremde wunderte sich: »S-sie sind doch So-sonnenthal, S-sie stottern doch gar nicht!«
»Doch«, erwiderte der Schauspieler, »ich stottere in Wirklichkeit. Nur auf der Bühne simuliere ich!«

Als man Bernhard Baumeister fragte, wie alt Sonnenthal sei, strich sich der in Ehren ergraute Hofschauspieler durch den Bart und sagte: »Ja, mit dem Sonnenthal ist das so eine Sache. Wir kamen zur gleichen Zeit auf die Welt, waren auch gleichaltrig, als wir ans Burgtheater kamen, aber bei unserem 25-jährigen Jubiläum war er dann schon viel jünger als ich, und seither habe ich ihn altersmäßig überhaupt ganz aus den Augen verloren.«

Kurt Sowinetz
Schauspieler

** 26. 2. 1928 Wien † 28. 1. 1991 ebd. Nach Engagements an Kleinbühnen und im Theater in der Josefstadt spielte er ab 1955 am Wiener Volkstheater; 1964 Rückkehr an die Josefstadt. Ab 1975 am Burgtheater (ab 1976 Ensemblemitglied). In Fernsehrollen, als Kabarettist und Moritatensänger tätig, wurde sein Lied »Alle Menschen san ma z'wider« überaus populär.*

Der begeisterte Bastler Kurt Sowinetz siedelte sich in der Nachbarschaft seines Freundes Fritz Muliar am Wiener Donauoderkanal an. Angeregt durch die Nähe des Wassers, begann »Sowerl« ein Modellboot zu bauen. Er opferte jede freie Minute, um ein kleines Schiff zu konstruieren, das mittels Fernsteuerung nicht nur vor, zurück, links und rechts fahren konnte – es war vielmehr auch in der Lage, durch einen elektronischen Impuls ein an Bord befindliches Tonband in Gang zu setzen.

Eines Sonntags, an dem der Nachbar Fritz Muliar friedlich vor seinem Häuschen in der Sonne lag, unternahm das Boot vom Sowinetz-Ufer aus seine Jungfernfahrt. Exakt vor dem Muliar-Steg schaltete sich das Magnetophon ein, aus dessen Lautsprecherbox nun die Worte ertönten: »Fritz Muliar ist ein Arschloch, Ende!«
Danach drehte das Schiffchen um und kehrte zum Sowinetzschen Ausgangshafen zurück. Sowinetz hatte ein halbes Jahr Arbeit daran gesetzt, um diesen einen Satz loszuwerden.

Sowinetz spielte in den siebziger Jahren am Burgtheater in Tom Stoppards *Night and Day* die Rolle eines schwarzen Diktators. Nach jeder Vorstellung ließ er sich in voller Schminke von seiner Frau nach Hause führen, um sich die dunkle Farbe dann in der Badewanne herunter zu waschen.
Seine Schwiegermutter wurde damals beim Einkaufen in Ottakring gefragt, ob Herr Sowinetz vielleicht im Ausland weilte. Bald war der Hintergrund dieser Frage klar: Aufmerksame Bürger hatten beobachtet, dass Frau Sowinetz abends des Öfteren mit einem Schwarzen heimkam …

Josef Staribacher
Politiker

** 25. 3. 1921 Wien. 1939/40 im KZ Buchenwald. Besuchte eine Fachschule für Maschinenbau und Elektrotechnik, erlernte den Stein- und Offsetdruck, holte in Abendkursen die Matura nach und studierte Jus. SPÖ-Nationalratsabgeordneter 1961 bis 1983, Direktor der Kammer für Arbeiter und Angestellte in Wien ab 1968. Bundesminister für Handel im Kabinett Kreisky von 1970 bis 1983.*

Auf dem Höhepunkt der internationalen Ölkrise im Jahre 1974 wurde Handelsminister Josef »Happy Pepi« Staribacher gefragt, ob Österreichs Arbeiter infolge der überhöhten Benzinpreise nicht murren würden. Da konterte der Politiker: »Des macht denen nix. Die tanken eh immer um an Hunderter.«

Michael Stern

Rechtsanwalt

** 11. 12. 1897 Wr. Neustadt † 2. 12. 1989 Wien. Nach dem Jusstudium zunächst im Bankwesen tätig, dann Rechtsanwalt in Wr. Neustadt. Ab 1938 wegen seiner jüdischen Herkunft »Konsulent für Nichtarier«. Eröffnete nach Ende des Krieges eine Rechtsanwaltskanzlei in Wien, in der er bis zu 40 Mitarbeiter beschäftigte. Er war der bekannteste Strafverteidiger der Zweiten Republik.*

Stern verteidigte nach dem Krieg im Wiener Landesgericht einen Dachdeckergehilfen, der seinen berufsmäßigen Zugang zu Wohnhäusern für ausgedehnte Diebstouren missbraucht hatte. Nachdem der Anwalt vor Gericht eine Notlagesituation des Angeklagten zu konstruieren versucht hatte, die man als mildernden Umstand hätte werten können, fragte der Vorsitzende nach dem Wochenverdienst des Dachdeckers. Worauf dieser eine Summe nannte, die den Richter in Erstaunen versetzte: »Na hören Sie, das ist ja mehr als mein Monatsgehalt!«
»Natürlich, Herr Rat«, argumentierte der Angeklagte. »Aber i arbeit ja auch was!«

In den fünfziger Jahren verteidigte Stern eine Hebamme, die der Abtreibung verdächtigt wurde. Obwohl viele Indizien gegen sie sprachen, gelang es dem Advokaten mit dem ihm eigenen Geschick, einen Freispruch zu erwirken.
Nach der Urteilsverkündung erklärte die Frau dem Richter zum Entsetzen ihres Anwalts: »Vielen Dank, Herr Rat! Und ich werd's auch bestimmt nimmer machen!«

Dr. Stern telegrafierte einem Mandanten nach Abschluss seines Prozesses: »Die gerechte Sache hat gesiegt.«
Worauf dieser antwortete: »Sofort Berufung einlegen!«

Der Staranwalt war ein extremer Morgenmensch, der seine Kanzlei morgens um fünf Uhr aufsperrte. Ganz im Gegensatz zu Ernst Haeusserman, den niemand vor zehn Uhr früh zu stören gewagt hätte. Burgtheaterdirektor Haeusserman betreute Max Reinhardts traditionell ausverkaufte *Jedermann*-Inszenierung für die Salzburger Festspiele, als eines noch sehr frühen Sommermorgens das Telefon in seiner Wohnung läutete. Haeusserman wankte schlaftrunken zum Apparat.

»Hier spricht Dr. Stern«, verkündete die verdächtig munter klingende Stimme am anderen Ende der Leitung. Haeusserman ließ sich in einen nahen Fauteuil fallen und lauschte im Halbschlaf den Worten des Strafverteidigers.

»Mein lieber Hofrat Haeusserman«, hob der alte Stern an, »ich lasse gerade mein Leben Revue passieren. Und da fällt mir ein, dass wir uns jetzt schon so lange kennen. Da hab ich mir gedacht, es wär doch nett, wir würden uns du sagen.«

Haeusserman war gerührt, fühlte sich geehrt – nur eines konnte er sich beim besten Willen nicht erklären: Warum, um alles in der Welt, musste die Verbrüderung am Telefon erfolgen. Und ausgerechnet zu dieser Stunde!

Wie auch immer, sie riefen einander »Servus, Ernstl« und »Servus, Michael« zu, und als Haeusserman endlich den Hörer auflegen wollte, um seine Nachtruhe wieder aufnehmen zu können, fügte der alte Stern schnell noch an: »Ach ja, lieber Ernstl! Weil wir grade so nett miteinander plaudern, hätt ich eine Frage an dich: Hast du noch zwei Karten für den *Jedermann* am nächsten Sonntag?«

Gemeinsam mit seinem Anwaltskollegen Herbert Eichenseder übernahm Stern die Verteidigung eines wegen Mordversuchs angeklagten Unterweltlers. Die beiden Juristen waren redlich darum bemüht, für ihren Mandanten einen Freispruch wegen Notwehr zu erwirken, hatten mit dieser Taktik aber keinen Erfolg. Nachdem er zu einer zwölfjährigen Haftstrafe verurteilt worden war, begleiteten Stern und Eichenseder ihren sie wüst beschimpfenden Klienten vom Gerichtssaal zu seiner Zelle im Wiener Landesgericht.

»Zwa Anwält hab i ma g'nommen«, fluchte der Verurteilte. »Und was hat's bracht? In Häfen muass i.«
»Was regen Sie sich auf«, versuchte ihn der alte Stern zu beruhigen. »Sechs Jahre für einen Mordversuch, das ist doch ein gutes Urteil.«
Worauf der Gefangene einwandte: »Was heißt sechs – zwölf Jahr hab i kriegt!«
»Ja, aber pro Anwalt!«, erklärte Stern, ehe die Zellentür zwischen ihm und dem Täter ins Schloss fiel.

Als er mit seinen 88 Jahren immer noch täglich in der Kanzlei und bei Gericht anzutreffen war, wurde der alte Stern gefragt, wie lange er denn tätig zu sein gedenke. Da antwortete er, mit einem Blick auf seinen Sohn und Kanzleipartner Peter Stern: »Fünf Jahr muss ich noch arbeiten, bis der Bub in Pension gehen kann.«

Adalbert Stifter
Schriftsteller

** 23. 10. 1805 Oberplan/Tschechoslowakei † 28. 1. 1868 Linz. Kam 1826 nach Wien, wo er als Privatlehrer in Adelshäusern unterrichtete. 1848 Übersiedelung nach Linz, als Schulrat für die Volksschulen in Oberösterreich tätig. Werke: »Bunte Steine« (1853), »Der Nachsommer« (1857), »Witiko« (1867). Unter schweren Depressionen leidend, schied er durch Selbstmord aus dem Leben.*

Stifter war in jungen Jahren Hauslehrer der Familie Metternich, in deren Palais am Wiener Rennweg er den Sohn des Fürstenpaares in Deutsch und Mathematik unterrichtete. Eines Tages stellte er seinem Schüler eine komplizierte Rechenaufgabe. Dieser sollte die Frage beantworten, wie viele zwölfkarätige silberne Löffel sich aus sechs Dutzend dreizehnkarätigen herstellen ließen. Während der junge Metternich lange rechnete, ohne zu einem Ergebnis zu kommen, betrat dessen Mutter den Raum und wandte sich an den Hauslehrer: »Mein lieber Herr von Stifter«, sagte die Fürstin, »das ist doch alles nicht so wichtig. Wenn bei unsereins so was vorkommt, schickt uns der Silberschmied die Rechung ins Haus und wir bezahlen.«

Robert Stolz
Komponist

** 25. 8. 1880 Graz † 27. 6. 1975 Berlin. Ab 1907 Kapellmeister des Theaters an der Wien, ab 1924 in Berlin. Emigrierte 1938 in die USA und kehrte 1946 nach Wien zurück. Zahlreiche Operetten und Filmschlager, zu seinen populärsten Melodien zählen »Im Prater blühn wieder die Bäume«, »Zwei Herzen im Dreivierteltakt«, »Ob blond, ob braun«, »Die ganze Welt ist himmelblau«.*

Als blutjunger Kapellmeister musste Robert Stolz am Deutschen Theater in Brünn über Nacht für einen plötzlich erkrankten Kollegen einspringen und ohne vorherige Proben Verdis *Troubadour* dirigieren. Im zweiten Akt der Oper warf Stolz einen flüchtigen Blick ins Publikum – und glaubte seinen Augen nicht trauen zu können. Denn in der Ehrenloge saß ein älterer Herr mit grauem Vollbart, der dem jungen Kapellmeister skeptisch beim Dirigieren zuschaute. Für Stolz bestand kein Zweifel: Giuseppe Verdi, den er auf vielen Fotografien schon gesehen hatte, war persönlich in der Vorstellung und beobachtete, wie er, der gänzlich unerfahrene Musiker, zu einem seiner Werke den Taktstock schwang. Ohne Proben, ohne irgendeine Vorbereitung!

Stolz war am Boden zerstört, dirigierte aber weiter und nützte jede Gelegenheit, den eleganten Herrn in der Ehrenloge zu beobachten. Und schon bemerkte er, wie der Schöpfer des *Troubadour* wiederholt missbilligend den Kopf schüttelte und mit den Fingern nervös auf die Logenbrüstung klopfte.

Und dann kam der dritte Akt. Mitten in der Stretta sprang Giuseppe Verdi wütend auf und verließ in höchster Entrüstung die Loge, wobei er die Türe krachend – und im ganzen Haus vernehmbar – hinter sich zuwarf. Stolz fiel das Herz in die Hosen, jetzt war klar, dass seine Leistung als Dirigent offenbar Verdis uneingeschränkte Missbilligung fand. Ein Unglück für einen jungen Künstler, eine Katastrophe!

Doch es sollte noch schlimmer kommen. Als Stolz nach dem Ende der Vorstellung gebrochen in seine Garderobe wankte, fand er dort einen von Windlichtern flankierten offenen Sarg vor. Und darin lag – Giuseppe

Verdi! Regungslos und ohne jeden Zweifel soeben verstorben. Aus Gram darüber, wie Robert Stolz seinen *Troubadour* dirigiert hatte.
In dem Moment, als der gerade noch so viel versprechende junge Musiker aus nahe liegenden Gründen daran dachte, seine Karriere an den Nagel zu hängen, bemerkte er, wie sich der Tote zu regen begann. »Verdi« stand auf, nahm Bart und den Rest der perfekten Maske ab und gab sich als der ebenfalls in Brünn engagierte Wiener Gesangskomiker Gustav Müller zu erkennen, der die Komödie gemeinsam mit einem Kollegen ausgeheckt hatte. Die beiden hatten sich nur für einen Scherz revanchiert, den Robert Stolz ihnen ein paar Tage vorher »angetan« hatte ...

Stolz litt, nachdem er in den zwanziger Jahren mit seinem Operettentheater in der Wiener Annagasse pleite gegangen war, unter akuter Geldnot. Das Einzige, das er noch besaß, war eine goldene Taschenuhr, und um wenigstens die zu retten, wandte er den folgenden Trick an: Wann immer der Gerichtsvollzieher Navratil kam, wanderte die goldene Uhr vom Nachtkastl des Komponisten auf das seines besten Freundes Otto Hein, mit dem er ein schäbiges Untermietzimmer teilte.
Das Ritual war immer dasselbe: Navratil läutete, Stolz wusste, dass der »Kuckuck« drohte, und die Uhr wurde auf Ottos Nachttisch platziert. Der Gerichtsvollzieher betrat das Zimmer, lächelte wohlwollend und sagte: »Ich seh schon, Herr Stolz, Ihr Nachtkastl is leer, bei Ihnen is nix zu pfänden.« Und ging wieder.
Eines Tages war Navratil wieder da. Die Uhr wanderte, Robert Stolz schaute unschuldig – doch der Herr Exekutor ging diesmal schnurstracks auf Otto Heins Nachtkastl zu. Und nahm die Uhr an sich.
»Was ist los, um Gottes willen?«, protestierte der fassungslose Robert Stolz.
»Regen S' Ihna net auf«, sagte Herr Navratil, »heut pfänd ich den Hein!« Sprach's, steckte die Uhr ein und ging. Stolz war um seinen letzten Wertgegenstand gekommen.
Bald übrigens nicht nur um diesen. Freund Hein nahm ihm noch etwas ab: Seine damalige (zweite) Ehefrau Franzi Ressel ging mit dem Zimmergenossen des Komponisten auf und davon.

Um in jenen schweren Tagen von seinen Gläubigern nicht erkannt zu werden, ließ sich Stolz seinen Spitzbart abrasieren. Als er zum ersten Mal mit glattem Gesicht in sein Stammcafé Dobner am Naschmarkt kam, gingen selbst gute Freunde grußlos an ihm vorbei, weil sie ihn so nicht erkannten. So auch die Soubrette Friedl Weiss, zu deren Tisch er jetzt ging, um sie zu fragen: »Sagen Sie Fräulein, kennen Sie den Robert Stolz?«
»Ja, natürlich«, antwortete die Angesprochene.
»Ist das nicht ein unsympathischer Kerl?«
»Nein, ganz im Gegenteil, das ist ein überaus feiner Mann.«
Da lachte Robert Stolz und gab seine Identität preis: »Friedl, ich dank dir, du bist die Erste, die nicht über mich schimpft!«

Sein wahres Glück hatte Stolz erst in späten Jahren mit seiner fünften Ehefrau »Einzi« gefunden, die sich auch als perfekte Managerin des Komponisten erweisen sollte. Ernst Haeusserman sagte nach dem Tod von Robert Stolz: »Ja, wenn ich die Einzi zur Witwe hätt, könnt ich auch beruhigt sterben.«

Franz Stoss

Schauspieler und Theaterdirektor

** 28. 5. 1909 Wien † 21. 6. 1995 Steinbach am Attersee/Oberösterreich. 1928 Schauspieldebüt am Volkstheater, 1934 bis 1940 Direktor des Stadttheaters Troppau, dann Direktor in Teplitz-Schönau und in Berlin. Von 1945 bis 1951 am Wiener Bürgertheater und danach bis 1977 Direktor des Theaters in der Josefstadt. Große Popularität durch die Fernsehserie »Die liebe Familie«.*

Franz Stoß erzählte aus seinen Anfängen am Theater die Geschichte eines Herrn, der jahrzehntelang ein Leben als Statist fristete, ehe ihm eine bedeutsamere Aufgabe zugewiesen wurde: Endlich durfte er auf der Bühne ein paar Worte sprechen, genau genommen drei Worte, mit denen er als Kammerdiener die Ankunft eines adligen Gastes ankündigen sollte. »Herr Marquis Dobinier!«, lautete sein Text.

Doch die Aufregung war zu groß, der alte Mann verhedderte sich ständig, brachte vor allem das schwierigste der drei Wörter nicht über die Lippen. Der Regisseur versuchte während einer Probe zu helfen: »Sie sind doch Wiener? Der Mann heißt Dobinier. Merken Sie sich einfach: Do bin i eh.«
Der zum Schauspieler avancierte Statist nahm sich den Ratschlag zu Herzen. Sagte aber am Abend auf der Bühne: »Herr Marquis, i bin eh do!«

Anfang der siebziger Jahre schlug Heinz Marecek dem Theaterdirektor Stoß vor, an der Josefstadt die im Homosexuellenmilieu spielende Komödie *Boys in the Band* des amerikanischen Autors Mart Crowly zu inszenieren.
Stoß war empört. »Eine solche Schweinerei kann man dem Publikum nicht zumuten«, sagte er, als er das Stück gelesen hatte. »So was wird auf einer von mir geleiteten Bühne nicht aufgeführt.«
Ein halbes Jahr später bat Stoß den jungen Schauspieler zu sich und eröffnete ihm, dass er das Stück nun doch herausbringen wollte, und zwar im Theater im Konzerthaus, der hundert Zuschauer fassenden Dependancebühne der Josefstadt.
Verwundert fragte Marecek, wie der plötzliche Sinneswandel des Direktors zustande gekommen sei.
»Sie wissen doch«, antwortete Stoß, »dass ich in erster Linie Kaufmann bin, und so hab ich mir das ausgerechnet. Schauen Sie, Wien hat 1,6 Millionen Einwohner, davon sind 800 000 Männer. Und von diesen wiederum sind – vorsichtig geschätzt – sieben Prozent schwul. Macht 56 000 Leute. Ja, Herr Marecek, wenn jetzt nur jeder Zehnte von denen hineingeht, sind wir 56-mal ausverkauft.«

Oscar Straus
Komponist

** 6. 3. 1870 Wien † 11. 1. 1954 Bad Ischl. Theaterkapellmeister in Brünn, Teplitz, Mainz und Berlin. 1901/02 musikalischer Leiter des Berliner Kabaretts Überbrettl, danach wieder in Wien, wo er als erfolgreicher Operettenkomponist tätig war. Wurde 1907 mit »Ein Walzertraum« international bekannt. Emigrierte in die USA, von wo er 1948 nach Europa zurückkehrte.*

Arnold Schönberg leitete im Großen Musikvereinssaal ein Orchesterkonzert, bei dem er neben eigenen Werken auch Kompositionen von Alban Berg, Anton von Webern, Gustav Mahler und Richard Wagner dirigierte. Die völlig neuartige Musik führte zu einem Tumult im Zuschauerraum, in dessen Verlauf der spätere Burgtheaterdramaturg Erhard Buschbeck einem jungen Arzt eine schallende Ohrfeige verabreichte. Bei Gericht wurde der als Zeuge geladene Oscar Straus einvernommen. Im Prozessbericht des *Neuen Wiener Tagblatts* vom 22. April 1913 ist nachzulesen:
Richter (zum Zeugen): »Haben Sie gesehen, dass Herr Buschbeck dem Dr. Albert eine Ohrfeige gegeben hat?«
Zeuge Oscar Straus: »Ich habe es gesehen und vor allem gehört, denn die Ohrfeige war so ziemlich das Klangvollste des ganzen Konzertabends.«

Oscar Straus besaß eine Villa in Bad Ischl, in der er sich während der Sommermonate mit Freunden regelmäßig zum Tarockspiel traf. Zu seinen Mitspielern zählten Hermann Leopoldi, der Lehár-Librettist Fritz Löhner-Beda und die Lustspielautoren Emil und Arnold Golz. Friedrich Torberg berichtet, dass es »bei den Ischler Verrechnungen häufig zu Komplikationen kam, die von den Spielern durch Zerstreutheit, irrige Angaben oder ähnlich unlautere Manöver noch gesteigert wurden«.
Einmal herrschte ein derartiges Durcheinander, dass sich ein Bruder Golz, nachdem er die Gewinn- und Verlustsummen der eben abgeschlossenen Partie verbucht hatte, mit folgenden Worten an Oscar Straus wandte: »Oscar gib dem Beda siebzehn Schilling, dann ist mir der Leopoldi nix mehr schuldig!«

Straus traf 1930 in Hollywood ein, um für einen amerikanischen Film die Musik zu schreiben. Bald stellte sich heraus, dass der Name Straus(s) in den USA für Verwirrung sorgte, was bei so vielen »Sträußen« kein Wunder ist. Neben Johann Strauß Vater und Sohn sowie dessen Brüder Josef und Eduard kennt die Musikwelt noch Richard Strauss und Oscar Straus. Als Letzterer am Flughafen von Los Angeles ankam, wurde er von einem Reporter empfangen, dessen erste Frage lautete: »Mr. Straus, waren Sie verliebt, als Sie den Donauwalzer komponierten?«

Johann Strauss Sohn

Komponist

** 25. 10. 1825 Wien † 3. 6. 1899 ebd. Wie seine Brüder Josef und Eduard in der Kindheit von Johann Strauß Vater von der Musik ferngehalten, wurde der »Walzerkönig« nach Gründung einer 15-Mann-Kapelle der große Konkurrent seines Vaters. 1863 Hofballmusikdirektor. Operettenerfolge: »Die Fledermaus« (1874), »Der Zigeunerbaron« (1883). Sein Donauwalzer gilt als Österreichs »heimliche Hymne«.*

Johann Strauß war zwar kein Wunderkind, doch stand seine enorme Begabung schon im Kindesalter fest. Als sein Vater einmal am Klavier saß und einen Übergang für eine Komposition suchte, klimperte der kleine »Schani«, ein paar Takte des Walzers nützend, die fehlenden Töne dazu. Strauß Vater war perplex und sagte in Erkenntnis des überragenden Talents: »Weißt was, künftig machst du meine Walzer und ich mach deine Schulaufgaben.«

Als der Pianist Alfred Grünfeld seinen *Frühlingsstimmenwalzer* spielte, meinte der für seine Bescheidenheit bekannte Walzerkönig: »Alfred, so schön wie du ihn spielst, ist er gar nicht.«
Und über seinen Bruder Josef sagte er: »Ich bin populärer, er ist begabter.«

Wie Johann Strauß die Noten zuflogen, hat uns ein Komiteemitglied des Technikerballs hinterlassen. Der Mann trat kurz vor der Eröffnung in einem Restaurant an Johann Strauß Sohn heran, um ihn zu fragen, wie weit die Komposition eines vor Wochen in Auftrag gegebenen Musikstücks gediehen sei. »Ich habe noch keine Note«, gestand Strauß, nahm die Speisekarte zur Hand und ließ innerhalb von dreißig Minuten den seither oft gespielten *Accelerationenwalzer* entstehen.

Jean« oder »Schani«, wie die Wiener ihn nannten, war der größte Frauenliebling seiner Zeit. Ein Offizier forderte ihn zum Duell auf, weil seine Gemahlin dem Walzerkönig Rosen geschickt hatte. Johann nahm das Duell an, unter der Bedingung allerdings, dass der Eifersüchtige vorher sein Hotelzimmer besichtige. In dem mit Blumenbouquets unzähliger Verehrerinnen übersäten Appartement sagte Strauß dann: »Bitte, suchen Sie die Rosen Ihrer Gattin heraus.«
Das Duell fand nicht statt.

»Bitte, suchen Sie die Rosen Ihrer Gattin heraus«: Johann Strauß, der größte Frauenliebling seiner Zeit, ging mit Müh und Not an einem Duell vorbei.

ZEITGENÖSSISCHE DARSTELLUNG

Richard Strauss

Komponist

** 11. 6. 1864 München † 8. 9. 1949 Garmisch-Partenkirchen. Ab 1885 Kapellmeister in Meiningen, danach an der Münchner Oper und an der Hofoper in Weimar. 1919 bis 1924 Direktor der Wiener Staatsoper, dann vorwiegend freischaffender Komponist. Arbeitete intensiv mit Hugo von Hofmannsthal zusammen, der die Libretti seiner Opern »Elektra« und »Der Rosenkavalier« verfasste.*

Richard Strauss kam 1902 mit seiner Gattin Pauline nach Wien, wo diese einen Liederabend mit Kompositionen ihres Mannes gab. Der gefürchtete Kritiker Eduard Hanslick schrieb über den Abend im Bösendorfersaal: »Sie ist entschieden seine bessere Hälfte!«

Acht Jahre, nachdem er mit dem *Rosenkavalier* sein bedeutendstes Werk geschaffen hatte, wurde Strauss nach Wien berufen, um die Direktion der Staatsoper zu übernehmen. Als ihn Eingeweihte warnten: »Nach Wien wollen Sie gehen? Ausgerechnet nach Wien, wo die Leute so falsch sind?«, erwiderte der Komponist: »Falsch sind die Leute überall. Aber in Wien, da sind sie halt so angenehm falsch.«

Ganz so »angenehm« war's dann doch nicht. Strauss erwarteten zahllose Intrigen, von der Presse bis hin zum Opernpersonal stellten sich alle gegen ihn, aber auch Teile des Publikums. So raunten einander die Wiener nach der heftig kritisierten Uraufführung seiner *Salome* zu: »Wenn schon Richard, dann Wagner und wenn schon Strauß, dann Johann.«

Eine freundliche Geste erwartete den neuen Operndirektor nach Antritt seines Postens allerdings durch die Hoch- und Deutschmeisterkapelle, die aus Anlass seines 55. Geburtstags ein Ständchen mit seinem *Rosenkavalier*-Walzer spielte. Als sich Strauss mit den Worten »Das haben Sie wirklich ausgezeichnet gemacht« bedankte, erwiderte der Kapellmeister freudestrahlend: »Ja, Herr Direktor, g'schrieben is so was bald, aber spiel'n – dös is a Sauarbeit!«

»Falsch sind die Leute überall. Aber in Wien, da sind sie halt so angenehm falsch«, meinte Richard Strauss, als man ihn als Staatsoperndirektor nach Wien holte.

ZEICHNUNG: ALFRED GERSTENBRAND

Während einer Aufführung der Oper *Johann Balk* des zeitgenössischen Komponisten Rudolf Wagner-Régeny saß Strauss, sich angeregt mit seinem Nachbarn unterhaltend, in der Orchesterloge der Wiener Staatsoper. Endlich ermahnte ihn ein Logendiener: »Bitte um Ruhe, Herr Doktor!«
Strauss entschuldigte sich: »Ach so, ich dachte, die da unten stimmen immer noch ihre Instrumente!«

Ein eitler Komponist prahlte am Stammtisch mit seinem jüngsten Werk. »Habt ihr meine Kritiken gelesen?«, fragte er die Kollegen. »Man vergleicht mich mit Rossini!«
»Du irrst«, widersprach Richard Strauss. »Nicht mit Rossini, sondern mit der *Diebischen Elster*.«

1923 unternahm Strauss mit den Wiener Philharmonikern eine Südamerikatournee, in deren Verlauf er über dreißig Konzerte und Opernaufführungen dirigierte. Die letzte Veranstaltung sollte in der brasilianischen Stadt Bahia stattfinden, doch gerade als er im Hafen das Schiff verlassen wollte, erhielt Strauss ein Telegramm, in dem er gebeten wurde, sich umgehend in der Staatsoper einzufinden.
Ehe er die damals drei Wochen dauernde Reise nach Wien antrat, übertrug er dem Oboisten Alexander Wunderer (der Strauss überdies ähnlich sah) die Leitung des Konzerts in der Stadt. Kein Mensch in Bahia merkte, dass der berühmte Komponist nicht am Pult stand, und die Philharmoniker freuten sich über den Jubel im ausverkauften Saal. Nur der wahre Dirigent des Abends kränkte sich ein wenig, dass nicht er, sondern »der große Ricardo Strauss« anderntags von der Presse gefeiert wurde.

Richard Strauss beobachtete den Dirigenten Hans Knappertsbusch während einer *Salome*-Probe. Als der Maestro gegen Ende von Salomes Tanz zu einem breiten Dreivierteltakt-Ritardando ausholte, rief er ihm zu: »Knappertsbusch, ich bitt Sie, machen S' Richard, net Johann!«

Richard Strauss dirigierte, als er achtzig wurde, ein Festkonzert der Wiener Philharmoniker. Wie immer spielte das Orchester ganz nach dem Herzen des Komponisten.
»Kinder«, sagte der alte Herr bei einer Probe, »es ist schad, dass ich euch nicht ins Grab mitnehmen kann. Dort könnten wir so schön weitermusizieren.«

Als man den 83-jährigen Strauss fragte, was er als nächstes vorhabe, erwiderte er trocken: »Na, sterben halt!«

Bertha von Suttner

Friedensaktivistin

** 9. 6. 1843 Prag † 21. 6. 1914 Wien. Als Bertha Gräfin Kinsky war sie ab 1873 Erzieherin der Kinder des Freiherrn von Suttner in Wien, dessen Sohn Arthur sie 1875 heiratete. Lebte mit ihm im Kaukasus und traf 1886 in Paris Alfred Nobel, der ihr pazifistisches Engagement unterstützte. 1889 erschien ihr Antikriegsroman »Die Waffen nieder«, 1905 erhielt sie den von ihr angeregten Friedensnobelpreis.*

Um ein Haar hätte sie den Friedensnobelpreis gar nicht bekommen. Bertha von Suttner befand sich nämlich, während in Stockholm das Preiskomitee tagte, auf einer Vortragstournee und weigerte sich, das Telegramm mit der Mitteilung ihrer Nominierung anzunehmen – da es unterfrankiert war! Sie wurde dann auf Umwegen informiert, worauf ihr der Nobelpreis überreicht werden konnte.

Gerard Freiherr van Swieten

Arzt

** 7. 5. 1700 Leiden/Niederlande † 18. 6. 1772 Wien. Kam 1745 als Leibarzt und Berater der Kaiserin Maria Theresia nach Wien, wo er die Erste Wiener Medizinische Schule gründete und die Universitätsorganisation, insbesondere den medizinischen Unterricht, reformierte. Er setzte die Verbesserung des Standards in den Spitälern durch, gründete Hebammenschulen und Findelhäuser.*

Kaiserin Maria Theresia war nicht nur Feinschmeckerin, sie aß auch Unmengen der von ihr bevorzugten Speisen. Ihr Leibarzt Gerard van Swieten machte sie immer wieder auf die ungesunde Art, sich zu ernähren, aufmerksam, erzielte aber wenig Erfolg mit seinen Warnungen. Einmal versuchte er es folgendermaßen: Man saß bei einer großen Tafel, an der Köstlichkeiten sonder Zahl aufgetragen wurden. Van Swieten hatte zu dem Diner einen großen Kübel mitgebracht, in den er nach und nach einen Schöpfer Suppe, Krabbenschwänze, ein Stück Fleisch, verschiedene Käsesorten und eine Auswahl der servierten Cremes und Torten legte.

Als die Kaiserin den Kübel gegen Ende der Veranstaltung sah, fragte sie van Swieten, welchen Zweck er mit diesem verfolge.
»Ich habe diesen Kübel mitgebracht«, antwortete der Leibarzt, »um Eurer Majestät zu zeigen, wie es jetzt im Magen Eurer Majestät aussieht!«

SZÖKE SZAKALL
Schauspieler

** 2. 2. 1883 Budapest † 12. 2. 1955 Los Angeles. Eigentlich Jenö Gerö. Lebte als Bankangestellter in Ungarn, ehe er wegen des steigenden Antisemitismus nach Wien und später nach Berlin übersiedelte. Flüchtete vor dem NS-Regime nach London und schließlich in die USA, wo er für die Universal und für Warner Bros. drehte. Komische Rollen u. a. als Kellner in »Casablanca« (1942).*

Als Fritz Kortner 1931 die Titelrolle in dem Film *Dreyfus* spielte, bekam er einen begeisterten Brief des Wiener Schauspielers Paul Morgan: »Mein lieber Kollege Kortner! Seit ich Dich als Dreyfus gesehen habe, schäme ich mich, dass im Telefonbuch hinter dem Namen Paul Morgan die Bezeichnung Schauspieler steht. Paul Morgan.«
Tage später erhielt Kortner einen weiteren Brief: »Sehr geehrter Herr Kollege Kortner! Ich muss mich Paul Morgans Urteil vollinhaltlich anschließen. Seit ich Sie als Dreyfus gesehen habe, schäme ich mich auch, dass im Telefonbuch hinter dem Namen Paul Morgan die Bezeichnung Schauspieler steht. Szöke Szakall.«

In einer Zeitungskritik der Londoner-*Fledermaus*-Inszenierung, in der Szöke Szakall 1936 den Frosch spielte, war zu lesen, dass »Kaiser Franz Joseph noch über ihn gelacht« hätte. Das stimmt – nur konnte ihn der Kaiser nicht als Komödiant, sondern als Soldat »bewundern«.
Szakall war in der k. u. k. Armee in Pressburg stationiert, wohin Franz Joseph eines Tages zur Truppeninspektion kam. Und dabei geschah etwas für die damalige Zeit Ungewöhnliches: Szöke Szakall bat den Kaiser um ein Autogramm – was bis dahin niemand je gewagt hatte. Franz Joseph gab es ihm und fragte den noch völlig unbekannten Szöke Szakall, in welcher

Branche er tätig sei. Der junge Schauspieler antwortete: »Ich bin am Theater.«
»Und«, wollte der Kaiser wissen, »was lieben Sie dort am meisten?«
Szöke Szakalls Antwort: »Meine weiblichen Kollegen!«
Kaiser Franz Joseph soll verständnisvoll gelächelt haben …

T

»Schreiben Sie einmal einen Bestseller!«

Von Julius Tandler
bis Rudolf Tyrolt

Julius Tandler
Arzt und Politiker

** 16. 2. 1869 Iglau/Tschechoslowakei † 25. 8. 1936 Moskau. Universitätsprofessor für Anatomie. Schuf als Wiener Stadtrat für das Wohlfahrtswesen 1920 bis 1934 soziale Einrichtungen wie Kindergärten und Eheberatungsstellen. Er führte kostenlose Säuglingswäschepakete und öffentliche Kinderplanschbecken ein. 1936 als Berater für Spitalsreformen nach Moskau berufen.*

Frau Kollegin«, fragte Professor Tandler eine Studentin bei der Anatomieprüfung, »welcher Teil des menschlichen Körpers weitet sich im Erregungszustand um das Achtfache aus?«
Die Studentin bekam einen hochroten Kopf und stotterte herum: »Das ist äh, glaube ich …«
»Falsch«, unterbrach Tandler. »Richtig wäre die Pupille des Auges.« Dann nahm er die Studentin beiseite und sagte zu ihr: »Persönlich möchte ich Ihnen noch den Rat geben, nicht mit allzu großen Erwartungen in die Ehe zu gehen.«

Richard Tauber
Sänger

** 16. 5. 1891 Linz an der Donau † 8. 1. 1948 London. Eigentlich Ernst Seiffert. Zählte zu den populärsten Tenören seiner Zeit. Nach großen Erfolgen an den Opernhäusern in Dresden und Berlin, trat er ab 1924 vor allem in Operetten auf, wobei Franz Lehár einige seiner populärsten Melodien eigens für ihn komponiert hatte. Richard Tauber war auch als Komponist überaus erfolgreich.*

Der deutsche Caruso«, wie Tauber oft genannt wurde, war ein gefeierter Tassilo in Kálmáns *Gräfin Mariza* – in Wien ebenso wie später dann in London, wo er die Jahre der Emigration verbrachte. Wenn in einer Vorstellung während des Krieges Vorwarnalarm gegeben wurde, erhielt Tauber oder ein Kollege, der gerade auf der Bühne stand, vom Inspizienten ein verabredetes Zeichen, worauf der jeweilige Künstler an die Rampe

zu treten und dem Publikum mitzuteilen hatte, dass mit einem Bombardement zu rechnen sei. Daraufhin begaben sich Künstler, technischer Stab und das Publikum in den nächsten Luftschutzkeller.
Die Vorstellung aufgrund einer solchen Information zu unterbrechen, war natürlich eine unangenehme Aufgabe, die niemand gerne übernahm. Hingegen lauerte jeder auf das, wiederum vom Inspizienten gegebene Entwarnungssignal, dessen Weitergabe an das Publikum garantiert Beifall auslöste.
Als Tauber wieder einmal als Erster die begehrte Nachricht erhielt, trat er an das Publikum heran und sprach in seinem besten Englisch (das ein berüchtigt schlechtes war): »Ladies and Gentlemen, I have the pleasure to tell you that the All Clear was just sounded.«
Er wartete den aufbrausenden Applaus ab, um im Anschluss daran die Pointe genießerisch auf der Zunge zergehen zu lassen: »And now back to reality.«
Und bald darauf erklang sein strahlendes *Komm, Zigan, komm, Zigan, spiel mir was vor …*

Hans Thimig
Schauspieler und Regisseur

** 23. 7. 1900 Wien † 17. 2. 1991 ebd. Jüngster Sohn von Hugo Thimig. Debütierte mit sechzehn Jahren am Volkstheater. 1918 bis 1924 und ab 1949 am Burgtheater, dazwischen am Theater in der Josefstadt, ab 1923 Salzburger Festspiele. Bereits in den 20er Jahren beim Film, auch als Regisseur; ab 1959 Leiter des Reinhardtseminars. Charakterdarsteller mit pointiertem Humor.*

Die große Zeit des Hörfunks währte bis in die sechziger Jahre, wobei die Rundfunkteilnehmer das Dargebotene mit wesentlich größerer Naivität zu verfolgen schienen als dies später bei den Fernsehkonsumenten der Fall war. So wurde die Handlung der wöchentlich ausgestrahlten *Radiofamilie* – in deren Mittelpunkt ein Oberlandesgerichtsrat namens Floriani stand – dermaßen ernst genommen, dass sogar Richter anriefen, um sich von diesem im Urlaub vertreten zu lassen. Während der Schau-

spieler Hans Thimig, der die Rolle des Dr. Floriani vom Blatt las, diesen Wunsch verständlicherweise nicht erfüllen konnte, nahm die Redaktion der *Radiofamilie* eine andere, nicht minder absurd erscheinende Anregung sehr wohl auf: Ein Ehepaar hatte geschrieben, dass es nicht den Mut fände, an ihrem Sohn die längst fällige Sexualaufklärung vorzunehmen. »Er ist genauso alt wie der Sohn der Florianis«, stand in dem Brief, »könnten Sie nicht Ihren Wolferl im Radio aufklären, davon würde dann auch unser Bub profitieren.«
Tatsächlich hat's der junge Mann dann auf diese Weise erfahren.

HUGO THIMIG

Schauspieler und Burgtheaterdirektor

** 16. 6. 1854 Dresden † 24. 9. 1944 Wien. Begründer der berühmten Schauspielerdynastie. 1874 bis 1923 und ab 1936 am Burgtheater, 1912 bis 1917 dessen Direktor. 1923 bis 1936 am Theater in der Josefstadt. Spielte vor allem Charakter- und komische Rollen. Seine große Sammlung von Theatralia bildete den Grundstock der Theatersammlung der Österreichischen Nationalbibliothek.*

In den ersten Tagen nach der Machtübernahme durch die Nazis erhob sich in der Tramway ein junger Mann, um einem älteren Fahrgast seinen Platz anzubieten. Doch dieser lehnte schroff ab: »Wo ein Jude gesessen ist, setze ich mich nicht hin!«
Darauf stand der 84-jährige, immer noch aktive Burgschauspieler Hugo Thimig auf, berührte den Sitzplatz kurz mit seinem Gesäß und sagte: »Mein Herr, Sie können jetzt ruhig Platz nehmen, der Sitz ist arisiert!«

FRIEDRICH TORBERG
Schriftsteller und Kulturkritiker

** 16. 9. 1908 Wien † 10. 11. 1979 ebd. Eigentlich Friedrich Kantor. Theaterkritiker in Wien und Prag, 1938 Emigration in die Schweiz, 1940 in die USA, wo er als Drehbuchautor lebte. 1951 Rückkehr nach Wien, Herausgeber der Zeitschrift »FORVM«. Seine populärsten Bücher sind »Der Schüler Gerber« (1930) und »Die Tante Jolesch« (1975). Übersetzte die Satiren Ephraim Kishons ins Deutsche.*

Das Pseudonym »Torberg« entstand, weil der junge Autor noch Gymnasiast war, als er an seinem Erstlingswerk *Der Schüler Gerber hat absolviert* schrieb, und sich mit einem schulkritischen Roman bei seinen Lehrern nicht unbeliebt machen wollte. Also ließ er aus der Endsilbe seines Vaternamens Kan*tor* und dem Geburtsnamen seiner Mutter, *Berg*, den Namen *Torberg* entstehen. Der Kaffeehausgast Gustav Grüner unterstellte Torberg Motive, gegen die sich dieser zur Wehr setzte. Torberg erklärte nun, dass er die Namensänderung aus Gründen der Einfachheit und nicht der Eitelkeit vorgenommen hätte, und er erklärte Grüner, warum und wie der neue Name zustande gekommen sei:
»Hätte mein Vater zum Beispiel Rosenblatt geheißen und meine Mutter Gold, dann hätte ich mich …«
»… dann hätten Sie sich auch Torberg genannt«, replizierte Grüner.

Nach fünfjährigem Aufenthalt in den USA hatte man das Recht, amerikanischer Staatsbürger zu werden, soferne man eine eingehende Prüfung über die Geschichte der Vereinigten Staaten bestand. Torberg studierte alle einschlägigen Bücher und bereitete sich intensiv auf den großen Tag vor. Endlich erhielt er die ersehnte Vorladung und war am Tag des Tests natürlich furchtbar aufgeregt. Und so kam es, dass er sich gleich am Beginn der Prüfung verhedderte. Auf die Frage »Wann sind Sie nach Amerika gekommen?« antwortete er: »Im März 1492« – anstatt, wie geplant: »Im März 1942.«
Worauf der Vorsitzende der Prüfungskommission lächelnd feststellte: »So? Im März 1492 sind Sie eingewandert? Da hätte ich an Ihrer Stelle noch bis

zum Oktober gewartet – dann hätten Sie nämlich gleich mit Christoph Columbus kommen können.«

Torberg war in der Emigration des Öfteren bei der aus Wien stammenden Schriftstellerin und Drehbuchautorin Gina Kaus eingeladen, deren hoch betagte Mutter die Gäste mit rührender Aufmerksamkeit umsorgte und zugleich bemüht war, all die neuartigen Begriffe kennen zu lernen, die es in den USA zu bewältigen gab.
Eines Abends verwickelte sie Torberg in ein Gespräch über seine literarischen Pläne, an denen sie seit jeher lebhaften Anteil genommen hatte.
»Wissen Sie, was Sie einmal schreiben sollten«, fragte sie ihn und hob zur nachdrücklichen Mahnung den Zeigefinger. »Sie sollten einmal einen Bestseller schreiben.«
»Ihr Wort«, schloss Torberg diese Geschichte, »drang nicht an Gottes Ohr.«

Wieder zurück in Österreich und als Schriftsteller bereits etabliert, wurde oft die Frage gestellt, ob Torberg nicht sein Talent als Romancier vergeude, wenn er weiterhin im Journalismus tätig sei. »Nein«, antwortete Hans Weigel, »er hat zwar gewiss darunter gelitten, dass er vor lauter *FORVM* kaum zu anderer Arbeit kam, aber er hat es gleichzeitig genossen, dass er darunter gelitten hat.«

Der Schriftsteller fuhr gemeinsam mit dem Karikaturisten Rudolf Angerer im Wagen durch Wien. Als die Ampel irgendwo in Währing auf Rot stand, schaute Torberg zum Fenster hinaus und entdeckte das Portal einer Süßwarenhandlung mit der Aufschrift *Zuckerl-Mayer*. Worauf er trocken sagte: »Das ist der, der *Des Teuferls General* geschrieben hat!«

Als der Autor und Parodist Robert Neumann einmal behauptete, dass Torberg »zu jedem Frühstück einen Kommunisten verspeist«, entgegnete der gerade in Wien weilende Marcel Reich-Ranicki: »Das stimmt natürlich nicht. Denn erstens ist Torberg Vegetarier und zweitens Feinschmecker.«

Torbergs Ehefrau Marietta war in den fünfziger Jahren mehrmals Gast des Forum Alpbach, wo man stets einer illustren Teilnehmerrunde begegnen konnte. Einmal nahm sie dort in einer Gesellschaft die Nachmittagsjause ein, der neben ihrem Mann auch Bruno Kreisky, der berühmte Psychiater Hans Hoff und ein Student namens Bolzano angehörten. Marietta Torberg war eine große Verfechterin des österreichischen Idioms in der deutschen Sprache, weshalb sie – als Herr Bolzano beim Ober »Sahne« für seinen Kaffee bestellt hatte – dezidiert erklärte: »Bolzano, wenn S' noch einmal auf piefkinesisch Sahne sagen statt Obers, dann nenn ich Sie ab heute Bozen!«

Berühmt dafür, Unmengen von Kaffee zu trinken, wurde Torberg 1979 gefragt, ob es nicht empfehlenswert wäre, den Koffeingenuss aus gesundheitlichen Gründen einzuschränken. Des Schriftstellers pointierte Antwort: »Ich benötige den Kaffee, um schreiben zu können. Ich bin 70 Jahre alt. Wenn ich keinen Kaffee trinken würde, wäre ich jetzt vielleicht 72 Jahre alt, mehr auch nicht.«

Siegfried Trebitsch
Schriftsteller und Übersetzer

** 21. 12. 1869 Wien † 3. 7. 1956 Zürich. Bruder des Lyrikers Arthur Trebitsch. Siegfried erlangte als Erzähler und Dramatiker nicht die Bedeutung, die er als Übersetzer, vor allem der Werke von George Bernard Shaw, hatte – obwohl er auch darin umstritten war. Romane und Erzählungen: »Genesung«, 1902, »Weltuntergang«, 1903; Autobiografie: »Chronik eines Lebens«, 1951.*

Eine Wiener Tageszeitung veranstaltete eine Prominentenumfrage mit dem Titel: »Was haben George Bernard Shaw und sein Übersetzer, der Wiener Schriftsteller Siegfried Trebitsch, gemeinsam?«
Die Antwort von Egon Friedell lautete: »Die Gemeinsamkeit zwischen George Bernard Shaw und Siegfried Trebitsch besteht meiner Meinung nach darin, dass beide nicht Deutsch können.«

Otto Tressler
Schauspieler

** 13. 4. 1871 Stuttgart † 27. 4. 1965 Wien. Eigentlich Otto Mayer. Zunächst Buchhandelsgehilfe und Bildhauer, trat nebenbei auf Amateurbühnen auf, ehe er 1892 ans Hoftheater Stuttgart und 1896 ans Burgtheater engagiert wurde. Spielte Liebhaber- und Bonvivantrollen, später auch problematische Charaktere. 1914 Debüt mit dem Film »Zwei Freunde«, der in seinem Bildhaueratelier gedreht wurde.*

Wenige Tage nach der Premiere von *Peer Gynt* im Jahre 1925, in der man Otto Tressler in der Titelrolle sah, ereignete sich der wohl spektakulärste Zwischenfall in der Geschichte des Burgtheaters. Der Schauspieler Philipp Zeska hatte eben die Bühne betreten und in seiner Rolle als Blinder Passagier Ibsens Worte »Ich komme betreffs des Leichnams« gesprochen, als mehrere Schüsse fielen. Aber nicht auf der Bühne, sondern in der 2. Loge, 3. Rang rechts: Die 25-jährige Mazedonierin Mencia Carniciu hatte ihren früheren Geliebten, den 42-jährigen Kaufmann Todor Panicza, vermutlich aus Eifersucht erschossen. Die Vorstellung wurde unterbrochen und erst wieder fortgesetzt, als der Leichnam aus dem Theater getragen und die Attentäterin verhaftet war. Nur eine Textstelle – wortwörtlich von Henrik Ibsen niedergeschrieben – wurde an diesem Abend gestrichen: »Man stirbt nicht mitten im vierten Akt!«

Neben Tressler war in dieser *Peer Gynt*-Aufführung Auguste Pünkösdy zu sehen – und leider auch zu hören. Denn Peer Gynts Geliebte Solveig sang zur Musik von Edvard Grieg, der Ibsens Drama vertont hatte. Die Stimme der Schauspielerin war freilich so dünn, dass der Kritiker Leopold Jacobsohn anderntags schrieb: »Wenn ich Frau Pünkösdy Solveigs Lied intonieren höre, möchte ich ausrufen: ›Nie wieder Grieg!‹«

Rudolf Tyrolt
Schauspieler

** 23. 11. 1848 Rottenmann/Steiermark † 22. 6. 1929 Gutenstein/Niederösterreich. Trat als Jus- und Philosophiestudent auf Laienbühnen auf, ehe er am Grazer Landestheater sein Debüt feierte. Engagements am Wiener Stadttheater, am Burgtheater, in der Josefstadt und am Volkstheater. Professor am Konservatorium Wien, Verfasser eines Buchs über Theatergeschichte.*

Dr. Rudolf Tyrolt, Jurist und Charakterkomiker, war zur Jahrhundertwende einer der Lieblinge des Wiener Publikums. Sein größter Verehrer aber war sein Vater, der täglich ins Burgtheater kam, um »den Buben« zu bewundern. Das allabendliche Zeremoniell begann damit, dass Tyrolt sen. vor dem am Theaterportal affichierten Programmzettel stehen blieb und sich, unter dem Vorwand, die Brille vergessen zu haben, die Namen aller Darsteller vorlesen ließ. Wurde sein Sohn genannt, unterbrach er: »Ah, der Tyrolt spielt mit, da geh ich sicher in die Vorstellung, um diesen ausgezeichneten Künstler zu sehen.«
Im Zuschauerraum fragte er dann, sobald sein Sohn auftrat, den Sitznachbarn: »Wer ist denn dieser hervorragende Schauspieler?« Durch derlei Mätzchen selbst schon als Original bekannt geworden, bekam der Papa eines Abends die Antwort: »Aber Herr Tyrolt, Sie werden doch Ihren eigenen Sohn erkennen!«

V

»Dass die Roten nicht an die Macht kommen«

Von Franz Vranitzky bis Franz Vranitzky

Franz Vranitzky

Politiker

** 4. 10. 1937 Wien. Arbeitete in der Nationalbank, im Finanzministerium, in der Creditanstalt und in der Länderbank. Ab 1984 Finanzminister, 1986 bis 1997 Bundeskanzler, ab 1988 Bundesparteivorsitzender der SPÖ. Beendete wegen des Rechtsrucks der FPÖ unter Jörg Haider 1987 die Koalition mit der FPÖ und begründete damit die bis 2000 dauernde große Koalition.*

Als Franz Vranitzky – gerne als Vertreter des so genannten »Nadelstreifsozialismus« bezeichnet – Bundeskanzler wurde, brach in der SPÖ eine Debatte aus, ob es richtig sei, dass sein Vorgänger Fred Sinowatz weiterhin Parteichef der SPÖ bleibe. *Herr Weinstein* kommentierte die Situation im *Kurier* so: »Ich bin dafür, dass der Sinowatz Parteiobmann bleibt, denn irgendeinen sozialistischen Vertreter muss die SPÖ ja haben.« Und Martin Flossmann tröstete sich in seiner Simpl-Conférence »Der Vranz ist für mich eine Garantie dafür, dass die Roten nicht an die Macht kommen.«

»Eine Garantie dafür, dass die Roten nicht an die Macht kommen«: Bundeskanzler Franz Vranitzky.

Karikatur: Rudolf Angerer

Als der sowjetische Ministerpräsident Ryschkow 1987 Wien besuchte, wurde Franz Vranitzky von russischen Journalisten gefragt, ob er beabsichtige, die vom Kremlchef Michael Gorbatschow propagierten Modelle Glasnost und Perestrojka in Österreich einzuführen. Die Antwort des Kanzlers lautete: »Ich war ja früher Finanzminister und davor habe ich in einer Bank gearbeitet. Und obwohl Merkur nicht nur der Gott der Händler, sondern auch der Diebe ist, denke ich nicht daran, sowjetische Modelle zu stehlen.«

W

»Herr Schlesinger von der Vogelweide«

Von Karl Heinrich Waggerl bis Fritz Wotruba

Karl Heinrich Waggerl

Schriftsteller

** 10. 12. 1897 Bad Gastein † 4. 11. 1973 Schwarzach/Salzburg. Als Volksschullehrer in Wagrain tätig, legte er mit 23 Jahren das Lehramt krankheitsbedingt nieder und verdiente seinen Lebensunterhalt als Versicherungsagent, Plakatzeichner und Werbetexter. 1940/41 Bürgermeister von Wagrain. Als einfühlsamer Dichter thematisierte er das Leben der einfachen Menschen.*

Unser Vaterland war einmal so groß«, stellte Karl Heinrich Waggerl unmittelbar nach dem Untergang der Donaumonarchie fest, »dass die Sonne darin nicht unterging. Jetzt hat sie kaum noch die Möglichkeit, darin aufzugehen.«

Julius Wagner-Jauregg

Arzt

** 7. 3. 1857 Wels † 27. 9. 1940 Wien. Ab 1889 Professor für Psychiatrie in Graz, ab 1893 in Wien. Vorstand der Psychiatrischen Klinik im Allgemeinen Krankenhaus. Erhielt 1927 den Nobelpreis, nachdem er die Wirkung von Impfmalaria bei progressiver Paralyse erkannt hatte. Bedeutsam war auch seine Entdeckung, jodiertes Kochsalz zur Verhinderung von Schilddrüsenstörungen einzusetzen.*

Als Wagner-Jauregg der Nobelpreis für Medizin verliehen wurde, meinte ein Gratulant, dass es eigentlich an der Zeit wäre, dieselbe Ehrung auch seinem großen Gegenspieler Sigmund Freud zuteil werden zu lassen. Da erwiderte der Ausgezeichnete spitz: »Vielleicht kriegt er den Nobelpreis noch – den für Literatur!«

Gustav Waldau

Schauspieler

** 27. 2. 1871 Piflas/Deutschland † 25. 5. 1958 München. Eigentlich Gustav Freiherr von Rummel. War nach Absolvierung einer militärischen Laufbahn Zeitungsredakteur, ehe er 1897 in Paris als Schauspieler debütierte. Ein Jahr später Mitglied des Münchner Hoftheaters. Verschiedene Gastspiele, 1910 am Burgtheater, ab 1924 im Ensemble des Theaters in der Josefstadt.*

Waldau musste für einen erkrankten Kollegen einspringen, fand aber keine Zeit, den Text der für ihn neuen Rolle gründlich zu lernen. In dem Stück musste der Publikumsliebling mit einer Schauspielerin im hinteren Bereich der Bühne unter einer Markise sitzen, zumal für die Szene starker Regen vorgesehen war. Da er aus dieser Entfernung die Souffleuse nicht hören konnte, sprach Waldau zu seiner Partnerin: »Ich denke, es hat aufgehört zu regnen, lassen Sie uns doch ein paar Schritte in den Garten gehen.«
Dann nahm er die beiden Stühle und stellte sie vor dem Souffleurkasten auf.

Ernst Waldbrunn

Schauspieler und Kabarettist

** 14. 8. 1907 Krumau/Tschechoslowakei † 22. 12. 1977 Wien. Stand erstmals, ohne den Beruf des Schauspielers erlernt zu haben, in Teplitz-Schönau auf der Bühne, ehe ihn Karl Farkas an das Wiener Kabarett Simpl holte, bei dessen Wiedereröffnung 1945 er den Prolog hielt. Ab 1950 Doppelconférence-Partner von Farkas, daneben Schauspieler am Theater in der Josefstadt. War mit Elfriede Ott verheiratet.*

Ernst Waldbrunn und Maxi Böhm, die in den fünfziger Jahren von Karl Farkas an den Simpl geholt wurden, kannten einander schon aus der Vorkriegszeit, in der sie gemeinsam am Stadttheater des böhmischen Kurorts Franzensbad engagiert waren. In Franzensbad fiel auf, dass Waldbrunn in den Kritiken des dortigen Lokalblatts immer als »Glanzpunkt der Aufführung« oder als »geniale Lustspielrakete« Erwähnung fand, während über Maxi Böhm immer nur zu lesen war: »Herr Böhm hat einen trockenen Humor!«

Nach jeder Premiere standen dieselben Worte in der Zeitung: »Waldbrunn ist der Glanzpunkt der Aufführung ..., Herr Böhm hat einen trockenen Humor.«

Jahrzehnte später gestand Ernst Waldbrunn dem Freund, dass er neben seinem Engagement am Franzensbader Theater als Kulturkritiker des Lokalblatts tätig war.

Ihrer gemeinsamen Simpl-Zeit entstammt diese, für Waldbrunn nicht minder typische Episode: Maxi Böhm und er saßen im Café Prückel, als Waldbrunn zur Probe gerufen wurde. Er stand auf, verabschiedete sich und schlenderte zum Ausgang, wo er sich noch einmal dem Tisch des Freundes zuwandte und laut und für alle Prückel-Gäste vernehmbar, durchs Lokal rief: »Beeeehm!« Er zog den Namen in die Länge, damit's nur ja keiner überhören konnte: »Beeeehm! Sag deiner Schwester, sie soll morgen *nicht* zum Fußbodenreiben kommen, ich hab schon jemanden!«

Sprach's und verschwand durch die Drehtür des Kaffeehauses.

Die Herzlosigkeit des berühmten Maxi Böhm war nun Tagesgespräch im Café Prückel. »Das hätte er seiner Schwester wirklich ersparen können«, tuschelte man, »dass sie in fremden Häusern den Fußboden reiben muss.«

Unnötig zu erwähnen, dass Böhm nie eine Schwester hatte, geschweige denn eine, die Waldbrunns Fußböden gerieben hätte.

Als Waldbrunn eines Abends, abgehetzt wie immer, nach seiner Vorstellung in den Wiener Kammerspielen in den Simpl kam, um dort spätabends in der Doppelconférence mit Karl Farkas den »Blöden« zu spielen, blieb ihm gerade noch so viel Zeit, sich die Hände zu waschen. Dabei spritzte er sich so unglücklich die Hose an, dass man vermuten hätte können, es wäre ihm etwas »passiert«. Waldbrunn schaltete schnell, drehte die Wasserleitung in ihrer gesamten Kapazität auf und schüttete zwei Liter Wasser über Gesicht, Sakko und Hose. Dann betrat er die Bühne und begrüßte Farkas mit den Worten:

»Servus, Karl, stell dir vor, ich bin in ein Regenwetter gekommen.« Das ganze hatte sich zwar an einem lauen, trockenen Sommerabend ereignet. Doch der Auftritt war gerettet.

»Stell dir vor, ich bin in ein Regenwetter gekommen«: Doppelconférence-Partner Ernst Waldbrunn.

KARIKATUR: WINNIE JAKOB

KURT WALDHEIM

Politiker und Diplomat

** 21. 12. 1918 St. Andrä-Wördern/Niederösterreich. Nach absolviertem Jusstudium Beamter des Außenministeriums, ab 1948 an österreichischen Botschaften. 1968 bis 1970 Außenminister, 1972 bis 1982 UNO-Generalsekretär. War als Bundespräsident (1986 bis 1992) wegen seiner Rolle als Offizier der deutschen Wehrmacht im Zweiten Weltkrieg auf diplomatischer Ebene isoliert.*

Im Dezember 1971 zum Generalsekretär der Vereinten Nationen gewählt, bezog Kurt Waldheim bald darauf sein neues Büro am Hudson River. In einem seiner ersten Interviews wurde er von einem Journalisten nach dem Unterschied zwischen Wien und New York gefragt. Waldheims Antwort lautete: »New York unterscheidet sich von Wien hauptsächlich durch – alles!«

Bruno Walter
Dirigent

** 15. 9. 1876 Berlin † 17. 2. 1962 Beverly Hills. Eigentlich Bruno Walter Schlesinger. Zunächst an der Hamburger Oper als Assistent von Gustav Mahler, dem er 1901 an die Wiener Hofoper folgte. Engagements in München, New York, London, Berlin und ab 1922 bei den Salzburger Festspielen. 1933 Chefdirigent der Wiener Staatsoper, 1938 Emigration nach Frankreich und in die USA.*

Als Bruno Walter an die Wiener Hofoper kam, wurde bekannt, dass der Dirigent erst kurz davor seinen Familiennamen Schlesinger abgelegt hatte. Was seinen Kollegen Franz Schalk dazu veranlasste, ihn boshaft als »Herr Schlesinger von der Vogelweide« zu begrüßen.

Der Manager der New Yorker Philharmoniker schockierte das Orchester eines Tages mit der Ankündigung: »Eine Katastrophe! Bruno Walter hat das morgige Konzert abgesagt!«
Daraufhin meldete sich ein Musiker zu Wort: »Es gibt aber auch eine gute Nachricht! Erich Leinsdorf kann auch nicht!«

Thomas Mann gestand seinem Freund Bruno Walter einmal, dass er im nächsten Leben gerne den Beruf des Dirigenten ausüben würde. »Da bin ich aber froh«, erwiderte Walter, »dass du es nicht schon in diesem geworden bist.«

LEOPOLD »POLDI« WARASCHITZ

Schnorrerkönig

** 29. 10. 1900 Lassee/Niederösterreich † 25. 11. 1970 München. Sorgte als »Schnorrerkönig« für Schlagzeilen, zumal er sich jahrzehntelang nur durch Einladungen ernährte. Zu seinen Gönnern zählten neben Industriellen auch berühmte Künstler. Infolge seiner Popularität galt seine Präsenz bei Partys als Auszeichnung. Spielte 1969 in dem Film »Die nackte Bovary« einen Butler.*

Fritz Muliar spazierte in den dreißiger Jahren über die Kärntner Straße am Hotel Meißl & Schadn vorbei, in dessen Kaffeehaus Leopold Waraschitz saß. Später als Schnorrerkönig berühmt geworden, bezeichnete er sich damals noch als »Theateragent« und forderte den jungen Schauspieler mit einer Handbewegung auf, in das Lokal zu kommen. Muliar trat ein und nahm schüchtern an »Poldis« Seite Platz. »Sie sind doch der junge Schauspieler«, sagte Waraschitz, »ich habe ein sehr schönes Engagement zu Direktor Gondrell nach München. Das wär doch was für Sie.«
Muliar, der damals für einen Hungerlohn im Kabarett Der liebe Augustin auftrat, zeigte sich hoch interessiert, was Waraschitz mit Befriedigung zur Kenntnis nahm. Der Schnorrer sprang auf, um, wie er sagte, kurz telefonieren zu gehen – offensichtlich in Sachen Gondrell, wie der an seinem Tisch sitzende Nachwuchsmime vermutete.
Muliar wartete. Er wartete lange, sehr lange. Bis endlich der Kellner kam und ihn wissen ließ, dass Herr Waraschitz überraschend weggehen musste, sich aber demnächst bei ihm melden würde.
Als Muliar nun seinen kleinen Braunen zahlen wollte, korrigierte ihn der Ober: »Bitte sehr, von Herrn Waraschitz sind auch noch eine Melange, Butterbrot und zwei Eier im Glas offen. Das müssen Sie bitte übernehmen, hat er gesagt.« Muliar bezahlte schweren Herzens und rief am selben Tag beim Theaterzaren Gondrell in München an.
Der hatte zwar von einem Herrn Waraschitz noch nie gehört, suchte aber gerade einen jungen Schauspieler und engagierte Muliar vom Fleck weg. Es war vielleicht das einzige Mal in seinem Leben, dass Waraschitz durch »Arbeit« Geld verdiente.

Peter Wehle
Schriftsteller und Kabarettist

** 9. 5. 1914 Wien † 18. 5. 1986 ebd. War 1950 bis 1957 musikalischer Leiter des von Gunther Philipp gegründeten Reisekabaretts Die kleinen Vier. Trat meist mit Gerhard Bronner in zahlreichen, selbstverfassten Kabarettprogrammen auf – im Radio, im TV und auf der Bühne. Autor von Schlagertexten, Wienerliedern sowie musikalischer Komödien. Auch als Sprachforscher tätig.*

Ein Freund wunderte sich, als er hörte, dass der so jüdisch aussehende Peter Wehle während des Zweiten Weltkriegs von der Wehrmacht eingezogen worden war. Wehle versuchte zu erklären: »Sie haben mich genommen, weil ich nur Vierteljude bin!«
Worauf der Freund erwiderte: »Und das alles im Gesicht!«

Während Kabarettisten und Satiriker – das gehört ja zum Beruf – keine Skrupel kennen, andere Menschen zu kritisieren, vertragen es die wenigsten, selbst angegriffen zu werden. Anders Peter Wehle, der auf sich den ausgesprochen uneitlen Schüttelreim verfasste: »Es tut mir in der Seele weh, wenn ich den Peter Wehle seh.«

Hans Weigel
Schriftsteller und Kulturkritiker

** 29. 5. 1908 Wien † 12. 8. 1991 Maria Enzersdorf/Niederösterreich. Schrieb schon als Student Satiren und Rezensionen. Ab 1932 Autor für literarische Kabaretts, aber auch für die Operette (»Axel an der Himmelstür«). 1938 Emigration in die Schweiz, 1945 Rückkehr nach Wien. Zählte nach dem Krieg zu den profiliertesten Kritikern Österreichs. Förderte zahlreiche junge Autoren.*

Uraufführung der Operette *Axel an der Himmelstür* 1936 im Theater an der Wien. Die Musik stammte von Ralph Benatzky, das Libretto von Hans Weigel, und die junge Zarah Leander spielte die weibliche Hauptrolle. Ihr mit unvergleichlichem Timbre vorgetragenes Lied *Gebundene*

Hände war die Sensation des Abends und wurde innerhalb kürzester Zeit nicht nur in Wien populär. Während die Leander im Theater an der Wien auftrat, brachte nebenan, im Kabarett Literatur am Naschmarkt, die junge Heidemarie Hatheyer eine Parodie auf die »schwedische Nachtigall« und die *Gebundenen Hände*, wobei auch die Persiflage von Weigel getextet worden war. Am Klavier begleitet wurde die Hatheyer von einem ungeschickt klimpernden Pianisten. Als dieser das Kabarettensemble eines Abends in seine Wohnung einlud, schrieb Weigel dem Klavierspieler ins Stammbuch: »Gebundene Hände – dies wünscht Ihnen Hans Weigel.«

Während man Weigel nach dem Krieg wiederholt seine Einstellung zum Judentum und die Bagatellisierung eines möglicherweise wieder aufkommenden Antisemitismus vorwarf, schrieb Friedrich Torberg unermüdlich gegen das Vergessen in der Geschichte an. Und fand über seinen Gegenspieler die Worte: »Der Weigel ist der einzige Mensch in Österreich, der glaubt, dass der Weigel kein Jud ist!«

Als Weigel eines Abends im Café Volksoper neben der Schauspielerin Louise Martini saß, betrat ein stattlicher Herr das Lokal und grüßte sehr höflich – zuerst Louise Martini und dann Hans Weigel. Worauf die beiden den Gruß ebenso höflich erwiderten. Kaum war der stattliche Herr außer Sichtweite, fragte Weigel, der extrem kurzsichtig war, seine Tischnachbarin, wer der Herr gewesen sei, den sie gerade gegrüßt hätten.
»Das war der Prawy«, antwortete Louise Martini.
Kaum hatte Weigel diese Auskunft erhalten, begann er aufgeregt in seiner Aktentasche nach irgendwelchen Papieren zu suchen. Als er sie endlich gefunden hatte, sprang er auf und lief Prawy nach, mit dem er Jahre davor eine Auseinandersetzung gehabt hatte. Sobald er ihn eingeholt hatte, hielt er diesem die mitgebrachten Unterlagen vors Gesicht und sagte: »Das sind ärztliche Atteste, die bescheinigen, dass ich schlecht sehe. Nur so konnte es passieren, Herr Doktor Prawy, dass ich Sie gegrüßt habe.« Sprach's und ging – diesmal selbstverständlich grußlos – zurück an seinen Tisch.

»Das sind ärztliche Atteste, die bescheinigen, dass ich schlecht sehe«: der Wiener Kulturkritiker Hans Weigel.

KARIKATUR: WINNIE JAKOB

Weigel wurde in den Redaktionen, für die er schrieb, nicht nur wegen der brillant formulierten Schärfe seiner Kritiken geschätzt, sondern auch wegen deren pünktlicher Ablieferung. »Wenn ich mein Manuskript für 12 Uhr versprochen habe«, sagte er, »und es ist um 12.01 Uhr noch nicht da, können Sie schon die Parte aufsetzen lassen.«

JOSEF WEINHEBER

Schriftsteller

** 9. 3. 1892 Wien † 8. 4. 1945 Kirchstetten/Niederösterreich. Eigentlich Josef Wykidal. Wuchs im Waisenhaus und bei Zieheltern auf. Arbeitete als Kutscher, Molkereiarbeiter und im Postdienst. Veröffentlichte 1913 sein erstes Gedicht und wurde durch seinen Band »Wien wörtlich« populär. Verfasste in der Nazizeit heroische Gedichte, beging bei Herannahen der Roten Armee Selbstmord.*

Weinheber veröffentlichte 1920 unter dem Titel *Der einsame Mensch* seinen ersten Gedichtband. Nach einer Lesung sagte ein Freund zu ihm: »Schön war's, aber halt ein bisserl hoch für das Publikum.«
Da erwiderte Weinheber: »Ah, was. Hab i mi beim Dichten plagt, können sich die Leut beim Zuhören plagen.«

Während des großdeutschen Dichtertreffens im Oktober 1938 in Weimar kam es zu einer Begegnung zwischen Weinheber und Joseph Goebbels, in deren Verlauf der Propagandaminister den Dichter fragte: »Nun, Herr Professor, was sollen wir denn tun, um die Kultur in der Ostmark zu fördern?«
»In Ruah lassen«, antwortet Weinheber, »nur in Ruah lassen!«

Dem Alkohol sehr zugetan, hatte Weinheber in angeheitertem Zustand die Angewohnheit, junge Frauen mit Heiratsanträgen zu überraschen. Die eine oder andere nahm das auch ernst, was mehrmals zu der peinlichen Situation führte, dass die Damen bei ihm im niederösterreichischen Kirchstetten eintrafen.
»Wenn ich aus mein Wohnzimmerfenster rausschau«, vertraute er einmal einem Freund an, »seh ich sie schon vom Bahnhof anrücken. Aber sobald so a narrisches Frauenzimmer daher kommt, bin i glei draußen aus'n Haus.«
»Aber dann erfährt doch deine Frau von der Sache.«
»Ja, leider«, seufzte Weinheber, »das is der Nachteil.«

Gisela Werbezirk

Schauspielerin

** 1875 Pressburg † 10. 4. 1956 Los Angeles. Begann als Chorsängerin in Troppau, feierte ihr Debüt als Schauspielerin am Theater in Pressburg. Danach spielte sie in Wien an den Jarno-Bühnen und am Theater in der Josefstadt. Daneben unternahm sie Gastspiele in Deutschland. Spielte in ihren späteren Jahren die Rollen der Mütter oder Tanten. 1938 Emigration in die USA.*

Durch Wiens Nachtleben streunte dereinst – es muss in den zwanziger Jahren gewesen sein – eine berühmt-berüchtigte Bettlerin, die ihren hohen Bekanntheitsgrad und die damit verbundenen relativ üppigen Einnahmen vor allem dem Umstand verdankte, dass sie jedes ihrer Opfer mit den Worten ansprach: »Geben S' ma a Kleinigkeit, i bin nämlich die Schwester von der Werbezirk!«

Nun zählte besagte Gisela Werbezirk zu Wiens populärsten Schauspielerinnen, und man kann sich vorstellen, dass ihr diese Art von »Reklame« keineswegs angenehm war. Eines Abends, nach einer umjubelten Vorstellung saß die beliebte Komödiantin mit Freunden und Kollegen in einem Theatercafé, als die Bettlerin eben dieses Lokal betrat. Endlich sollten die beiden »Schwestern« einander begegnen. Die Bettlerin ging schnurstracks auf Gisela Werbezirk, die sie gar nicht erkannt hatte, zu und flehte wie immer: »Geben S' ma a Kleinigkeit, gnä' Frau. I bin nämlich die Schwester von der Werbezirk!«
Gisela Werbezirk verzog keine Miene, öffnete ihre Geldtasche und sagte: »Da haben S' zehn Schilling. Aber ab sofort sind Sie die Schwester von der Jeritza!«

Franz Werfel

Schriftsteller

** 10. 9. 1890 Prag † 26. 8. 1945 Beverly Hills. Besonders erfolgreich als Roman- und Bühnenautor. Seine bekanntesten Werke: »Verdi« (1924), »Die 40 Tage des Musa Dagh« (1933), »Der Weg der Verheißung« (1937), »Eine blassblaue Frauenschrift«, »Das Lied von Bernadette« (beide 1941), »Jacobowsky und der Oberst« (1945). Verheiratet mit Alma Mahler, mit der er 1940 in die USA emigrierte.*

Der Musiker Frank Pelleg hatte in Prag dasselbe Gymnasium besucht, das Jahre vor ihm auch Werfel absolviert hatte. Eines Tages gab ihm der Deutschprofessor Kampe einen Aufsatz mit der folgenden Bemerkung zurück: »Eigentlich hätten Sie dafür ein Nicht genügend verdient, aber da bin ich vorsichtig geworden. Ich hab einmal einem Schüler ein Nicht genügend in Deutsch gegeben, und dann wurde der Franz Werfel draus.«

Werfel, der sehr musikalisch war, hatte die Angewohnheit, Melodien, die ihm besonders gefielen, mitzusingen. Davor machte er selbst in Opernvorstellungen nicht Halt. Eines Abends war er von einer befreundeten Familie zu *Madame Butterfly* in die Wiener Staatsoper geladen,

wobei nach der Aufführung darüber gesprochen wurde, dass man demnächst *La Traviata* besuchen wollte.
»Oh, das interessiert mich sehr«, sagte Werfel, »dürfte ich da wieder mitkommen?«
»Es wäre uns eine Ehre«, antwortete die Gastgeberin. »In *La Traviata* haben wir Sie noch nicht gehört.«

Alma Mahler-Werfel galt in ihren Ehen und Beziehungen als Haustyrann, der sich in alles einzumischen pflegte. Als Franz Werfel einmal über seine politische Einstellung befragt wurde, rief er ins Nebenzimmer: »Alma, Liebling, komm bitte herüber, hier will jemand meine Meinung wissen!«

Werfels *Jacobowsky and the Colonel* entwickelte sich in New York zu einem sensationellen Bühnenerfolg. Und das, obwohl die Produzenten der Theatre Guild anfangs heftige Bedenken gegen den Namen des Titelhelden hatten. Es könnte, so fürchteten sie, dem Publikum schwer fallen, ihn auszusprechen. Sie täuschten sich. In einer Vorverkaufsstelle erschien gleich am ersten Tag ein Theaterbesucher mit dem Verlangen: »Geben Sie mir zwei Karten für Jacobowsky und ... *wie* heißt der andere?«

Oskar Werner
Schauspieler

** 13. 11. 1922 Wien † 23. 10. 1984 Marburg an der Lahn/Hessen. Eigentlich Josef Bschließmayer. Ab 1941 am Burgtheater, zählte er zu den herausragenden Interpreten klassischer Rollen wie Hamlet, Prinz von Homburg, Torquato Tasso und Don Carlos. Filme: »Der Engel mit der Posaune« (1948), »Jules und Jim« (1961), »Das Narrenschiff« (1964) und »Fahrenheit 451« (1966).*

Oskar Werner fiel in den ersten Tagen seines Engagements am Burgtheater dadurch auf, dass er seine berühmten Kollegen zu imitieren versuchte. Als Raoul Aslan davon hörte, forderte er den jungen Schauspieler auf, ihm seine Parodie vorzuspielen. Worauf Oskar Werner ein paar

Sätze à la Aslan aufsagte. Als der kleine Auftritt beendet war, meinte Aslan enttäuscht: »Also, mein lieber Oskar, ich weiß nicht, welcher. Aber einer von uns beiden ist schlecht.«

Er zählte zu den ganz Großen des Burgtheaters: Oskar Werner.
KARIKATUR: WINNIE JAKOB

ZACHARIAS WERNER
Prediger

** 18. 11. 1768 Königsberg † 17. 1. 1823 Wien. Eigentlich Friedrich Ludwig Zach. Der protestantische Schriftsteller und studierte Jurist war mit 42 Jahren zum katholischen Glauben übergetreten. Übersiedelte nach seiner Priesterweihe im Jahre 1814 nach Wien, wo er zu den populärsten Kanzelrednern seiner Zeit zählte. Stand dem Romantikerkreis um Clemens Maria Hofbauer nahe.*

Die zahlreich bekannt gewordenen Liebschaften während der Zeit des Wiener Kongresses führten zu heftigen Protesten der Kirche, wobei der Prediger Zacharias Werner mit einer Messe bei den Franziskanern den Vogel abschoss. Am 8. Dezember 1814 hielt er seine berühmte Rede über »das gefährlichste Stück Fleisch« am Menschenkörper. Nachdem er an Deutlichkeit nichts ausgelassen hatte, fragte er sein entsetztes Publikum: »Soll ich es euch zeigen?« Die Damen waren einer Ohnmacht nahe, die Herren warteten fassungslos, wozu der Priester fähig wäre – bis er donnernd verkündete: »Meine Damen und Herren, sehen Sie hier die Ursache unserer Sünden!«
Und dann streckte er seine Zunge heraus.

Paula Wessely

Schauspielerin

** 20. 1. 1907 Wien † 11. 5. 2000 ebd. Eine der bedeutendsten Schauspielerinnen des 20. Jahrhunderts, 1924 Debüt am Deutschen Volkstheater, von Max Reinhardt ans Theater in der Josefstadt, zu den Salzburger Festspielen und nach Berlin engagiert. 1934 von Willi Forst in »Maskerade« für den Film entdeckt, ab 1953 Mitglied des Burgtheaters. Verheiratet mit Attila Hörbiger.*

Die Wessely spielte 1964 unter der Regie des großen, aber für seine übertrieben langen Probenzeiten berüchtigten Fritz Kortner am Burgtheater in Ibsens *John Gabriel Borkman*. Nach zwei Wochen aufreibender Vorbereitungen erschien Paula Wessely in der Kanzlei des Burgtheaterdirektors Ernst Haeusserman und stellte fest: »Es ist wirklich großartig, was Kortner alles sagt. Und wie er es sagt. Und diese Gründlichkeit. Heute, nach 14 Probentagen, sind wir glücklich auf Seite sieben des Rollenbuches angelangt. Sagen Sie, Herr Direktor, ist eigentlich auch daran gedacht, dass es für dieses Stück je eine Aufführung geben wird?«

»Ist eigentlich auch daran gedacht, dass es für dieses Stück je eine Aufführung geben wird?«: Paula Wessely.

KARIKATUR: WINNIE JAKOB

Hugo Wiener

Schriftsteller, Komponist und Kabarettist

** 16. 2. 1904 Wien † 14. 5. 1993 ebd. Schrieb früh für Revuen und Kabaretts, verfasste Operettenlibretti und Drehbücher. 1937 bis 1945 Exil in Kolumbien. Nach seiner Rückkehr neben Karl Farkas Autor im Kabarett Simpl. Schrieb und komponierte die Chansons für seine Frau Cissy Kraner, darunter »Aber der Novak lässt mich nicht verkommen« und »Der Vorderzahn«.*

Fünfzehn Jahre waren Hugo Wiener und Karl Farkas ein kongeniales Team, ehe sie im Streit auseinander gingen. Nachdem sie bereits viele Programme gemeinsam verfasst hatten, die auf den Simpl-Plakaten immer als »Farkas-Revuen« angekündigt wurden, regte der bescheidene Hugo Wiener an, in Zukunft doch die Namen beider Autoren zu nennen, wie es ja auch vor dem Krieg »Die Farkas-Grünbaum-Revuen« gegeben hatte. Farkas war sofort einverstanden: »Gut, wir nennen unsere Programme von jetzt an ›Die Farkas-Wiener-Revue‹.«
Doch dann kamen die Plakate, und auf denen stand: »Die Wiener Farkas-Revue.«
Daraufhin ging die Zusammenarbeit der Brettl-Genies in die Brüche, Hugo Wiener und seine Frau Cissy Kraner verließen den Simpl.

Die junge Schauspielerin Christl Erber wirkte in den siebziger Jahren in einer Kabarettrevue mit, die Hugo Wiener für den ORF geschrieben hatte. Sie war für die Rolle als Gott Amor in eine hautenge Lederhose gesteckt worden, deren Hosenträger sich raffiniert über ihren Busen schmiegten. Als der Autor zu den Dreharbeiten ins Studio kam, fiel allen auf, dass der sonst so freundliche alte Herr immer dann, wenn Christl Erber als Gott Amor auftrat, mürrisch und missmutig reagierte. Die Schauspielerin war verzweifelt und fasste nach mehreren Stunden, in denen sich Hugo Wieners Laune nicht und nicht gebessert hatte, all ihren Mut zusammen, um ihn zu fragen: »Herr Wiener, gefalle ich Ihnen denn gar nicht in dem Sketch?«

Worauf dieser meinte: »Also, Sie können ja gar nichts dafür. Aber die Rolle hab ich eigentlich für den Hugo Gottschlich geschrieben!«

Im Jahre 1973 wurde Hugo Wiener in einer Sendung der deutschen ARD irrtümlich für tot erklärt. In einem Brief an die Redaktion hielt er es mit Mark Twain, dem Ähnliches widerfahren war: »Sehr geehrte Herren«, schrieb der tot gesagte Kabarettist, »bezugnehmend auf mein in Ihrer Sendung *Die Zeit setzt sich ins Bild* gemeldetes Ableben, möchte ich Ihnen mitteilen, dass ich Ihre Nachricht für reichlich übertrieben halte. Hochachtungsvoll Hugo Wiener.«

Auguste Wilbrandt-Baudius

Schauspielerin

** 1. 6. 1843 Zwickau/Deutschland † 30. 3. 1937 Wien. Debütierte am Stadttheater Leipzig, 1861 von Heinrich Laube an das Wiener Hofburgtheater geholt. Wechselte nach einem Zerwürfnis mit Laubes Nachfolger Franz Dingelstedt an das Theater an der Wien, von dem sie 1898 an das Burgtheater zurückkehrte. Spielte zunächst jugendliche Salondamen und später Charakterrollen.*

Einen besonderen Rekord erzielte die legendäre Schauspielerin Auguste Wilbrandt-Baudius, die dem Burgtheater – mit Unterbrechungen – von 1861 bis zu ihrem Tod im Jahre 1937 die Treue hielt. Auch nach 76 Jahren Zugehörigkeit zum Ensemble hatte sie ihren Humor nicht verloren. Bei einem ihrer letzten Auftritte flüsterte sie ihrem Partner zu: »Sie müssen mich unbedingt daran erinnern, dass ich eine alte Frau spiele. Ich muss ja gebückt gehen.«
Auguste Wilbrandt-Baudius stand damals im 94. Lebensjahr.

Billy Wilder
Regisseur

** 22. 6. 1906 Sucha/Galizien † 28. 3. 2002 Beverly Hills. Eigentlich Samuel Wilder. In Wien aufgewachsen, ging 1926 als Journalist nach Berlin. Emigrierte 1934 nach Hollywood, wo er einer der führenden Regisseure wurde: »Sunset Boulevard« (1950), »Manche mögen's heiß« (1959), »Das Appartement« (1960), »Das Mädchen Irma La Douce« (1963), »Extrablatt« (1974). Sechsfacher Oscar-Preisträger.*

Der kleine Samuel Wilder war in Wien Schüler des privaten Realgymnasiums Juranek in der Josefstädter Buchfeldgasse. Jahrzehnte später, zu einem Besuch nach Wien zurückgekehrt, erzählte er: »Ehe ich mich im Sacher zum Mittagsschlaf niederlegte, bat ich den Portier, unter keinen Umständen gestört zu werden. Nach zehn Minuten klingelte das Telefon, der Portier sagte, da sei ein Schulfreund von mir. Ich lud ihn also ein, heraufzukommen. Ein alter, sehr zerknittert aussehender Mann, den ich nicht erkannte, stand vor mir. Ich überschütterte ihn mit einem ›Weißt du noch?‹-Monolog, bis der Greis mich unterbrach: ›Entschuldigen Sie, Herr Wilder, das ist ein Missverständnis, nicht ich war Ihr Schulfreund, sondern mein verstorbener Vater!‹«

Billy Wilder, der am Beginn seiner amerikanischen Emigration in sehr beengten Verhältnissen leben musste, hatte in seinem kleinen Arbeitszimmer ein Hitler-Bild an der Wand hängen. Sobald die jeweiligen Besucher ihr Entsetzen darüber zeigten, beruhigte sie Wilder mit den Worten: »Das hab ich da her gehängt – gegen's Heimweh.«

In seinen ersten Hollywoodtagen fiel Wilder der Bestseller *Die Brücke von San Luis Rey* von Thornton Wilder in die Hände. Da er wusste, dass seine in Wien lebende Mutter große Sorge hatte, ob es ihm in den USA gut ginge, erfand er eine kleine Komödie, mit der er sie beruhigen wollte: Billy Wilder kaufte das Buch *The Bridge of San Luis Rey* von Thornton Wilder, steckte es in ein Kuvert und schickte es nach Wien. In einem Brief, den er dem Roman beilegte, schrieb er seiner Mutter, dass er sich einen

neuen Vornamen zugelegt und unter diesem ein Buch verfasst hätte. Im Kuvert lag auch die Bestsellerliste des *Time*-Magazine, in der Thornton Wilder an vorderer Stelle platziert war.
Als es Billy Wilder dank erster Drehbuchaufträge bereits besser ging, plagte ihn das schlechte Gewissen, seine Mutter belogen zu haben, weshalb er ihr in einem weiteren Brief gestand, dass nicht er, Billy Wilder, *Die Brücke von San Luis Rey* geschrieben hätte, sondern ein anderer, ein gewisser Thornton Wilder eben, mit dem ihn nur eine zufällige Namengleichheit verband.
Da fiel Billys Mama ein Stein vom Herzen, und sie schrieb zurück: »Gott sei Dank. Das Buch hat mir ohnehin nicht gefallen!«

Keine andere Nominierung genießt bei der alljährlichen Oscar-Verleihung in Hollywood so geringes Ansehen wie die Kategorie *Bester ausländischer Film*. Als Billy Wilder Anfang der fünfziger Jahre mit den Dreharbeiten zu *Boulevard der Dämmerung* begann, wies er seinen Kameramann John F. Seitz an: »Johnny, immer etwas unscharf und leicht verwackelt. Ich möchte unbedingt den Oscar für den besten ausländischen Film gewinnen.«

Ich hatte mit der Monroe schon *Das verflixte siebente Jahr* gedreht«, erzählte Wilder einmal, »und wusste daher, dass sie unpünktlich und launenhaft war, sich im Studio wie eine Diva aufführte und kaum jemals ihren Text konnte.«
Als er daraufhin gefragt wurde, warum er unter diesen Umständen mit der Monroe auch noch den Film *Manche mögen's heiß* drehte, antwortete Wilder mit einem seiner typischen Bonmots: »Schauen Sie, ich habe eine reizende alte Tante in Wien. Sie ist 85 Jahre alt und würde jederzeit gerne in einem meiner Filme mitspielen. Sie ist immer pünktlich, immer freundlich, sehr angenehm und würde ganz sicher auch jede Zeile ihrer Rolle lernen.«
Und dann fügte Billy Wilder noch hinzu: »Aber wer will schon einen Film mit meiner alten Tante sehen?«

Billy Wilder wusste von Anfang an, dass Marlene Dietrich die ideale Besetzung für die Rolle der Varietésängerin Christine in seinem Film *Zeugin der Anklage* sein würde. Als der Meisterregisseur die 57-jährige Diva traf, um sie für dieses Projekt zu gewinnen, lehnte sie vorerst mit der Begründung ab, dass sie das Publikum so in Erinnerung behalten sollte, wie sie in jüngeren Tagen ausgesehen hatte.
Nach längeren Verhandlungen gelang es Wilder dennoch, die Zusage der Dietrich zu erhalten – jedoch nur unter der Bedingung, dass ein bestimmter Maskenbildner, mit dem sie schon einmal gearbeitet hatte, auch diesmal zur Verfügung stünde. Glücklicherweise gelang es Billy Wilder, des Schminkmeisters habhaft zu werden, worauf die Probeaufnahmen beginnen konnten.
Ein paar Tage später traf die Crew zusammen, um sich die ersten Bilder des Films anzusehen. Die Dietrich war entsetzt. »Billy, um Himmels willen«, sagte sie, »ich sehe schrecklich aus, es ist eine Katastrophe.«
»Ja, weißt du, Marlene«, erwiderte Wilder, »du darfst nicht vergessen, dass der Maskenbildner seit eurem letzten Film um zehn Jahre älter geworden ist!«

Als sich der über achtzigjährige Billy Wilder einer Darmoperation unterziehen musste, übergab er den Ärzten einen Zettel, auf dem geschrieben stand: »Achten Sie darauf, dass Sie keine Werkzeuge in meinem Körper herumliegen lassen. Zählen Sie gewissenhaft Ihre Instrumente. Vor und nach der Operation! Billy Wilder.«

Und selbst die letzte Stunde seines Lebens wusste Billy Wilder pointiert zu kommentieren: »Ich habe vor«, sagte er, »104 Jahre alt zu werden. Dann möchte ich von einem eifersüchtigen Ehemann erschossen werden, der mich mit seiner jungen Frau im Bett erwischt hat.«

Anton Wildgans
Schriftsteller und Burgtheaterdirektor

** 17. 4. 1881 Wien † 3. 5. 1932 Mödling. War neben seiner schriftstellerischen Tätigkeit von 1921 bis 1923 und 1930/31 Direktor des Wiener Burgtheaters. Zunächst vor allem Lyriker, konzentrierte er sich in seinen Dramen auf die Natur und auf soziale Missstände: »Armut« (1914), »Dies irae« (1918). Hielt am 1. Jänner 1930 seine viel beachtete Rundfunk-»Rede über Österreich«.*

Die Ära des Dichters an der Spitze des Burgtheaters stand unter keinem guten Stern. Wildgans kommentierte die gegen ihn gerichteten Kritiken so: »Ich bin die einzige Wildgans, für die es keine Schonzeit gibt.«

Egon Friedell stellte einmal selbstkritisch fest: »Mit mir sollte sich kein Theater einlassen. Immer geschieht etwas. Als ich Direktor der Fledermaus wurde, ging sie Pleite. Im Ronacher spielte man ein Stück von mir, während der Aufführung starb Kaiser Franz Joseph. Das Burgtheater …«
»… da stimmt es aber nicht«, unterbrach sein Gesprächspartner, »die haben Ihr Stück angenommen und doch ist kein Unglück geschehen.«
»Wieso nicht? Wildgans ist Direktor geworden!«

Nach der Premiere von Georg Kaisers *Die Bürger von Calais* im Oktober 1930 verkündete Wildgans: »Damit hoffe ich, die Kasse wieder einmal kräftig zu schädigen.«
Es ist ihm »geglückt«, weshalb er (zum zweiten Mal) als Direktor des Burgtheaters zurücktreten musste. Wieder war es Egon Friedell, der um einen Kommentar gebeten wurde: »Wenn ich Burgtheaterdirektor wäre«, sagte er, »würde ich die Tradition des Hauses mit dem Zeitgeist versöhnen, das heißt, ich würde zugkräftige Stücke spielen, ohne minderwertige zuzulassen, ich würde ferner der Cliquenwirtschaft ein Ende setzen, ohne wertvolle Einflüsse zu unterbinden, und ich würde das Burgtheater wieder zur ersten deutschsprachigen Bühne machen.«
»Und dann?«, wurde er gefragt.
»Und dann«, meint Friedell »würde ich wegen Undurchführbarkeit meines Programms zurücktreten.«

Otto Fürst zu Windisch-Graetz

Ulanenoffizier

** 7. 10. 1873 Graz † 25. 12. 1952 Lugano. Heiratete 1902, auf ausdrücklichen Befehl Kaiser Franz Josephs, dessen Enkelin Elisabeth, die einzige Tochter des Kronprinzen Rudolf. Ehrenpräsident des Olympischen Zentralkomitees. Interessierte sich für prähistorische Forschung und besaß eine umfangreiche Münzsammlung. Scheidung von der »roten Erzherzogin« 1924.*

Bei einem Wohltätigkeitsfest ging der Wiener Nobelschneider Ebenstein auf den Fürsten Windisch-Graetz zu und sagte zu ihm: »Die Gesellschaft ist sehr gemischt heute, finden Sie nicht auch, Durchlaucht?«
Der Aristokrat würdigte ihn keines Blickes und antwortete: »Es können ja nicht lauter Schneider da sein!«

Fritz Wotruba

Bildhauer

** 23. 4. 1907 Wien † 28. 8. 1975 ebd. Der bedeutende Künstler stieß mit seiner ersten Ausstellung 1930 auf Ablehnung. Emigrierte 1938 in die Schweiz, wurde 1945 Professor für Bildhauerei an der Kunstakademie in Wien. Im Zentrum seiner Arbeit stand die menschliche Figur. Zahlreiche internationale Arbeiten; setzte sich mit der Dreifaltigkeitskirche in Wien-Mauer ein Denkmal.*

Fritz Wotruba und Helmut Qualtinger saßen in der Eden-Bar und tranken. Anderntags trafen sie einander auf dem Stephansplatz, beide in Gips. »Was ist dir denn passiert?«, fragte jeder den anderen.
»In der Eden-Bar is mir aner blöd daherkommen«, schilderte Wotruba.
»Mir aa«, meinte Qualtinger.
Verdutzt schauten sie einander an, bis beiden ein Licht aufging. »Ah, des warst duuu?«
Man hatte sich geprügelt – ohne gewusst zu haben, mit wem.

Z

»Der neueste Tratsch aus der Französischen Revolution«

Von Alexander von Zemlinsky bis Stefan Zweig

Alexander von Zemlinsky
Komponist

** 14. 10. 1871 Wien † 16. 3. 1942 Larchmont/USA. Zur Jahrhundertwende Kapellmeister am Carltheater, an der Volks- und an der Hofoper sowie in Prag. Er war auch Musiklehrer seines Schwagers Arnold Schönberg. 1938 Emigration in die USA. Komponierte Symphonien und zehn Opern, darunter »Sarema« (1897), »Kleider machen Leute« (1910), »Der Kreidekreis« (1933).*

Zemlinsky traf Staatsoperndirektor Richard Strauss im Hotel Sacher zum Mittagessen. Als Strauss versehentlich mit der Gabel über den Teller kratzte, ergab das ein unangenehm klingendes Geräusch. Zemlinsky fragte Strauss: »Sagen Sie, können Sie im Orchester so einen Ton machen?«
Strauss schüttelte den Kopf: »Nein, auf keinen Fall!«
Worauf Zemlinksy voller Stolz erwiderte: »Ich schon!«

Zita
Kaiserin

** 9. 5. 1892 Pianore/Italien † 14. 3. 1989 Zizers/Schweiz. Heiratete 1911 den späteren Kaiser Karl I., mit dem sie 1919 ins Exil in die Schweiz ging. Strebte mit ihrem Mann die Wiedererlangung des Throns an, was 1921 zur Verbannung nach Madeira führte. Nach dem Tod Kaiser Karls 1922 Aufenthalte im Baskenland, in Belgien, in Kanada und in den USA. Zog sich 1962 ins St.-Johannes-Stift in Zizers zurück.*

Als die 90-jährige Ex-Kaiserin nach langen, im Exil verbrachten Jahren kundtat, dass es ihr Herzenswunsch wäre, einmal noch nach Österreich zu kommen – ohne aber deshalb auf ihren Thronanspruch verzichten zu wollen –, schlug Bruno Kreisky eine »österreichische Lösung« vor: »Also gut«, sagte der Kanzler, »wir geben ihr a Durchreisevisum. Und kaner wird nachschauen, ob's a dobleibt.«

Helmut Zilk

Lehrer, Politiker, Fernsehdirektor, Publizist

** 9. 6. 1927 Wien. Unterrichtete an der Lehrerbildungsanstalt in Wien, ab 1955 Rundfunk- und Fernsehjournalist, Gründer des Schulfunks. 1967 bis 1974 ORF-Programmdirektor. 1979 bis 1983 Kulturstadtrat, danach Unterrichtsminister und von 1984 bis 1994 Wiener Bürgermeister. 1993 bei einem Briefbombenattentat schwer verletzt. Verheiratet mit der Schauspielerin Dagmar Koller.*

Zwischen Wien und den Vereinten Nationen herrschte 1993 Verstimmung, zumal UNO-Generalsekretär Boutros Boutros-Ghali ernsthaft überlegte, mehrere Abteilungen aus der UNO-City nach Genf zu verlegen, was den Anfang vom Ende für Wien als drittem Sitz der Vereinten Nationen bedeutet hätte. Hintergrund des Streits war die Weigerung der österreichischen Regierung, die UNO bei gefährlichen Einsätzen, wie zuletzt in Somalia, zu unterstützen.

Bürgermeister Helmut Zilk setzte sich ins nächste Flugzeug, um die Angelegenheit persönlich zu regeln. Im Gepäck nach New York führte er eine fotokopierte Seite aus den Tagebüchern von Theodor Herzl aus dem Jahre 1902 mit sich. Darin berichtete der Gründer des Judenstaates von einem Besuch beim ägyptischen Ministerpräsidenten Ghali.

»Das war mein Großvater, der von der Geschichte schlecht behandelt wurde«, sagte der UNO-General, »dabei war er ein Mann von großem Weitblick. Wieso wissen Sie das, Herr Bürgermeister?«

»Aber Herr Generalsekretär«, konterte Zilk, »das weiß doch bei uns a jeder!«

Die angedrohte Absiedelung fand nicht statt.

Der Bürgermeister nimmt Abschied: Helmut Zilk verlässt das Wiener Rathaus 1994.
KARIKATUR: IRONIMUS

CARL ZUCKMAYER
Schriftsteller

** 27. 12. 1896 Nackenheim/Deutschland † 18. 1. 1977 Visp/Schweiz. Feierte mit »Der fröhliche Weinberg« 1925 seinen ersten Erfolg, 1931 folgte »Der Hauptmann von Köpenick«. Lebte ab 1934 in Henndorf bei Salzburg, wo er weitere Theaterstücke schrieb, ehe er 1938 über die Schweiz in die USA emigrierte. 1941 entstand »Des Teufels General«. 1958 zog er sich in die Schweiz zurück.*

Zuckmayer, der in der amerikanischen Emigration als Farmer arbeitete, hatte besondere Probleme damit, auf seinem Hof Schlachtungen durchzuführen. Um es sich etwas leichter zu machen, gab er dem Vieh die

Namen diverser Nazigrößen. Die Gewissheit, Himmler, Hitler, Göring und Goebbels zu schlachten, erleichterte ihm die ungewollte Arbeit ein wenig.

STEFAN ZWEIG
Schriftsteller

** 28. 11. 1881 Wien † 23. 2. 1942 Petropolis bei Rio de Janeiro. Nach dem Ersten Weltkrieg entstanden seine großen Biografien über Balzac, Dostojewski, Kleist, Fouché, Marie Antoinette. Erzählung: »Schachnovelle« (1941); Autobiografische Darstellung: »Die Welt von gestern« (1944). Lebte ab 1940 in den USA und ab 1941 in Brasilien, wo er mit seiner zweiten Frau Selbstmord beging.*

Stefan Zweig unterhielt sich, als er gerade an seiner Marie-Antoinette-Biografie schrieb, mit seinem Kollegen Carl Zuckmayer. Jemand wollte nach dem Treffen von Zuckmayer wissen, was Zweig denn so erzählt habe.
»Nichts Besonderes«, antwortete »Zuck«, »nur den neuesten Tratsch aus der französischen Revolution.«

Als Zweig, gemeinsam mit seiner Frau, zerbrochen an der politischen und geistig-kulturellen Zerstörung Europas, im Exil Selbstmord beging, hinterließ er uns den Satz: »Es muss einer den Frieden beginnen wie man den Krieg beginnt.«

Quellenverzeichnis

Maxi Böhm, *Bei uns in Reichenberg*, unvollendete Memoiren, fertig erzählt von Georg Markus, Wien-München 1983.

Gerhard Bronner, *Die goldene Zeit des Wiener Cabarets*, St. Andrä-Wördern 1995.

Géza von Cziffra, *Der Kuh im Kaffeehaus*, München-Berlin 1981.

Felix Dvorak, *Dvorschak heißt man nicht, Eine österreichische Familienchronik*, St. Pölten-Wien 1994.

Felix Czeike, *Historisches Lexikon Wien*, Wien 1992–1997.

Egon Friedell, *Kulturgeschichte der Neuzeit*, München 1927–1931.

Ernst Haeusserman, *Das Wiener Burgtheater*, Wien-München-Zürich 1975.

Harenberg Anekdotenlexikon, Dortmund 2000.

Gottfried Heindl, *Leg' mich zu Füßen Majestät oder Die Ära Franz Joseph in Anekdoten*, Wien 1985.

Gottfried Heindl, *Die Republik auf Widerruf oder Österreich 1918–1945 in Anekdoten*, Wien 1988.

Gottfried Heindl, *Eine Insel der Seligen oder Österreich von 1945 bis heute in Geschichten und Anekdoten*, Wien 1989.

Gottfried Heindl, *Die Purpurschmiere, Die Geschichte des Wiener Burgtheaters in Anekdoten*, Wien 1990

Paul Hörbiger, *Ich hab für euch gespielt*, Erinnerungen, aufgezeichnet von Georg Markus, Wien-München 1979.

Lotte Ingrisch, *Die ganze Welt ist Spaß!*, Wien-München 2002.

Servus Kisch! Erinnerungen, Rezensionen, Anekdoten, Berlin und Weimar 1985.

Fritz Kortner, *Aller Tage Abend*, München 1959.

Werner Krauß, *Das Schauspiel meines Lebens*, Wien 1958.

Hans Joachim Kulenkampffs höchst vergnügliche Anekdotensammlung, München 1968.

Johannes Kunz, *Ich bin der Meinung … Kreisky in Witz und Anekdote*, Wien 1974.

Johannes Kunz, *Am Anfang war die Reblaus, Die Zweite Republik in Anekdoten*, Wien 1987.

Johannes Kunz, *Die österreichische Anekdote*, Wien 1998.

Lachendes Österreich, Land und Leute im Spiegel des Humors, Wien 1978.

Dieter Lattmann (Hrsg.) *Das Anekdoten Buch*, Frankfurt am Main 1979.

Gerhard Magenheim, *Adolf Bäuerle, Biografie und kommentierte Briefedition* (unveröffentlichtes Manuskript), Wien 1994.

Gerhard Magenheim, *Edmund Eysler, Biografie und Werkverzeichnis* (unveröffentlichtes Manuskript), Wien 2003.

Ekhard Mahovsky, *Die Furche von Slawikowitz und andere Anekdoten um Kaiser Joseph II.*, Wien-München 1980.

Heinz Marecek, *Das ist ein Theater, Begegnungen auf und hinter der Bühne*, Salzburg-Wien-Frankfurt/Main 2002.
Georg Markus, *Wiener G'schichten*, Wien 1992.
Georg Markus, *Das große Karl Farkas Buch*, Wien-München 1993.
Georg Markus, *Es hat uns sehr gefreut*, Wien-München 1996.
Georg Markus, *Die Enkel der Tante Jolesch*, Wien-München 2001.
Georg Markus, *Meine Reisen in die Vergangenheit*, Wien-München, 2002.
Horst Friedrich Mayer/Gerhard Vogl, *Sisi-Kult und Kreisky-Mythos*, Wien 1998.
Otto Molden, *Odyssee meines Lebens*, Wien-München 2002.
Hans Moser, *Ich trag im Herzen drin ein Stück vom alten Wien*. Aufgezeichnet von Georg Markus, Vorwort von Paul Hörbiger, Wien-München 1980.
Gunther Philipp, *Mir hat's fast immer Spaß gemacht*, Erinnerungen, München 1989.
Heinz Rieder, *Kaiser Franz Joseph Anekdoten*, Graz-Wien-Köln 1979.
Christian Röttinger (Hrsg.), *Also sprach Bruno K.*, Wien-München, 1981.
Hermann Schreiber, *Schade nur, dass ich lesen kann, Das Brevier für die Freunde guter Bücher*, Wien 1972.
Bartel F. Sinhuber, *Alles Walzer, Die Wiener Seele in Geschichten und Anekdoten*, Wien 1997.
Leo Slezak, *Meine sämtlichen Werke*, Berlin 1936.
Christian Spiel, *Anekdoten um Herbert von Karajan*, München-Esslingen 1968.
Gerhard Tötschinger, *Otto von Habsburg, Ein Kampf um Österreich 1938–1945*, Wien-München 2001.
Gerhard Tötschinger, *Wünschen zu speisen, Ein kulinarischer Streifzug durch die Länder der österreichischen Monarchie*, Wien-München-Berlin 1996.
Friedrich Torberg, *Die Tante Jolesch oder Der Untergang des Abendlandes in Anekdoten*, München-Wien 1975.
Friedrich Torberg, *Die Erben der Tante Jolesch oder Des untergehenden Abendlandes zweiter Teil*, München-Wien 1978.
Friedrich von Trostburg (Hrsg.), *Geschichten zur Geschichte, Anekdoten von der Antike bis heute*, Wien 1999.
Johannes Twaroch, *Literatur in Anekdoten*, Wiener Neustadt 1992.
Johannes Twaroch, *Typisch Österreich, Literatur in Anekdoten*, Wien-München 2003.
Gerhard Vogl, *Ich bin im Bild, Darsteller und Selbstdarsteller in Anekdoten und Karikaturen*, Wien 1994.
Gerhard Vogl, *Die ganze Republik ist Bühne, Politiker-Anekdoten von 1945 bis heute*, Wien 1996.
Oskar Willner, *Ich hab noch nie gefallen*, Schauspieler-Anekdoten, Wien 1977.
Alexander Witeschnik, *Warten auf das hohe C, Geschichten und Anekdoten um die Oper und ihre Protagonisten*, Wien o. J.